魅丽文化
飞魔幻工作室

星河蜉蝣　著
XingHeFuYou

星星尘埃里

江苏凤凰文艺出版社
JIANGSU PHOENIX LITERATURE AND ART PUBLISHING, LTD

图书在版编目（CIP）数据

星星尘埃里 / 星河蜉蝣著 . -- 南京 : 江苏凤凰文艺出版社 , 2020.4
ISBN 978-7-5594-3334-3

Ⅰ . ①星… Ⅱ . ①星… Ⅲ . ①长篇小说 - 中国 - 当代
Ⅳ . ① I247.5

中国版本图书馆 CIP 数据核字 (2020) 第 006589 号

星星尘埃里

星河蜉蝣 著

出版人　张在健
责任编辑　张 倩 王 青
特约编辑　刘 星
装帧设计　@ 殷舍 InChia
出版发行　江苏凤凰文艺出版社
南京市中央路 165 号，邮编： 210009
网址　http://www.jswenyi.con
印刷　湖南天闻新华印务有限公司
开本　880mm × 1230mm 1/32
印张　10
字数　210 千字
版次　2020 年 4 月第 1 版，2020 年 4 月第 1 次印刷
书号　ISBN 978-7-5594-3334-3
定价　36.80 元

目录

C O N T E N T S

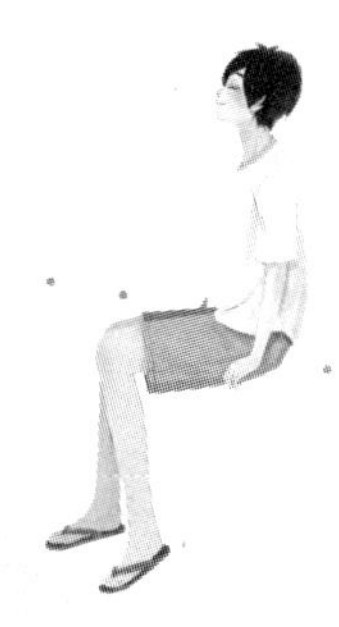

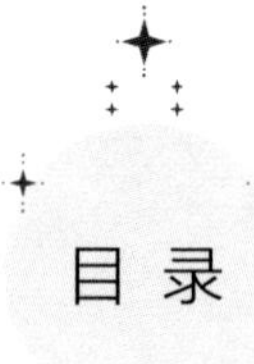

目 录

C O N T E N T S

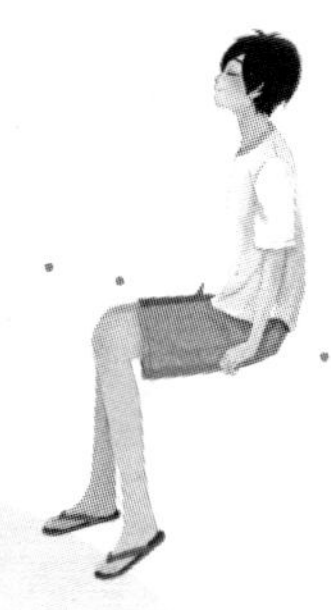

第一章 横店

七月中旬的横店像一个燃烧三昧真火的大熔炉。

鄢慈下午在北京赶了一个正当红的户外综艺节目通告，五点结束后还来不及吃饭，就被助理林晴晴拎上飞机。当她们带着几大箱瓶瓶罐罐和衣服到达横店剧组预定的酒店门口时，已经是晚上十点了。白天高温的余热迟迟不肯散去，横店夏天的夜晚依旧像罩在蒸笼里一样，热得人身上每一个毛孔都在向外涌动着盐淋淋的汗液。

鄢慈身穿一件超大码的黑色刺绣短袖卫衣配一条白色短裤，脚上是今年最火的白色休闲鞋。嫩藕似的白净胳膊和笔直修长的双腿，晃得酒店旁边烧烤摊上纳凉喝酒的男人们心里发痒。

司机师傅和林晴晴在搬她的行李箱，鄢慈要去帮忙，被林晴晴挡了回去："姐，你歇着，一会儿该出汗了。"

鄢慈已经出了一脸汗。口罩、墨镜、帽檐压得很低的棒球帽，这三件套是鄢慈上街的必备武装，缺一不可。以她现在红透半边天的热度，以及街头巷尾大妈们茶余饭后都会谈论几句的知名度，如果此刻在这里被人认出来，那么接下来三个月，她在横店大概要过着每天出门被人围追堵截的日子。

她热得汗水糊住眼睛，眼神却瞥向旁边的烧烤摊。经纪人李恺强令助理控制她一日三餐的饮食，上一次吃肉是什么时候，她已经记不清了。她瞅着林晴晴不注意，偷偷挪过去。

晚饭没吃，午饭也只吃了一个苹果加两个鸡蛋清，此刻已经饿得前胸贴后背。但出于女艺人的职业素养，她非常克制："我要一串肉。"

她旁边站着一个年轻男人，听到这话偏头看了她一眼。

鄢慈感受到有目光投过来，职业病发，假装抬手捋头发，牢牢护着自己的侧脸。同时视线下瞥，发现男人穿着白 T 恤和宽松的五分裤，踩着一双黑色卡通拖鞋。

男人"嗤"地轻笑出声，嗓音清冷："宁浮萍？"

鄢慈肌肉一紧，差点吓得掉头就跑。

男人淡淡道："慌什么？剧组包了酒店七楼，只有你没到。"

"你是剧组的人？"鄢慈定了定心，悄声问，墨镜后水润润的大眼睛打量面前的人。

男人看上去很年轻，二十五岁左右，皮肤白而细腻，白 T 恤下的胸膛看起来坚实。他侧脸线条明晰，五官棱角分明，鼻梁骨很高，衬得整个脸庞都很立体。

男人嘴角抽了抽，一副欲言又止的表情。他沉思一下，问了一句：“你没看今天的热搜？”

鄢慈摇头。她又累又饿又困，下了飞机手机都没开，刚才一路上在车上补觉，哪有时间看热搜。

男人眉毛一挑，没有再说话。

眼前这个男人长相俊美，气质出众。饶是见过娱乐圈那么多帅哥的鄢慈也忍不住小小花痴了一把。长这么帅，不当演员真是暴殄天物。他总不会是剧组的工作人员，应该是主演之一。她掰着手指数了数，这部戏几个主要的男演员，她不认识的就只有一个人。

“你是贺禹吗？”

“姐！”还没等男人回答，背后传来了林晴晴狂乱的叫喊，“你在干什么？你怎么能吃这个！现在几点了你知道吗？”

男人被这阵尖叫刺得耳朵疼，突然又眼前一花——面前的鄢慈出手如电，一把抢过那串肉，以迅雷不及掩耳之势跑开，一阵风似的消失在酒店门口。

林晴晴二话不说，拔腿就追。

刚跑上剧组包下的七楼，鄢慈就立刻扯掉了脸上的口罩和墨镜，露出姣好的脸蛋：“晴晴——你让我吃一串！一口也行——”

房卡在林晴晴手上，鄢慈打不开门，瑟瑟靠墙站在房门口，用身体护住手里那串来之不易的烤肉。

“一口也不行！李恺说了，晚上九点以后，你喝口水都要扣我工资！”林晴晴叉腰站着，把鄢慈堵在墙边，半点没有别人家助理该有的样子。

“付你工资的人是我，你这个吃里爬外的狗腿子！”

林晴晴从随身的包里掏出一个小本子，翻了翻：“姐，你明天要拍的可是宁浮萍遭遇饥荒那一场戏。导演让你在开机前把体重瘦到四十公斤，你还差着两斤呢！这事让李恺知道了怎么说？”

鄢慈：“……”

她颤抖着把肉串掏了出来，眼角滑下两颗晶莹的泪珠。林晴晴对她这一套已经免疫了，一个演员，演哭戏还不是易如反掌？林晴晴没收肉串，掏出房卡开门，鄢慈万念俱灰。

视线所及范围之内的走廊地毯上突然出现一双眼熟的黑色凉拖。楼下遇到的那个男人，手里提着两罐啤酒和一大包烧烤，站到了她房间对面的门前。

鄢慈坐在地上，长发披肩，脸上被热得红扑扑的，被汗打湿的头发乖巧地黏在额角。浅淡素雅的眉毛，浓密的眼睫，红润的樱桃唇，小巧精致的鼻梁……五官无一不出众得让人挪不开眼睛。这种长相放在戏文里，大概只有“红颜祸水”一词可以形容了。

男人扫视一眼，明白了状况。鄢慈眼神委屈，鼻子抽动，脸上还有刚才装哭博取同情没来得及抹去的眼泪，她忍不住朝男人手里的烧烤袋多看了两眼。

男人挑着眉问：“想吃？”

“我就闻闻味道。”鄢慈十分虚伪地说，口水已经飞流三尺了。

她声音糯糯的，像夹着奶油馅的小蒸包一样甜得人心坎发颤。

男人掏出一串烤鸡翅，迎着鄢慈渴望的眼神，伸到她嘴前。

辣椒、孜然、香油，还有腌制鸡翅那独有的蜜汁的香甜。鄢慈忍不住张开嘴，幻想面前天使一样可爱的男人会让她吃上小小的一口。

男人淡淡地把手缩回来，将鸡翅往自己嘴里一塞：“闻得满意吗？”

鄢慈：“……”

“贺禹他怎么是这种人？”鄢慈对刚才那一幕怨念极深，在床上打了好几个滚，咬着枕头边嚼来嚼去。

“脏死了。”林晴晴把枕头抽出来，“谁跟你说他是贺禹的？虽然贺禹是新人，没什么热度，但肯定也有助理，他绝对不敢这么光明正大，穿得跟个宅男似的出门买夜宵。”

“不是贺禹？”鄢慈打开微博，刷粉丝评论，心不在焉地问，“不是男一，还长得还这么好看，演配角也太可惜了吧？”

“长得好戏不好，想当男一也上不了台面。”林晴晴猜测。

鄢慈瞅着林晴晴不注意，顺手回复了几条粉丝评论。

@社会我慈哥：我们鄢鄢明天新戏开机，又要过望眼欲穿抱着电视机等老婆的日子啦！超开心！鄢鄢要注意身体，别太累。天这么热，一定要保护自己，不要中暑！

@鄢慈：你们鄢鄢太感动了，爱你！

@鄢鄢的小橙子：没有考上电影学院，家里人让复读，但我不想读书了。喜欢演戏，不知道去横店碰碰运气有没有用，很难过。鄢鄢晚安。

@鄢慈：读书是很重要的，尤其是做演员。天赋和后天的学习一样必不可少。我读书少，现在演戏经常觉得吃力，揣摩不透角色的内在和导演的意思，有时候也会挨骂……

鄢慈回复了长长的一段，犹豫一会儿，又留了一句：我在横店拍戏，如果暑假有空，可以过来玩啊。

她评论发过去没多久，电话响了起来。

李恺穿透力十足的愤怒咆哮声，透过电话几乎要掀翻酒店的楼顶。

“我说过多少次，刷微博要用小号！你手抖点赞怎么办？不听就算了，你还敢跑去给粉丝回复？明星就要有明星的样子！你是他们的女神，够不到、摸不着的白月光才叫女神！你那么接地气，没有距离感，你这不是女神，是村花懂不懂！”

鄢慈把电话拿开到距耳朵半米开外，李恺的声音还听得清清楚楚：“你给我看一下热搜！明天公司会给你拟好说辞，在那之前，你什么都别发。”

鄢慈挨了经纪人一顿骂，神色如常，倒是林晴晴吓得发抖：“姐，因为回复粉丝这件事，李恺骂你多少次了，你就不能长点记性吗？”

鄢慈打开热搜，无所谓地说：“骂就骂，又少不了一块肉。我本来就不是高冷款，非要我装什么……”

她话说到一半，忽然卡住，干净明亮的眼睛瞪得大大的。

“怎么了？”林晴晴凑过来看她手机。

只见屏幕停在热搜的页面，热度第一位的话题——

鄢慈——演技烂

热搜前十位，鄢慈占三个。

鄢慈——演技烂

鄢慈——方煜

鄢慈——金主

上热搜对鄢慈来说不是新鲜事。公司给她买热搜、小艺人蹭她上热搜、营销号把她黑上热搜……黑子嘲讽鄢慈最常用的一句话就是："买热搜谁比得上你们家？热搜包年上的都没有你频繁吧？"

隔三岔五被拎上热搜遛两圈，鄢慈早已练就了一身刀枪不入的铜皮铁骨。可是因为这种事上热搜，别说她了，整个演艺圈估计都是头一遭。

"鄢慈——演技烂"话题下面有个转发评论超十万的视频，鄢慈点开，是个综艺节目的访谈。

主持人："今天我们有幸请到了《青梧桐》《心屠》《浮萍》等多部原创剧本的创作者，顶级编剧——方煜，方老师，做客我们《剧透对对碰》。"

方煜！鄢慈眼前一亮。早在鄢慈还是一个十八线炮灰小艺人时，方煜就已经是圈内红透半边天的金牌编剧，她的成名作《青梧桐》就是方煜改编的剧本。

根据方煜剧本改编的电影《心屠》，是目前华语影坛票房最高的影片，纪录已经保持三年之久，始终没能被打破。无论是《青梧桐》还是《心屠》，都不是当下火出半边天的商业片。作为文艺片，能牢牢占据国产电影票房之首，其中一个原因就是剧本实在出色，毕竟某瓣上九分的高分不是虚的，方煜剧本里评分最低的《青梧桐》，在某瓣也有八点四的高分。

普通编剧在圈里地位不高，鄢慈恪守艺人本分，不会越权干涉剧组的事。但她见过一些后台强硬、咖位大的演员对自己戏份和台词不满意，对编剧颐指气使，要求现场改本子。圈里这种现象不少见，但方煜与此绝缘，能上方煜的戏，相当于正巧被天上掉下来的馅饼砸中，争抢还来不及，谁有胆量去改他的剧本？方煜偶尔到片场监制的时候，导演都会对他礼让三分。

作为正巧被馅饼砸中，从此摆脱默默无闻，一炮而红的鄢慈本人，并没有见过方煜。在她的印象里，方煜的本子质量上乘，剧情起承转合间高潮迭起，满溢着人生感悟与哲理。能写出这种东西的人，一定有着丰富的人生阅历。所以，在她的想象中，方煜应该是个中老年大叔，文采好，读书多，说不定还是个秃头大叔。

她抱着这样的想法，对方煜的真容好奇不已。而访谈里，镜头转向方煜的那一刻，鄢慈石化了。隔着屏幕，她甚至隐隐闻到方才那串没吃到嘴里的奥尔良烤翅的味道。

林晴晴也僵在旁边，讪讪道："刚才那人是方老师啊？"

林晴晴说，贺禹不会大晚上穿得跟个宅男似的到大街上买夜宵。

鄢慈深以为然。别说娱乐圈的明星，就算是个普通人，但凡讲究一点，上街买东西总得穿戴整齐点。可眼前接受采访的方煜——皱巴巴的白 T 恤，她刚见过的五分裤和拖鞋，头发乱得像鸡窝，面容困顿，没睡醒似的。整个人就是一个大写的颓废。

"《浮萍》是部民国剧，我写了一整年，时间跨度大，贯穿了一个女人十四岁到四十岁的一生。宁浮萍这个角色是什么性格，到时候你们就知道了，剧组有保密协议，我不能多说。不过她很特别，是我一次比较大胆的尝试。"

……

整个访谈围绕着《浮萍》剧组展开。方煜回答问题时丝毫没有明星们接受采访时的遮掩和敷衍，主持人问什么，他就如实回答。方煜以前从来不接受采访，这场访谈是投资方安排的。以方煜的颜值和编剧水平，这采访一放出来，喜欢看电视剧的少女粉丝一定会粉红泡泡爆棚，这样一来，可以提前给电视剧增加不少热度。

主持人："方老师，我有个问题，大家都知道《浮萍》的女主角是鄢慈，您的另一部戏《青梧桐》是鄢慈的成名作，请问，您两次让鄢慈担任您笔下的女主角，是因为欣赏她的演技吗？"

鄢慈眨巴着眼睛，不知怎么有点小忐忑。她屏住呼吸，等着听方煜的回答。

方煜的表情古怪，他思索片刻，开口："你哪里看出我欣赏她的演技了？是投资商喜欢她，如果不是他们要求，我不会考虑跟她合作。"

主持人有点尴尬："方老师……"

方煜摆摆手，面无表情："鄢慈的演技在我眼里烂到无法形容，那不是我心里的阮青桐，从头皮屑到脚死皮，从毛孔里的细菌到大肠里的蛔虫……"

鄢慈和林晴晴面面相觑，问道：“我演技这么烂？”

林晴晴不忍心打击她：“还……还行吧……”

只听方煜又打一巴掌给个甜枣：“比起同咖位的流量小花，她差强人意，但这种水平的演技上我的戏，还远远欠着火候。”

主持人一脸求生不得求死不能的痛苦表情。方煜安慰她：“播的时候这段掐了，你刚才问我什么来着？我欣赏鄢慈？来，我给你现录一段官方说辞。”

方煜突然变脸，嘴角勾起一丝迷人的英俊微笑。他正襟危坐，捋了下耳边碎发，字正腔圆，很诚恳地说道：“是的，我欣赏鄢慈。她在片场非常努力，经常饿着肚子找我请教剧本，现在这样认真踏实的年轻人不多了……”

主持人哭丧着脸：“方老师，别说了……”

方煜问：“不满意？那换一段。”

“鄢慈长相甜美，气质突出，演技更是炉火纯青。她很适合宁浮萍这个角色，整个本子就是我特意为她精心创作的……”

主持人崩溃大喊：“别说了，方老师，这是直播啊！！！”

方煜表情一滞，瞬间变得十分精彩。

夜里十一点半。

方煜慢吞吞吃完夜宵，坐在电脑前敲出最后一个标点，起身去浴室冲澡。十分钟后，他下身围着一条浴巾，上身赤裸出来。他很少到室外活动，皮肤颜色是常年不见日光的白，身材却不像其他宅男那样一身软趴趴的肥肉，小腹虽然没有夸张的肌肉，但线条紧致。

方煜擦干净头发，倚在床上看消息。微信有一条好友申请，一个名叫“嘻嘻嘻”的人申请加他为好友。这个人头像很丑，中间一个阴险恶俗的表情包大脸，四周围了一圈粉红色的花边，没有给自己写明备注。

方煜拒绝。下一秒，好友申请再次刷新，这个人重新申请添加为好友。方煜有点强迫症，看不得新朋友栏里有他没处理过的申请。他点开这人仔细看了一下，发现对方是通过搜索微信号加他的。难道认识？方煜想了想，最终把人放进来。

方煜：哪位？

"嘻嘻嘻"发来一个表情包。

一个蘑菇头小人，表情猥琐阴险，嘴大张着，从旁伸出一只手，往它嘴里塞进一个缩小版的鄢慈大头像，配文字：对方不想和您说话，并向您的嘴里投掷了一坨鄢慈。

方煜瞬间凌乱。他今晚在微博已经被鄢慈粉丝问候祖宗十八代了，没想到在微信也没个清净。这难道是鄢慈的粉丝人肉到他以后，来找他报仇？可一坨鄢慈是什么东西？

鄢慈有这种愚蠢的粉丝，日子一定过得很艰辛吧？方煜想着，心里不由得升起一股浓浓的同情。他打开这人的朋友圈，里面内容还不少，一个半小时前更新过。

我要吃肉！

《浮萍》导演在下面回复：明早四点要起来化妆，你还不睡？

方煜这才发现，这个"嘻嘻嘻"哪里是鄢慈的粉丝，这是鄢慈本人！

方煜早上五点到达片场时，天已经微微亮了。场务正清理拍摄现场，导演拿着台本在给配角讲戏。他眼神四顾，在人群聚集的地方锁定了鄢慈。

鄢慈在化妆。她起得太早，还没睡醒，困得头一点一点的。林晴晴搬了张小板凳坐在她前面，伸手给她托着下巴。

方煜走近，发现鄢慈的小助理另一只手抓着部手机，念念有词地说："鄢鄢的腿可以看一年，要是我也有这么一双腿就好了！鄢鄢不要生气，只要我们在，慈哥的大旗就永远不倒。从来没有黑过鄢慈的人点赞。姐，一共有两万八千六百九十二个赞。"

鄢慈眼皮子艰难地睁开："最讨厌这种评论，冒充我粉丝，删了删了。"

林晴晴换了台手机，干净利落地删除这些骗赞的评论。

鄢慈又说："念一点带劲的行不？我都快睡过去了。"

只听林晴晴又慷慨激昂、情绪饱满地念道："鄢慈，你敢说你拿下《浮萍》靠的不是金主？呵呵，总编剧都说是投资商给你的资源？你敢不敢说你陪了几个晚上换到的角色？"

鄢慈亢奋了一点："继续。"

"抢徐真语的角色你配吗？不要脸的东西！"

鄢慈疑惑："我抢徐真语什么角色了？"

林晴晴给她解释："徐真语经纪人昨晚蹭你热度，发通稿暗指宁浮萍这个角色本来内定的徐真语，你是靠关系从她手里抢走的。不过姐你不用理她，李恺会搞定。"

鄢慈没什么反应："这角色本来定的谁啊？"

林晴晴："当然是你！这是耀星今年拍摄计划里唯一一部大女主戏，陈少特意批给你的！徐真语她凭什么演？她根本不配好吗！"

"噢。"鄢慈还是蔫不拉几的困样，"继续念吧。"

"哪来的垃圾这么多戏？别是趁机想红吧？我们鄢鄢的演技有目共睹，不需要你这种垃圾编剧……噢，错了错了，这条不是骂你的。"

鄢慈忍不住笑了，睁开眼问，"昨晚的热搜撤了没？"

"没撤，评论都六万多了。"

鄢慈咋舌："不会都是骂我的吧？"

林晴晴善意安慰她："没呢，一半骂你，一半骂方煜。你的粉丝后援会专门成立了一个紧急事态小组，已经在方煜微博下面骂了两万条了。"

鄢慈没表态，抬眼看见方煜站在不远处。她似乎并不觉得尴尬，伸着白白的胳膊，面容轻松，热情地冲他打了个招呼："方煜！来来来！"

剧组里除了导演，人人都叫他一声"方老师"，这女人演技差就算了，还这么没礼貌。虽然这么想，方煜还是挪动脚步，走了过去。

鄢慈的皮肤素颜状态也很好，水莹莹的，白里透着点淡红色，熬夜早起完全没让她脸色变差。困归困，可她眼睛还是有神，黑眼球大而明亮，像极了方煜小时候爱玩的玻璃弹珠。她真人比电视上更美，难怪那么多人喜欢。方煜脑子里突然冒出这个奇怪的念头。

方煜还是昨天那副不修边幅的样子，不同的是，今天他上下身颜色对调，换成了黑色 T 恤和白色五分裤。他看上去也全然不把昨晚的事放在心上，淡淡地问："有事？"

鄢慈大大咧咧，拽着方煜的裤子边让他蹲在自己的临时化妆台前面，然后从背后伸出一条胳膊搂住他的脖子。她呼吸温热，带着点甜甜的香水味，细细地洒在他后颈那块敏感的皮肤上。

方煜耳朵后面泛起一阵红，但声音依旧冷静："干什么？想蹭我上位？"

鄢慈娇美地笑了笑："看镜头。"

林晴晴举起手机，“咔嚓”给两人拍了一张合照。

方煜也不问照片用来做什么，他站起来，双手插着兜，吊儿郎当地说道：“昨天的事，我道个歉。事先不知道是直播。”

鄢慈玩着手机，抬头看他一眼：“噢。”

林晴晴小声嘀咕：“道歉的方向错了吧？关直播什么事？重点明明是你说的话吧？”

方煜听见她讲话，但没说什么，转身离开。

方煜正和导演谈戏，场务突然在一旁惊呼：“方老师，你和鄢鄢一早就认识？感情这么好，真看不出来，那你们昨天是在互怼吗？”

方煜看了一眼微博，鄢慈刚刚更新一条动态，配图是方才他和她拍的那张照片。照片中鄢慈上了半面妆，逆着横店清晨红色的朝阳，手臂纤长，白嫩可爱，像饱满多汁的水蜜桃，一掐就能掐出水来。她笑容绚烂，美得不真实，仿佛搂着的是爱人。

照片是以林晴晴的视角拍摄的。在那个角度，方煜嘴角微扬，眼神明亮，看着有股颓废的痞帅感。如果他不是当事人，看到这张照片，都差点要以为这是一对恋人了。

鄢慈在微博上调侃了几句，顺手@方煜，看起来像是朋友间开玩笑一样。

方煜蓦然心里微动。他回头，看见鄢慈兴奋劲过去后又开始打瞌睡，小巧莹润的鼻尖微微挺翘，粉嘟嘟的嘴唇无意识地噘着，像是初夏早熟的酸甜可口的大樱桃。林晴晴端着手机在旁边给她播报微博发出来后黑子的最新动态。

这是又要炒绯闻的节奏，一个月三十天，你能炒三十一天，真替你累得慌。

啧啧啧，这么着急倒贴了！人家骂你演技烂，还上赶着黏糊。同意鄢慈是垃圾的，右上角，让我知道我不是一个人！

天呐！刚看中的又帅又正直，喜欢说实话的小哥哥，竟然被我最讨厌的女人糟蹋了？呕——

……

“是个傻子吧。”方煜把这些话听在耳朵里，嘴角轻轻一撇，评价道，

"自己都没拎清，还有心思管别人。"

他看着那张照片，越看越觉得上面的自己有点帅。他随手转发这条微博，想了想，又配文：合作愉快。他点了鄢慈的关注，页面左下角赫然出现两个双向小箭头。鄢慈不知什么时候已经关注他了。

《浮萍》背景设定为民国年间，讲述了落魄的清代官家千金宁浮萍，在被抄家后坎坷曲折的一生——主角宁浮萍经历了拐卖、饥荒、被卖入窑子、失去弟弟、做了军阀的姨太太等一系列人生境遇后，破茧重生的故事。

整部剧构架很大，暂定为八十集，具体情况要看后期剪辑。女一号为投资商兼发行方"耀星娱乐"指定的小花鄢慈。男一号贺禹是个毫无名气的纯新人。

今天的第一场戏定在早上六点。

刚从闹饥荒的村镇逃到城里的浮萍和弟弟饿倒在周家大宅前，纨绔男主角周少霆恰巧路过此处，看到两人饿得头晕眼花，玩心大起。他在浮萍的脚边扔了一个烧饼，并伙同下人在饼上撒尿，让他们吃。弟弟宁康平年幼无知，捡起饼子欲吃，被浮萍冷冷地喝住。

浮萍时年刚满十四，虽然年幼，从小却是长在官宦之家。她知书识礼，从小受理学熏陶，咬着牙挨饿，也不让康平吃侮辱人的饼子。

周少霆被她激怒，也来了兴趣，让下人把康平吊起来用鞭子抽。

"这里有十张饼，你吃一个我少抽他一鞭子，你全都吃完，我不仅不会打他，还会再送上十张干净的饼给你们。"

鄢慈将这一段倒背如流，此刻光是看着台词都要流口水了："男主角到底什么时候来？好想吃东西。"

林晴晴也看了今天的剧本，知道这一幕是浮萍往嘴里塞十张浸过水的烧饼。她计算了一下烧饼的卡路里，觉得鄢慈不该再吃早饭了。

鄢慈问方煜："你为什么不让浮萍吃肉？要不你现在改改剧本？周家有头有脸的，光吃烧饼多寒碜，干脆让周少霆扔十个鸡腿吧！"

方煜看着她很是无语："再加一碟榨菜？"

"那真是太棒了。"鄢慈赞叹道。

"你能不能代入一点角色？浮萍身上的那股子硬气，你是不是一点都没体会到？”

鄢慈委屈：“我体会到了，我现在跟她一样饿，吃烧饼那一镜，我肯定能拍得特别好。”

方煜看了一眼手表，已经七点了，男主角贺禹还迟迟不到。一个新人，刚出道就演男主角，背景之深不言而喻。鉴于他后台强硬，没人敢催他。鄢慈饿得要死要活的可怜样看在方煜眼里有点扎眼，他掏出手机，站在一边拨通了一个号码。

“姓贺的再不来，直接让他滚！剧组所有人四点起床准备，等了他一个小时……我管他背后是你还是你爸，我再说一遍，半个小时后他不能滚到剧组，就让他滚回老家。”

……

方煜放下电话，剧组所有人都在看他。

“看什么？”他挑眉，“都没事干？”

“咳咳咳——”一阵做作的咳嗽声过后，大家掉头各自做事。

鄢慈还愣在原地，大眼睛扑闪扑闪地盯着他。

“看我干什么？你没事做？”

鄢慈感叹道：“你真凶啊！如果哪天我迟到，你也要这么骂我？”

方煜摇头：“不会。”

鄢慈心中窃喜，看到方煜的表情柔化，便带着一丝期望，问道：“为什么？”

方煜接下来的一句话，彻底击碎鄢慈“霸道编剧爱上我”的玛丽苏幻梦：“演技这么烂还敢迟到？一经发现，直接滚回老家吧你。”

鄢慈：“……”

“我可是投资商钦点的女主角哦。”鄢慈坏坏地笑，“你没权利让我滚蛋。”

方煜权利再大，也不可能越过投资商让她滚蛋，鄢慈坚信。

方煜却笑了，手放在鄢慈头顶拍了拍：“知道贺禹的后台是谁吗？”

鄢慈摇头。

“知道我刚才给谁打电话吗？”

鄢慈继续摇头。

方煜把手机丢给她，鄢慈接过，最近通话里只有一个人，备注：陈越之。

鄢慈得意的表情凝固。方煜刚才通话的不是别人，正是投资商陈少，她的“金主”本人。这样算来，贺禹的后台应该是陈越之他爸。怪不得空降男主，还那么嚣张。等等，现在的重点好像是……方煜他怎么敢和耀星娱乐的副总裁这么说话？鄢慈脑子回不过神，有点傻了。

“知道你女主角地位多危险了？”方煜又拍了她脑袋一下，问道。

“好像知道了……”

“知道谁是老大了？”

“应该知道了……”

“谁？”

鄢慈静了静，没骨气地说：“方老大你好。”

“你好。”方煜满意道，“你已经演毁了我的阮青桐，这次如果你再把宁浮萍演砸，就等着被封杀雪藏吧。”

刚认的老大可以说是非常凶了。鄢慈心里惴惴揣着方煜封杀雪藏的威胁，拍起戏来都吊着一口气堵在胸口，生怕不能让方煜满意，触了他的霉头。

她谨慎小心，不敢漏掉台词里的一个字，甚至标点都逐个看了三遍。台词中一个多出来的叹号，她会用上平时三倍的音量，想以此让方煜明白：我看剧本还是很认真的。

可方煜不吃这一套。

浮萍的杏核眼黑白分明，愤怒地盯着周少霆：“有件事你得明白，世事变幻，做人做事多给自己留几分余地，此时风光无二，彼时未必不会……”

方煜示意停下，举着喇叭站在十米开外：“你吃辣椒了？你要喷火了？你其实是从酒泉基地偷跑出来的火箭精吧？”他声音清冷，说着鄢慈听不懂的话。

“火……火箭精？”

鄢慈身穿旧旧的戏服，头发和脸上抹着脏兮兮的煤灰和泥巴，她背靠一棵高大的榕树，正对着脸的是周家豪华的雕花大门和砖砌围墙。

导演喊了“卡”，和鄢慈对戏的小生贺禹马上退开一步，躲在树荫下避阳，接过助理递过来的手机刷微博。

横店早上的太阳也毒辣，待在户外不仅热得汗流浃背，还容易晒伤晒黑。这对艺人来说是大忌。鄢慈撑着石板地爬起来，她早上没吃饭，饿得头晕眼花，身体晃晃悠悠转了几下，被人扶住。

“谢谢啊。”鄢慈以为是一旁的贺禹，一转头发现是方煜。

方煜指尖温热，按在她细腻的手臂上有点烫，还有点黏湿。他离她太近了，胸膛口好像透过黑 T 恤在向外蒸腾热气。鄢慈脸微红，往一旁挪了几步。

“火箭精是什么？”鄢慈听不懂方煜话里的讽刺，问道。

方煜把剧本扔到鄢慈怀里，冷着一张俊脸道：“刚才那段，念。”

鄢慈挠挠头，好脾气地翻到上一镜的位置，嗓音甜甜的，一板一眼地读：“第一场第二镜，时间：清晨，地点：周宅大门口，百年榕树前……”

方煜太阳穴鼓动了几下，快被她气死了，咬牙切齿道：“我让你念宁浮萍的戏份！”

鄢慈：“浮萍仰头，眼睛微眯，而后睁开，眼神倔强而澄澈，她无畏地哼笑两声，冷然怒道……”

方煜：“最后四个字再念一遍。”

鄢慈像个背课文的小学生一样，端着剧本，大着嗓门念道：“冷然怒道！”

方煜：“明白了？”

鄢慈眨眨眼：“明白什么？”

方煜把剧本抽走，在鄢慈头上拍了一下：“你刚才演的都是什么？！怒是动词，但它前面有形容词框着，没看见？你长这么大眼睛是为了喘气的？知道为什么说你的演技烂吗？”

当着剧组这么多人的面，又被方煜说演技烂，换成别人早就满脸通红、羞愧难当了。鄢慈却没心没肺，毫不在意，还紧跟着问了一句：“为什么呀？”

方煜不回答，又问：“知道为什么有演技的演员越来越少吗？”

方煜又将剧本拍到鄢慈头上，抬起喇叭在她耳边吼道：“因为他们和你一样，没天赋就算了，眼睛还瞎！开心地笑和苦涩地笑，你只给我表演笑？笑笑笑笑，笑个屁笑……”

鄢慈胸口要被震出内伤，捂住耳朵，觉得自己要聋了：“我没笑！”

方煜不客气地又砸了她一下：“‘冷然怒道’，要我给你解释‘冷然’是什么意思？说说你刚才演的什么？表情神态全都错。记住了，宁浮萍是含着金汤匙出生，被人捧在手心的大家闺秀，她不是菜市场扯着嗓子讨价还价的大妈，懂？”

“懂懂懂，可是‘冷然’和‘怒’真的可以一起演吗？这一个冷一个热，我……”

“我让你打断我说话了？你的‘怒’只停留在让幼儿园看懂的水准，幼儿园水准知道什么意思？你要不考虑拓宽业务怎么样？我觉得以你的水平，去演动画片真人版非常合适，给你选一个，《喜羊羊与灰太狼》？”

“啧。”一旁的贺禹百忙之中把眼睛从手机上抬起来，嘲道，“下次把戏搞明白再叫人来，演技都烂成这样了，赶明儿自己起早多练练。”

贺禹是在方煜打完那通电话一个小时后赶到的。一个没有半分热度的纯新人，带来了两辆保姆车，四个随身助理。下到片场第一件事，不是给导演解释自己为什么迟到，也不是换戏服化妆，而是让助理在工具棚旁边搭了一顶帐篷，坐下吃早饭。

贺禹外貌出众，五官带着柔和的俊美，一双桃花眼看人时能让人浑身酥麻。在女性粉丝主导的娱乐圈，男明星本来就容易出头，像贺禹这样生了一副好皮囊的更不用说，尤其是他还有耀星这样如日中天的娱乐公司撑腰。耀星花大力气捧他，不仅一出道就给他挑了几个质量上乘的大 IP，还让正当红的鄢慈带他上戏，贺禹会红是迟早的事。剧组的人对他初来乍到就这么跋扈的行为很看不惯，却没人敢得罪他。

鄢慈虽然看上去十分温顺，但这要分对象。她能让方煜打她头、骂她，因为他对她而言是前辈。他说话难听，但句句戳中她的要害。本来演技就不够火候，方煜这样水准的前辈愿意指点她，这是好事。年轻人虚心一点，总是没错。可贺禹这个新人，凭什么对她指手画脚？论到演技，他将周少霆演得好像煤窑里爬出来的土财主，没有半分玩世不恭、残忍冷血的纨绔样子。但导演和方煜从头到尾都不吱声。

鄢慈想不明白。

“我说你，”鄢慈想了想，决定回击，她嗓音清亮，“你个走后门的跩什么？”

贺禹是走关系进来的，剧组都知道，这不是秘密。他听到鄢慈的话，却脸色一白，推了鄢慈一下："你有病吗？"

鄢慈往后踉跄几步，站定后不可思议的表情一晃而过，马上跳起来反击。她叉着腰，看起来像泼妇骂街一样凶。

剧组人员屏气凝神，等着看这两位他们谁也不敢得罪的关系户怎么吵架。

"凶凶凶凶，凶个屁凶！" 鄢慈长相太甜太娇，声音太清太脆，反倒像在和男朋友撒娇。这种小美人吵起架来肯定吃亏。剧组大龄单身男青年不由得有点担忧。

鄢慈完全没辜负他们的担忧，接下来的话差点让他们吐血昏厥。

"你跟我横什么？走后门了不起？谁不是走后门进来的？你这个后门精！迟到精！帐篷精！助理精！"鄢慈学方煜说话。

贺禹："……"

他的助理刚要走过来劝架，被方煜淡淡地抬手拦住。方煜冷眼看着贺禹，声音平静，听不出喜怒："知道我为什么不骂你吗？"

贺禹皱着眉毛，桃花眼一扬，挑衅地回视。

"你以为你演得好？"方煜伸手进裤兜掏出一个皱巴巴的烟盒。

他点了一支烟，伸出骨节分明的大手，把鄢慈拉到身后。吞吐间呼出的烟雾像是有生命，袅娜飘在他的脸面上。方煜虽然穿得邋遢，举手投足间却透出刻在骨子里的优雅和贵气。

奇怪。鄢慈目光落在方煜干净白皙的后颈，心里不由得想，明明这么毒舌，几句不离骂她，说话那么粗糙的人，怎么看起来比周少霆还像个纨绔阔少？

贺禹那几下子小伎俩在方煜面前无所遁形，他看上去有些狼狈，沉声道："方编……"

"我骂鄢慈，因为她是女主角，演技虽差点，但还能抢救。我可以说她演技差，你凭什么？你那点做作的演技还不如鄢慈！让我骂你，你配吗？"

贺禹脸色铁青，一口白牙快要咬烂在嘴里。

鄢慈正神游天外，方煜又转过身打了一下她的脑袋。

"呀！"鄢慈条件反射地跳起来，"干吗打我？"

方煜似乎是感觉鄢慈毛茸茸的脑袋手感不错，随手拍了一下：“还有你，话能乱说？什么叫谁不是走后门的？你走一个，他走俩，你能跟人家比？你配跟人家比？”

鄢慈恍然大悟，颠颠儿道：“是的，我不配！老大，我错了。”

方煜对鄢慈的称呼感到由衷地满意。他扔了烟头，轻描淡写地对贺禹道：“下次再迟到，直接收拾东西滚蛋！我虽然没有陈总财大气粗，但从他手里换个男主角还是不难的。你跟我过来。”最后一句是对鄢慈说的。

贺禹是个心高气傲的人，仗着自己有靠山就嚣张跋扈。看他的样子，根本没打算把剧组的人放在眼里。别人怵于他的背景，不敢招惹他，方煜却不把他当回事，劈头盖脸一顿嘲讽，算是给贺禹提个醒。

方煜懒得看他眼里满溢的恨意和不敢还嘴的惧意，带着鄢慈走向临时休息处。鄢慈在他旁边跳来跳去，像只精力充沛的小兔子。

方煜淡淡地扫了她一眼，看到她欲言又止的表情：“有话就说。”

鄢慈停下来，仰着小脸，一脸崇拜地看着方煜：“方煜，我觉得你刚才真是太……”

方煜“嗯哼”一声，挑着精致的眉毛：“想说太帅？谢谢。”

鄢慈摇摇头：“你太装了吧！‘让我骂你，你配吗？’你好像在演偶像剧哦。”

方煜脸黑得像锅底，右手的剧本卷起来，冲着鄢慈的脑袋招呼下去。鄢慈不躲不闪，瞬间抱着脸，直愣愣地看着方煜。

这女人眼珠子怎么这么大？还这么黑？眼里好像还有水，盈盈汪汪的，像只刚出生的小猫，下不了手。方煜装作若无其事，把剧本铺平，在鄢慈头顶扇了扇：“横店这天真热。”

方煜坐在遮阳棚下面的小藤椅上吃着场务买来的蟹黄包。对面鄢慈正在挨骂，手机没开扩音，电话那头是李恺。方煜耳朵尖，隔着张桌子还是听得清清楚楚。

“我昨晚告诉你什么了？把我的话当耳边风？到底要我说几遍，微博不能乱发！是不是一定要我改掉微博密码，交给专人打理才行？”

鄢慈软软地提醒他：“我绑定了手机，用短信可以找回。”

“你还跟我顶嘴？知道微博上怎么骂你吗？倒贴！上位！炒作！那个编剧当众侮辱你，你跟他认识？他能给你资源？他就一个编剧，得罪了又怎样？你有陈少撑腰，你怕他？你好歹也是90后第一小花了，能不能别这么虚！”

鄢慈看似乖巧地回答：“好的，以后不虚。”

李恺气消了消：“公司想给你谈一部古装戏，《浮萍》要在横店待三个月吧？那正好，你协商宋导，给你安排出档期。”

鄢慈听李恺的意思，竟然是想让她轧戏，连忙道：“那不可能。《浮萍》是大女主戏，百分之八十的戏份都有我。”

方煜正悠悠喝着普洱茶，抬头看了她一眼。

“那边占不了你多少时间，剧组方给出的时间是两个月，你三个月不是绰绰有余？况且就在横店，又不出外景……”

鄢慈打断他：“不出外景怎么拍？我说过了，除非特效需要，否则我不会拍绿幕。两个月制作出那种质感的电视剧，你别给我接，接了我也不会演。”

李恺放低声音劝她：“鄢鄢，这剧我跟你打包票，肯定会火。”

鄢慈不说话了。

“你知道这IP的原著粉丝基础多大吗？况且男主角是李乔。现在有几个观众会真的看你制作精不精良？粉红泡泡够多，他们就满意了。你们俩粉丝加起来就够撑起半片娱乐圈，到时候公司再给你炒炒CP，你愁这剧没有流量和话题？李乔那边已经谈拢了……”

“鄢慈，下一场开拍了。”方煜吃饱喝足，用茶漱口。他虽然这么说，自己却还坐在小藤椅上，动都没动。

鄢慈明白过来，对着李恺快速说了一句：“先挂了。”

方煜瞥了她一眼，淡淡道：“你要轧戏？”

鄢慈本来一脸茫然，听到他这话立马精神抖擞：“当然不会！”

方煜一副“算你识相”的表情：“我还想着，如果要轧戏早点说，我给你安排一下。”

鄢慈诧异道：“安排拍摄日期？”

方煜一巴掌拍到她的天灵盖上：“给你安排滚回老家的机票！敢轧戏，以后你化成灰都别想来老子戏里客串PM2.5！”

果然。不能对方煜的温柔抱有太大期望。鄢慈的头已经被打得感觉不出疼了，她无意间一回眼，看到方煜桌子上有一盒没吃完的蟹黄包。

林晴晴不在。这简直是天助她也！

“方煜。”鄢慈眼睛都直了，“你吃饱了吗？”

方煜点点头。就在鄢慈在心里悄声欢呼，准备厚着脸皮向他讨要那份蟹黄包大快朵颐的时候，方煜却把餐盒揽到自己手里。

“给我吃个呗。”鄢慈不要脸道。

方煜垂着干净的眉眼，修长的手指捏起一个包子，递到她嘴边：“张嘴。”

鄢慈脸一红：“我自己来。”

这不仅不合适，要是被有心人拍下来传到网上，她还用不用混了？

方煜不耐烦道：“让你张嘴你就张，别磨叽。”

他好凶啊。鄢慈想着，没骨气地屈服于“淫威”之下，张开嘴。方煜手腕一拐，把蟹黄包塞到自己嘴里。

鄢慈：“……”

方煜一边嚼一边又捏了一个放到她嘴边：“张嘴。”

鄢慈无奈：“我自己来吧。”

“张嘴！”

毕竟是人家的东西，鄢慈只好认命地张嘴，但这一个依然进了方煜的嘴。

方煜似乎觉得耍鄢慈是一件很有意思的事情。在他第四次让鄢慈张嘴却把蟹黄包塞进自己嘴里时，鄢慈终于怒了：“你有病啊？”

方煜充耳不闻，继续拿起第五个。

鄢慈愤怒大喊：“我不吃了！”

方煜淡淡威胁她：“不张嘴我就封杀你，你尽管试试。”

鄢慈被他气笑了：“你以为广电你家开的啊？想封杀就封杀？神经……”

方煜面无表情地盯着她，鄢慈瞬间㞞了，把最后一个字咽了回去。

长得这么好看精致的一个人，不仅毒舌，还是个心理变态。鄢慈已经麻木了，冷眼看着方煜的手指在她眼前晃，心里翻腾着滔天怒意，想把方煜按在化粪池里滚一圈。

“嘁。”方煜嘴角一挑，嘲笑道，“看你那傻样。”

用包子挑逗她就算了，言语上还要侮辱她。鄢慈越想越不能忍，刚要跳起来回击，方煜顺手把蟹黄包塞进她嘴里，没头没脑地问了一句：“懂了吗？”

懂什么？懂这蟹黄包满溢着蟹黄的油渍和香甜？还是懂组成这白面皮的庄稼得来不易？鄢慈此刻唯一的想法就是：蟹黄包真的太好吃了啊啊啊！

方煜伸出恶毒的魔爪，正要袭击她的头，鄢慈嘴巴塞得满满的，连忙护着头，含混不清地大喊：“懂什么啊？话说清楚好吗！”

方煜看傻子一样看她：“我问你‘冷然怒道’，懂了吗？”

鄢慈一怔，他刚才是在教她怎么表达宁浮萍的感情波动？

方煜把剩下的包子推给她：“都吃掉。”

“啊？其实我吃一个就可以……”

“我让你都吃掉。”

“哦……”

方煜掏出烟，刚要点上火，想到鄢慈还在这吃东西，又把打火机放回裤兜里。他站起来，想换个地方抽烟，临走前想了想，又对鄢慈说：“下午拍吃烧饼的戏前，你给我喝两瓶水。”

“为什么？”鄢慈不解。

方煜一脸不信任道：“看你那饿死鬼投胎样，我怕你把那场戏演笑了。”

当天下午，方煜在剧场发飙了。那是一场裹挟着漫天杀气，扑面而来的狂风骤雨，让鄢慈在以后的岁月里每每想起都会不寒而栗。

贺禹没和剧组打招呼，悄声带着助理离开，下午拍摄时找不到男主角。导演打电话给他，收到的回复是：“我在《剑啸九天》这边拍摄。反正我下午也没几个镜头，让替身站位吧，有需要的明天我来补个脸。”

方煜知道贺禹一声不吭地轧戏以后，也不管剧组多少人在，当场把他祖宗十八代问候了一遍，词汇之丰富，语句之连贯，听得鄢慈目瞪口呆。

方煜骂完以后，，直接给废品回收站打电话，让他们派车过来把贺禹的遮阳棚、化妆桌和行李通通拉走，又和导演埋头在一起商量些什么。

一个长相酷似贺禹的替身演员不安地站在一旁。

林晴晴一副看好戏的表情，幸灾乐祸道：“这个贺禹真是一朝飞上枝头，内心极度膨胀。不过方老师也是狠，贺禹那箱子可是爱马仕的呢，他就直接让人拖去废品回收站了。”

方煜和导演说完话，随手拍了拍替身的肩膀，说了句什么。那替身一副受了惊吓的样子，哆嗦着说不出话来。

“今天休工吗？”鄢慈上前问，“贺禹不在怎么拍？”

方煜把替身往前一推，郑重道：“以后你的对手戏和他演。”

“方老师，您别开玩笑了。”替身惊恐道，“禹哥知道，我以后怎么混？”

鄢慈惊了：“贺禹是投资商塞进来的，你说换就换啊！”

方煜嗤道：“投资商算什么！我就算把你换了，找只母猫当女主，这剧也得照样拍。”

鄢慈看了一眼替身演员，他脸上的害怕和担忧不似装出来的。贺禹背靠大树好乘凉，他却只是一个普通的替身演员，抢贺禹的角色？他有天大的胆子也不敢这么干。

鄢慈偷偷用手机发了一条消息出去。一转眼，方煜放大的脸正在背后偷窥她。

“你给谁通风报信？”方煜眼眸黑而深邃，表情阴恻恻的，盯着她的手机。

“嘻嘻嘻。”鄢慈装傻。

方煜伸手：“给我。”

“嘻……”

方煜极其没有风度地把鄢慈的手机抢了过来。微信的页面是打开的，头像依旧是那张眼熟的表情包大脸。

嘻嘻嘻：陈少，贺禹捅马蜂窝，方煜爆炸了。

后面还配了一张蘑菇头捂胸表情包：好怕怕！

方煜脸黑黑的。

对面很快回了消息：今晚陪我吃饭，叫方煜也来。

方煜按开语音，嗓音清冷，淡淡道：“鄢慈过不去，她马上就要被我打死了。”

鄢慈："……"

晚上八点。

全副武装的鄢慈和不修边幅的方煜准时到达陈越之定的酒楼。包厢里饭菜还没上，几个男人围在桌子边抽烟，贺禹赫然在其中。

看到有人进来，一个男人随手把烟掐了，向他们招手。

有个男人在旁边起哄："陈少还叫了女人？不会还是上次那个网红吧？"

陈越之长相俊美，眼睛狭长，五官不似正常人的端正，看上去带着点邪气。

"都是我朋友，口罩摘了。"他用命令的语气对鄢慈说道，同时手臂搂上了鄢慈纤细的腰。

方煜盯着他的手看了几秒，又漫不经心地收回目光。

鄢慈摘掉口罩、墨镜和帽子。包厢里顿时响起此起彼伏的惊呼声。

"鄢慈？陈少，你女人？真可以。"

"鄢鄢，我弟弟是你骨灰级粉丝，一会儿帮我签个名。"

几个男人都很年轻，穿着不凡，看样子也是些家境优越的富二代。他们看向陈越之的目光带着羡慕。谁没点攀比心？他们这种人也不例外，只不过成本比普通人更高。比如说，家里的资产、限量的跑车和有名的女人。鄢慈可不是他们平日里眉来眼去，几件奢侈品就能哄得团团转的小网红。她是圈里最红的女艺人，多少宅男的梦中情人。

陈越之指着几个男人中的一个："这是薛少，叫人。"

鄢慈笑了笑："薛少好，你们叫我鄢鄢就行。"

一圈叫下来，陈越之又指了指方煜："这个你认识了。方煜，我大学同学，最好的哥们儿，叫方少。"

方少……鄢慈看着方煜那张脸，一阵恶寒，两个字在嘴里翻来滚去叫不出口。

方煜看了她一眼，淡淡道："别叫，恶心。"

陈越之拍了拍他的肩膀，笑骂："臭脾气。"

陈越之让服务生上菜，和几个朋友调笑了一阵，又把目光落到方煜身上："我听说贺禹惹你生气了？"

贺禹坐在方煜对面，不知道陈越之和他说了什么，他从方煜进门起就一直苍白着脸，惊疑不定，没了白天那副嚣张的样子。

方煜不作回应。

陈越之又道：“这顿饭没别的意思，我把他叫过来，给你道个歉。都是朋友，大事化小。”

贺禹极有眼色地站起来，倒了一杯红酒敬方煜：“方少，今天的事情是我的错，您别和我一般见识。”

方煜夹了一块肉放进嘴里慢慢咀嚼，不说话。

贺禹脸色难看起来。

“认识这些年，我是什么人，你不知道？演技差没什么，但作为一个演员，他连最基本的职业道德都没有。迟到、早退、替身、轧戏。我最恨这种演员，我爸也是。你如果想他继续参演《浮萍》，可以，但我也明确地告诉你，只要他在里面露一个脸，这部剧就永远别想过审。”

方煜出人意料地没有发挥毒舌神功，但他态度更强硬，言辞语气毫无商量的余地。饭桌上鸦雀无声，贺禹还尴尬地站着，两只手握着高脚杯的杯颈，悬在半空。

陈越之沉默了几秒，忽然笑了笑，他把手搭在鄢慈肩膀上。

“鄢鄢，你看方少生气了。你这个做师姐的也敬方少一杯酒，让他消消气，别跟贺禹一般见识。”

包厢灯光暖融融的，鄢慈闻言抬头，茫然的目光一下子撞进方煜的眼睛里。方煜的面孔在光线的映射下显得温和而柔软，可鄢慈知道这都是假象。她分明在方煜看似平静实则凌厉的目光里读出了这样一道信息：你敢动那杯酒试试！

鄢慈站起来，刚要端酒杯，方煜点了支烟，吐出几口烟圈，漫不经心地道：“放下。”

方煜是在威胁她。他状似不经意地看了她一眼，眼里全是凛冽的警告。鄢慈的手和笑容一起僵在半空，一时不知道该不该继续。敬个酒还要被嫌东嫌西，她难道不要面子的吗？ 她难道想跟贺禹演对手戏吗？她难道能无视陈越之的要求吗？她难道……

陈越之皱眉：“鄢鄢，你愣着干什么？”

鄢慈咬了咬莹润的嘴唇，端起酒杯，走到方煜座位前面：“方老师，我敬您。”

鄢慈穿着一条黑色的吊带裙，衬得身上的皮肤像阳光下的新雪一样，白里透亮。因为方煜坐着，她只得稍稍弯下腰，V字领口微微张开，露出了胸前大片嫩白的肌肤。

她和他保持着半米的距离，可方煜还是清晰地闻到了她衣服上散发出的蓝风铃尾调。那味道在方煜的鼻子里不安分地萦绕着，带着股纯纯的甜，就像面前紧张的鄢慈，明明长了一张明艳动人的脸蛋，却包了傻里傻气的馅。

饭桌上坐着的一圈男人，目光全部聚集在二人身上。鄢慈略显局促，尴尬地一只手捂在胸前，不让自己走光。方煜本来想就着手里正在抽的这支烟，慢慢考虑怎么拒绝，此刻心里却腾起了一股莫名其妙的烦躁。

包厢的灯光调得太亮，空调温度开得太低，指间夹着的他最喜欢的香烟，今晚味道也说不出的怪异，熏得他嗓子一阵疼，看什么都不顺眼。

方煜淡淡地抬起手，把烟按灭在贺禹举着的红酒里，英挺的眉毛扬了扬，转头看着陈越之：“你什么意思？”

陈越之温温一笑，眼里流出来的却是冷光：“方煜，给我个面子。”

方煜侧过脸，瞥了鄢慈一眼。

他不碰酒杯，陈越之毫无让她回去的打算。陈越之注意到了他的眼神，吩咐道：“给方少说几句好听的。”

鄢慈垂着浓密睫毛，盈着水光的眼睛眨了眨，正要开口。方煜拿起茶杯在她杯子上重重碰了一下，冷声道：“不必。”

他与鄢慈碰杯后，随手碰了碰贺禹停在半空的杯子，脸上是毫不掩饰的厌恶：“我给陈总一个面子，但你记着，只此一次。”

贺禹脸色像锅底灰一样暗沉，他手里端的是融着烟灰的酒，因而动作踟蹰。

“不喝？”方煜冷着声音问。

“贺禹。”陈越之叫他一声，警告之意再明显不过。

“我喝，谢谢方少。”贺禹勉强一笑，咬着牙，把酒灌进了嘴里。

夜里十点。。

薛凡提议去酒吧进行下半场，陈越之欣然同意。方煜不想和这群人鬼混，随口推掉。他刚起身走到门口，忽然听见陈越之在身后说：“鄢鄢，你扶着点薛少。”

鄢慈今晚被那些公子哥儿灌了很多酒，更是为陈越之挡了不少，方煜从头到尾自顾自吃菜不理会她。她此刻脚步有点浮，脸颊红通通的一片。薛凡很自觉地走过来把手搭在鄢慈肩膀上，手不安分地摸了摸她的脖子。鄢慈脸色一变，向旁边挪了几步。

方煜“砰砰砰”敲了三下包厢的大门，表情阴鸷：“明早有戏，鄢慈跟我回去。”

“方煜，你扫兴了啊。”陈越之眼睛眯着，呼吸间都是酒气。

方煜不理会他，望着鄢慈，声音发冷：“你走不走？不走，明早给我收拾东西滚蛋。”

鄢慈还是醉了。她出酒楼忘记戴口罩和墨镜，一路跌跌撞撞地跟着方煜来到停车场。方煜脸上阴云密布，他步子很大，根本不管后面跟了一个喝醉酒脚步踉跄的女人，径直去取车。

鄢慈被台阶绊了一下，愣愣地摔在地上。她迷茫地看了看四周的景物和天上的月亮，一摊稀泥似的趴在地上不动了。

方煜停住脚，不耐烦地回身拉她。鄢慈喝醉后很乖巧，不吵也不闹，像只软绵的小猫。她突然抓住方煜的领子，把他一起拖到地上。方煜头痛，鄢慈身板看着瘦削，却十足像块口香糖，黏在地上，他拉不动，只好把她横抱起来。

月色很美，月光一张薄纱似的笼在她身上。鄢慈手脚修长，肌肤莹润，显得更娇俏动人。方煜的手触碰着的是她裙子下豆腐一样软白的小腿，触感又腻又滑。他嗓子一阵发干。

方煜咽了下口水，动作迅速地把她丢到副驾驶位，自己钻进驾驶室。

鄢慈被磕得痛了，脸贴着玻璃像小孩赌气，不理方煜：“坏人。”

“笨蛋。”方煜顺口回了一句。

鄢慈闻言转身，方煜在侧身给她系安全带，她柔软的嘴唇轻轻擦着方煜的额角过去，最终停在他温热的眉心。方煜指尖一颤，片刻后稳住。他将安全带系好，若无其事地坐直身体。

醉酒的人是不会尴尬的，鄢慈眼神迷离，仔细想了想方煜刚才的话，轻声抱怨："你骂我。"

"骂的就是你。"

方煜发动车子，一路沿着空旷的高速公路驶回酒店。

鄢慈错怪方煜了。他不只是想骂她，他其实更想打她。想把她的头按在地上，按到土里。可面对一个喝醉的人，他有多少暴力念头都得收一收。

如果不是陈越之让鄢慈给他敬酒，他今晚压根不打算接受贺禹的道歉。鄢慈的性子说硬不算硬，说软是真软。她往那儿一杵，像只受人欺负的小包子，白净松软的面皮，奶油般甜腻的馅。他也想像晾着贺禹一样晾着她，可真这么做了不到一会儿，心里就说不出的堵塞。

夜晚寂静无声，只有路边灌木丛里发出隐隐约约的虫鸣。

鄢慈偏头看着方煜开车，眼睛睁得大大的。

"陈越之是你男朋友？"方煜敲了敲方向盘，明知故问。

鄢慈摇头。她离方煜很近，张口吐出甜甜的葡萄味："男朋友不会让我陪酒。"

方煜嘲道："你不想陪，他敢勉强你？"

以鄢慈现在的咖位，只有资源上门找她，没有她需要去陪酒求资源的道理，更别说是陈越之私交的朋友。公司把她含着嘴里都怕化，陪酒这种事如果她不同意，他们怎么敢让她去？鄢慈红得发紫，愿意签她并为她支付解约金的新东家还不比比皆是？惹怒了她，耀星可是人财两失。

鄢慈虽然醉了，却能听出方煜讽刺的语气。喝醉酒的人情绪容易波动，鄢慈此刻心里冒出了一棵憋闷委屈的小芽，在方煜冷漠脸色下疯狂生长起来，长成一株爬山虎，用张狂的藤蔓把她的心包裹得严严实实、密不透风。方煜觉得她是自愿的，她有点难过。

"我……"鄢慈闭了闭眼，声音低低的，"我和耀星签了二十年。"

"我也想过解约，可二十年的解约金，谁来付？谁付得起？"

方煜的目光穿过车前玻璃，落在远处月光下连片的黛色山影上。今晚的月色有多明亮，那片影子就有多黢黑。

"入圈前也想着，要干干净净的，好好演戏，努力工作。可真进来以后才发现，这种事，谁说了算呢？"鄢慈的眼神缥缈地落到一个地方，便不再移动了。

“他现在能让你陪酒，以后就能让你陪别的。”方煜哑着嗓子，转头看她，“到时候呢？你也陪？”

鄢慈听到这话，眼神变了，茫然无措的神情消失，取而代之的是一抹小小的清明。

酒醒了？方煜看了看冷气，明明开得也不大。他还在恍神，鄢慈突然从座位上直起身子，“咣”一巴掌拍在他脑门上。

方煜：“……”

敢打他，看来是没醒了。

“你说什么呢！”鄢慈看起来有点生气，她拍了一巴掌还不解气，又接连着“咣咣咣”在方煜头上打了几下。

“我底线虽然不高，但还是有的。”她挺着胸脯，噘着嘴唇，一脸“你怎么能这么想我”的表情。

方煜被她打蒙了，还没来得及还手，就又听她声调高扬道：“不过，都像你这么帅的话，陪陪也没关系。”

说着，鄢慈从副驾驶座爬起来，按着驾驶座的椅背，头一横，挡住方煜的视线。

“坐下，你挡我……”

鄢慈小嘴一张，白瓷似的门牙“嗷呜”一下咬在方煜右脸上。

“我到时候第一个陪你！你等着吧！”

方煜：“……”

第二章 灵性

“当红小花旦携手盛世美颜小鲜肉共谱一曲乱世恋歌，贺禹新人出道挑大梁风头更压鄢慈一筹！”

“《浮萍》鲜为人知的背后秘密，原来他才是最努力的人！”

“论演员的自我修养——揭秘新人男主角剧组蹲地吃饭，同组女主角多位助理跟随，派头堪比国际影后。”

拍戏间隙，趁着工作人员调试设备，林晴晴和鄢慈挤在一张板凳上，给她读今日更新的媒体通稿。

“贺禹真不要脸。”林晴晴一脸吞了苍蝇的表情，“作品都还没有，先开始炒作了，还踩着你上位。你看这儿——男主角剧组蹲地吃饭。蹲在地上吃饭的人明明是姐你吧？昨天贺禹的助理招呼都不打一声，过来抱着你的凳子就走。我要不是看她小身板弱柳扶风似的，我肯定捋袖子‘咣咣咣’三大嘴巴子就上去……”

鄢慈头耷拉着，蔫蔫的没有反应。

“姐，你最近怎么这么不带劲啊？”林晴晴五指张开在她眼前晃了晃，“病了？病了你得告诉我，咱早点去医院。”

鄢慈本来在神游天外，突然听到林晴晴嘴里“咣咣咣”的拟声词，身体一抖，一脸菜色。那天晚上自己喝醉时干的蠢事又一齐涌上脑海。

“咣——咣——咣——”嘴巴噘起，舌头缩起，而后嘴角复平，归于平静。多么美丽的唇形，多么美好的音调，像极了她扇方煜的那几下子。她能带劲才有鬼。

林晴晴说得没错，鄢慈大概是病了，那可能是一种叫作被害妄想症的绝症。

那晚以后，方煜整整一个星期没来剧组。而她关于那天的最后记忆是，喝醉酒之后，她骂了方煜，打了方煜，咬了方煜。这些都不重要，最可怕的是，那晚她头脑一时迷糊，向天借了几万个胆子，竟然扬言要睡了方煜。不说方煜会不会打死她，光说要睡了方煜这个想法，这心理得有多畸形、多变态，才敢这样想？鄢慈想起来怪后怕的，以方煜那怒起来堪比火山喷发的暴躁性子，竟然没当场打死她。

贺禹自从上次酒局被方煜整过之后，就像变了个人。初来剧组那天的嚣张气焰全部收敛了，每天按时开工、收工，对导演尊重有加，偶尔拍戏的间隙也会抽空和鄢慈聊天。如果不是第一天见过他那跋扈样子，鄢慈都要以为他是个谦虚有礼的上进新人了。

贺禹认真配合拍戏以后，剧组就没出过什么乱子。虽然他还是会在没他戏份的时候，赶去同在横店另一个剧组，但方煜不在，导演忌惮他的背景，也就对此事睁一只眼闭一只眼。

这晚有夜戏，贺禹一到晚上就开始犯困，状态不对，NG了十几次，一场简单的戏拍到十一点才收工。鄢慈赶回酒店时已经快十二点了，浑身酸软，眼皮子千斤重。她揉着红通通的眼睛站在房门口掏门卡。下午换了衣服，早上穿的那身被林晴晴带去干洗了，门卡不在身上。她给林晴晴打电话让她快点回来，自己站在门口百无聊赖地刷起了微博。

“咦？”鄢慈小声惊呼——两个小时前自己被顶上了热搜。

“心疼鄢慈”，微博热搜上赫然出现这样一个话题。

“李恺又给我乱买热搜！好端端心疼我干什么？”

李恺以前给她买过类似的热搜，比如她因为拍戏受了点小伤，李恺则会大张旗鼓地到处宣扬“鄢慈受伤”。明明只是吊威亚身上勒出了一道瘀青，竟把它炒成了鄢慈从威亚上掉了下来。夸大事实不说，看着评论里一片心疼她、关心她伤情的回复，鄢慈心里也不好受，总觉得是在欺骗粉丝的感情。鄢慈为这件事和李恺吵过好几次，但没什么用。李恺不仅是圈里手腕强势的王牌经纪人，更是耀星的高层，他打定主意要做的事，很少有人能改变他的想法。

可当鄢慈点开微博内容后才发现，这次的热搜还真不是李恺买的。

她一周前录制的那期真人秀节目《来吧勇士》晚上开播。九点半播完之后，看过节目的网友自发把鄢慈顶上了热搜。

我的妈！鄢慈也太可爱了吧，要笑死了，哈哈哈哈哈哈！

纯路人，不太明白为什么总有人黑她。这么蠢萌的一个姑娘，笑起来还那么甜，我都要路转粉了。

鄢慈姐姐，告诉我，这么平坦的地面你是怎么做到连摔三跤的！太萌了吧！

……

鄢慈家粉丝多，战斗力强，但黑粉也多，每次热搜下面的评论黑子和粉丝各占一片天，她从来没见过评论区如此和谐地对她清一色的赞美。

她嘴角不自觉地上扬起来，漂亮的眼睛睁得大大的，整个身体暖融融的，一股欢脱得想要跳舞的冲动油然而生。

方煜平日因为写剧本作息昼夜颠倒，算是半个夜猫子。他写完今天的计划字数，倚在床头看书。房间灯光温暖，衬得他脸颊的线条也柔软起来。看到有趣处，他眉毛微微上扬，捏着书页的指尖停住，回过头再三品读。

门外忽然传来一阵欢快的歌声。

“跟着我左手右手一个慢动作，右手左手慢动作重播，这首歌给你快乐，你有没有爱上我！”

方煜听得出来这是谁的声音，他本来不想理会，可外面那傻子唱起来没完，跑调不说，还翻来覆去就是这几句单曲循环。

“这首歌给你快乐，你有没有爱上我——”

最后一下直接破音。

刚刚读起来充满哲思的句子，此刻在他漆黑如墨的眼底却散乱起来，拼不出一句完整的话，耳边回荡的全是鄢慈难听的跑调跑到姥姥家的歌声。

方煜骨节分明的手指一顿，忍无可忍，把书摔到床上。

鄢慈许久没有被路人这样夸奖过，一颗心兴奋得怦怦乱跳，甜得像在蜜糖罐里滚过一圈。这层楼被剧组包了，大家都还没收工回来，她既不用担心会打扰别人，也不用担心被人看到在这里发神经，于是肆无忌惮地在走廊上手舞足蹈。

她嘴里哼哼着为自己配乐，胳膊伸直，身体作大鹏展翅状。T恤上翻，露出精致的腰线和小巧的肚脐。修长的腿向后抬起，如同一只高贵的天鹅，在半空中勾起一个再完美不过的优雅弧度。从房门这头跳到房门那头，她如舞台上翩翩起舞的绝美舞者，舒展身姿，尽态极妍，放飞自我。

“你有没有爱上我——”

鄢慈乳燕般轻巧落地，正对着自己的房门劈下一个标准的横叉。柔韧的腰肢一扭，飘逸的长发一甩，脑海里幻想着场下观众爆发出一阵热烈的欢呼：“啊——鄢鄢——我们爱你——”

她回过娇媚的脸蛋，葱白的嫩指冲着对面的房门一指，唇边绽放邪魅诱惑的微笑。

“你有没有爱上我——”

下一秒，方煜拉开了门。他穿着一件破了洞的白色背心，俊美的脸上面无表情，右侧脸颊带着一个还未退去的清晰牙印。

鄢慈的笑容僵在了脸上，动作僵在了半空。她坐在地上，高度与方煜的腿根平行，伸出去的手指好死不死，正正指住方煜的裤裆。

方煜毫不犹豫道：“我爱你才怪。”

他面色阴沉，眸光黝黑，脸臭得像茅坑里的硬石头：“大半夜不睡觉，跑我门前唱歌，你不怕神经紊乱内分泌失调更年期提早未老先衰？”

鄢慈的手尴尬地指着方煜的下身，距离他不到十厘米。

方煜眼睛下瞄，嘴角抽搐：“手指哪里？”

鄢慈挠着头，傻笑两声，讪讪地把手放下，从地上爬起来。

一周没见方煜，他还是那副邋里邋遢的样子，头发乱蓬蓬如鸡窝，宽松的白背心像是年代久远，腰上开了两个大口子，露出他肚子上微微凸起的肌肉。不知道是不是在屋里宅了一周不见日光的原因，他好像更白了。那晚被鄢慈无敌小钢牙咬出来的印子不仅没消，周围那一片皮肤还瘀青着，衬着白净的皮肤更显眼。

鄢慈试探着问道：“你这几天怎么不去剧组？”

她一张嘴，皎白的牙齿便出现在方煜的眼皮子底下。方煜一见她和她的牙就来气，没好气道：“关你屁事。”

鄢慈被呛了也不生气，她小心翼翼地偷看方煜脸上的牙印，又问：“你不去剧组是因为脸上挂彩了吗？”

方煜的太阳穴以肉眼可见的频率鼓动两下，抬眼看她时充满凛冽的杀气。

“对不起，我那天不是故意的，主要是因为那个酒喝起来挺甜的，谁知道它后劲那么……”

大。

鄢慈话还没说完，方煜“啪”的一声把门摔上，留给她一个愤怒的背影。

“方煜？”鄢慈探手敲门，“你别生气呀。”

没动静。

“我明天戏份挺重的，但我揣摩不好人物的情绪，你给我讲讲本子怎么样？”

还是没动静。

“方老师，你真的不去片场监督我？我最近拍戏特别不带劲，如果把浮萍这个角色演砸了，我是花瓶女演员我不怕，可你金牌编剧的名声，真的没关系吗？”

依旧没动静。

鄢慈隔了好久都没再说话。方煜以为她走了，他铺好床单，把书放回桌子。就在他脱掉上衣正要睡觉的时候，忽然听见门外传来一阵欢快的手机音乐。

“恰恰恰恰恰——恰恰恰恰恰——”

方煜：“……”

鄢慈竟然在他门口跳恰恰！方煜觉得他一定是对她太仁慈了，才使得她敢这么无法无天。他真的有必要重新给她立下威严，让她知道谁才是老大。

方煜赤脚下床，抄起自己的黑拖鞋就朝门口走去了。

鄢慈手机上放着恰恰舞曲，守株待兔般蹲在方煜的门边。他刚把门拉开一条缝隙，手里高举的拖鞋还没拍下来，她“噌”地一下把胳膊挤进去了。

“方煜。”鄢慈笑靥如花。

而方煜只想打她。

方煜没穿上衣，上身精瘦，鄢慈伸出去的胳膊好死不死地按在方煜的胸口。好干净，好滑，好细腻，还没有胸毛，鄢慈忍不住多看了两眼。

方煜静止了。就在鄢慈以为他在尴尬的时候，一只鞋底子照着她的手臂拍下来。方煜把拖鞋一丢，嘴唇动了动，看上去马上就要火山喷发。

鄢慈赶忙转移话题，揉着自己被打得很痛的手臂说：“我明天有打戏，很重要的一场，你来指导我吧。”

方煜冷着脸道：“哪来的打戏？你自己编的？”

“挨打！浮萍明天要挨打！明天拍她被关窑子那场。”鄢慈连忙解释，“我看过剧本，你是这么写的……”

“浮萍被打手按在地上用鞭子抽。她应该是很疼的，但你不让她叫，也不让她求饶。不叫就不叫，可是又要让她哭，哭就哭吧，你还要让她额头和脖子上青筋都爆出来，这我怎么控制得了？我哪来的青筋啊？你明天去片场吧，我怕我演不好。”

“不去。”方煜直接拒绝。

“你不去是因为脸上有……”鄢慈本来想说“是因为你脸上有我咬的牙印吗”，但是看到方煜吃人的眼神，又不敢说了。

方煜要关门，鄢慈又把腿伸进门缝：“等一下！等一下！”

她在随身的小包里翻来翻去，最终掏出一枚粉嫩嫩的创可贴塞到方煜手里：“我贴脚后跟防磨的，给你用。”说着，她指了指自己的右脸。

方煜深呼一口气，突然按着鄢慈的头：“看我。”

鄢慈抬头，走廊橘黄色的灯光映在方煜棱角分明的脸上。

他睫毛很长，在眼睛下面投出一道浅浅的阴影。多么帅的一张脸！如果方煜去当演员的话，肯定已经红透半边天了吧。她胡思乱想。

方煜指着自己的太阳穴，问：“看见什么是青筋了吗？”

他额角突突，青筋若隐若现。

“看见了。”

“知道怎么让它出来吗？”

鄢慈傻傻摇头，谄媚道：“不知道。老大你青筋这么收放自如，真是太厉害了！你不该当编剧，你应该去当演员！”

方煜冲她招手：“我教你。”

鄢慈附耳过来，方煜冲着她的耳朵就是一声怒吼：“贴脚的东西你让老子贴脸？不想活了吧你！”

方煜把创可贴往地上一扔，掉头进门。

夜里一点。

方煜失眠了，本来好好的睡意被鄢慈一搅和全都没了。他正刷着手机，鄢慈给他发了一条消息。

鄢慈：你明天到底去不去片场？

方煜高冷回复：不去。

鄢慈没动静了。方煜正打算闭上眼睛数羊，视频播放软件给他推送了一条消息：《来吧勇士》第四期，鄢慈可爱萌翻天爆笑全场！

“可爱萌翻天？”方煜嘲道，“也就粉丝能把傻子当成萌。”

他把手机一摔，头埋进枕头里数羊。

夜里两点。

方煜把脸从枕头里抽出来，捡回手机打开了那期综艺节目。

《来吧勇士》是一款户外真人秀节目，因其完全没有台本而具有极高的可看性，因此算是当前国内最红的综艺节目。固定六个男艺人，除此之外，每期会邀请一些嘉宾来参与录制。

而鄢慈则是这期的嘉宾之一。

一开场是欢迎嘉宾环节。

鄢慈穿着一身浅灰色的运动套装，长发干净利落地绑成马尾扎在脑后，她化着淡妆，笑起来让人觉得世界都是甜的。

“嗨——”鄢慈挥手向镜头前跑来跟大家打招呼，没踏出两步，“吧唧”一下摔倒了。还没等常驻嘉宾过来扶她，鄢慈自己动作迅速地爬了起来，刚往前一迈，左腿把右腿别了一下，又摔了一跤。

方煜：“……”

这女人怕是个智障吧？这么平坦的草地上，她是怎么把自己绊倒的？

嘉宾之一当红小生李乔过来扶她，鄢慈手忙脚乱地站起来，不小心踩住了李乔的裤腿，于是这次连着李乔一起，两个人一起扑倒在地上。

方煜打开弹幕，一串刷屏晃过。

哈哈哈哈哈哈哈哈哈，先哈为敬。

鄢慈是来搞笑的吗？怎么会有这么蠢的人啊？

心疼你乔，我们鄢鄢不定期犯傻，多担待啊，哈哈！

方煜嗤道：“不定期犯傻？多完美的粉丝滤镜，她有不傻的时候吗？”

这期节目是个人战，鄢慈解谜的提示被之前来过的李乔替换了，整个方向一开始就错了。当别人大街小巷跑着找一个卖冰棍的交接人，鄢慈找到一个卖西瓜的老大爷跟人家胡侃大山：“您能给我下一步的线索吗？”

大爷不明就里：“我得赶紧卖完西瓜回家。”

鄢慈冲着摄像机高深莫测地说：“我明白了，一定是得帮他卖完西瓜才有线索。”

由于节目组没有台本，一切全看明星自由发挥，因此鄢慈找错了人也没人出来提醒她。一个小时后，当其他嘉宾拿着任务品赶回基地时，鄢慈一只手提着一个大爷送的西瓜。

弹幕瞬间被“哈哈哈”刷屏了。

鄢慈在太阳下晒了整整一个小时，卖完了一车西瓜，一回来就累得坐在地上。

她额上的碎发汗淋淋地黏在一起，皮肤白里透粉，像个刚跑完步的邻家小妹。李乔给她递了一张纸巾，笑着向他道歉，她也不生气，顺手送了他一个西瓜。

……

凌晨四点。方煜看完了这期综艺。瞪着眼睛躺在床上，脑子里回放的全是节目最后鄢慈游戏输了，受惩罚掉到游泳池里的画面。

鄢慈从水里钻出来，脸颊水珠晶莹剔透，衣服紧紧贴在身上，衬得身材玲珑有致，凸起的胸脯和窄细的腰线勾人眼球。她没急着游上岸，却双手捋着头发站在那里傻笑。她本来生得就美，牙齿白而整齐，眼睛明亮，笑起来感染力十足，像春天最和煦温暖的那阵风，吹得人心湖一阵荡漾。

微信上还有鄢慈两小时前发来的消息，他看视频没注意到。

鄢慈：我觉得你现在非常需要这个。

下面是一条公众号的文章分享：惊！永葆青春美丽容颜居然只需要……

方煜点开。

“疤爱医生三周年店庆优惠活动大放送，祛疤除疤不要998不要998，无论您是什么疤，一律只要98！”一条微商广告，配图是几个身穿粉色护士服的大胸妹，双手平举胸前，托举起一颗颗大红的爱心。

方煜：“……”

他强忍着立即出门到对面把鄢慈揪起来暴打一顿的冲动，恨恨地关上手机。

凌晨五点，方煜再次爬起来。他顶着乱糟糟的头发，拉开房门，鬼鬼祟祟做贼心虚般冲走廊上看了看。四下无人，鄢慈那个粉嫩嫩的贴脚的创可贴还落在地上。他不动声色地捡起来，手速如电塞入裤兜，然后装作什么都没发生的样子，关上房门，继续睡觉。

“方编早。”

“方老师吃早饭没？你脸怎么了？”

方煜时隔一个星期再次出现在剧组，右脸贴着一个淡粉色的创可贴。昨夜睡眠不足，他眼袋深重，显得无精打采。

“被蚊子咬了。”方煜一脸别扭，顺手从剧组的早餐箱里掏出一个包子，一杯豆浆，“怎么样？”他指指屋里，鄢慈正在拍挨打那一场戏。

副导演：“天气太热，状态不怎么好。”

“CUT——”

宋导喊停以后，林晴晴赶忙上前把鄢慈拉起来，将风扇对着她开到最大。屋内没有空调，加上工作人员太多，非常拥挤，空气不流通，室温差不多有四十度。因为要挨打，鄢慈在衣服里面套了一身薄棉袄。这天气别说是棉袄，就是穿比基尼都会冒汗。

“姐，喝一瓶藿香正气水，别中暑了。”

鄢慈无力道：“让我喝那种东西，你不如杀了我吧！”

宋导走过来：“还行吗？”

鄢慈摇头：“李哥他们下手不舍得用力，要不我把袄子脱了？反正鞭子是特制的，打身上不会留疤。”

“那怎么行？”宋导不同意，“就算打不破，打在身上疼是实打实的。”

“这样我找不到感觉。”

正说着，门口走过来一个人。鄢慈不用抬头，只看那双黑色拖鞋就知道来的人是谁。方煜只走到门口就不再往里走，倚在门框上慢条斯理地吃早餐。

“方煜！你怎么来了？”鄢慈冲他挥挥手，很兴奋，“你脸上是我的脚贴吗？”

“拍你的戏。”方煜冷淡回应，一副看傻子的表情。

“再来一镜试试。”宋导提议，“痛苦的表情，你把这点演出来我们就切下一场。”

鄢慈脸上红扑扑的，鼻尖和额头都渗着细微的汗珠，两侧的碎发也被汗水打湿黏在了两颊。她看了方煜一眼，轻声说：“剧本不是这么写的。”

宋导无奈：“小方，你看。”

方煜吃完包子，走进屋内，迎面蒸腾而来一股闷热的气浪，顶得他刚吃进嘴的食物差点吐出来。

这场戏要求很高，不光只是一场挨打的戏。鄢慈在这场戏里不仅眼神中要表现出忍痛、倔强、哀伤，动作上也得注意把握分寸。她的身体要表现出一种因为挨打而造成的剧烈颤抖，要哭，还要按剧本上说的青筋毕露。可她真的没有青筋！

方煜狗嘴里吐不出象牙：“这么想挨打，你是受虐狂？”

鄢慈看他一眼：“不是你教我的吗？”

方煜拧眉：“我教你什么？”

“代入感情。”鄢慈想起那天他用包子逗她的事情，“表演出来的愤怒和真正的愤怒不一样，是这样吧？”

方煜愣了愣。那天他的确是想让鄢慈切身体会一下宁浮萍的感情，拍好那场戏，但他没指望鄢慈以后每次拍戏时都能记住，可现在看来，鄢慈似乎比他想象中要上道。

“他打我不疼，我要分心去揣摩怎么把‘疼’演出来，那么其他情绪就会不到位，但如果他打得我很疼……”

“那你会疼得忘记还在演戏。”方煜一句话毫不留情地戳中问题所在，“老实一点，有什么特殊癖好私下解决。”

鄢慈出奇坚持：“不行，我要脱。”

方煜本来怕她被打疼了，看她这么固执也不耐烦：“随你。”

《浮萍》十二场第四镜第五次。

浮萍一身素色的衣服，破旧不堪，她三天没吃东西，奄奄一息地趴在满布灰尘的柴房。“嘎吱——”房门被人从外面推开，三个强壮的男人手里握着鞭子进来，满目狰狞。

“都被送到这里了，你愿意得卖，不愿意也得卖，区别只在于多遭点罪，怎么非要和自己过不去？今天是最后期限，你还敬酒不吃，可别怪兄弟几个让你吃点苦头。”

浮萍气息虚弱，眼神却凛冽，她看着几人，清冷地吐出一个“滚”字。

鄢慈脱掉小袄以后，身上只穿着一件单衣，几个男演员开始不敢下手，鞭子抽在身上连只苍蝇都抽不死。鄢慈看着他，用眼神示意没事，导演也不喊停。男演员牙一咬，心一狠，“啪啪”两鞭子抽下去，只见鄢慈表情瞬间变了。这前后两种“疼痛”表达的还真不是一种疼法。她身体条件反射地一缩，整个人像虾子一样微微蜷起来。

剧本里的浮萍尽管鞭子劈头盖脸地砸下来，也不会痛叫，只是咬着牙闷哼。鄢慈抖了几下，把头埋进肘弯，再抬起来时满眼泪水。

在场所有的人屏住呼吸。如果说之前的四次拍摄都不尽人意，那这第五次简直是一场惊喜。

鄢慈表情并不狰狞，也没有夸张的痛苦，她眼神澄明不屈，满脸是灰，手腕、胸口都是鞭子抽出来的红痕，眼泪滴滴答答打在地上，一哭起来，只让人觉得整颗心都在颤抖。

导演悄声站了起来，目光死死地盯着场地中央。

浮萍被人从地上拎起来，两个男人架住她，另一个抡着膀子上前“咣咣咣咣”左右开弓给了她四个耳光。

“CUT——”导演满脸掩饰不住的欢喜，“这场太棒了。”

鄢慈“嘶”的一声痛抽一口气，挽起袖子，胳膊上全是红痕。

“没打疼吧？”方才动手的那个配角看到她身上的痕迹，连忙过来道歉。

鄢慈笑了笑：“没事。”

林晴晴拿来冰水给她，替她擦头上的汗。方煜站在一边，从头到尾都没吭声。

“怎么样，可以吗？” 她欢快地问道。鄢慈觉得她这场投入的感情很真实也很充沛，方煜再苛刻，也该满意了。

方煜看着她胸前被汗浸湿的衣服、红通通的眼角和身上被打出来的鞭痕，本来想说的话忽然说不出口了。他顿了顿，回答：“不错。”

鄢慈注意到他的停顿，问道：“不好吗？我刚才是不是没爆青筋？”

方煜不太会说谎，他沉默几秒：“比之前好多了。”

“哪里不好你告诉我，我再拍一遍就是了。”

宋导插话：“我觉得鄢鄢这一场拍得不错。”

“有一个感情表达错了，你是疼哭的吧？”

鄢慈眨了眨眼，刚才哭过，说话间还带着浓浓的鼻音："有什么不对吗？"

"前面是疼哭的没错，但到后面……"方煜手掌在空中虚虚比画一下，"她哭是因为痛。"

疼和痛，这不一样吗？鄢慈被搞蒙了。

"此时发生的事情和她从前的生活相比，是两个极端。你曾上过天堂，又下地狱，在火海油炸里想起往昔的种种，这中间有一个情感的过渡。我这么说，你明白吗？"方煜此刻说话太温柔，都有几分不像他，"你刚才只表达了前半部分，后面的情感是不存在的。"

鄢慈握着那杯冰水，精致的眉毛皱了一下。方煜没说让她重来，可在他解释过以后，她忽然觉得刚才那段戏并没有她心里想象的那么好。

一夜爆红以后，片约多得接不过来。她正当红，又有靠山，导演不敢太过严格，对她的要求一直停留在只要能拍出感觉就好的地步，反正不管怎样，总会有粉丝为她买单。

她已经很久没有用心雕琢过一个角色了。上一次投入全部的感情拍戏，还是出道作品《青梧桐》。她饰演的阮青铜白衣飘飘，长发及腰，是多少男人心中初恋的原型。那是她迄今为止最满意的一部戏，可即使这样，也还被方煜说演技烂。

鄢慈心里隐隐有股难过，连带着一股浓浓的不甘心。她看了看方煜，又看了看导演："再拍一次。"

宋导看着她红痕纵横交错的胳膊，一阵为难："要不算了？"

身上还是火辣辣地疼，可她神色认真，眼神坚定："再让我试一次。"

方煜忽然问："再拍不好呢？你知道怎么表达后半部分的感情？"

鄢慈没想好，她只是心里好强。

"什么都不懂就凑上去挨打，你是傻子？"

你才傻。鄢慈心里暗想，一回头感觉方煜靠了过来。方煜坐到她旁边，呼吸间的热气喷在她脸旁："代入你自己。想想那些你曾经拥有过，现在却求而不得的东西。当你往后的时光里遇到挫折和绝望，只要一想起就会勾起往昔的美好回忆，但同时更为现在的境遇感伤。"

听到他这句话，鄢慈眸子瞬间清亮了。

她思索了一会儿，又问："那青筋呢？"

“青筋不要了。”方煜淡淡道。

《浮萍》十二场第四镜第六次。

“……今天是最后期限，你还敬酒不吃，可别怪兄弟几个让你吃点苦头。”

浮萍被鞭子抽得皮开肉绽，躺在地上发抖，她身体因为流泪一颤一颤，从眼皮到指尖，每一个细微的部位都在轻轻发抖。

这不是演出来的，她是真的疼。鄢慈眼睛里满溢的泪珠顺着鼻尖一直滚到颈窝，她的脖颈洁白修长，领口中袒露出的锁骨十分精致，这样的鄢慈楚楚可怜，勾人得紧。

她哭着，眼神突然一变。瞳孔深处映着遥远的回忆，乍一看似乎呆滞，但细细品味，里面又带着一丝难以言喻的悲伤。透过她的眼睛，面前的空间仿佛变幻了，一瞬穿越到锦衣玉食的锦绣闺阁，庭院假山，流水淙淙……

那是宁浮萍的曾经，是她再也回不去的年少时。也是鄢慈心里某些说不出口的感伤。方煜站在一旁，静静地看了许久。他忽然觉得，鄢慈演戏的灵性，似乎比他预想中要好得多。

“CUT！”宋导惊喜地笑道，“这一镜太完美了。”

鄢慈从地上爬起来时踉跄了一下，她扶了扶额头。林晴晴赶紧跑过来搀着她：“姐，你是不是中暑了？要不今天别拍了，回酒店休息。”

鄢慈摆摆手，坐在椅子上喘了几口气。接近正午，太阳越来越毒，屋里温度也随之升高，工作人员也是汗流浃背，在互相分发冰水。

“我车在外面。”方煜站在她前面，随意道，“我打算去吹空调。”

鄢慈似懂非懂。方煜是在和她炫耀有空调可吹？方煜看她没懂自己的意思，继续补充：“这屋里真够热的。”

鄢慈擦擦汗，喝了口水，心想：既然你想找个人炫耀，那我就勉为其难当个好的聆听者吧。

“是啊，真热。”这样应该可以让他变态的心理得到满足吧？

方煜终于不耐烦了，皱着眉毛：“所以你到底去不去？”

鄢慈愣住，方煜掉头就走。她反应过来，水杯一扔，扑腾扑腾跟在方煜后面：“我去我去。”

方煜沉着脸开车门，看鄢慈想坐副驾驶座，那晚可怕的回忆涌起，连忙制止：“坐后座。”

鄢慈也听话，顺着爬到后座。

“陈越之不给你配保姆车，你不会自己配？多红的人了，混得这么惨。”方煜的嘴一刻都不能闲着，哪一分钟不毒舌，他可能会躁动不安得咬舌自尽。

鄢慈躺尸般仰在后座，一脸享受：“刚才拍得怎么样？”

“凑合。”方煜心里满意，却不想直说，他打开音乐放了一首温柔的钢琴曲，“刚才拍戏在想什么？”

鄢慈表情一瞬间变得古怪，皱着可爱的眉头不说话了。

“前男友？”方煜抬头在车镜里看她，“什么表情，爱说就说，不说拉倒。”

“鸡腿。”鄢慈诚实道，“当演员之后，我就没吃过鸡腿。”

方煜：“……”

那么动人的演技，竟然是想象一个鸡腿表现出来的？她怕是脑子有病？亏他还以为在那一瞬间恍惚看到了他心里的浮萍！

鄢慈从包里摸索出一个小铁盒，轻手轻脚地爬到前排两个座位中间的缝隙，掀开盖子，递给方煜：“创可贴不能贴太久，你换一枚吧。”

盒子里装着各式各样的卡通创可贴，天蓝、草绿、鹅黄、嫩粉……

方煜手指头勾了勾，在几枚创可贴上点了一圈，问：“你就没有正常颜色的？”

明明是你自己不正常，鄢慈心里这样想，嘴上却说：“没有，老大。”

她手腕纤细，上面一圈鞭痕。鄢慈把袖子捋起来，整个胳膊都是纵横交错的红印，有深有浅，看着吓人：“道具师说鞭子是情趣用品，打在身上的印子第二天就消了。”

“不消也没事。”方煜随手挑了一个粉色的，将脸上那枚撕下来，眼神在她手上停留几秒，“反正你有疤爱医生，只要九十八，青春美丽带回家。”

鄢慈：“……”

方煜突然问道：“上次你说和耀星签了二十年，据我所知，艺人签约一般是五年、十年，你为什么签那么久？”

和公司合同签得太久，对鄢慈这种大红的艺人有害无利。以她现在的热度，二十年的解约金往少里算也要九位数，别说她自己出不起，那些想签她的公司也得望而却步。

陈越之敢让她陪酒，经纪人敢骂她，无非也是看在鄢慈和耀星是完全捆绑在了一起。她虽然红，但命脉握在耀星手里，惹怒了对方，雪藏也只是高层一句话的事。她走不了，只能把一个女艺人最好的年纪都耗在耀星。

鄢慈眼神晃了晃，岔开话题："不为什么，我们是不是该回去了？下一镜要开拍了。"

方煜眸光冷静，定定地盯了她一会儿。其实这也没什么好问的，这么蠢的人，除了是犯傻签约，还有第二种可能吗？

"下一镜是灌药的戏？"

鄢慈点头。

方煜看了看天，正午的太阳十分毒辣，那屋子不知道得热成什么样子。刚才他看到林晴晴几次给鄢慈拿藿香正气水，都被她推走。这种天气，穿着戏服待在那种温度的房间，中暑都是轻的。

"这场想不想一次过？"方煜问她。

趁鄢慈在屋里补妆，方煜穿着拖鞋溜达到道具棚。

"方编。"道具师正在准备拍摄用的"药"。

方煜点点头，看着他手里的可口可乐，随意地问："冰的？"

道具师点头："天热，降降温。"

"鄢慈今天喝不了凉。"方煜表情严肃，说得像真的一样，"去换瓶常温的。"

道具师走之后，方煜又在棚子里逛了一圈，瞅着四下无人，把那碗冰可乐喝得一干二净。

《浮萍》十二场第五镜第一次。

柴房内。

打手端来一碗黑漆漆的药汤："臭娘们性子挺烈，我看这一碗药下去你还跟老子横。"

鄢慈满头热出的汗，顺着额角滴滴答答流到眼睛里，刺得睁不开眼睛。她的头一阵发晕，感觉自己快要昏倒了。这位灌药的大哥走得太慢了，好想喝冰可乐。

打手终于走到浮萍面前，狠狠捏住她的下巴。鄢慈脸上尽是倔强，心里却开心得要生长出一片欣欣向荣的喇叭花。冰可乐！集结了世间所有美好的东西！

浮萍挣扎，打手不管不顾，掰开她的嘴，一碗黑汤直接灌下。

鄢慈：“！！！”

一股直击灵魂的味道顺着味蕾直冲大脑，满口酒精辛辣顶得她脑门发热，喉咙滚烫，鄢慈被这味道冲击得愣了一秒，疯了一样扭动身体。

搭戏的三个演员只以为她是在演戏，更加卖力地配合着按住她：“让你再横！”

鄢慈眼泪一瞬间就飙了出来，她嘴里不停向外吐药，头左右剧烈地摇动。男演员捂着她的嘴不让她吐，继续念台词：“给我带下去关着，磨一磨她的脾气，今晚可有大戏等着她。”

宋导在一旁看着，十分感动：“鄢鄢的演技越来越炉火纯青，剧本里没有眼泪这一段，她自己加上不但不突兀，反而显得更生动。”

方煜挠挠头，没吭声。

“CUT——”

男演员放开禁锢她的手，鄢慈张开嘴，“哇”地吐出了嘴里还没来得及咽下去的那口藿香正气水。她已经忘记了中暑是什么感觉，只觉得自己快被毒死了。

她虚弱地趴在地上，没命地咳嗽。

“方煜。”她叫。

这种事除了心理变态，一般人干不出来，而她竟然在方煜问她想不想一次过的时候傻乎乎地点了头。变态的话怎么能相信呢？血与泪的教训，鄢慈告诉自己日后一定得警钟长鸣。

“你是不是想毒死我？”

方煜一反常态没有毒舌，淡淡地赞美她：“拍得不错。我就说能让你一次过。”

这天傍晚，方煜烟瘾上来，一个人坐到拍摄棚后抽得一地烟头。

鄢慈补完镜头蹑手蹑脚地走到他身后，重重地拍了他一巴掌：“嗨！

方煜！”

饶是冷静如方煜，也差点吓得被烟头烫手。他掉过头来吼道：“你有病——”

剩下一个“啊”字没说完，被鄢慈捂着嘴堵了回去：“小声点行不行！你叫这么大声，把人引过来了怎么办？”

鄢慈是卡在两场戏中间偷跑出来的，穿着戏服——一件白绸衣裳，她身段纤长，腰肢细软，拍拍地面上的灰尘，大大咧咧地坐在方煜旁边。

面前是一株八月里开得正好的大桂树，淡黄的小花随暖风张扬，散着柔软的甜香。桂花和鄢慈身上蓝风铃的香味交融在一起，又加上晚风融融，方煜一时觉得很惬意，掐灭了烟头，静静地坐着。

鄢慈左顾右盼，确定四周没人以后，贴着他的耳朵说话。她嘴里是柠檬清新的味道，嘴唇再靠前一点就能碰到他的耳廓。方煜觉得她的呼吸热乎乎的，吹得他耳垂很舒服。如果不是鄢慈接下来的话，他一定会沉浸在这初恋一样美好的场景里无法自拔。

“我微信给你转了两千块钱。”鄢慈温柔的眼睛睁大，一脸诚恳，“你这烟还不错吧？”

方煜脚底板搓搓地上零散的烟头：“试试？”

鄢慈摆摆手，又说：“晴晴看得我太紧。方煜，我想了想，整个片场我能信任的人只有你。”

方煜一脸看神经病的表情。

鄢慈又附耳过去说：“你拿这两千元钱去帮我买条烟，和你的一样就行。”

方煜明白了。艺人压力很大，抽烟的不在少数。但烟对身体不好，尤其是女艺人，平时更是要注意呵护皮肤和牙齿。鄢慈这种可爱清纯的人设，一旦被娱乐记者拍到抽烟，可能会流失大量粉丝。因此，经纪人和助理一定管她管得很严。

方煜把烟盒递给她：“用不着，拿去。”

鄢慈没接，继续说：“然后把烟送给副导演。”

方煜：“……”

“告诉他烟是鄢鄢送的。让他躲着点晴晴，今晚盒饭涮菜叶底下帮我加几块红烧肉。”

“你有病吧？”方煜没忍住。

在横店朝夕相处一个月，方煜觉得鄢慈的病已经深入骨髓、病入膏肓了。她外表看起来呆萌乖巧，骨子里其实是个神经病。

有一次在横店附近的林子里拍外景，拍摄的地方离村子距离太远，解手不方便，于是剧组临时搭了两个简易的棚子当厕所，一男一女。方煜前一天晚上烧烤吃得太多，又喝了冰啤酒，肠胃里一阵翻涌，打开厕所门却发现鄢慈蹲在里面看视频。

她戏服的裙子长，方煜只看了一眼就别过脸，倒是什么都没看到。鄢慈也淡定，抬头看了一眼来人继续低头看手机。

“你干什么？”方煜把门关上，没好气地问。

鄢慈软绵绵地说：“我蹲坑呀。”

“这是男厕所！”

“可女厕所有人啊。”

多么理直气壮的回答！方煜差点要给她跪下了，他站在门口小肚子抽痛，一股酸爽沿着后脊骨顺流直下，那感觉简直妙不可言。可鄢慈迟迟不出来。

过了大概五分钟，鄢慈在男厕所里爆发出一阵惊天动地的大笑：“啊哈哈哈哈，李乔好帅哦！”

方煜忍不住拍帐篷的塑料门：“你拉完没有？赶紧滚出来！”

鄢慈早就完事了，只是懒得起来。她像只蜗牛，慢着性子柔柔地说：“还想蹲会儿，要不你去隔壁女厕，那里现在没人。”

方煜脸色霜冻般，声音寒冰：“我给你十秒钟，你不提裤子起来，别怪老子进去把你脑袋按茅坑里。”

他在心里默默计数，刚数到四，鄢慈就抱着手机出来了。她上下看了看方煜，见他脸色很差，试探地问：“便秘了吗？你等等，我昨晚看了一篇……”

方煜转身进了厕所，两分钟过后，微信又收到一条文章分享。

他们为什么这么长寿？原因竟然只有这几条……

方煜恨得牙痒痒，想跳出去揍她。他都不用点开就知道，鄢慈这次肯定又给他推荐通宿便、润肠道的产品了。

鄢慈总是给他分享一堆乱七八糟的公众号和文章。

佛说，嘴巴毒的人心里一定都很苦。

正确与人交往的十大法则，第一是温柔。

经常熬夜黑眼圈怎么办，除污去黑不用愁，一剂喷雾全到手！

除此以外，鄢慈还有多得用不完的表情包，从蘑菇头到王尼玛，从熊本熊到小人头，从她自己到方煜……

鄢慈用自己的表情包很正常，她每天都会抽出时间查看粉丝和黑子的评论，带图评论里遇到喜欢的表情她就收藏。可有一次鄢慈发朋友圈，配图竟然是方煜的表情包，照片不知道是什么时候偷拍的，上面的方煜不复昔日盛世美颜，眼珠子向上一勾，眼白大露，鼻孔大得能当通风口。

虽然鄢慈秒删，但方煜还是看到了。他当场怒了，在整个片场追着鄢慈扬言要打死她。鄢慈这傻子不知道给剧组工作人员灌了什么迷魂汤，一个个都护着她，帮她挡住方煜。

宋导笑眯眯道："和鄢鄢合作以前，我对她的后台有所耳闻，一直以为她是个眼高于顶，骄纵坏了的艺人。接触以后才觉得这姑娘可爱，不仅态度认真，还没有架子，你看大家多喜欢她。"

方煜殴打鄢慈不成，咬牙切齿："脑子有病的人才喜欢她。"

全剧组的人都知道，鄢慈最近盯上了一条狗。方煜不清楚鄢慈具体在做什么，只知道每天拍完戏，她就急匆匆地提着包离开，在片场周围晃上好几圈后才回酒店。

偶尔工作人员也会窃窃私语："那狗多脏啊，换我绝对下不去手。"

不知道是不是因为最近被方煜骂多了骂得脑子开窍，鄢慈的演技说不上一夜变质，但比起之前拍的那些爱情玛丽苏剧强了太多，偶尔几场戏，导演也忍不住拍手叫好。

她的戏质量上去了，方煜对她一边拍戏一边玩狗的行为就睁一只眼闭一只眼。那晚酒局之后，方煜对贺禹私下轧戏的行为也睁一只眼闭一只眼，话都懒得跟他说。

其间，贺禹几次过来送吃的示好，都被方煜直接挡回去。方煜从来不掩饰对他的厌恶，贺禹却好像看不到，每日早中晚三次问好，脸上从来都挂着温暖洋溢的微笑。

鄢慈从外面晃了一圈回来，一脸挫败。

林晴晴挎着小包跟在身后：“姐，这狗够没良心的。要我说你也别管它了，天这么热，待着吹空调多舒服。你跟它较什么劲？”

贺禹走过来，儒雅地笑道：“鄢鄢，下场拍感情戏，我们来对词吧。”

鄢慈点点头，把心收了，拿过剧本。

贺禹很自觉，吩咐助理搬了椅子坐在鄢慈旁边，大腿微张，膝盖有意无意地碰着鄢慈腿上裸露在外的皮肤。

鄢慈蹙了蹙眉，朝旁边挪了一下。

她调整好情绪，冷声道：“这里是花柳巷，周少爷求亲怕是来错了地方。”

“如萍，我做过错事，但今非昔比，你我都不是当年的……”

“我叫浮萍。”鄢慈提醒他，“琼瑶小说看多了？”

“鄢鄢……”贺禹也不觉得尴尬，身子贴近鄢慈，嘴巴靠过去，似乎想对她说悄悄话。贺禹身上一股浓重的香水味，刺得鄢慈鼻子痒痒的，她强忍扇他一巴掌的冲动。

贺禹在她耳侧一动不动地停留了三秒，忽然哼笑一声，嘴唇碰了碰她的耳垂：“呵——”尾调拉长，邪魅狷狂，他可能把自己当成了霸道总裁。

鄢慈：“……”

她不客气地推开贺禹，站起来质问：“你有病？”

贺禹一秒变脸，起身理了理衣服领子，不屑地说：“那天我看见你和方煜在这后面咬耳朵。怎么，他是广电的公子哥儿，大腿粗壮，换我就不行？你勾搭方煜的事如果陈少知道，他还给你资源吗？”

鄢慈愣住。她隐约记得之前在气头上嘲讽过方煜广电是他家开的，没想到他家还真是广电的。

贺禹语气带着威胁，把脸凑到鄢慈前面，再次露出那在他看来勾人十足实则恶心至极的笑容：“鄢鄢，我们还要在剧组朝夕相处这么久，咱俩也算同病相怜，要不……”

贺禹的眼神太猥琐，猥琐到鄢慈一瞬间就从里面读出了他的想法。跟组的生活漫长乏味，贺禹是艺人，不敢在外面太放肆，而一个组里的人整天低头不见抬头见，走得近一点也没人会起疑，反而是最安全的。

贺禹借着对剧本的名义来她面前撩拨，竟然只是想找她谈这种事情。鄢慈差点被他气笑了，反口就是一句：“贺禹你要不要脸？”

贺禹嘲道：“你要脸你去勾搭方煜？方煜大腿都比别人粗是吗？”

他突然停住，不说话了。

鄢慈狡黠地笑：“方煜大腿就是粗，怎么，抱不到好大腿你嫉妒啊？”

鄢慈自己笑了一阵，看贺禹呆愣在那里没反应，她不笑了，觉得没意思，拿着剧本想去找个人认真对戏，一回头，方煜幽灵般站在她身后。

方煜面无表情：“好笑吗？”

鄢慈身体僵直，讪笑：“还行。”

“那你继续笑啊。”

鄢慈：“哈哈哈！”

方煜一个巴掌冲她脑袋上扇过去，鄢慈这阵子被他打成条件发射了，看到他手指朝哪边扭动，就知道他下一步要做什么。她一个矮身蹲下去，堪堪躲过这一巴掌。

“啪——”

她头的高度卡在贺禹的脸颊，方煜这一巴掌不偏不倚，重重打到贺禹脸上。贺禹站定不动，不复刚才嘲讽鄢慈的样子，一声不吭，低眉顺眼，像个乖巧的孩子。

方煜没说话，冷着脸转身离开。

“方煜！”

“方老师！”

收工后，鄢慈追在方煜后面，一路小跑：“方煜，你听我解释！我不是想抱你大腿，我是在气贺禹。况且我也没说你不好呀，称赞你大腿粗，你还不乐意？”

方煜转过头来停住，鄢慈立马闭嘴了。

“你要是没赞美我，刚才那一巴掌就赏给你了，懂吗？”

鄢慈呆萌地眨眨眼：“你不本来就是要打我的吗？”那明明是她自己机智躲过去的呀！

方煜出手如电，轻轻一巴掌扇在她脑门上。

“啊！”鄢慈惊叫，“干吗？”

“老子要是不慢动作，就你那傻样躲得过去？”

鄢慈抱着头，又眨眨眼，懂了。

她狗腿似的道："原来老大那一巴掌是给贺禹的。老大你真聪明啊，竟然这么巧妙地找回了场子。不过刚才我要是躲不开呢？"

"你要那么蠢，打死也活该。"方煜刻薄道。

鄢慈撇着嘴巴，正要说话，目光远远一瞥，落到方煜背后。

方煜回头，看到一只脏得脱了狗形的流浪狗。它前脚瘸了，身上毛发结块，白色的毛硬生生脏成了黑色，一只眼睛被眼屎糊住，一滴滴向外流脓。它走近了，方煜闻到一股浓烈的恶臭，皱着眉往旁边挪动。

鄢慈眼里冒出一阵食肉般兴奋的光芒，她摩拳擦掌，阴险地笑："终于又被我逮到了。让我找找武器。"

方煜联想起鄢慈最近杠上的那条狗，心道应该就是这条了。鄢慈表情恐怖得像是《午夜凶铃》未删减版一样，一只手在包里掏什么，看上去和这狗私仇不浅，打算行凶。

方煜嫌这条狗脏，又觉得它看上去有点可怜，忍不住心软出声制止："算了吧。"

鄢慈疑惑地看他，方煜不耐烦："你闲得没事做了吧，跟一条狗过不去？都脏成这样了，放人家一条生路行不行？它咬你了？抓你了？蹭脏你衣服了？还掏武器，鄢慈你这人看着老实，怎么这么坏？把你东西给我放回去。"

鄢慈一脸"你有病吧"的表情。她纤细的手指动了动，缓缓从包里伸出来，嫩白的指尖上，夹着一根红色包装加粗版的火腿肠。

方煜："……"

那条狗本来走自己的路，听到鄢慈的声音后原地一个哆嗦，抬起湿润的狗眼看了她三秒，然后转身吊着瘸了的前腿小跑而去。它跑几步就停下来回头看看鄢慈，确认她跟着自己后，继续跑。

"其实早就喜欢上我了，只不过一直在装冷漠。"鄢慈撕开那根火腿肠，喃喃道。

方煜本来在掏烟，听到这话手一抖，烟盒掉到了地上。他瞥了一眼鄢慈，捡起烟盒淡淡道："少自作多情。"

鄢慈没理会方煜的怪异，弯下腰悄悄跟在流浪狗身后："不是吗？你看它的样子，以前一定被人类伤害过，想靠近又不敢靠近，想走远又怕走得太远看不到我。它走走停停，希望我跟上它，这难道不是欲拒还迎？这怎么是我自作多情？”

方煜：“……”

鄢慈没自作多情，但他肯定自作多情了，心里一阵说不出口的懊恼。他有点烦躁：“它喜欢你？对你装冷漠？欲拒还迎？要点脸成吗？你要是能把它抱回家，我跟你姓。”

方煜话音刚落，那狗很配合地蹿入黑暗，消失无踪，留下鄢慈手握火腿肠略微凄凉的背影。

鄢慈愣住了，半晌，失落地说：“我追它半个月了。”

方煜侧头看着鄢慈，她眉眼低沉，眼里融着淡淡的小情绪。

“至于吗？不就一条狗？”他习惯性伸出手想拍她脑袋，临到头顶又忍不住收回了力道，改成了抚摸，“看你那点出息。”

夜间横店的马路空旷，橘黄色的路灯光线闪烁，鄢慈站在夜色与路灯交错的温暖光影下，五官精致，楚楚动人。几个散了夜场的年轻人从旁边的酒楼勾肩搭背出来，他们可能喝多了，其中一个人冲着他们吹了一声口哨。

夜色深沉，路上行人又少，鄢慈只戴了帽子没戴口罩。方煜几乎是条件反射般，放在她后脑的大手一压，把她的脸严严实实地护进自己胸口。

“呀！”鄢慈轻声呼了一下，手里去了皮的火腿肠戳到了方煜新换的白色棉布T恤上。方煜的胸膛宽阔紧实，胸肌硬邦邦的。

“怦——怦——怦——”鄢慈的脸贴近方煜的胸膛，听着他的心跳一点点加快，有力而鲜活。那声音像是裹着微小细弱的电流，顺着方煜的血液、皮肤、毛孔以及衣服上的棉纤维，一直传导到她的脸上。

那几个路人走过去了，鄢慈松了口气。方煜低下头盯着自己被火腿肠油渍弄脏的T恤，扯起来闻了闻，表情阴晴不定。

鄢慈试探地问：“要帮你洗洗吗？”

方煜毫不客气，更不避讳，脱下T恤扔进鄢慈怀里，凶恶道：“火腿肠多没营养！那条狗那么虚弱，肯定要补点好的吧？衣服洗不干净，我直接把你剁碎了喂它，你看怎么样？”

鄢慈：“……”

第三章 情窦

鄢慈真的把那条狗抱回来了。

方煜一周以后见到那条已经剃了毛、上了药、包了伤、安安静静躺在鄢慈怀里的流浪狗时，根本没认出来。除了毛剃得太短，露出了底下粉嫩嫩的肉显得有点秃，这只狗看起来和正常的宠物狗无异。身体软软的，乖巧温柔地趴在鄢慈的大腿上。

林晴晴照例每天清晨坐在旁边念黑子的动态给鄢慈醒瞌睡，鄢慈一边上妆一边冲方煜打招呼："方煜，来，有事问你！"

鄢慈眼睛亮晶晶的，圆润有神，她揉了揉手里的狗脑袋："你看我们家火腿肠多乖，还记得那天你说的话吗？你什么时候改跟我姓？"

"来劲了是吧？"他冷着脸。

鄢慈嘻嘻直笑，场务跑过来："鄢鄢，你有粉丝来探班。"

林晴晴抬头："后援会吗？我记得他们定的不是今天。"

场务："不是，是一个小丫头，说是鄢鄢让她来的。"

"鄢鄢——"一声尖锐的惊呼响起，只见一个看上去不到二十岁的女孩站在剧组圈出的场地之外拼命朝鄢慈挥手。她衣着朴素，身材极好，长发及腰，脸蛋柔美，从头到脚透着一股淡淡的清纯味。女孩看到鄢慈很是兴奋，像所有狂热的粉丝见到偶像那样冲动，她一把推开拦着她的场务跑了过来。

"鄢鄢，我终于见到你了！你记得我吗？是我啊！"她因为激动，嗓音都不稳了，眼圈兴奋得隐隐泛红。女孩掏出手机，找出一张微博截图给鄢慈看。

@鄢慈：我在横店拍戏，如果暑假有空，可以过来玩啊。

鄢慈本来在疑惑，一看到截图瞬间想了起来。这是她进组的那天回复的一个高考落榜的粉丝。为此她还挨了李恺一顿臭骂。

女孩笑得甜美，微微勾起的眼角长了一颗细细的小痣，一笑显得千娇百媚："我叫程允舒。鄢鄢，我可是你的忠实粉丝，我从《青梧桐》开始就一直喜欢你，你叫我程程就行。"

"知道你在横店，我就过来找你了。"程允舒热得满头都是汗，拉着鄢慈不放手，"鄢鄢，是你让我来的，我没有打扰你工作吧？"

鄢慈递给她一张干净的纸巾，示意她擦擦汗："我记得你，你微博是不是叫'鄢鄢的小橙子'？经常在热门评论看到。"

程允舒满脸惊喜地点头："对对对，我就是小橙子！"

方煜走了一圈回来，程允舒还在缠着鄢慈说话。

"我家是隔壁省的。鄢鄢你缺不缺生活助理？我可以留在这里替你拎包倒水。"

鄢慈一愣："马上要开学了，你不去学校报到吗？"

程允舒眼神闪烁："我高考成绩差，不读大学了，我想当演员。"

林晴晴抱着胳膊，从程允舒来的那一刻就一直打量她，此时淡淡插话："成绩差就复读一年再考电影学院，如果来横店就能当演员，你当外面那些龙套这么多年白跑的？"

程允舒明显语塞："……我可以从龙套做起。"

林晴晴嘲道："刚才明明还说要给鄢鄢做助理，你到底是想当演员还是想当助理？"

程允舒满脸局促的表情："鄢鄢，我……"

鄢慈看她一眼，温和地笑了笑："晴晴说得对，想当演员，走科班会让你以后的路途更顺。与其在这里不知道多久才能混出头，还不如用一年的时间去复读。"

"我爸妈不会让我考电影学院，他们不支持我学艺术。鄢鄢，你让我留下来吧，我可以不要钱，我免费给你当助理。"

鄢慈为难："我现在不缺助理。而且请助理要和公司报备，签保密协议，我一个人决定不了。"

鄢慈的话已经说得很明白了，可程允舒仿佛听不懂似的一直拉着她，半撒娇半恳求道："求你了，鄢鄢。"

鄢慈一阵尴尬，直到导演组来人叫她，她才短暂地摆脱了程允舒的纠缠。

林晴晴一边走一边吐槽："这女的是脑残吧？说话颠三倒四。什么给你当助理，说白了不就是想进圈找捷径？就差把'我想红'三个大字写脸上了。一点自觉都没有，是想把你当跳板吗？"

"也别这么说。"鄢慈摸了摸林晴晴的小脑袋，"小女生嘛，谁不想当明星享受万众瞩目的感觉？我挺眼熟她，每天都给我评论留言，好像还是后援会的小管理。一会儿你去问问她有没有落脚的地方，人生地不熟，一个小姑娘别被人骗了。"

鄢慈拍完夜戏又是十一点多，程允舒已经不知去向。林晴晴说她晚饭的时候自己离开了。鄢慈没多想，只以为小女孩在自己这里碰到软钉子，受到打击了。

不是鄢慈不愿意提携新人，只是程允舒这种没有半点表演功底，长相又漂亮的女孩，想在圈里混得好，要付出的代价太大。想拍戏、想红都不是错，但她没背景、没靠山，一路向上爬太难太难，除了出卖自己，似乎也别无他法。鄢慈带她入圈很容易，但她护不住她。

鄢慈洗完澡，背了一会儿台词，关灯躺在床上玩手机。

最近拍戏很累，好在贺禹戏份不多，不用每天看着他那张恶心的脸表演。方煜的毒舌也收敛了很多，比起刚进剧组时一句话十个字九个都在嘲讽鄢慈的演技，动动手十下里八下都要打她，现在的方煜可以说人道得像个绅士。

床头灯光昏黄，她玩着手机睡了过去。

鄢慈做了一个梦，梦里的她是个美丽的公主，被恶龙从城堡捉走关在山洞。骑士御剑来救，公主感动得热泪盈眶，画面一切，骑士的脸化成了贺禹猥琐的笑容：“公主，和我走吧。”

鄢慈本能地拒绝，钻回恶龙的怀抱，一抬头恶龙变成了方煜。

清晨五点半，鄢慈从梦中惊醒，抹了抹头上被方煜最后回眸一瞥吓出的冷汗。

有人敲门，她蓬头散发穿着吊带睡裙去开门。

方煜站在门外：“你助理不舒服，让我陪你去剧组，赶紧收拾。”

鄢慈睡得迷糊，把门上的防盗链扯下，让方煜进来。她拿起手机，看到林晴晴昨晚在她睡着后给她发的那条消息。林晴晴每个月都有一两天痛经痛到走不动路，鄢慈是知道的。她让林晴晴好好休息，发了个红包给她，让她中午订外卖吃。

方煜也是昨晚收到林晴晴的消息，拜托他第二天一早陪鄢慈一起去剧组。她身体不舒服，而鄢慈在剧组不能没人照顾。方煜没多考虑就答应了。他昨晚甚至没有熬夜改本子，早早睡下，今天一早起来收拾整齐敲鄢慈房门的时候，他都不知道自己心里在想什么。

方煜本来没打算进门，但鄢慈看上去大大咧咧毫不在意，他稍稍思考了一下，跟着进去了。鄢慈房间和狗窝有得一拼，衣服、鞋子、面膜、化妆品踢得到处都是，床上仅留出一块小小的地方睡觉。鄢慈捡来的那条狗正趴在大开的行李箱里摇尾巴。方煜收回了刚才觉得这里像狗窝的想法，这里就是狗窝。

“你先坐。”鄢慈哼着歌去厕所洗漱、换衣服。

方煜看着满屋的狼藉，无处落脚。

“我昨晚梦到你了。”鄢慈欢快的声音从洗漱间传出来。

方煜心念一动，抬头看了看卫生间玻璃上透出的鄢慈纤瘦的身段，装作漫不经心地问：“梦见我什么？”

鄢慈在刷牙，嘴里呜呜不清，慢腾腾地说：“也没什么特别的。”

方煜好奇心被勾起来：“不说，我就当你做了春梦。”

鄢慈好像是故意的，吐掉嘴里的泡沫，慢悠悠地说：“我梦到你和贺禹为了抢我，爆发了一场激烈的生死大战，最后你因为装备太差，死在了贺禹的宝刀之下。”

“那你呢？”方煜恶毒地问，“给贺禹当了三姨太？”

鄢慈软绵绵道：“不知道，在你死掉的那一刻，我就笑醒了。”

方煜：“……”

几天没骂她，越来越能耐了。

鄢慈收拾整齐走出卫生间的时候，差点被眼前的景象晃瞎了眼。

方煜坐在沙发上看电视，原来乱丢一地的衣服被他通通扔到了床上。屋里亮堂堂的，挡得严实的窗帘被他拉开，窗户大开通风，外面暖红色的朝阳徐徐升起，清晨湿漉漉水汽的甜味从窗口弥漫进来，远处传来阵阵鸟鸣，一派生机勃勃的美好景象。

“你房间多久没透气了？阴森森的，跟个坟地似的。”

鄢慈没空欣赏美景，她一个箭步冲过去，拉上窗帘，头一阵大：“你疯了？我房间怎么能开窗帘？你还坐在这儿！是想和我一起上热搜吗？”

方煜倒是没想到这茬，他愣了一下，随即说：“上就上，你怎么那么㞞？热搜上这么多年还没习惯？”

鄢慈脑子里瞬间闪过无数个热搜关键词，鄢慈男友、鄢慈同居、鄢慈酒店密会神秘男子……她试着代入方煜一天到晚暴躁又欠打的脸，顿时生无可恋。

“我不是害怕上热搜。”鄢慈虚弱地解释，“换成李乔，我高兴还来不及，是你的话……我不要面子的啊？”

方煜面色阴沉，静了一会儿，忽然开口问道：“你喜欢李乔那个小白脸？”

“什么小白脸？”鄢慈瞬间发怒，“方煜你说话注意一点，我乔出道时可是拿过金天鹅奖最佳男新人的好不好？他哪里小白脸了！他演的《穷途逆旅》你看过没？里面的段岳骁多么的酷炫，多么的牛！知道网上怎么称呼我乔的吗？国民硬汉！硬汉你懂什么意思？别把我乔和贺禹那种垃圾相提并论！”

鄢慈百年难遇地硬气了一次，像只被踩了尾巴的小猫，扯着嗓子冲方煜吼，遣词造句里透露着对他造谣李乔小白脸极度不满。

方煜嘴角抽搐，很担心她下一句迸出什么智障的话来。

鄢慈果然没让他失望：“你知道李乔多努力吗？他刚出道的时候，为了拍戏，差点溺死在泸沽湖里！他刚出道的时候，维护粉丝，差点和公司高层打起来！他刚出道的时候，拍马戏掉下去，差点摔成腰椎间盘突出！你凭什么这么说他！”

多么标准的脑残粉形象！方煜无话可说。

鄢慈发完一通脾气，叉着腰严肃地对方煜说：“方老师，我希望您能明白，当今社会最重要的社交礼仪之一，就是尊重对方的偶像！下次你再说李乔是小白脸，我会很生气。”

她说这话时也惴惴不安。毕竟方煜是座随时都会喷发的活火山，他要是生气了，那么爆发出来的岩浆完全可以把她从酒店直接喷到剧场。

出人意料，方煜什么都没说。他只是淡淡地瞥了鄢慈一眼：“收拾好没有？收拾好就走，别磨叽。”

两人出了酒店大门，即使四周无人，鄢慈也习惯性地压了压帽檐。

清晨六点，路上除了卖早餐的摊贩，没什么来往的行人。一个女孩坐在酒店旁的花坛边，空气里湿意重，女孩抱着胳膊，下巴搁在膝盖上，看到鄢慈出来，她连忙跑过去。

“鄢鄢。”程允舒头发湿漉漉的，脸色苍白，站在鄢慈面前。

鄢慈把墨镜往下推了推，露出大半个明亮的眼睛，惊诧道：“你怎么在这里？昨晚没找到地方住？”

程允舒咬咬嘴唇：“后援会的姐姐告诉我你住这个酒店，我就一直在这里等你。她说你助理这两天生病，所以我想……我不知道你几点出来，等了一晚上。”她瑟缩地伸出指尖，在鄢慈手臂上点了点。冰凉，像这清晨的空气一样。

程允舒小声说：“鄢鄢，你就让我给你当两天助理吧。我真的很喜欢你，我不要工资。你如果不要我，明天我还过来等。”她肩膀耸到一起，像只软弱的小兔子。

鄢慈看了方熠一眼，发现后者正锁着英俊的眉头，盯着面前的女孩那一头飘逸的长发。

她想了想，无奈道：“好吧，这两天晴晴生病，你就来剧组帮忙吧。”

程允舒扬着青涩而稚嫩的眉毛，眼睛笑成两个弯弯的月牙：“谢谢鄢鄢。”

林晴晴把程允舒这种行为解释为臭不要脸，如果不是会有“以下犯上”的嫌疑，林晴晴都想按着鄢慈打一顿。

她第三天就回到鄢慈身边正常工作，程允舒却丝毫没有该离开的自觉，照样每天蹲在剧组，抢林晴晴的工作。按说有人分担工作是好事，可林晴晴心里隐隐觉得哪里不对。

“姐，姓程的一看就不是什么好人。她完全是在道德绑架你，说句不好听的，她就算冻死了，跟你有什么关系？”

鄢慈无聊地拿着剧本扇了扇：“我知道啊，可她当时那样子的确挺可怜。”

“如果她是装的呢？”林晴晴眼睛瞥向不远处正在和摄像师搭话的程允舒，“这才来几天呀，好几个人问我要她的联系方式。昨天我还看见她和灯光组的小王一起吃盒饭。”

鄢慈眼神也落过去，程允舒笑得又甜又可爱，伸手捏了捏摄影师的耳朵。她回头看见鄢慈在看她，蹦蹦跳跳地跑过来：“鄢鄢，刚才孙哥跟我说，剧组这两天正在招女性群众演员，你看我行不行？原本演李司令四姨太的演员怀孕辞演了，现在好像还没找到合适的人选。”

林晴晴忍不住嗤笑出声：“那叫群众演员？四姨太的戏份至少有两

集吧？那么多人排队试镜呢，凭什么要你呀？再说了，你想演这个角色，去和导演请示，跟鄢鄢说干什么？”

程允舒脸一红，尴尬道歉：“晴晴姐，我没别的意思。我是看鄢鄢和方编关系不错，所以才……”

她越这么说，林晴晴越觉得这女孩心机深。方煜是组里除了导演之外话语权最重的人没错，可她才来几天，怎么就看出来了？

程允舒又用可怜兮兮的目光看着鄢慈：“鄢鄢，我觉得我挺符合四姨太这个角色的。你能不能帮帮我？给我一个试镜的机会也行。”

鄢慈一开始没松口，程允舒连着几天用这件事磨她，剧组里几个男性工作人员偶尔也跟她开玩笑：“鄢鄢，你害怕程程四姨太抢你三姨太风头吗？你去跟方编和宋导说说，肥水不流外人田，剧组再选角也得浪费不少人力物力呢。”

鄢慈最终还是带着程允舒来到了方煜面前。她并不是藏着私心不愿意帮她，只是怕小姑娘受伤。但她这么红着眼想往娱乐圈里钻，鄢慈也就不自作多情地替她着想了。人都有自己的选择，如果她真的决定好了，鄢慈替她搭个桥也无妨。

她把来意和方煜说完，方煜沉默了一会儿，冷漠地看着程允舒。

鄢慈怕他吐出什么不好听的，连忙凑到他耳边：“程程是我粉丝，你给我个面子嘛。”

方煜瞪了她一眼，神情里清晰地写着几个大字：你有面子吗？

程允舒：“方编，我……”

方煜抬手，示意她别说话，开口问道：“学过表演？”

“没有，我刚高中毕业。”

“你之前说你是邻省的，哪个市，哪所高中？”

程允舒思索了一下，开口：“Y 市一中。”

方煜嘴角扬了扬：“前阵子我去过 Y 市，我记得一中不允许女生留长发吧？”

程允舒一怔，仓促地解释：“我是艺术生，所以……”

“你上次说你父母不同意你学艺术，今天怎么又变成艺术生了？”

鄢慈听到这话皱了皱眉，转眼看着她。

程允舒脸色苍白，抿着嘴不说话。

方煜哼笑："娱乐圈见人说人话，见鬼说鬼话是常态。你这还没入圈呢，嘴里就没一句真话。"

说罢他看了鄢慈一眼："选角是导演的事，跟我没关系。"

"我的确不是高考生，初中毕业以后就出来工作了。我不是故意骗你，说谎是怕你嫌我学历低，你别生我的气。"鄢慈抱着狗倚在床头，看到手机上程允舒一个小时前发来的消息。

屋子里拉着窗帘，严严实实的。她想看夜景，又害怕会被从窗外偷拍，于是关了灯站在窗帘后面。今天收工早，夜晚七点，外面已经亮起星星点点的灯火。

横店夏天的夜晚很热闹，站在七楼的窗口，可以看到楼下大排档燃着大瓦数的灯泡，发出刺眼而温暖的光。一团白烟缠着另一团徐徐冒起来，鄢慈看着，仿佛闻到空气中弥漫着的满满肉香。

胃里涌起一股酸水，顺着食道一直蔓延到嗓子眼。饿得胃疼，鄢慈难过地摸了摸肚子。林晴晴肯定不会让她这个时间吃东西，而她自己也不敢这样偷溜到人多的地方买饭。

她回到床上趴了一会儿，压着肚子，想把那股酸意压下去。火腿肠乖巧地爬过来舔了舔她的右脸，在她耳边低声呜呜。

鄢慈按住它的头："我脸上有粉。"

火腿肠不吵不闹，圆溜溜的眼睛散着绵绵的水汽。它也学着鄢慈的样子，趴在床上和她对视。鄢慈突然想起来，狗也没吃饭。前两天嘱咐林晴晴网购的狗粮还没到，酒店里备着的食物也吃完了。鄢慈只得起身，想去隔壁让林晴晴买点吃的上来。

对面的是方煜的房间，程允舒站在门口，抬起手打算敲门。她察觉到身后有人出来，转身看了看，眼里闪过一丝惊愕："鄢鄢？"

还没等鄢慈仔细解读出她这眼神和诧异问句背后的含义，程允舒立即换上了一张洋溢着甜美而歉意微笑的脸。她放弃了敲方煜房门的打算，转身走到鄢慈面前，低下头像个做了错事的孩子。

"你在这儿干什么？"鄢慈目光越过她落在方煜的房门上。

"王哥跟我说你住在这里，我想来找你当面道歉，结果走错门了。还好你出来了，不然敲到方编的门怪尴尬的。"

鄢慈皱着好看的眉毛：“你怎么知道那是方煜的房间？”

程允舒撩了一下耳侧的头发，停顿了半秒：“因为……王哥说你们俩住对门。鄢鄢，你听我解释，我没有别的意思。我怕你知道我不读书，觉得我不务正业，我想在你面前有个好的形象，所以……”

程允舒越说越激动，声调不由自主越提越高。

鄢慈偏头，静静地看着她：“不读书不代表不务正业，你喜欢我，我喜欢你还来不及，为什么要嫌弃你？但你从一开始就在骗我。”

“你说骗我是因为怕我嫌弃你，但我回复你微博那天呢？你说你高考落榜，那又是为什么骗我？”

程允舒小脸白得没有血色，她沉默了一会儿，缓缓道：“我只是想，那么说你也许会回复我，我真的很喜欢你。”

鄢慈咬了咬下唇，垂着眼睛略加思索道：“我知道你想做演员，但这个圈子没你想的那么好混，光鲜亮丽背后需要付出多少代价，你还不清楚。是我不对，我不应该让你接触到这些。晴晴已经没事了，明天你别来剧组了。这几天谢谢你，工资我会请人打到你的卡上。”

程允舒脸色一变，抓住鄢慈的手腕，厉声喊道：“鄢鄢！你不能让我走！”

她手劲很大，抓得鄢慈有些痛。

这时对面房门从里面打开，方煜穿了一件黑色背心，面容冷漠，一脸被人打扰了睡眠的暴躁表情：“大晚上不睡觉跑到别人门口鬼叫，你爸妈没教过你什么是教养？”

程允舒一愣，低声道歉：“对不起，我在和鄢鄢说话。”

方煜看了鄢慈一眼，半晌，语气略略放低，淡淡道：“要吵出去吵。”

说完，门板重重地拍在两人面前。

程允舒惨白着一张漂亮的脸，抿着柔媚的唇线。她眼里蕴藏着浓浓的心有不甘，抬起头恶狠狠地瞪着鄢慈，掉头离开。鄢慈在走廊上呆呆地站了一会儿，脚下的地毯是金色的太阳纹，她扶着额头，忽然心里一阵烦闷。

方煜又打开了门，这次穿着整齐，手里提了一袋垃圾。

方煜随口问：“吃饭吗？”

鄢慈靠着酒店的墙壁，一点胃口都没了：“人多不敢下去，帮我带点给火腿肠吃吧。”

“不带，自己买。”方煜小气道。

鄢慈直起身子：“那我让晴晴去。”

方煜：“她不在，刚才出去了。”

鄢慈：“……”

“不行的，别朝那边走！方煜，你听我的！你信不信走那边咱俩今晚有去无回！我会被人围观致死的！啊啊啊啊——妈呀！”

方煜抓着鄢慈后腰的衣服，拖着她朝大排档走。

鄢慈鬼叫了一路，方煜被她吵得耳朵疼，转过脸道：“叫个屁叫，一会儿人都被你叫过来了，就你现在包成这副鬼样子，亲妈见了都认不出来。”

鄢慈穿着宽松的白色T恤，衣服底边悬到小腿，头上戴顶帽檐宽宽的太阳帽，遮住半张脸的墨镜，以及高原地区女性常用的防晒口罩，不仅挡住两侧的脸，垂下来的布料甚至把脖子都遮得严严实实。

方煜说得没错，她包成这样，走在路上估计家里人见到都认不出来。但她心里还有点惴惴不安，低头任方煜揪着她走。自从出道以后，她就没这么上过街，刚才脑子一抽风，竟然就这么跟着方煜出来了。这要是被人认出来了，不仅会上明天的头条，被经纪人骂死，今晚能不能走出这条夜市街都难说。

方煜停在了一家烧烤店摊位前，问她：“吃什么？”

鄢慈口罩下的鼻子动了动，咽下已经堵到嗓子眼里的口水，脑子里理智打败食欲占据上风。她小声说：“算了吧。”

方煜微微吃惊，瞥她一眼：“真不吃？”

“我下星期有通告。”鄢慈强迫自己把目光从肉串上挪开，“这么晚吃太油腻会让脸色变差，说不定还会长痘。如果我状态不好怎么办？”

方煜：“让节目组给你好好打光不就行了？”

鄢慈很坚定，摇摇头：“灯光可以打白，但现场看着还是不好呀。李乔也被邀请参加那期节目了，我可不能在男神面前显得比其他女嘉宾气色差。”

方煜脸色蓦然一沉，不再理鄢慈，冷着脸往老板递给他的小铁盘里扔签子，动作又重又狠，隐约带着一股怒意。

鄢慈：“买这么多吃得完吗？”

方煜小盘子里的签子摞得像座凸起的小山，直到再也堆不住了他才住手。

方煜来的时候一直抓着鄢慈，回去的时候理都不理她，大长腿迈得飞快，鄢慈一路小跑才勉强跟得上他。

离酒店门口还有一段距离，两人被一个老婆婆拦下。老婆婆个子不高，佝偻着腰，手里拿着几串茉莉花串起来的小花环，四周飘溢着一股甜淡的香味。

她操着一口浓重的方言，把花递到方煜面前：“小伙子，买串花吧。”

鄢慈瞅了一眼，那花看起来像是白天卖剩下的。花骨朵已经蔫了，软软趴趴，整个泛着不新鲜的黄色。

她心想完了，“毒舌怪”正在生气，指不定要怎么开嘴炮呢。方煜没说话，鄢慈已经脑补出他马上就要喷发的样子了。方煜却掏出一百元钱，接过老婆婆手里的十串茉莉花，表情虽然算不上柔和，声音却特别的温柔：“不用找。”

鄢慈愣住，今天方煜吃错药了？

老婆婆颤巍巍地从兜里掏出一沓零钱，悬着长满粗茧的手点数：“找你七十元。”

“不用。”方煜把她的手推回去，“我不爱揣零钱，您都装着。”

鄢慈站在后面，恍惚间意识到一件事情。

方煜嘴巴毒，脾气坏，但他从来不会无缘无故地对别人发怒，尤其是相对他而言弱势的人。在剧组，鄢慈也只见他骂过贺禹，对她严格来说不叫骂，充其量只能算是嗓门大的指导教育。

有次剧组搬东西蹭到了他，从手腕到胳膊肘擦掉一整块薄皮。对方手足无措，方煜倒是没说什么，只是让工作人员下次注意点，自己回来抹了点药，然后一连穿了几天长袖。

方煜买完花以后没多停留，把茉莉花环套在脖子上，一路上了酒店的电梯。

方煜冷着一张脸，掏出房卡就要进门，鄢慈连忙挤进半个身子堵住门口：“等一下！”面对方煜的满脸怒意，她搞不清状况：“你今晚怎么了？”

方煜面无表情，借着身高优势自上而下盯着她：“关你屁事！没事就滚回自己房间。”

“有事。”

听到这话，方煜脸上还是那副高冷的样子，眼神却松了松。他故意看了鄢慈好一会儿，才慢悠悠地问：“什么事？”

鄢慈一摊手：“把狗狗的那份食物给我。”

方煜：“……”

他再次极其没有风度地把鄢慈推出门外，把门重重摔上。

“心里装着男神还想用老子的夜宵喂狗？做梦吧你！回屋抱着你的小畜生看你男神的综艺吧！你乔最帅了，多看看就饱了还吃饭干什么？”方煜恶狠狠地嘀咕。

说到李乔的综艺，他脑子里灵光一闪，冒出来一个大胆的想法。

不到三秒，他就改变了主意，重新打开了房门。

“进来。”他说。

鄢慈没反应过来，冷不丁被方煜拉着往屋里拖：“你干什么呀！”

方煜粗鲁地把她往屋里扯，一脸老干部的严肃：“明天的剧本背熟了吗？没背熟瞎晃悠什么？整天心思不放在拍戏上，就知道搞些不正经的男女关系。我问你，演技之所以这么差，是不是每天注意力都放李乔身上了？是不是每天不看剧本，光看李乔的综艺了？以后再这样，你别想着上老子的戏。我今天话就给你放这儿了，听见没有？”

鄢慈扒住门框，一脸凌乱：“你干吗呀！大晚上的，你给我放开！让人拍到算怎么回事？明天我就要被人骂出卖肉体上位了！”

方煜充耳不闻，把房门狠狠一扣。鄢慈被他提着领子一路向里，一抬眼看到了方煜屋里豪华的大床。鄢慈以前拍过一部玛丽苏狗血言情剧，其中有一幕，她饰演的女一号就是这样被霸道的男主角按上了床，一夜过后，不可描述。

方煜表情冷漠，但她分明觉得里面透露着猥琐和狰狞。

鄢慈深深憋住一口气，铆足了劲，大声尖叫，一个“啊”字还没喊出口，她忽然身子一矮，被方煜丢到了地板铺着的软垫上。

方煜回过身把剧本扔到她脚边："过来对戏。"

鄢慈："……"

果然生活不是玛丽苏。

方煜把烧烤拿出来，铺在地上的袋子上，盘腿坐在她对面。封闭的空间里，食物的香味萦绕鼻尖。方煜拿起一串脆骨，一口白生生的牙咧着，咀嚼出嘎嘣脆的声响。

鄢慈手捧剧本看着他手里的东西垂涎三尺。方煜将签子往前一伸，她心里"怦怦"跳了两下，以为要给她吃。可方煜只是用它指了指剧本："念啊。"

鄢慈没精打采地扯过剧本："我主意已定，别多说。"

方煜放下脆骨，咬了一口鱼丸："情绪不对。"

鄢慈眼看着烤得焦脆的鱼丸几下就被方煜滑进嗓子眼，她咽了下快要溢出来的口水才敢张嘴："哪里不对？"

"浮萍这时候心里已经有周少霆了，她下嫁给李成则做三姨太一方面是因为她反抗不了，另一方面是要给康平治病。周少霆欺过她、侮过她，她会记一辈子，但她同时又不可避免地被他吸引。他藏在纨绔外表下的心机和城府，和对她的赤子真心，都令她着迷。"

"尽管当年他做那件事的初衷，只是为了在外人面前装成不学无术的样子，但错了就是错了。宁浮萍是个高傲的性子，即使被世事打磨过了，也依旧藏着棱角。看上去学会了妥协，但骨子里还是原来那个偏执的她。你仔细看，她说'别多说'，而不是'不必多言'。这两者的语境有什么不同？你体会一下。"

鄢慈想了想，扬了扬秀美的眉毛："'别多说'比较柔和吧？"

"嗯。"方煜吞了一口肉，"她想靠近他，内心却又无法原谅他。在之前所有的戏份里，她一直对周少霆不假辞色，但嫁给李成则的前夜，她对周少霆的言语有所软化，这说明什么？"

鄢慈恍然大悟："浮萍心里该不会是想跟他走吧？"

"但她说不出口。"方煜手臂虚虚比画一下，给她解释，"这场戏浮萍在每句话的细枝末节处都流露了这个意思。可周少霆不懂，他觉得自己这些年对浮萍的用心足以弥补当年犯下的错，但浮萍的选择不是他。他恨当年的自己，也恨浮萍这执拗的性子。他以为浮萍心里自始至终对他都只有恨。”

鄢慈看了半天剧本：“你为什么不把这个感情波动直接写在明面上，这样谁看得懂？”

方煜漫不经心道：“一个合格的演员，能把角色本身揣摩得透透的，你还差着火候。”

鄢慈嘴硬：“就算我能演出来，观众也不一定能懂吧？”

方煜：“霸道总裁爱上你谁都能看懂，你去演？”

鄢慈安静了一会儿，忽然无奈地笑了笑：“人的感情真是复杂呀。”

方煜挑着眼角：“想到什么了？”

鄢慈偏着头，目光隐约透着难过：“我想不明白，她是我的粉丝，她应该是喜欢我的，为什么要骗我呢？”

“李恺不准我在微博上回复粉丝，晴晴一直说我傻，我也知道会挨骂，但是我又觉得，粉丝也是人，他们那么喜欢我，每天不厌其烦地给我留言，就算我什么都不说，也会坚持给我发‘晚安鄢鄢’。我很爱他们，如果我回复一条能让他们开心，那我挨骂也值得。”

鄢慈盯着软垫上的花纹出神，长发披在肩头，眉眼温柔：“他们不开心来和我说，是信任我，我总是忍不住安慰他们。李恺那晚骂我是村花，我都不觉得有什么。可当我知道她在骗我，心里反而比挨骂还要难过。”

方煜认真地注视她，沉声道：“她喜欢的不是你，她喜欢的只是你在电视机前受万众瞩目、光芒四射的样子。如果她自己能变成这样，又为什么要喜欢你？”

方煜这话难听却也在理，鄢慈自嘲地笑了笑：“是我错了。”

“你没错。”方煜忽然温声道，“她只是你回复的一百个粉丝里的一个，如果剩下的九十九个都是真心喜欢你，那你的一段话也许能让他们开心很久，也许能让他们中的某一些走出人生失落的阴霾也说不准。这样你还觉得有错吗？”

方煜整个人看上去懒洋洋的，嘴里吐出的每一句话却蕴含着巨大的能量，把鄢慈心里那点难言的失落冲得七零八落。

“温柔永远都不会有错，这没什么可质疑的。”

方煜的声线干净，像是早春破冰而出的第一道清泉，划在耳道里脆声叮咚，又像载着春天蓬勃生气一样温暖。

“温柔永远都不会有错。”

鄢慈上学时成绩很差，从没认真听过课，此刻她却把方老师这句看似无心的言语记进了心里。在日后，那段她被全网黑的昏暗岁月里，是方煜一直守在她身边。每每觉得自己承受不住，下一秒就要崩溃的时候，她总能想起这天方煜说过的话。那时，她往往只要抬起头，仰着脸，在方煜线条美好的唇上轻轻亲上一口，下一秒又是一个元气满满、生龙活虎，谁也干不掉的小傻瓜。

“我出门的时候，她正要敲你的房门。她骗我说是认错了我的门。如果她今晚敲开了你的门，明天剧组会多一位姓程的四姨太吗？”

方煜没正面回答她的问题，而是问：“你怎么知道她要敲我的门？”

鄢慈撩了一下耳边的头发，对他说：“她这样，记得吗？你在《青梧桐》里写过，阮青桐撒谎的时候也习惯做这个动作，人说谎的时候总会有些不自然的。”

方煜突然笑了。

鄢慈疑惑：“笑什么？”

“笑你。”方煜拍她脑袋，“你这样的送上门我都看不上，更别说她。在你眼里，方老师的品味就那么差？”

鄢慈被打疼了，小声抱怨：“你这么凶，我才不送上门。”

鄢慈娇俏的脸蛋在暖光的映射里晶莹剔透，白得像朵雨后刚冒出头的嫩蘑菇。她看看剧本，时而皱皱眉头，又看看方煜。

“方老师很帅吗，你总偷看我？”

鄢慈忍了半晚上，终于憋不住了，她试探地问：“方老师可以给我吃一口吗？”

方煜手里拿着一串烤蘑菇，卡路里比较低，吃一口应该不会有事。但鄢慈很忐忑，方煜太有可能不给她，并且反嘴自己吃掉，再顺便嘲讽她几句。他就是这么恶毒的人。

方煜却没多说什么，手拿着木签递到鄢慈嘴边。

鄢慈小心翼翼咬了一根下来，完全没察觉他们此刻的动作是在喂食。

“好吃吗？”方煜问。

鄢慈点头，方煜又拿起一串鹌鹑蛋递给她：“这个也好吃。”

鄢慈想着下周要见男神，很克制：“不能再吃了。”

方煜插嘴，干扰她的思想：“林晴晴不知道，我会替你瞒着她。”

“那也……”

“浮萍现在过的是锦衣玉食的生活，你太瘦了，这不利于刻画人物形象。”方煜继续循循善诱，“很久没吃肉了吧？不想再吃口五花肉？”

鄢慈妥协了。当晚她被方煜喂得饱饱的，摸着肚子出门的时候仿佛做了一场梦。不是来对戏看剧本的吗？怎么对着对着，变成她和方煜一起盘腿吃烧烤了？

自从出道后就没吃饱过，鄢慈站在方煜房门口打了个饱嗝。

方煜表情柔和，眼神真诚：“明晚还来找我对剧本。”

她看着他，总觉得他不怀好意。

方煜连着一个星期晚上叫鄢慈到屋里讲戏，每晚都会备上一堆油腻腻的烧烤小吃，有一次甚至叫了海底捞的火锅外卖。

鄢慈第一天没坚守住底线，以后的日子里更难拒绝方煜。每晚吃得肚皮圆滚滚地跑回屋子，第二天到片场看着林晴晴那张单纯无瑕的脸，她心里都会充满负罪感。

化妆师在帮鄢慈上妆，手指触了触鄢慈的下巴，觉得那处有些硬，仔细按了按：“鄢鄢，你好像要冒痘了。”

鄢慈皮肤好，但也很敏感，油炸烧烤吃多了很容易长痘。

林晴晴凑过来：“还真是，姐你最近没休息好？”

她心里一惊，捂着脸吞吞吐吐：“不会吧？我都两年没长过痘了。”

林晴晴很着急：“是不是最近换季过敏了？这可怎么办呀！”

鄢慈心里有鬼，慢吞吞地说：“过几天就消了，我长痘不留疤的。”

林晴晴：“可是你过两天有综艺通告呀，万一妆花了掉了，被拍下来了怎么办？李恺会开除我的！”

今天白天戏份不多，主要镜头都在晚上。

李成则一门心思放在浮萍身上，但浮萍心高气傲，软硬不吃。他心里恼火，没过几日又娶了四姨太青缇。青缇是个心机颇深，手段狠辣的女人，处处迎合李成则，也处处与浮萍过不去。李成则地位刚稳固，于司令府宴请全城富贾名商、官僚贵胄，周少霆赫然在列。青缇知道浮萍在窑子里待过，故意撺掇李成则让浮萍当众弹首小曲。周少霆站出来制止，李成则知道他和浮萍关系匪浅，心里本来就怄着一口气，当即发怒，让浮萍弹曲子。

鄢慈正温习晚上的戏份，负责选角的副导演走过来：“鄢鄢，你晚上和青缇有对手戏吧？正好，人来了。你们以前没合作过，先对对戏，找找感觉。”

鄢慈笑了笑：“好……”

她一回头，程允舒和副导演一起站在她背后。

副导演递给程允舒一份剧本，笑着对鄢慈说：“程程是个新人，鄢鄢，麻烦你多照顾一下。”

说罢，他推了推程允舒的后腰，在鄢慈看不见的地方捏了两下，示意她过去。

林晴晴皱着小眉头：“你怎么在这儿？”

程允舒面无表情地在鄢慈旁边的椅子上坐下：“我为什么不能在这儿？”

语气淡漠，和之前热情而亲切的那个程允舒判若两人。她不看剧本，也不和鄢慈说话，而是掏出手机，旁若无人地玩了起来。

傍晚时分，陈越之空降剧组。他的豪车座驾后面跟了一辆小型货车，载着一车的冰激凌、蛋糕和炸鸡、饮料。

鄢慈这场戏一个小时后开拍，林晴晴从片场入口跑进来，大喊道：“姐！你快去看！陈少简直为你承包了整个哈根达斯！”

鄢慈妆化到一半，抬头问：“陈少来了？”

陈越之穿着休闲西装，站在片场中间和导演寒暄，看她回头便冲她轻轻挥挥手。他今天没喝酒，在这里也没酒桌上那些架子，叮嘱工作人员让他们随意吃，又跟导演说了几句话，便满脸是笑地冲鄢慈走过来。

鄢慈没起身，朝他点点头：“陈少。”

陈越之也不在意，这不是男人的酒局，没必要万事顾着他的面子，鄢慈这时候站起来欢迎一番，反倒像个等皇上临幸的小主了。更何况，他本来就是特意来看她的。

“化妆呢？”陈越之英俊的脸上挂着笑意，递给她一个抹茶冰激凌，

“你最喜欢的。”

鄢慈偷瞥林晴晴，没接。陈越之像是看穿了她的心里活动，笑道：“我让你吃的，李恺他不敢管这么宽。”

程允舒坐在后面的凳子上等上妆，陈越之从车上下来的那一刻起，她就一直盯着他看。她拉拉一边场务小王的衣边，小声问：“这是谁？”

小王附在她耳边道：“耀星的陈少，鄢慈的金主。”

程允舒诧异地问：“鄢慈有金主？”

她长得漂亮，又经常对男人撒娇，很有一套收服男人的手腕。小王看样子也被她迷得五迷三道，说话毫不避讳：“你不想想，鄢慈出道第一部戏就是《青梧桐》，没点靠山，她一个新人凭什么？陈少喜欢她，给她好资源，让她一步登天，懂吗？圈子里龙头老大是谁？耀星啊！耀星现在基本陈少说了算，只要他保驾护航，鄢慈红到老都没问题。”

程允舒眼神变了变，不知在想什么。良久，她捋了下及腰的长发，站起来倒了两杯水走过去，轻轻放到化妆台上：“鄢鄢，喝点水。”

她早前换上了晚上拍戏用的旗袍，此时白皙的大腿根顺着宝蓝色开衩的裙边微微露出，撞似不经意地冲陈越之笑了笑：“陈少，您也喝。”

鄢慈抿着嘴唇，没搭理她。

陈越之倒是淡淡地瞥了她一眼，目光顺着旗袍边向下探了三分，但只限三分，又一脸索然无味地挪开，讥笑：“不喝。”

程允舒尴尬地站在原地，臊了个红脸。小王把她拉到一边：“你疯了吧？陈少和鄢鄢说话，你插什么嘴？也不看看自己几斤几两，陈少他缺女人？”

程允舒面有不甘，嘴唇嗫嚅了两下，终究没说什么。

“现在吃吗？我帮你开。”陈越之拿着那个冰激凌在空中转了转，把注意力落回到鄢慈身上，像个小孩一样伸出手指戳了戳她的脸颊。

“不吃，要拍戏了。”鄢慈没动程允舒送来的那杯水，自己动手画着眉毛，软软地说。

陈越之也不勉强她，转身去找方煜抽烟。

工作人员在分发冰激凌和炸鸡，方煜吃完晚饭回来，远远就注意到了剧组的阵仗。鄢慈等陈越之走了，悄悄往后瞥了一眼，却正好和方煜对上。方煜直愣愣地看了她几秒，别扭地挪开眼睛。

鄢慈忽然心里发慌，一阵莫名其妙的情绪涌起，从脚底板到天灵盖，浑身上下都徜徉着一股被亲夫捉奸在床的感觉。真是奇怪，她最近和方煜走得近，不仅在剧组天天见，还经常半夜一起吃夜宵对戏，要捉奸也该是陈越之捉他俩，她这谜一样的错觉是从哪里来的？

鄢慈挠挠头，冲方煜吐吐舌头，方煜的回应是狠狠瞅她一眼。

陈越之揽着方煜的肩膀，笑着问："去哪儿了？"

"吃饭。"方煜把眼神收回来，露出平常那副高傲的表情，"来干什么？"

陈越之理了理衣领："来这边参加活动，十一点的飞机回北京，我就抽空来看看鄢鄢。"

晚上八点。

《浮萍》第五十八场一镜一次。

温柔悠扬的舞曲响起，舞池里成双成对的富商名媛翩翩起舞。青缇一身高雅的绣花宝蓝色旗袍，挽着李成则自侧门而入，她笑得温软，目光左右流连，眼里渗着透骨的妖媚。

"CUT！"导演皱眉喊停，"没看到机器在哪个方向？你不会走位？剧本写了让你到处乱看？李成则是这镜的一番，你乱动什么？怕别人注意不到你？重来。"

程允舒被导演毫不留情地骂了一顿，脸色也不好看，她小声道歉，重新回到起点。

方煜倚在工作人员背后的白墙上，悠悠盯着这边的动静，嗤笑："把这儿当什么地方了？歪瓜裂枣都往这儿塞，再这样，没下次合作了。"

陈越之皱眉："什么意思？鄢慈给你添麻烦了？"

这像是护着自家孩子的口气让方煜很不爽。

"我让她给你道歉？"陈越之四下看了看，鄢慈不在。

方煜听到这话，脑子里浮现起那晚酒局鄢慈端着酒杯的样子。她乖巧地站在他旁边，不犯傻也不犯病的时候，就像个柔软的洋娃娃。

"不关她的事。"他淡淡道。

陈越之指着片场中间一次次重来的程允舒，嘲道："这个不知道走哪儿来的。你知道这戏的投资商不止我一个，别人硬是往里塞，我也没辙，毕竟钱才是老大。”

方煜目光轻飘飘地落在程允舒那一身穿得变了味的戏服上，随口道：“鄢慈要是也把旗袍穿成这样，你可以直接把她领回去了。”

陈越之本来身体靠墙站着，听到这话立马精神地直起身来，眼里带笑：“这你放心。”

方煜一点也不放心。

都说旗袍是最能展现女人身段的，一个女人是真有气质还是空有漂亮的脸蛋，不需要朝夕相处，一件旗袍就能检验出来。可鄢慈有什么气质呢？除了蠢，就是傻，偶尔神经病发。方煜对她穿上旗袍的样子不抱半点希望。

“鄢慈刚出道时拍过一组旗袍写真。”陈越之暧昧地笑了笑，手搭在他肩膀上，在他耳侧轻声说了几句什么，最后满脸笑意地说，“懂了吧？保证不叫你失望。”

陈越之所说的话题，男人间私下聊聊很正常，方煜听陈越之嘴里说出来，却不是那么回事。他皱着眉抖了下肩膀，把陈越之的胳膊甩下去。

陈越之也不介意，只听他又指着场中的程允舒说：“女人外表用得好是武器，用得蹩脚是跳梁小丑。鄢慈从来不拿自己的资本当回事，但这不代表她没有资本。这种女人是低级货色，鄢慈虽然看上去傻，但她是高级傻。”

陈越之却越说越起劲：“不过认识她这些年，我就见她做了一件真的傻事，跟你有关，想不想听？”

方煜拧眉：“我？”

“我那阵不是被鄢慈迷得死去活来吗？没忍住找人联系到她原来的那家破公司，想签了她。你猜怎么着？那时候正好手里有你《青梧桐》的本子，我一开始就想捧红她，想着如果她签了耀星，我就把《青梧桐》送给她做签约礼。”

“我逗她说，你签二十年我让你演女主角，她当真了。开始我以为她是想红，后来原先带她的那经纪人说，鄢慈很喜欢《青梧桐》。你那本早期出过书是不是？是鄢慈的睡前读物。”

方煜身体一颤，转脸惊诧：“什么？”

陈越之一耸肩：“鄢慈喜欢你的本子。你俩刚进组热搜挂了一整天，后来平息下去，我还以为你知道了。她是单纯，可她不圣母。你那么说她，她要不是喜欢你，脑子有问题去跟你说话？”

他这么一说，方煜想起来鄢慈对程允舒的态度：得知她是粉丝时热情亲切，看到她在楼下挨冻也会不忍心，可在知道程允舒骗她以后，她的态度冷硬而坚决，让她离开，毫无转圜的余地。

方煜在这瞬间，脑子里不断回放起认识这两个月来的点点滴滴。鄢慈总像个没脾气的奶娃娃一样，偶尔大声叫唤时也是奶里奶气。他以为鄢慈脾气就是这样，原来是她一开始就对他抱有好感吗？

他胡思乱想着，猛然想起陈越之刚才的那一句“鄢慈的睡前读物”，心尖陡地一颤，寒下脸问：“你睡过她？”

陈越之眼皮子动了动，颇有些遗憾：“以前年轻，想走柏拉图精神恋爱路线，没把握住机会。后来她一夜成名，反而没那个心思了。”

方煜板着一张脸不吭声。

陈越之狐疑道：“你问这个干什么？你不会看上鄢慈了吧？”

方煜像是赤裸走在街上被人围观一样，忽然一阵尴尬。他急忙把头扭过去，掩饰心里那点难耐的波动：“你胡说八道什么？就她那蠢样，我看得上她？”

陈越之不信任地看了他几眼，似乎是在确定他到底是不是真的没有想法。半晌，他淡淡道：“我家情况你也知道，我妈不可能让我找圈内的女人结婚。鄢慈她傻，但她也聪明。她最让我喜欢的地方就是她不喜欢我，也不会要求我，不像那些女人，谈两天朋友睡上一觉就以为能把我绑到地老天荒。”

“在外面她成全我的面子，私下里和我划得干净着呢。我跟她待一起舒服。她越是不争不抢，我越想把所有好东西给她。但如果我睡了她，不说她愿不愿意跟我，这事性质就不一样了。说实话，我不缺睡的，但我缺个能让我安心的，她明白自己的身份，也知道自己该干什么。”

方煜大概了然陈越之的心理。山珍海味吃久了的人，对于美食就没有了迫切地想要吃进去的冲动。陈越之在圈子里一手遮天，他从来不缺鲍鱼海参、熊掌燕窝。与之相比，有时一碗清淡白粥对他而言反而更合适——在吃完彻夜的大餐以后，总要有碗白粥解腻。

鄢慈性子恬淡，不爱争抢，她没经历过圈里的脏事，干净得像是刚出校园的学生。她对他而言，就是那碗干净的白粥。哪怕他肚子已经吃不下，但只要有它安安静静地待在餐桌上，他看着也会觉得心情很好。可如果他非要在吃饱喝足后再勉强自己喝碗粥，一来没有必要，二来万一粥不愿意，也是得不偿失。

“你所谓的把所有好东西给她，就是让她去陪你那些狐朋狗友喝酒？”方煜对陈越之的言语颇为不屑。

陈越之品出方煜话里的火药味，挑眉：“我捧红了她，所有好资源都给她，微博上所有风言风语我公关给她压下，我又没睡她，让她陪个酒还有错？”

方煜回视他，眼神淡漠：“鄢慈这些年给你赚了多少钱？你的资源是白给的？如果她是个扑街……”

他话说到一半，蓦地卡住。

陈越之的背后，鄢慈换好衣服从试衣间走出来。服装组的人特意为这场戏定制了一件藏青色的旗袍，方煜见过那件衣服，素面白点，普通得过眼就忘。但此刻，他的眼睛像黏在鄢慈身上一样，任凭他本人怎么拉扯、呼唤，都收不回目光。

她和刚才见到的似乎没什么不同，但又很不同。

正如陈越之说的，女人的外表是可以做武器的，但鄢慈好像对自己所拥有的这项资本毫无所知。她的美从来都是内敛的，不扎人，也不主动去放光。方煜知道她漂亮，可她平时那蔫软的性子像股黏稠剂一样牢牢糊死了她身上那团灼眼的锋芒。她不刻意外露，别人很难剥开她美丽的外表，去探寻她那外表下更美丽的东西。

这还是方煜第一次看到这样的鄢慈。

窈窕的身段，柔软的纤腰，丰满的胸脯，挺翘的娇臀。她脚踩一双乳色高跟鞋，脚背瘦削，隐约跳动着几条浅蓝的筋。裙边遮到膝盖弯，露着白莹莹的腿肚，白嫩的大腿顺着裙衩隐约透出一抹春色，脖子上挂了一串细细的白珠衬着旗袍的暗色，和脚下的鞋子的颜色一致，丝毫不突兀。

鄢慈的手放在脸侧连接着姣好的天鹅颈的那块皮肤上，她在和林晴晴说笑，转头迎着明亮的灯光。她站在那儿，整个人被灯光打成一块通亮的雪花瓷。她一笑，嫣红的嘴角上扬，柳眉的尾巴微压。那是方煜从没见过的模样，从头到脚，一颦一笑，都是满满的风情。

鄢慈像是感应到了什么，转过头无误地从人堆里找到方煜的身影。她脸侧的手抚平，五指纤细，伸出来轻轻冲方煜扬了扬。甫一接触她含笑的目光，四目相对时，方煜只觉得她眼里铺洒着宇宙里亿万年来生生不息、漫天闪耀的星光。

他心里咯噔一下，瞬间表情古怪起来。

鄢慈以为他没看到，又朝他挥挥手："方煜？"

方煜沉着眉眼，片刻不敢停留，逃命一样离开。

有生以来第一次，方煜面对电脑发了一个小时的呆，打不出一段完整的话。也是有生以来第一次，方煜拿着书却只觉得满眼都是蝌蚪在游动，看不懂一个字。

窗外华灯初上，墙壁上的挂钟嘀嘀嗒嗒走到十一点，陈越之应该已经离开了。方煜平躺在床上，闭上眼，脑子里全是鄢慈刚才的样子。从脚底到指尖，皮肤上每一个微小的细胞都在发烫。脑子里做了一番思想斗争，他打了个滚，坐起靠着床头，把电脑搬到床上。

E 盘里有一个叫"编剧三十六种情感结构"的文件夹，打开后跳出来密密麻麻一堆视频，方煜随手点开一个。趁着还在放剧情的工夫，他跳下床去拉上窗帘，行动鬼祟，仿佛隐藏着不可告人的秘密。片子剪辑得太快，方煜还没走回床上，片子就已经进入主题。他电脑音量默认开到最大，顿时整个房间都回荡着阵阵不可言喻的动静。

"咚咚咚！"有人敲门。

"方煜。"鄢慈的声音从门外传进来。

方煜心里本来就存着点不能说的心思，一听到鄢慈的声音，差点吓得心脏病突发。他一个跨步冲回床上把笔记本扣死，房间内瞬间陷入一片死寂。

方煜竖起耳朵，像只奸诈的兔子，仔细听着外面的动静。

没过多久，鄢慈又轻轻叩门，声音带着迟疑："方煜？"

方煜做了几个深呼吸，烦躁地抓了抓头皮，走过去开门。他只拉开一条缝，半个身子藏在门后面。鄢慈换回了自己的衣服，头发却还是宁浮萍盘起来的古雅造型。她没卸妆，脸颊精致动人。

“有事？”方煜别扭地问。

酒店隔音不太好，加上刚才那一阵声音太大，鄢慈什么都听到了。她尴尬地笑笑：“你怎么突然走了？身体不舒服还是生病了？”

身体的确不太舒服，但和生病没半毛钱关系。方煜烦得要命，头发被他自己揉得如金毛狮王般乱。他脸上挂着深深的不耐烦，本来想说“关你屁事”，但往常很容易说出来的话，今天在舌尖翻来滚去就是吐不出口。

鄢慈的瞳孔黑而明亮，脸盘也就他一个巴掌大。她的妆有点掉了，下巴上的痘痘隐隐冒了出来，衬在白净的脸面上，像无垠干净的雪原中间矗了一块怪石似的不协调。

方煜看着，忽然觉得心里一阵负罪感。他眼神放过去，装作不经意地问：“这会不会留疤？”

鄢慈摇头：“过两天就消了。”

他又问：“你经常长痘？”

鄢慈想了想：“只有吃太多油腻和辛辣的东西才长。”

虽然心里明白应该是自己这阵子带她吃烧烤催出来的，但听到鄢慈的回答时，他心里还是有点难受。他侧过头，转移话题：“陈越之走了？你没去送他？”

鄢慈疑惑：“机场那么远，我送他干吗？”

她口气自然，丝毫没有觉得哪里不妥。

鄢慈心里敞亮，也明白自己的身份，她从不寄希望于陈越之给她什么名正言顺的东西，也不向陈越之要什么。他给她就收着，不给也不会主动去争抢。陈越之作为圈里的娱乐大鳄，身边形形色色的女人多得数不过来，鄢慈无疑是他心里最特别的那一个，不管这特别是喜欢又或是其他的什么，特别就是特别，别人谁都无法取代。

那陈越之在鄢慈的心里又是什么角色？

方煜想了想，故意问道：“你俩这种关系，送送他不应该？”

鄢慈不解：“我俩什么关系呀？”

方煜傲娇地哼哼，不说话。鄢慈突然局促起来：“不是，你是不是误会什么了？我俩没有那种关系。他就把我当个小玩意，小猫小狗小鸡崽什么的。他对我好，一是因为我听话，二是因为我能给他赚钱。你别多想。”

鄢慈一脸急迫解释的表情，这让方煜看了心情大好。他掩饰起脸上淡淡的喜悦，装作满不在意地说：“你跟我解释这么多干什么？这跟我有关系吗？”

鄢慈看向他，眼睛明亮黝黑，似乎想从他脸上看出点什么。可就连她自己也说过，方煜那收放自如的演技不该当编剧，而应该当演员。她努力了很久，却没看出方煜有什么特别的情绪。

她眼里黯淡了一下，垂着脸闷闷地说：“没关系吧。”

方煜得了便宜还卖乖，又说：“今天陈越之跟我说，《青梧桐》是你的睡前读物？这么喜欢《青梧桐》怎么不跟方老师说，嗯？”

“啧啧啧，方老师怕不是你心里的男神吧？你是怎么憋这么久的？来，告诉我，如果方老师和李乔那个小白脸同时掉进水里，你要救谁？你居然装得这么深，是怕方老师知道了取笑你吗？”

“陈少都跟你说什么了？”鄢慈的脸瞬间涨得通红，推着方煜的房门，“你让我进去！”

方煜电脑上还放着片子，哪敢让她进来，连忙反手堵着门板：“干什么你！被我揭穿了就迫不及待、凶相毕露想睡你男神了？滚滚滚！你再推一下，信不信老子明天封杀你？”

“你要点脸吧！你是哪门子男神啊？”鄢慈挣扎，粉嫩的手臂砸到方煜裸露在外的皮肤上。

一阵弱小但刺激的电流顺着毛孔一路逆流而上，直冲大脑，方煜的脸百年难遇地红了。他凭借男人的力量优势直接抓着鄢慈的手，把她拖到门外，然后以迅雷不及掩耳之势关上了房门。

门外的鄢慈没动静，方煜以为她走了。但如果他现在拉开门朝外面看，就会发现鄢慈正像只壁虎似的趴在他的门上，贴着耳朵偷听屋里的动静。

方煜靠在门板上平息了一会儿，心里的燥热却怎么都降不下来。鄢慈皮肤上像是涂满了某种功能不容细说的药水，快要把他的皮烫掉了。他静静地站了一会儿，突然觉得“编剧三十六种情感结构”索然无味，不及门外那人一根手指头。他走到床边打开电脑，打算退出播放模式去冲个冷水澡。

电脑里演员还在杀猪般怪叫，听得耳朵又刺又痒，喉咙口一阵恶心。

他刚要关上，又听见门口那人重重地拍了三下他的房门。方煜心里陡然升起一股狠狠的恶意，那女人怕是不撞枪口上，不知道“找死”两个字怎么写。如果鄢慈敢再敲一下，他心里想着，那么他会立马开门，把她拖进来行使方老师的“潜规则”特权。

但这个想法只在脑子里浅浅地闪过一下，就立刻被他自己否定了，像是下锅一涮即熟的毛肚，被他转瞬迫切地捞了上来。毛肚涮老了会咬不动，这想法在脑子里晃久了，他会控制不住。

鄢慈像是看穿了他心里在想什么一样，没有继续敲门。她只是站在方煜门口，阴险地、恶毒地、狡诈地扯着巨大的嗓门道：“方老师！本来身体就虚，这么晚了少看点少儿不宜的东西吧！嚯，你就算要看，声音也别开这么大呀！你就算要看，也找个声音好听的呀！你就算要看，也得找个夜深人静的时候呀！这走廊里人来人往的，影响多不好呀？还让不让人睡觉了，我明早还要早起呢！”

她的声音在整个楼道里清清楚楚地回荡着。还不等他有所动作，门外传来一声巨大的关门声。紧接着，他听见走廊上尴尬的咳嗽声此起彼伏——剧组工作人员下班回来了。

方煜：“……”

夜里十二点半。

鄢慈朋友圈更新了一条动态。

明天晚上就要看到我乔了，超激动，嗷嗷嗷！开心得睡不着！兴奋得睡不着！饿得睡不着！没有夜宵吃的日子好饿啊！饿死我了，嘤嘤嘤！

方煜被鄢慈气得失眠，看到这条，把手机一扔，愤愤道：“饿死你，有爱饮水饱，看你男神还需要吃饭？”

夜里一点。

方煜默默地从床上爬了起来，打开电脑，翻出《浮萍》第五十九场的电子版文本文档。月光如水，透过窗帘的缝隙洒进来，方煜的脸在这清凉白光下柔和无比。他快速从上到下浏览了一遍，思索了一会儿，打了几个字，鼠标点下“全部替换”，保存到移动硬盘里，又回到床上睡觉。

第二天，方煜起了个大早。他先去附近的打印店把新的剧本打出来，而后蹲在片场守株待兔。

鄢慈睡得迷迷瞪瞪，揉着眼睛进来时，看到方煜愣了几秒后，转身就跑。方煜一脸凶横，扯住她的后领，把她揪回来。

鄢慈倒不是真的怕，只是本能地抖了抖肩膀：“别打脸，晚上我有通告。”

方煜手抬得高落得低，只是用那沓剧本在她头上轻拍了一下，随手扔到她怀里：“新剧本，熟悉一下。”

“新剧本？开玩笑呢，马上就拍了，你现在改剧本，我台词都背了！”鄢慈睁大眼睛。

方煜：“我说换就换，你哪里那么多话？”

鄢慈坐下化妆，让林晴晴给她读方煜改过的剧本。

“第五十九场第一镜，时间：白天；地点：司令府；人物：宁浮萍、青缇、下人若干。青缇坐在浮萍对面，冷笑：‘宁浮萍，前些日子你与周少霆的事闹得沸沸扬扬，让司令面子上很不好看。他狠不下心对你做些什么，难道你自己心里没有廉耻吗？’”

鄢慈心想，这也没变什么台词呀。

只听林晴晴又念：“浮萍不作声，拿起桌子上的鸡腿咬了一口，冷声道：‘我和周少霆清清白白，司令若是对我有疑，我自会向他解释，轮得到你对我指手画脚！’”

林晴晴往下翻了翻，发现通篇宁浮萍喝普洱茶的片段全部被方煜改成了吃鸡腿。她面色为难：“方老师，这是不是不太好？”

方煜一副理直气壮的表情：“你有意见？”

整个剧组除了宋导，没人不怕方煜，林晴晴也不例外。她不敢逞强，缩了下脖子没再说话。

鄢慈从她手里拿过剧本，自己翻看。

浮萍跷着指尖捏着鸡腿。

浮萍红艳的嘴唇在鸡腿上抿了抿。

浮萍咽下了嘴里那口鸡腿。

浮萍把鸡腿轻轻放到桌上。

……

她愣了一会儿，抬起明润的眼眸直勾勾地看着方煜。方煜本来挺坦然的，但鄢慈的眼睛里仿佛藏着一千种情绪、一万句言语。他想看懂，他觉得看懂了，又害怕自己其实没看懂，颠来倒去，一阵难言的烦躁，他没办法维持表面的淡定了。

他问："你想说什么？"

鄢慈眨眨眼睛，脸颊微红，慌乱地扭过头。她嗓音绵软，声音比刚才小了八度，像是说给自己听似的，轻轻道："也没想说什么呀。"

鄢慈今天参加的《谁在说谎》，是国内第一部以网络直播形式播出的真人秀，每周一期，在线观看的网友有上百万人。

在离节目录制还有一个小时的时候，李乔来了。化妆师正在给鄢慈上妆，她百无聊赖刷地着李乔最近的综艺，听到李乔的声音之后，露出了天底下所有的迷妹见到男神时的娇羞——出手迅猛捂住自己没打粉的裸下巴，把下巴上那两颗痘挡得死死的。

"鄢鄢。"李乔朝她打招呼，坐到她旁边。

鄢慈心虚地关上了视频，甜美地笑："乔哥。"

李乔是圈里少有的流量和实力双担的艺人。论热度，说他是国内最红的超一线小生毫不为过；论演技，他一出道就拿下了金天鹅奖最佳男新人以及白茉莉奖最佳男配角两项重量级大奖。最让其他男艺人愤愤不平的是，李乔还长了一张迷倒众生的英俊面庞。他帅则帅矣，但并不是方煜口中的小白脸。

在当前女粉主导市场的娱乐时代，相对于男艺人，女艺人本来就难混。鄢慈虽然红，但比起如日中天的李乔来说根本不算什么。李乔的粉丝上到亿万身家的土豪，下到每晚放学一边写作业一边给他刷数据打榜的中学生，粉丝覆盖阶级、年龄、群体之广泛，购买力之凶狠，让其他艺人望尘莫及。

李乔的粉丝和鄢慈的粉丝曾经公开撕过，由于双方粉丝低龄化严重，掐架的理由也让人啼笑皆非——在那周的微博明星热度排行榜上，李乔粉丝用几百万真金白银把他送上第一，碾压排在第二的鄢慈。那场网络骂战持续了整整一个星期，荞麦骂烟花是穷鬼，烟花骂荞麦是暴发户，荞麦嘲笑鄢慈靠金主后台，烟花讽刺李乔拿个男配奖能吹一辈子。

那时鄢慈偷偷注册了一个小号，混迹于各条热门评论之下："大家不要骂了，鄢慈说不定和李乔私交很好呢？万一李乔是鄢慈的男神，你们这样骂，以后他们见面多尴尬呀，哈哈哈！”

第二天鄢慈起床，刚注册的小号收到了几十条回复。荞麦清一色骂她是鄢慈粉倒贴滚远点。

烟花清一色骂她是李乔粉侮辱鄢慈的审美，从那以后鄢慈再也不敢去试图参与粉丝间的交战。当然，这件事情没几个人知道，李乔更不知道。

鄢慈捂着下巴，化妆师无从下手。

李乔撑起身子：“鄢鄢，你怎么了？”

在剧组她还不觉得如何，可直到真的见到李乔的这一刻，她才发现男神就是男神，光辉闪闪耀眼。自己脸上这两颗卑微的隔夜痘，怎么能没脸没皮地跳出来侮辱男神的眼睛呢？

鄢慈正想着编个什么借口让李乔转移注意力，只听李乔笑着说：“长痘了是吧？是不是最近拍戏压力大？张姐，麻烦您给鄢鄢下巴好好压一下，一会儿录制的时候别露出来了。”

鄢慈讪讪地放下手，尴尬地笑了笑。

李乔掏出手机：“鄢鄢，我能留一下你的联系方式吗？合作这么多次了，连个微信都没有。”

啊啊啊啊！男神要加我微信！鄢慈脑子里瞬间爆炸出了一捧灿烂的烟花，然而随后空降大雨，浇熄了所有的火种，一点不剩。

她朋友圈怎么能给李乔看？每晚一到十一点准时发动态，饿死鬼一样喊饿，并佐之以大量的鬼畜表情包，还时不时拎着李乔出来犯花痴，这让李乔看到了，她还要不要面子了？

她思考片刻，果断拒绝：“不能。”男神这种东西远远看着就好了，谁还想和男神朝夕相处吗？像这种涉及她神经病属性的东西，还是私下里留着自己慢慢品味吧。

李乔一愣，面上一抹淡淡的失望一闪而逝。鄢慈也觉得刚才说的话有点冷漠，连忙试着挽回：“但是我微博关注你了。”

李乔温和地笑了笑：“我们早就是互相关注了。”

方煜今晚有点烦，昨天写不出剧本、看不进书的毛病又犯了。不过经过昨晚的事情，此刻他对自己为什么会有这样状态的原因已经了然于心。他果断关上文档，打开浏览器切到《谁在说谎》的网络直播。节目已经开始一会儿了，前面是嘉宾介绍的环节，没什么重点，请来的七个嘉宾围坐在直播现场的小沙发上一一向观众问好，李乔坐在鄢慈旁边。

主持人："我现在再为各位嘉宾讲解一下游戏规则。在直播期间，我们会向各位嘉宾提出五个问题。比如我问李乔，你最喜欢的水果是什么，李乔可以选择说谎，也可以选择如实相告，但每个问题你们七位里只能同时有两个人说假话。节目分为嘉宾队和观众队，具体谁说实话、谁说假话由你们自行决定。"

"我们在直播页面右侧开启了一项投票功能，观看直播的观众可以对您认为说假话的嘉宾进行投票。五轮下来，如果观众的正确率在百分之十以上，则我们的嘉宾就要接受来自观众提问的惩罚。"

"好，下面第一个问题——有过几段恋情？包括入圈前和入圈后。从李乔开始。"

李乔笑了笑，接过麦："我没谈过恋爱。上大学的时候一门心思扑在表演上，没有谈恋爱的想法。后来毕业入圈，公司管得严，身边也没有合适的对象，所以迟迟没有女朋友。"

直播间右侧的聊天频道瞬间被李乔的粉丝刷屏。

啊啊啊！哥哥真的太棒了！认真学习是对的！怪不得现在的你这么优秀！加油，荞麦永远支持你！

我信乔乔，他看上去就是一个温暖阳光的大男孩，不管不管，就算他是说谎我也信！为乔乔疯狂打电话！

更有狂热的粉丝为李乔送上了价值上千元的虚拟礼物。

网友'荞麦一直在'为嘉宾李乔送上九百九十九朵玫瑰。

网友'乔哥的迷妹'为嘉宾李乔送上一颗钻石。

……

观众在哪位嘉宾发言期间送礼物，在屏幕显示时就会带上哪位嘉宾的头衔，录制结束后，节目组会以该嘉宾和送礼物网友的名义清算收到的打赏，捐给贫困山区或红十字会，也算是一种慈善行为。

方煜注册了一个马甲，混在众多李乔粉丝中："长点脑子吧，他没谈过恋爱也就脑残粉才信！"

然而方煜微弱的反对声，在李乔粉丝狂热的节奏中被秒刷下去，偶尔也夹杂着一两个回复他的："这有什么不能相信的？我们乔乔说了他没那个心思呀！你不要吃不到葡萄没人爱就酸别人哦。"

方煜懒得和粉丝较真，继续听下一个鄢慈说话。他不知道鄢慈以前的感情经历，在遇到陈越之以后，圈里肯定没人敢动她的心思，但在之前呢？以她的条件，在大学的时候应该不会没人追吧？

鄢慈："我谈过恋爱，是个圈内人，他演技很棒，很温柔，对我特别好……"

鄢鄢说得好详细啊，这没有真情实感是编不出来的吧？

我也觉得，鄢慈真话加一。

方煜看着右侧观众的交流区，干净的指尖无意识地扣着鼠标的滚轮，在安静的房间里发出一阵阵"哗哗"的摩擦声。

我不信，呵呵，只谈过两段恋爱？鄢慈就是垃圾，你把自己睡过的大佬拿出来数数，一双手都不够用吧？别装纯，谢谢。

方煜眼睛尖，一瞥过去看到这条回复，立马私信过去："装你全家，有种再骂她一句试试，老子今晚就人肉你信不信？"

……

第一轮游戏结束，主持人向各位嘉宾一一求证真假。

李乔站起来冲着摄像机鞠了一个躬，礼貌而诚恳道："对不起大家，我说谎了……"

方煜靠在软椅上冷哼："这有疑问？信了他的邪能憋到现在不谈恋爱，他别是那方面有什么……"正说着，他卡了壳，自己铁青着脸，把下面的话硬生生憋回去了。

轮到鄢慈，她倒是没有站起来，只是暖暖地笑："我也说谎了……"

刚才那个黑子又跳出来了："我就说，呵呵呵，这下要公开自己睡过几十个男人呀？"

方煜冷下脸，按住她的头像再次私信。他多年写剧本打字，手速早已经练得飞快，再用上那一身金刚不坏、刀枪不入的毒舌神功口无遮拦地开喷，只把对方骂得整个页面看不见一个干净的字眼。

对方似乎是被骂懵了，过了半天才回复了一句："鄢慈的脑残粉有病吧？"

方煜手指微动，刚要继续反击，忽然私聊页面下的直播界面传来鄢慈解释的声音。

“男朋友是根据我现在男神的样子编出来的。说出来你们可能不信，从来没人追过我，可能因为我看上去……”鄢慈停顿了一下，措辞半天，缓缓说道，“看上去不像没有男朋友的样子吧。”

她这话倒是没错。圈里人都知道鄢慈背后有金主，理所当然认为她是有男朋友的人。李乔闻言，嘴角挂着朗朗的笑，诧异地看了她一眼。

主持人问：“鄢鄢的男神是圈内人吗？”

鄢慈点头。

主持人又问：“那男神有可能发展成为男朋友吗？”

鄢慈果断答道：“不会啊，男神就是男神，是崇拜不是喜欢，没有那种感情的。”

如狂风忽然吹走蔽日的乌云一样，方煜心情大好，他懒洋洋地靠在椅背上吹口哨。

那黑子还在不停地回嘴，但翻来覆去也只有几句“垃圾”“贱人”“整容蛇精脸”，语言之匮乏让方煜觉得和她吵架简直有辱自己那条高贵的舌头，可即使是这样，他依然骂得起劲。方煜洋洋洒洒、出口成“脏”，垃圾话信手拈来都不用过脑子，黑子打一句话的工夫，他直接骂回了一篇“小作文”。他还要继续，那黑子却头像一暗，直接下线了。

“蠢。”方煜骂走一个觉得还不过瘾，继续在评论区浏览谁说了鄢慈的坏话。他像只黑夜里捕食的慵懒大猫，翘着高贵的毛绒尾巴，眼神里浮满碧荧荧的凶光，潜伏在电脑后面伺机而动。

其中一个黑子心理素质不太过关，直接崩溃了：“我就说了一句鄢慈做作，你至于追着我骂两千字吗？我给你跪了，你是终极脑残粉，以后我看见鄢慈绕道走行不行？”

直播还在继续。

主持人：“最后一个问题，描述一下你喜欢的人。以前喜欢过的、现在喜欢的或者喜欢的异性类型都可以。”

李乔在主持人问出这个问题的时候，下意识地看了鄢慈一眼。只听他说：“我喜欢的女孩子很可爱，笑起来很甜，甜得让你觉得世界都是温暖的。她很温柔，很可爱，脾气很好，有一头很漂亮的长发……”

方煜看着鄢慈，英挺的眉峰皱了起来，心道，李乔这形容怎么和鄢慈这么像？

李乔转头指着鄢慈，对主持人半开玩笑半认真地说："鄢鄢就是我梦中情人的标准。"

鄢慈的脸涨得通红，像是夏天西瓜最甜的那处瓤心，看上去既娇羞又可口，她连忙摆手："不不不，李乔你别开玩笑了。"

方煜脸色沉了下来。身为男人的直觉，让他明明白白从李乔的神态动作里读出这样一则信息：他是认真的。

直播间。

李乔刚才那句话一时口快，说完之后意识到不对立马改口："我开玩笑的，鄢鄢你别介意。"

话是这么说，可当李乔的目光落到自己身上时，鄢慈还是一阵发虚——不是因为男神的调侃而发虚，而是为自己的明天担忧，李乔粉丝这不得吃了她？

李乔怕自己解释不清，对着摄影机后面看直播的万千粉丝又叮嘱一句："我真是开玩笑，鄢鄢粉丝对不住啦，不该乱开你们女神玩笑。"

他表面是和鄢慈粉丝道歉，实际上却是暗暗提醒自己的粉丝，不要给鄢慈惹麻烦。主持人会意，打破冷场："李乔很坏啊，就喜欢逗女嘉宾。来吧，下一个，鄢鄢来说……"

她话说到一半，直播间里传来一阵清脆的广播声。

"网友'李乔你个小白脸'为嘉宾李乔送上九百九十九颗地雷。"

直播平台有一项特殊的彩蛋功能，除了送礼物之外，网友还可以向嘉宾砸地雷、手雷、大便等虚拟物品，同样需要人民币购买，不同的是，后者比前者更贵。为了给节目制造强烈冲突感和戏剧性，导演组设计凡是送给嘉宾负作用道具的消息，都会直接在现场进行广播。

以前也有嘉宾被网友用地雷砸过，但也只是仅仅几次。因为粉丝会直接送花和礼物给喜欢的艺人，黑子也不会去给讨厌的明星砸钱，所以彩蛋一直是彩蛋，真正广播的次数屈指可数，可今天还真有闲人。

"网友'给老子听好了'为嘉宾李乔送上九百九十九颗炸弹。"

"网友'别想打'为嘉宾李乔送上九百九十九颗手榴弹。"

“网友‘鄢慈的主意’为嘉宾李乔送上九百九十九颗火箭炮。”

……

鄢慈一阵天地旋转、头晕眼花。事情才发生不到十秒，她已经考虑到自己一会儿该以什么样的姿势和李乔一起躺上热搜。

李乔显然也惊了好一会儿，他随后笑了笑，情商极高，温声道：“这位网友真的很有爱心，谢谢您为山区的孩子们捐了这些钱，也谢谢您……”

他顿了顿，优雅又不失风度：“以我的名义捐献。”

主持人看到广播里没了动静，连忙岔开话题：“鄢鄢来说说吧。”

方煜静坐着，按在鼠标上的指骨节节清晰。他浏览了一下礼物专区，又选上九百九十九坨大便，把 ID 改成了“李乔吃大便”。如果鄢慈嘴里形容的人敢和李乔有半分相似，他打算直接把这价格高昂的上万元大便送给这对“狗男女”。

鄢慈迅速恢复正常，冲着摄像机歉然一笑，又缓缓说道：“我喜欢的人……他很帅。”

主持人问：“有多帅？比李乔还帅吗？”

鄢慈：“差不多帅，他身高一米八多……”

方煜点开网上李乔的个人信息，看到他的身高是一米八二，顿时脸上阴云密布，把鼠标放到了“确认送出”四个字上。

正要点下，只听鄢慈又说：“他人挺干净的，却总是穿得邋遢，拖鞋和皱巴巴的 T 恤能穿一整个夏天。他脾气臭，暴躁，毒舌，发飙起来所有人都怕他，但我觉得他心里应该很温柔，至少对我很温柔。怕我中暑，给我喝藿香正气水，偷偷给我买夜宵，还给我加鸡腿……”

方煜静止。

她的笑容，像是春雨拂绿的嫩芽，像是夏日照耀的繁花，像是秋水浮送的红枫，像是冬风里飘舞着的晶莹剔透的雪花。

方煜本能地伸手拿烟，心脏“怦怦怦”错乱地狂跳，直播间里谁在说话，在说什么，他已经一句都听不进去了。

鄢慈说的人，分明就是他，这傻子原来也喜欢他吗？

方煜点烟的手蓦然顿住——也？

主持人：“现在到我们最后一轮揭秘真假的时刻——”

方煜：“……”

他竟然忘了这综艺里说的话还要分真假！本来在激动地抽烟，现在一下子变成紧张地抽烟。方煜咬牙切齿地看着镜头里的李乔。

李乔：“我说的是真话。”

方煜捏着香烟的拇指和食指隐隐发凉，一动不动地盯着鄢慈。他甚至觉得这一刻，如果鄢慈嘴里吐出来的是“假”，那么他绝对会瞬间火山爆发，滚热的熔岩顺着网线流窜过去烫死她都是有可能的。

鄢慈撩了下耳侧垂下来的碎发，微笑看着摄像机：“我说的是……”

“当当当当——”电脑自动关机。

方煜手一抖，烟灰落在裤子上。他把笔记本翻过来一看，连接笔记本的插座忘记开电源了。他连忙跳回床上拿起手机，以最快的速度杀进直播间。

网络提示他：当前在线人数太多，网络拥堵，他顽强坚持了三秒，最终被卡掉了。

方煜：“……”

夜里十点半。

林晴晴蹦蹦跳跳地回到酒店。

方煜打开房门，幽灵一样盯着她：“鄢慈呢？”

林晴晴吓了一跳：“姐在楼下人工湖和李乔散步呢。”

方煜一听，脸色变了：“李乔来这儿干什么？”

林晴晴：“司机家里临时有事，李乔送我和姐回来的……方老师？”

方煜简直可以去竞选国家队短跑种子选手，“嗖”地一下冲着电梯跑过去了，林晴晴只觉得眼前一花，方煜又“嗖”地一下冲回来了。

方煜飞快钻进屋子，两分钟后再次气势汹汹地蹿了出去。他回屋换了身衣服，黑拖鞋换成了黑球鞋，皱巴巴的白 T 恤换成了干净无痕的白 T 恤。

人工湖。

“当心感冒。”夜风吹到身上凉飕飕的，李乔风度翩翩，像个温柔的绅士，把外套脱下来披在鄢慈身上。

被男神这样“宠爱”，鄢慈幸福得快要眩晕，只觉得自己是世界上最幸福的迷妹。

“鄢鄢。”李乔柔声叫她，“你真的不打算接《盛世荣宠》吗？我经纪人前几天问过李恺，他说你不想拍这部戏。”

《盛世荣宠》就是李恺之前要鄢慈接拍的那部档期两个月的玛丽苏玄幻巨制，为了说服她，李恺甚至跟她说男主角是她的男神李乔。

鄢慈摇头。李乔笑道：“剧方跟我沟通过，这本子虽然烂，但剧情和人设很符合当前市场的主流，火是一定能火的。我考虑了一下，如果你愿意接女主角，那我演男主角也没什么不可以。”

鄢慈愣住：“什么意思？”

李乔局促地将双手插在裤兜，不好意思地左右看了看，嘴角挂着一丝羞涩的笑：“我对这个本子没有太大兴趣。你知道的，我现在最迫切的是转型，而不是继续演这种少女偶像剧。但如果你要演的话，我想跟你合作。”

鄢慈眨眨眼：“我不想演。”

“真的这么坚决吗？”李乔不死心地问，“我接下来档期排得很满，你应该也是。错过这次机会，不知道下次合作是什么时候。鄢鄢……”

他咬了下嘴唇，不安地说：“我们一起上过这么多次综艺，也算认识很久了。我是个比较直的人，心里有话不愿意憋着。你刚出道演阮青桐的时候，我就很喜欢你。你还不知道吧？这些年，你一直是我心里的女神。”

鄢慈惊恐地张大嘴巴。她知道个鬼啊？她仰慕多年的男神此刻一脸娇羞地站在她面前，说她其实是他仰慕了多年的女神。她是他男神的女神？可能是李乔的神情太过认真了，鄢慈不但半点没有被男神“临幸”的兴奋，反而有股淡淡的不好的预感。

李乔：“你刚才也听见了，最后一个问题我说的是真话。鄢鄢我挺喜欢你的，你……怎么想？能……”

他声音越来越低：“能试试看吗？”

鄢慈一瞬间仿佛陷入了无敌尴尬的深渊泥沼，她想爬出来，李乔却蹲在深渊底下拼命抱着她的腿往下扯。

李乔：“鄢鄢，你很可爱。”

作为粉丝和迷妹，她真的太不够格了！男神在对她告白，这种时候她的想法竟然不是赶紧买烟花庆祝，又或是跳到他怀里蹭一蹭，做出一副温柔可人的软妹样子甜甜地说“男神我也喜欢你呢”。鄢慈现在满脑子萦绕的都是——这尴尬了，啊啊啊！她好想一脚把李乔踹进身后人工湖然后掉头就跑。

她挠了挠头皮，艰难措辞：“你其实也是我男神呢乔哥，但是我就真的只是把你当男神仰慕，没有半点非分之想的，我觉得吧，你说不定也是……”

李乔抬头看她：“我是认真的，鄢鄢，我真的喜欢你。”

鄢慈暗暗咽了一下口水，头一阵疼。她脑子转得飞快，正想着要怎么委婉拒绝，显得自己优雅知性又不伤害男神脆弱的心灵。背后突然伸出一只有力的大手，拉住她的胳膊，下一秒，她娇小的身躯落到了一个宽阔、温暖，还有点熟悉的怀抱。

方煜面无表情地看着李乔，又皱着眉看着鄢慈身上的外套。

鄢慈顿时又生出一股被丈夫捉奸在床的局促感。她连忙紧张地摆手：“方老师？不是这样的！你听我解释，我和乔哥……”

她话未说完，便被方煜打断。他粗鲁地扯掉她身上李乔的外套扔回到主人的手里：“别人的衣服能随便乱穿？他的皮肤病传染给你怎么办？牛皮癣？荨麻疹？灰指甲？能不能带点脑子出门？”

鄢慈冷不防被冷风吹得一哆嗦，她抱住肩膀，牙齿直打战：“哦。”

方煜脱掉了自己的短袖T恤，在瑟瑟的冷风里只穿着一件打底背心。他把自己T恤的衣领扒到最大，往鄢慈头上一套，顺着从上到下捋平，鄢慈纤瘦的身躯便完全裹在方煜宽大的T恤里。

他满眼敌意瞪着李乔：“穿方老师的。”

第四章 甜蜜

李乔愣了一下，凝视方煜抓着鄢慈的手，明白过来。他脸色泛白，但不失礼貌地一笑："这位就是方编吧？久仰。"

李乔那副礼节周全又绅士的模样，在方煜看来刺眼得很。倒不是觉得假，很大一部分原因是方煜自己学不来那种翩翩公子的风度。往常没什么，但此时此刻此地此景，他总觉得自己差着李乔一截。李乔身穿高级定制的休闲西装，他穿着背心和五分大裤衩，就算是价格不菲的裤衩，但裤衩终究是裤衩。

方煜这时候要是再刻薄或毒舌反而显得小家子气，他微微颔首："你好。这么晚在外面走，你不怕被人拍？"他后半句是对鄢慈说的，握着她的手下意识紧了紧。

李乔勉强笑着，看向鄢慈："既然方编过来了，我就不送你回去了，早点休息。"

鄢慈点头："再见乔哥。"

不知道为什么，李乔一走，鄢慈整个人反倒是放松下来了。她拽了拽被方煜握紧的手，红着脸低声说："你总抓着我干什么？"

方煜不自然地放开她。鄢慈低头，发现方煜竟然没穿拖鞋，诧异地看了他一眼。

方煜烦躁地抓头发，欲盖弥彰："冻脚，不行吗？"

鄢慈乖乖地说："你冷不冷？回去吧。"

方煜宽大的T恤套在她身上，紧身白背心遮不住瘦削但是有料的身材，鄢慈忍不住多看了几眼。她朝酒店方向走了没几步，方煜在背后叫她。

"等等。"他皱着眉，像个烦恼的少年。

鄢慈回头："怎么了方老师？"

今晚月明星稀，是个晴朗天气。月亮很圆，斜斜地把影子投映到人工湖镜面般平静的水面，方煜背对湖面，波光粼粼的水光像是他闪耀的背景板。

"我今天晚上……"他斟酌片刻，慢慢道，"本来想写剧本，但是楼上装修，凿墙声音很大，我写不出东西。关电脑的时候，网站给我自动推荐了直播页面。"

方煜别扭地撒谎："就看见你了。"

鄢慈没想到方煜竟然看了今晚的录制，当即一阵尴尬。她站在那儿支支吾吾，有点手足无措。方煜也不说话了。夜晚人工湖边静悄悄的，一时间只有九月末生命孱弱的夏虫顽强嘶鸣。

“可是方老师……”鄢慈沉默半天，找回自己的舌头，“我们住的是顶楼呀，楼上装修……是在修房顶吗？”

方煜：“……”

鄢慈成功转移话题，转身兔子一样跑出去，想赶紧逃离这个今晚仿佛被尴尬诅咒了的地方。方煜眼疾手快一把将她捞回来，夹在胳肢窝下面，矜持也不装了，原形毕露，恶狠狠地问：“最后一个问题回答是什么？嗯？”

鄢慈惨叫：“你不是看了吗？”

方煜揉猫一样揉她头发：“你再给我说一遍，说不说？不说方老师揍你！”

鄢慈快崩溃了：“你放过我吧，老大！”

方煜松开她，看着她被欺负到满脸通红，头发凌乱的样子，心里蓦地涌起了一股柔软的保护欲。以后不欺负她，也不骂她了，他暗暗想着。

“那你说。”

鄢慈抓了抓头顶，把头发理顺，眼神四处乱瞄：“干吗非要让我说？”

方煜心想：当然是想听你亲口说喜欢我。

嘴上却说：“让你说你就说，话这么多？”

鄢慈突然蔫了，她小心翼翼地看着方煜，嘴里咕哝：“你也知道嘛，谁说真话谁说假话几个嘉宾提前商量好了，不能临场更改。”

“我本来想形容的人是李乔，但是有个‘高级黑’挂着我的头衔给李乔扔雷，可能是个神经病……”

神经病：“……”

“我如果再提李乔影响不好，所以就说了你。”她咬着嘴唇，不安地问，“你不会怪我吧？”

方煜看她不自然的举止神态，忽然心里一凉。本来不觉得冷，这下感觉到晚风吹到皮肤上，凉飕飕蔓延起一阵细小的鸡皮疙瘩。

他寒着脸，问：“你本来想说的人是李乔？”

鄢慈眨巴着闪亮的大眼睛看着他，脸颊酡红：“是，所以我后来说的话只是为了……”

她一脸急迫想要解释的模样，看在方煜眼里像根荆棘刺一样，疼得他眼睛一热，喉咙口甜得难受，呼吸间都仿佛带着血气。

刚才李乔走的时候他心里还在窃喜，鄢慈看上去也没有那么在乎他，可现实显然比幻想残酷。鄢慈喜欢的人是李乔，而他，只是个被临时拿出来遛一遛的挡箭牌。

鄢慈的眉眼在如水的月光下愈加楚楚动人，方煜离得近，甚至能看清她脸上每一丝细微的表情。她在紧张，在忐忑，在害羞，李乔已经走了，她还有什么好害羞的？

“所以我今晚说的话……”鄢慈小心看着他，“都不是真的。”

方煜觉得自己此刻完全被怒意占据，再和她待在这里，他可能会忍不住打人。他抿着嘴唇，不发一言，冷冷掉头离开。

“方煜？”

“方煜！”

鄢慈在后面叫他，他充耳不闻，迈着长腿大步走，直接进了酒店。

“啊啊啊！请问你是鄢慈吗？”身后传来两个小女生狂乱的叫喊，鄢慈被粉丝拦下索要签名和合影。

她没再追过来。

翌日。

林晴晴捧着手机嗑瓜子：“姐，今天带劲的可太多了，我一条条念给你听！”

“粉丝行为偶像埋单，从昨晚那个鄢慈粉的行为就可以看出鄢慈是个心机女！”

“李乔公然倒贴我们鄢鄢，他配得上鄢鄢？一万个白眼翻死他。”

“烟花们注意素质，不要乱撕，不要败坏小姐姐的路人缘！”

“鄢慈脑残粉请别造谣我们哥哥，谢谢，拒绝捆绑，拒绝炒作，尤其拒绝和鄢糊糊炒，哥哥不会看上她！”

……

鄢慈闷闷不乐：“别念了。”

林晴晴第一次遇到鄢慈心烦到不想听这些的时候，吓得花容失色：“姐，你生病了？”

鄢慈摇头，无精打采地看向场地另一头。方煜在和工作人员说话，虽然脸上也没挂着笑，但至少说不上冷若冰霜，不像他对着自己的样子。

昨晚鄢慈敲了几次他的房门，方煜都没有开，也一反常态没有出来吼她。他屋里没有一点动静，安静得像是没人存在，可他明明就在屋里。

早上来的时候，鄢慈把衣服还他，方煜直接把她当空气，从旁边路过时看都不看她。他是生气她在综艺节目上未经允许擅自提到他吗？

鄢慈正苦恼着，副导演过来叫她：“鄢鄢，下一场准备了。”

浮萍为李成则来求周少霆，周少霆被她激怒，心智大乱，意图强迫浮萍。她拼死抵抗，周少霆最终没能如愿。

鄢慈对这场戏很忐忑，一来是这种戏份当着几十号工作人员的面演出来有点羞耻，二来因为她的对手戏演员是贺禹。自从上次贺禹聊骚不成，两人私下里完全没有交流，在不得不拍对手戏的时候也是相看两相厌，尽了该尽的表演义务之后，鄢慈一秒钟都不想看到他。

她换上一件月白色的旗袍，片场中央是一张西式的豪华大床。床的四角都雕着精美的花纹，层层纱帐铺散飘扬。浮萍提着绣满珍珠的手袋，背对着周少霆站在窗前，外面是周家排场阔气的花园，假山石立，流水淙淙。

周少霆看着她浸染在暮光下的玲珑曲线，神色复杂。半晌，他哑着嗓子开口：“我凭什么帮他？”

正值军阀混战的烽火乱世，前线战事吃紧，由于军需储备不足，李成则的军队节节败退，犹如困兽，独力难支。周家是冀城的大户，周少霆也是冀商协会的会长，由他出面，带头募粮，可解军队的燃眉之急。

浮萍葱白的手指无意识地抠着手包的圆环小柄，她细微的动作一丝不漏都被周少霆看在眼里：“你委身于他，他却转身娶了别的女人。你盼我帮他，但你在司令府那些困苦时日，他半点想过你？我凭什么帮他？因为他是你的丈夫？是你腹中孩子的父亲？”

浮萍声音清冷：“因为他是冀城的司令，因为冀城是北平最后一块屏障，因为北平一旦失守，山河破碎，国将不国。”

周少霆蹙眉：“天下兴亡，匹夫有责。国家兴亡，匹夫无责，肉食者谋之。你口口声声国将不国，可这泱泱大国，只要不姓英姓德，就算姓孙、姓袁，又或是姓爱新觉罗，跟我有何关系，跟你有何关系？”

“哦。”他脸上是显而易见的怒意，语气嘲讽，“我倒是忘了，若这国姓的是爱新觉罗，你可还是京城大院里的格格。”

浮萍心里明白周少霆那有仇必报的睚眦心思。李成则把她抢走，他今日定不会帮忙。浮萍也沉下脸，不卑不亢，抑扬顿挫道：“商人重利轻别离，你既是个大商人，轻视的东西自然也比别人多上许多。若国家在你眼里这样轻若无物，那今日就当我没有来过。”

周少霆恨死了她这倔强的脾气和高傲的性子，他并非不能出手相助，比起她侃侃而谈的家国大义，他想要的不过是浮萍的一句软话。他握紧拳头，眼神下瞄，顺着旗袍的边沿透进裙底。浮萍转身欲走，被他一把抱住丢在床上。

……

贺禹压上来的时候，鄢慈心里的感受只能用恶心来形容。他身上一股刺鼻的香水味，凑近了几乎顶得她喘不过气：“周少霆！”

周少霆气急反笑：“但你宁浮萍在我眼里不是轻若无物，不如用你来跟我换粮？你留一天，我送李成则十万斤粮食。”

贺禹说完，开始照着剧本撕她的衣服。

鄢慈心里吐槽：方煜这写的都是什么东西！一天十万斤！宁浮萍也太值钱了吧？她正胡思乱想，忽然觉得贺禹不太对劲。

她穿的衣服是剧组特制的，手臂连接着肩膀的地方很容易扯破。在她白莹圆润的肩头露出来的那一刻，她感觉到贺禹起反应了。拍激情戏的时候男演员有特殊反应很正常，但这不是激情戏，只是点到为止的触碰罢了。想来贺禹是太久没碰过女人，他不知道是无意识还是故意的，下身动了动，在她腿上蹭。

鄢慈脸色一变，她张口：“你……”

刚要说话被贺禹捂住了嘴，捂嘴是剧本里原有的情节，在工作人员看来，贺禹只是按照剧本表演，鄢慈也只是按照剧本反抗。因此大家没说什么，都只是悄悄看，等着导演喊CUT。

宋导盯着机器，小声道：“鄢鄢现在的情绪和动作很到位。”

开始鄢慈以为贺禹是无意识的，但随后她就不那么想了。贺禹的手在被两人身体挡住别人看不见的地方，开始不安分起来，从裙底探了进去，摸了一下她的腿根。鄢慈眼睛瞬间怒睁，想动却被贺禹死死压着。

不论人品怎么败坏，上位手段多么卑劣，贺禹男人的身体素质和机能倒不是假的。鄢慈动不了，只能眼神看向导演，可导演不明白状况，用手示意一下，表示继续拍摄。

贺禹压着她的胸，在她耳边轻声说了一句："方煜是不是也这么碰你？"

四周无数双眼睛看着，一股浓重的屈辱感涌起。鄢慈再也控制不了怒意，她一口咬在贺禹的手心，拼死抽出一条腿，凌空蹬了贺禹一脚。贺禹吃痛倒在一边，鄢慈爬起来，反手就是一个重重的耳光。

"CUT！"宋导喊，"鄢鄢，这个巴掌要借位，你怎么真打？"

鄢慈一声不吭理好衣服，推开面前的工作人员冷脸出去。

方煜在楼下的花坛上抽烟，看她出来目光若有似无地落过去。只是一眼，他就觉出鄢慈不对劲。她脸因为愤怒涨得通红，明亮的眼睛里闪着湿漉漉的水光。

鄢慈直奔卫生间而去。

两个工作人员在后面嘀咕："鄢鄢怎么突然生气了？害羞了？"

"我觉得不是。刚才贺禹动作有点过分，你在导演的站位你没看到，我站在墙角觉得他手好像伸进去了。"

"怪不得。这事落到哪个女演员身上也张不开嘴，贺禹真过分。"

方煜抽着烟的手一顿，随后冷漠地沉下眼。他把手里半截烟头按灭在花坛上，起身进屋。

鄢慈用冷水把脸和手臂上贺禹碰过的地方冲洗了一遍。她眼睛红通通的，盯着镜子里的自己，戏服被撕开一个大口子，头发凌乱，肩膀刚才被贺禹的指甲抠出一块血印子。

她忽然觉得一阵反胃。她到厕所隔间扶着墙吐了几口，胃里常年节食没什么东西，但那股恶心感就是挥之不去。

贺禹敢肆无忌惮地占她便宜，只是仗着她不敢说。拍戏时被男演员吃豆腐的事情圈里不少见，但几乎所有女演员都选择忍气吞声。一来没有证据，男演员完全可以说是你想多了，更有甚者会反咬一口"你给我泼脏水"。二来如果传出去，她是女艺人，还正当红，在拍戏时遭同组男艺人猥亵，这太难听，公司也不会允许她把这件事宣扬出去。

她吐完后漱口，只见洗漱台前的镜子里映出林晴晴的身影。她一阵风似的跑进来，惊慌地大喊："姐！姐！你快去看啊，方老师跟贺禹打起来了，拉都拉不住！"

方煜进屋时，贺禹刚从床上爬起来。他的助理齐齐跑过来，一个为他理衣服，一个给他递毛巾，贺禹嘴角挂着满满得意的笑。

"禹哥，是不是有点过分？"助理不安地问，"毕竟是陈少的女人，她告状怎么办？"

贺禹无所谓地笑道："她不敢。她在剧组勾搭方煜的事，陈少不知道吧？如果我告诉他，啧！"

猛地回味起刚才的感觉，指尖仿佛还残留着酥麻的细电流。他一脸不满足，嘀咕："跟谁睡不是睡？装什么贞节烈女……"

话音刚落，他眼睛瞥到方煜进来。

方煜平时对着他总是一副"老子最踌，尔等贱民不配同朕讲话"的冷淡样，此刻脸上也是淡淡的，乍一看没什么太过激烈的情绪。但贺禹一个激灵，硬是感觉到方煜那平静外表下汹涌而起的波涛，心想，方煜难不成知道了？可他就算知道了，应该也不会当着这么多人的面让他下不来台面。

想归想，贺禹到底有点心虚，眼神飞速滑开，把水杯扔给助理，回到椅子上休息。才走出两步，他就被人揪着领子拖了回去。方煜的心思显然不是他可以猜到的。方煜没给他半句辩解的机会，抡起拳头劈头盖脸冲他砸下去。

片场顿时一片哗然。方煜挥开试图制止他的工作人员，提膝顶着贺禹小腹，把他踢倒在地上，他阴冷着脸，像是古神话里吞天咽日的凶兽。

贺禹胃里酸水翻涌，脸色瞬间变得煞白。他试图爬起来，却被方煜一脚重重踩在小腿骨上，只能痛哼一声抱着腿蜷缩在地上。

宋导拉架："小方！你干什么！"

方煜虽然傲，但平日对宋导这个前辈也尊重有加。他不好推开导演，阴着脸，表情森然，居高临下不带感情地盯着贺禹。

贺禹被助理扶起来，痛得脸都白了。他不敢还手，但在众目睽睽下挨打的确是一件丢脸的事。他面色阴晴不定，想了想，装无辜道：“方编，您这是做什么？”

贺禹知道方煜不会把他对鄢慈做的事放到明面上说，于是半是挑衅地笑了笑：“您虽然是前辈，但也没有不分青红皂白上来就打人的道理吧？”

方煜没被贺禹的话顶住。他目光清冷，薄唇的线条看上去十分锋利。他淡漠开口：“打狗要看主人，打你也需要理由？有种你打回来，没种你就给我憋着。”

工作人员齐齐看向方煜，眼里带着些许畏惧。眼前这位是有权有势的公子哥儿，又是圈里最有名的金牌编剧，平日在剧组横着走不说，现在都上升到随心所欲打人的地步了。虽然没人喜欢贺禹，但此刻的方煜更让人害怕。

鄢慈匆匆跑回来，看到这个场景，愣在门边。

她环顾一周，发现方煜随手插兜站在片场中央，工作人员脸上多多少少带着点别扭。鄢慈看着大家左右四顾，小声嘀咕的样子，忽然有点沮丧。

方煜嘴巴毒，脾气臭，但他毒亦有道，臭亦有道。他骂人从来不带人体器官，也不问候对方父母，鄢慈甚至从来没见过方煜对剧组任何一位工作人员发过脾气。

可是很多人都只看到方煜暴露在外面最浅层的一面——他是个不需要点燃引线就能自燃自爆的不定时炸弹，指不定什么时候就能喷发出全部变态的能量把剧组炸了。

方煜暴戾外表下的那些细腻的温柔，他们都看不到。他每一句话、每一个词、每一丝语气、每一个动作都嚣张。别人怎么看，他毫不在乎，也不打算为自己辩解，只是冷眼看着贺禹：“你接下来有四十七场戏，除了串联主线的七场，剩下的我会全部改掉。”

贺禹一惊：“方编……”

方煜看着他抽搐的小腿冷笑：“腿如果有事，去医院开单回来找我报销。如果没事，明天把周少霆死的那场拍了。这戏剩下的部分，男主角换成李成则，我说过，再有下次，别说陈越之，天王老子来给你说情都没用。”

贺禹秀美的桃花眼上挑，眼里是压不住的屈辱和愤怒。他胸口起起伏伏，满是不甘，但又不敢开口。以他现在新人的地位去和方煜硬怼，无疑蚍蜉撼树。陈越之都不敢随意招惹的人，他更是没那个胆子。他阴沉的眼神越过方煜，落到靠在门边的鄢慈身上。她没注意到他，眼睛一眨不眨地盯着方煜的后脑，那目光像水像糖像明亮的微光，就是不像她看向他时带着的那种不加掩饰的厌恶。

夜里十点，贺禹回到住处。他不和剧组同住，而是自己掏钱包了四星级酒店顶层的一间套房。门口墙边靠了一个女孩，穿着白色吊带裙，领口大开。

贺禹刚从医院回来，方煜那一脚踢得极其有分寸，让他腿上肌肉又疼又麻，痛得要死，却半点没伤到筋骨。他看着等在门边的女孩，心里一阵怒意：“鄢慈的粉丝离我远点。”

程允舒直起身子扶他，甜美地笑：“禹哥，你腿还好吧？”

贺禹皱着眉：“我说了，滚……”

程允舒的手悄然盖在不该放的地方，贺禹滞住，抬眼古怪地看她。

“我爸是按摩师。”她嘴唇凑近，在贺禹耳边吐出一口热气，“我以前跟他学过几下子，我帮禹哥捏捏吧。”

她眼角那颗痣在酒店灯光的照映下格外妩媚，贺禹瞄着她那有料的胸部，掩饰什么似的转过脸：“今天不方便。”

程允舒很自然地从他兜里掏出房间的门卡，“嘀嘀”两下开了房门，回头冲贺禹笑：“你不用动，什么时候都方便。”

除了在封杀鄢慈这件事上几多造谣外，方煜一直是个说到做到、言出必行的人。贺禹因为腿伤请了一个星期的假，在这一个星期里，方煜真的如他所说的那样，窝在房间寸步不出改剧本，删掉了周少霆所有的戏份。他动了真怒，投资商不说什么，导演只能由着他去，在此期间拍一下无关的支线剧情，把整条主线空了出来。

整整一周，方煜闭门不出，吃饭都是外卖小哥直接送到房间门口。鄢慈试着敲过两次门，每次方煜一看见她的脸，还不等她说话，下一秒就把门关上。她脸上笑嘻嘻，心里很委屈，觉得方老师的心思比女人的心还要像海底针，她实在揣测不了。

一个星期后，方煜交上了新的剧本。

本来鄢慈还在担心，毕竟改剧本是大事，尤其是临时换男主角这么麻烦的工作。抛去周少霆和李成则不提，许多配角的戏份几场几镜都是签过合同的，一旦戏份改少删减，就算他们嘴上不说，心里肯定也会有微词，但方煜的新剧本完全规避了这个问题。

所有与周少霆相关的重要人物，都被他巧妙地安插到了各种地方，虽然需要补拍一些镜头，但配角的戏份只多不少。

在新的剧本里，李成则这个人物的特色更加鲜明，形象更加立体。就像之前那场戏里宁浮萍嘴里隐隐提到的：李成则于私虽多有偏颇，但是于公于国，他既能手握重兵玩弄权谋，也能浴血沙场为国奋战。如果说周少霆是个利益至上的商人，那李成则就是个满怀家国大义的政客和军人。

鄢慈把新剧本通读一遍，觉得在原来的本子里，周少霆虽然心思阴沉，为人诡谲又反复无常，但他很有魅力。主角循规蹈矩的完美人设未必就一定好，有时候出其不意的人物设定反而更吸粉。周少霆这个角色就是这样，他坏也好，残忍也温柔，复杂也简单，重私也爱国。

耀星先是给贺禹量身打造了一个当前很热的玄幻修仙剧，又为他接了周少霆这个极有争议的角色，想捧红他的心思不用多说，这也是为什么当初贺禹得罪了方煜，陈越之怎样也要让他道歉的原因。一部热剧的风潮会很快平息，但一个经典的角色会让观众记上很久。可现在经过方煜删减戏份，修改剧本，周少霆身上的魅力被生生压去一半，虽然表现得好依旧能打动人心，但和原来的人设相较，光华好比星星与皓月，根本不能相提并论。

方煜当初刻画周少霆时显然也是费了一番心思，现在全部推翻，不知道他是什么心情，倒是鄢慈有些心疼。

今天拍的是外景，鄢慈看了一阵剧本，起身上厕所。林晴晴每月一次照例请假，她只能自己去。取景地在山半腰，由于这场戏份不多，剧组没有搭建临时厕所，她只好到附近村子里借老乡家的厕所。

饰演李成则的演员秦城是个平时在圈里低调但口碑很好的演技派，

三十岁出头，性格豪爽，私下里和方煜很聊得来。

秦城给方煜递烟，笑道："别总抽那个牌子，尝尝鲜。"

方煜熬夜一个星期，脸色很差，摆摆手低头抽自己的："习惯了。"

他话对秦城说，眼睛却瞄着鄢慈离开的方向，吐了口烟圈指了指那边："远不远？"

秦城道："一公里吧。"

四周都是苍翠的林子，一公里已经算得上不短的距离。方煜蹙着眉，时不时瞥过去两眼，不知在想些什么。

"想跟就跟。"秦城是个直肠子，"眼睛都快喷火了。"

方煜淡淡道："别乱说。"

秦城笑道："我前两天看了鄢慈上周那期综艺回放，就最后的那段话，她一说我脑子里就想起你了。我还真觉得你俩有点什么，要不是……"

"老秦！"方煜像被人踩痛尾巴的猫似的跳脚，"你瞎说什么？老子看不上她。"

把李乔当偶像的鄢慈，他会吃醋，总归能忍受，但喜欢李乔的鄢慈，他不要。

秦城一笑："你看不上鄢鄢？说得像鄢鄢看得上你一样。"

方煜被秦城说中了最在乎的心事，心里烦闷，把烟头扔了，在口头上找场子："她看不上我？她节目里说什么你没听见吗？"

秦城耸肩："人家说的都是假的，你激动什么？"

方煜一愣，呆滞了好一会儿，半晌开口，似乎不太相信："假的？"

秦城掏出手机，把缓存的那期综艺拿给他看，那是方煜电脑自动关机前出现的最后一个画面。鄢慈撩了下耳侧垂下来的头发，微笑："我说的是假话。"

——谁说真话谁说假话几个嘉宾提前商量好了，不能临场更改。

——我本来想形容的人是李乔……

——我如果再提李乔影响不太好，所以就说了你。

——你不会怪我吧？

……

方煜觉得自己的智商一碰上鄢慈，就好像糖块掉入沸水里，不消片刻便融化得渣都不剩。他以前明明没这么笨，可那晚当鄢慈嘴里说出李乔的那一刻起，他确实是先入为主。

——我本来想形容的人是李乔……

鄢慈喜欢李乔他知道，所以听到这句话时，他下意识地以为鄢慈说的该是真话，而说不成李乔，鄢慈口中所谓的喜欢他，只是用来遮挡她心爱李乔的幕帘。可鄢慈的答案是假的，也就是她不喜欢李乔。方煜绕来绕去，终于把自己绕出了死胡同。鄢慈不喜欢李乔。这几日心头笼罩的阴霾层层散开，方煜觉得天空都湛湛晴朗起来。但这晴朗没持续多久，他又霾了。

鄢慈也没说喜欢他呀！她的答案是假的！假的！

想到这儿，方煜恨不得冲进村民家的厕所里把鄢慈的小脑袋按到茅坑边，逼问她："说你喜欢我！不说方老师就把你的头塞进去！"

他手指滑动，视频再次退回鄢慈公布答案的那一刻。

鄢慈的手很白，手指长而纤细，在超清的画质下，甚至能看到手背上微蓝的血管。她外貌清纯，撩头发的动作简简单单，但举手之间就是让方煜觉得带着钻入骨子里的妩媚。

"她这样，记得吗？你在《青梧桐》里写过，阮青桐撒谎的时候也习惯做这个动作，人说谎的时候总会有些不自然的。"

鄢慈撩了下耳侧垂下来的头发，微笑："我说的是假话。"

方煜突然站了起来，差点把秦城手机摔了。

"怎么了？"秦城表情古怪地打量他。

方煜脸色不怎么自然，他沉默三秒，忽然表情痛苦地捂着自己的小肚子。

"小王！"他愤怒地喊，"你早上买的豆浆是不是兑了三聚氰胺？老子肚子疼一上午了！怎么着？拉死方老师就可以减少你们的工作量了，是吗？"

场务小王："方编，今早剧组吃的是八宝粥呀。"

秦城早已看穿了一切，他悠悠喝了口茶，眼里带笑，很不给他面子："老方，三聚氰胺喝了不闹肚子，下次换个有常识的借口吧。"

方煜："……"

乡间小路两侧是开阔的玉米地，不到收获的季节，密密麻麻栽种着高壮的玉米秆，绿里泛着淡黄，秋风里浮动着植物清新的甜香，光是闻着这气味就让人心旷神怡。

鄢慈蹦蹦跳跳地走到村主任家借厕所，一进大门，迎面撞上正走出来的程允舒。

这场戏拍的是李成则带家眷外出采风的琐事，程允舒在这里倒也说得过去。自从上次在酒店闹得不太愉快之后，鄢慈和她除了拍戏外，没有任何交流，程允舒也像无视了鄢慈一样，平日不和她说一句话。

林晴晴经常去和剧组人员八卦，回来趴在她耳边嘀咕："程允舒傍上副导演了！要不凭她又没演技又没背景，这四姨太怎么来的？"

鄢慈想起陈越之探班那天她反常的举动，并不觉得这是女人私下碎嘴子的谣言。

方煜那晚的话仿佛还在耳边回响。

——她喜欢的不是你，她喜欢的只是你在电视机前受万众瞩目、光芒四射的样子。

程允舒和她不是一路人，甚至不算她真正的粉丝，鄢慈主动错身，让程允舒出去。村主任媳妇看过鄢慈拍的戏，热情得让人招架不住，拉着她合了十分钟的影又送她两串晶莹饱满的紫葡萄，才依依不舍放她走。

秋高气爽，天高云淡，鄢慈惬意地吃着葡萄又走回那片玉米地。几个黑黢黢的男人穿着脏兮兮的吊裆裤蹲在地头抽烟，上下打量她。

这里是乡下，后面又是一片荒山，地广人稀平时没人活动，鄢慈出来的时候就没戴口罩。她看着那几个男人投过来的目光，一边走一边想：啊，一定是被人认出来了！会是粉丝吗？如果上来要合影怎么办呢？正想着，那几个男人走过来了。鄢慈调整好状态，露出一个甜而优美的笑容。李恺曾经骂过她无数次，不要见谁都笑，更不要笑得幅度那么大，不仅没有高冷的女神气质，像个白痴，还容易长鱼尾纹。

她刚要说"你们好"，其中一个男人快步走过来，在田埂下面伸手拽住她的脚腕，鄢慈一惊，被那男人大力扯了下去。地上是混杂硬石子的干土，透过她薄薄的衣服硌到她的后腰上，一阵痛，她还没来得及反应，几双脚靠拢过来。

"老大，你看她真像那个明星鄢慈。"

看起来最老成的男人诡异地笑了笑，伸手抓着鄢慈白净的胳膊，拉她起来："这穷乡僻壤还能看见明星，比电视上漂亮。"

他猥琐的表情不加掩饰，鄢慈抽手，却被他紧紧抓着。男人虽然穿得像个庄稼汉，手却特别的细腻。他去摸鄢慈的脸："大明星，陪哥几个聊聊？"

鄢慈后退一步，随即被身后另一个人堵住。鄢慈一向不喜欢麻烦别人，即使红得发紫也很低调，只聘请了林晴晴一个助理，平日和剧组同吃同住，并不觉得哪里不方便。上厕所之前有几个工作人员问她要不要陪同，她想了想附近也没人，不太可能被围堵，况且大家都很忙，她便笑笑地拒绝了。此刻她真恨不得穿越回去，"啪啪"两巴掌抽死那时的自己。

"陪哥几个聊聊，不然今天别想走。"那几个男人围着她强硬道，不让她走，但也没什么过激的举动。

为首的那男人眼睛看向她身后田埂上修葺平坦的沥青路凶道："看什么看？滚！"

鄢慈回头一看，程允舒不知什么时候出现在这里，正站在路上看向这边。

她神色复杂地皱了皱眉，鄢慈也愣了愣，咬着嘴唇，最终没能说出求助的话。不说她和程允舒之间产生过不愉快，就是这群人真要对她干点什么，程允舒一个女孩子又能做什么？

程允舒似乎也没打算帮她，掉头就走。

男人看程允舒走了，忽然伸手一个猛推，把鄢慈推到地上："说话呀，你哑巴了？"

鄢慈冷不防摔了个屁股蹲，疼得吸气，就算性子再软，此时也被点着了："你再推我一下试试！"

男人冷笑，扬起巴掌对准她的脸，准备抡她一个耳光，手还没落下，忽然身后蹿出一个身影，把他推到地上。程允舒从田埂上跳下来，去咬他的手臂，然而实力太过悬殊，下一秒她就被甩了出去，胳膊磕在石块上，豁开一个拇指粗的口子，往外直流血。

程允舒皮肤很白，手臂被鲜红的血浸染得触目惊心。

鄢慈吼道："你别动她！"

鄢慈也顾不上后腰和屁股上的剧痛了，她蹲到程允舒面前检查她的伤口。除了手臂流血外，她下巴上也擦破一个创口。男人的凶性像是一瞬间被激发出来了，他从地上捡了块石头，对着鄢慈的后脑砸下来，程允舒尖叫着抱住鄢慈的头。

意料之中的重击没有落下，男人的身体突然被一股重力拨向一边。

鄢慈抬头："方煜？"

接下来的事鄢慈记得有点混乱。可能是被这几个男人吓到了，可能是被程允舒流得满胳膊的血吓到了，也可能是被眼睛赤红的方煜吓到了。她只记得方煜突然出现，那几个男人四散逃走，方煜牢牢拽着为首那男人的衣服，发狂般踢打他。

程允舒趴在她怀里，瑟瑟发着抖，小声说："鄢鄢，让方编住手吧，再打闹出人命了。"

那男人看着高壮，却很不禁打，鼻子里朝外潺潺流着黑红色的血，嘴角眼眶殷红一片。

鄢慈起身抓着方煜的袖口："方煜，行了。"

方煜一脚踢在男人的下身，那人痛得躺在地上打滚。

他转头扶着鄢慈的肩膀，仔细看着她，她身上没有明显的外伤，只是衣服沾了点土。方煜太阳穴青筋还在隐隐地跳着，胸口起起伏伏喘着粗气。他看了她很久，忽然一把将她搂在怀里。

医院。

"会留疤吗？"

医生在给程允舒包扎伤口，病房外面聚集了一堆来看热闹的护士和病人，鄢慈坐在另一张病床上，忐忑地问。

站在她身边的是个年轻的实习男医生，刚毕业，紧张得满脸通红："伤口有些深。"

鄢慈垂着眼睛，小声道："拜托你们了，她……她是个演员，身上最好不要有疤痕，花多少钱都没关系。"

男医生脸红红的，从口袋里掏出一个小本子："鄢鄢，你能帮我签个名吗？"

鄢慈笑了笑，在本子上认认真真写下祝福。男医生激动地说："鄢鄢你放心，我会用我毕生的医术给这位小妹妹治病，如果留疤了你来打死我！”

程允舒浅浅地看了这边一眼，脸因为失血显得白而憔悴。

方煜在医院走廊打完电话，回到病房的时候，鄢慈正在和程允舒说话：“你饿不饿？我去给你买吃的。”

程允舒：“你不是讨厌我吗？讨厌我为什么还要管我饿不饿？”

鄢慈声音带着尴尬，软软的：“我没有讨厌你啊。”

“我知道大家背后怎么说我，也知道你怎么想我。你们觉得我虚荣，觉得我为了出名脸都不要。我是很想当演员，很想出名。是个女孩子都会做明星梦吧？我又没妨碍别人，我有什么错？”

鄢慈沉默了一会儿，问：“刚才为什么回来？”

程允舒的脸逆着正午的太阳，上面打了一层朦胧的阴影，她垂着睫毛：“你不喜欢我，可我还是很喜欢你，我喜欢你很多年。你对我不好，我想走，但我走得了吗？”

鄢慈小声问：“你是真的喜欢我？”

程允舒反问：“难道我是假的喜欢你？”

鄢慈走出病房，看见方煜靠在墙边，他目光深邃，直起身子，口气柔和：“你还疼不疼？我陪你去看医生。”

鄢慈后背和腰上起了一片瘀青，倒没什么大事，医生开了两管药油，嘱咐她每晚抹在瘀青处，一个星期左右就会康复。

剧组出了这么一档子事，不得不放了半天假。程允舒的伤没什么大碍，当天就出院了。晚上鄢慈一个人待在房间里，脑子里总想起她白天的话。

——我是很想当演员，很想出名。是个女孩子都会做明星梦吧？我又没妨碍别人，我有什么错？

——我想走，我走得了吗？

——难道我是假的喜欢你？

她没想过程允舒会回来，虽然她的行为无异于以卵击石，但她转头跳下来的那一瞬间，鄢慈是真的惊住了。说不感动，心里没有波澜是假的。她本来就是一个很柔软的人，程允舒的话在脑子里翻过几遍以后，她忽然开始怀疑自己了。她想起自己对女孩那种冷漠生硬的态度和溢于言表的疏离。如果女孩真的是喜欢自己，那她这么做未免太伤人了。

夜间天气转凉，窗外一阵狂风大作，紧接着而来的是入秋第一场暴雨，裹挟着电闪雷鸣，拍击在她的窗户上，整个屋子仿佛都在震颤。

鄢慈开着笔记本看视频，屏幕上播放的是一部恐怖片。她把空调温度调高，自己裹在被子里抱住手脚取暖。火腿肠被大雨吵醒，跳到她身边小声叫着。

“吧嗒”一声，酒店的灯熄灭了，整个屋子陷入一片漆黑。鄢慈安抚着躁动不安的火腿肠，给前台打去电话，那头没人接，估摸着是去检查电闸了。

恐怖片还在继续播放。主人公半夜被暴雨吵醒，觉得黑暗里隐隐有双眼睛盯住了她。她起床，赤脚踩在地毯上，按下电灯的开关，屋里却仍是一片黑暗——停电了，窗帘后面有东西在动，主人公猛地缩在墙壁上。

几乎是同一时间，鄢慈把电脑合上，自己钻进被子里。她眼睛眨也不眨地盯着房间的窗帘。白天受到了惊吓，此刻漆黑的雨夜，加上停电渲染出的阴森环境，鄢慈觉得到处人影幢幢，耳边甚至听到不知从哪里传来男人的笑声，被子下的身体冰凉。她神经紧绷到极致时，门外忽然传来一阵敲门声。

“咚——咚——咚——”极有节奏，像是在试探般。这种夜里谁会来敲她的房门？一股诡异的恐怖感蔓延上心头，鄢慈用被子把自己裹得不留一丝缝隙，整个人快崩溃了。

“鄢慈？”方煜声音很轻，似乎在试探她是不是睡了。

一瞬间，像是被从油锅里捞出来直送天堂，鄢慈连忙跳下床跑着去开门。她吓出了一身冷汗，看到方煜那一刻只觉得无比安全。

走廊里又黑又暗，方煜手机开着电筒照亮，站在门口：“停电了，你睡了吗？”

“我派出所的朋友刚才回电话，四个人都抓住了，加上医院的那个，一共五个，一会儿我把照片发给你，你辨认一下。”

方煜的人脉好比罗马的大路一样四通八达，她本来想通知公司处理这件事，被方煜拦下了。她不明白，只听方煜淡淡地说：“别找陈越之，你的事情方老师来解决。”

她这样的身份去报案显然也不方便，方煜做事雷厉风行，一个电话过去，笔录都不用做，晚上就出了结果。

“附近开发旅游景点，那几个人是建筑队临时招进来的工人，平时游手好闲不干正事，好不容易找了份正经工作，两天都没干上就出来惹事。”方煜说起那几个人，眼神还是一阵冷，“十五天拘留。下次你要出去叫个人陪着你！助理请假，你不会叫我？”

鄢慈撇着嘴巴：“你又不理我。”

方煜一听到这话，本能地为自己犯下的蠢事尴尬。他顺着门缝，抬头看了看房间漆黑的天花板：“刚才敲门那么久才开，你在屋里干什么见不得人的事？”

被黑暗和极端天气吓出一身冷汗的事情，鄢慈是无论如何也说不出口的，这太丢人了。

方煜看着她，问道：“药抹了吗？”

她摇头：“……还没。”

方煜：“是抹不到吧？”

她的瘀青有一片在脊背正中央，反手涂抹很简单，但是医嘱上说每天要轻揉五到十分钟，才能让药化开完全吸收进去，可反手揉不好使力，她迟迟没动手。

“一会儿我去找晴晴。”

方煜侧了侧身子，从门缝边缘闪身进来。他背着手，轻轻扣上房门。漆黑的夜里，门锁弹上的声音显得格外清脆。方煜低下头埋首在她耳边，他呼吸灼热，吐出温暖的气息吹着她柔软的发丝。鄢慈头发痒痒地擦过耳朵，只听方煜说：“别找她，方老师帮你吧。”

方煜说着，向前迈出一步。鄢慈赶忙后退：“不不不，影响不好。”

“影响谁了？”方煜步步紧逼，吓得鄢慈一屁股坐在身后的软沙发上。

方煜从医院的便携袋里掏出药油，大大咧咧地坐到她旁边：“等什么？脱啊！”

“方老师，你坐过去行吗？我自己来吧。”她瑟瑟地看着他，瞳孔在黑夜里依然明亮有神，像只柔软的小动物。

方煜放下手里的药油，嘴角挂着若有若无的狡猾的笑：“那你自己来。”

鄢慈紧张地问："你要走了吗？"

还没有通电，她自己待在这伸手不见五指的屋子里，心里多少还是害怕。

方煜不表态，跷着腿，将手臂摊在沙发背上，朝她努嘴："抹呀。"

霸道的言语和态度，好像这不是鄢慈的屋子，而是他的一样。

鄢慈拧开药油的瓶盖，倒了一点在掌心。她面对方煜背冲窗户，手伸进后背的衣服里，轻轻在伤处揉着。方煜闻着空气里刺鼻的药油味道，鼻子小狗似的动了动。

鄢慈涂了大概半分钟，胳膊发酸，她抽出手："好了，我涂完了。"

方煜看不下去了，起身走过来直接把人按倒在沙发上。

鄢慈脸朝上挣扎，像条刚从水里捞上来，翻着肚皮不停蹦跶的活鱼："啊啊啊，方老师！你干什么！"

方煜弓身站在旁边，有力的手压住她的肩胛骨，从她的角度看，好像下一秒就要压上来一样。他傲气的眉眼、锋利的脸颊线条在黑暗里带着一股淡淡的侵略感。

鄢慈紧张地吞咽了一口吐沫："你别……别乱来。"

还没等她来得及好好消化这暧昧的姿势，她就看到方煜英俊的眉毛挑了挑，然后"啧"的一声，抓着她的肩膀把人脸朝下整个翻了面，这下变成了一条趴着的咸鱼。

"乱来你个头，想得倒美。"

方煜膝盖半屈跪在沙发上，不触碰到她的身体，和她大腿保持一个拳头的距离，他把药油重新打开，嘴上吩咐："衣服撩上去。"

究竟是什么样的心理才能把这种让人害羞到爆炸的话，用这么强硬而不带半点旖旎的口气说出来？方煜这变态的属性真的屹立不倒，万年不动摇。

方煜看她不动，威胁："听不见？想让我亲自动手？"

鄢慈踌躇了一下，白嫩的小手缓缓揪住衣服底边，向上撩了撩。

方煜在她看不到的地方咽了口口水，喉结微微滚动："啧，你是不是想多了？方老师真想对你做什么，根本不需要找这种蹩脚的理由。"

"哦？"鄢慈软软地问，"那方老师会找什么不蹩脚的理由呢？"

方煜把手里的药油搓开，落到她后腰光洁的皮肤上，慢慢左右揉弄：

"我会直接说。"

"说什么？"鄢慈傻乎乎地问。

方煜手下动作微微加大了力道，静了片刻，只听他道："鄢慈。"

鄢慈没再说话，房间一时安静下来，方煜也没说下去。他的手很热也很大，可以盖住她半个腰身。他的手也很规矩，只在她伤处游走，半点没有越界。

鄢慈咬牙把脸埋在沙发上，觉得方煜大手滑过的地方带起一阵凸起鸡皮疙瘩般的战栗。鄢慈跳舞出身，身材很好，腰肢白而纤细，皮肤柔软带着绵绵的弹性。

方煜嗓子有点发干，出言打破尴尬："你在想什么？"

"想程程。" 鄢慈偏过头，脸顶着沙发布，"她好奇怪，我现在都不知道她是真喜欢我还是装的了。说她是装的，我觉得不太像。"

方煜手下动作继续，安静地听她说。

"今天她冲过来的那一瞬间，我觉得她眼里有些感情不像是演出来的。"鄢慈发呆，"她没妨碍别人，只是想当演员而已，我凭什么讨厌她呢？我觉得以前对她有点坏。"

方煜："你对她叫坏？我对你那叫什么，十恶不赦？"

鄢慈侧头看他："你不坏呀。"

方煜愣了愣。鄢慈这种人，这种脾性，你骂她，欺负她，她都不记仇，像只绵软的小奶狗，对她好上一点，她就能通通忘了以前那些不好。方煜一个星期没理她，再回来和她说话，她连气都不生，像是这一切没发生过似的。

而身份倒置，如果她对别人有半点不好，心里却会难过很久。她此刻的纠结全部来源于自己可能错怪了程允舒。如果程允舒是真心实意喜欢她，那她前段时间对她的漠视，在她心里估计会砸下一个深深的坑，她会一直自责，很久都不能释怀。

方煜问："你想怎么办？"

鄢慈叹气："如果我说以后想对她好一点，你会觉得我圣母吗？"

"你的粉丝，你说了算。"方煜揉得手心发烫，看了一眼时间，把鄢慈的衣服放下，起身去卫生间洗手。

通电了，房间的灯光亮起来。方煜洗完手出来，鄢慈已经不再纠结这件事，她脸上是轻松活泼的表情，显然心里有了打算。

“我想好了。”她笑了笑，“就算放过一千个骗子，也不能错伤一个好人。她如果喜欢我，那我这样对她真的很过分。”

“如果她还在骗你呢？”

“那她早晚会露出马脚，不是吗？”鄢慈眨眨眼。

方煜站在浴室门口，甩着手上的水珠。鄢慈翻出一条干净的毛巾递给他，方煜没接，眸子里闪动着幽深的光，眼睛一眨不眨地看她。

不知道是不是错觉，供电恢复之后，房间顶灯的光好像比之前更白亮了，能把人脸上所有的细微之处看得一清二楚。他低头，看到鄢慈脸上细小茸茸的汗毛和她脸颊上泛起的淡淡的粉红——不知道是刚才他太用力按疼了，还是因为害羞染上的。

他想起了之前的事情，忽然很难受。鄢慈不怪他发脾气晾着她，他心里却有一种说不出口的愧疚。

鄢慈看方煜不接，尴尬地把手收回来，小声说：“这是新毛巾，不脏的。”

方煜一把抓住她要抽回的手，急道：“我不是这个意思。”

他苦恼地抚下额头，别扭地说：“之前的事，你就当我来月经发神经别放心上，行吗？”

以他那傲娇的性子，能说出这种话已经是极限，类似“对不起”“我错了”“你原谅我吧”之类的话，是永远不可能从他嘴里说出来的。

鄢慈低头看着方煜抓着自己莹白手腕的大手，语气罕见地带上了一丝委屈：“那你经期也太久了吧，九天呢。”

本来她没想提这茬，但既然方煜开口了，她忽然心里就憋不住这股委屈了。他凭什么对她乱发脾气？凭什么无缘无故晾她那么久？她嘴唇粉嫩晶莹，微微噘起的样子看起来柔软可人。方煜那颗不沾人味的心就算是根千年老冰棍，此刻也得融化成一摊白糖水。

他急忙道：“以后不会了。”

“那你到底为什么生气？”鄢慈问，“就因为我在节目上提了你一句吗？”

方煜不说话，觉得现在自己说什么都不对。他总不能跟鄢慈说是因为自己脑子犯抽，智商降为零，一不小心领悟错了她的意思，飞来横气把自己伤了个半死。

“你担心我提你会给你造成什么麻烦吗？可是没人知道我说的是你呀，就算有人看出来了，我也说了那是假的。”她怕方煜心里还在介意，笨拙地解释，“要是有人问起来，我去跟他说就是了。”

方煜脸色蓦地变了，攥着她的手握紧：“说什么？说你不喜欢我？”

鄢慈有点疼，试着抽回手，但没能成功，方煜把她抓得太紧。

她嗫嚅道：“你要是觉得这样没面子，那说你不喜欢我也行，反正我无所谓，就说我们没那种关系。”

方煜气得脸都白了：“你再说一遍。”

鄢慈：“我说你要是觉得没面子，那我就跟别人说，是方老师不喜欢……嗯……”

方煜一直很粗鲁。骂她的时候粗鲁，打她的时候粗鲁，连亲她的时候都是一样的粗鲁。

方煜手心出汗了，和她手腕交接处的掌心潮湿一片。他另一只手放在她脸颊上，如果不是那上面残留的药油没洗干净，鄢慈几乎要觉得他此刻的动作是一场浪漫的“摸脸杀”。

方煜那一下动作太猛，嘴唇贴过来的时候磕到了鄢慈的门牙。有些痛，她不舒服地扭了扭，刚一动，立刻就被方煜按得死死的。

他没有过于激烈的动作，只是按住她，嘴唇贴合，把热乎乎的、急促的鼻息都喷洒在她脸上。鄢慈惊恐地睁着眼，溜圆，方煜也睁着眼，里面全是紧张忐忑。

良久，方煜松开她，手从她脸上放下来。他眼神不自然，左右乱瞄。鄢慈一动不动，也不说话。他心里忽然没来由地一阵烦躁和尴尬。

“你脸红什么？”他没话找话，故意道，“是因为方老师亲你，所以你害羞？嗯？”

鄢慈摸摸烫得通红的右脸，语气绵绵地诚实道：“不是呀，是被你手上药油辣的。”

方煜：“……”

他从来不敢想自己这张嘴会有词穷到说不出半个字的一天。他明明有很多话想说，可面对鄢慈兔子一样纯良又温吞的模样，他竟然什么都说不出口，说什么都觉得不对。

“来电了。”鄢慈低下头，“你回去吧。”

“鄢慈，”方煜斟酌一下，认真叫她的名字，“方老师很喜欢你，给个机会吧。”

鄢慈精致姣好的鹅蛋脸上波澜不惊，她好似早就料到方煜会这么说似的。她睫毛浓密黑长，像把小蒲扇，在眼底投下一道浅而温柔的阴影。方煜紧张地看着她，忍不住轻轻抓住她纤细的小手。她的手有些凉，让方煜有种把它塞进衣服里捂暖的冲动。

鄢慈静了好久，语气柔软，开口：“不给，你凶。”

“我以后不凶你了。”

“可你以前凶过我呀。”她扬起好看的眉毛，一副秋后算账的模样。

方煜头痛：“以前的事儿翻篇行不行？从今天开始算，以后我再凶你……不对，没这种可能，我说到做到。”

鄢慈坚定地摇头：“不行。”

平时看这丫头片子蔫不拉几的，只以为她性子软，没想到报复心这么强，把平日受的“气”憋着攒大招一起还给他。

“那你想怎么样？你不是喜欢我吗？我都和你真情告白了，你还不点头是想蹬鼻子上脸？”

鄢慈疑惑地看他：“我什么时候说过喜欢你了？”

方煜：“……”

这茬忘了，鄢慈好像还真没说过喜欢他。他当即憋不住了，凶巴巴地抓住她的手：“我不管，你今天要是不点这个头，我就赖这儿不走了。明早剧组出工的时候，我光着屁股从你屋里出去，看看能不能直接送你上热搜。”

鄢慈：“你要耍流氓吗！”

方煜发狠地揉乱她的头发：“就因为以前凶过你，你就半点机会都不给我？这不公平。”

鄢慈从头到尾都是一副特别淡定的样子，她摇晃着小脑袋：“你凶过我，我还无怨无悔地接纳你，这对我不公平。”

方煜：“……”

以前怎么没发现她嘴皮子这么厉害？

“你让我考虑一下吧。”她突然发力，手抵着方煜胸口，把他一路推到房门口。

这次轮到方煜扒门哀号了："不行！你给我松手！鄢慈你敢推我？你再推一下试试！长本事了是吧？"

鄢慈被他欺负久了，一听他嗓门大起来，条件反射般松手，讪讪地笑："那你自己出去。"

方煜问："你要考虑多久？你考虑期间我算什么？试用期？追求者？"

鄢慈眨眨眼："哪有这么高级！算备胎，你先从备胎做起吧。"

"备胎那是给主胎备的，你没主胎我是不是能转正了？"

鄢慈软软道："备胎就是备胎，你爱当不当。不爱当，那你去给别人当主胎好了。"

她说着话，抬眼偷瞄着方煜的表情，怕他真的被惹火了。方煜差点被她气死，但一接触她那怯怯担心他生气的眼神，又觉得心里的火被猛地浇灭了。

他深呼一口气，拍拍鄢慈的小脑袋："仗着我喜欢你是吧？"

鄢慈心里想着是的，嘴上说着："怎么会呢？"

"觉得我不敢打你是吧？"

鄢慈心里想着你敢打我试试，嘴上说着："怎么会呢？"

"以为我除了你，找不到别的女人了是吧？"

鄢慈心里想着有本事你去找呀，嘴上依旧说着："怎么会呢？"

方煜咬牙切齿，目光如狼："等我转正以后收拾你。"

鄢慈把狡猾的笑意掩藏在嘴角，方煜眼里带笑，突然在她脸上亲了一口。

鄢慈捂脸："你干吗呀！"

方煜自然道："让我当备胎，总得先给点甜头吧，不然我憋不住漏气了怎么办？你负责？手放下。"

鄢慈听话地放下手，噘起嘴："哦，那好吧。"

方煜轻笑，捧着她的脸"啾啾啾"亲了三下。

鄢慈靠在房门上，脸红得像烈火燎原。

方煜说喜欢她的那一刻，她在心里就炸开了一束烟花，差点想要推开他来场即兴的《青春修炼手册》之舞，可一想到方煜以前那嚣张跋扈的模样，又觉得不能轻易让他得逞。

天知道她费了多大劲才掩饰住内心的波动，装出一副“勉强考虑你”的模样，虽然最后好像被方煜看出了一点端倪，但能看到他吃瘪，这一切都是值得的。

她打开手机图库，里面存着在剧组休息时各种她偷拍的方煜的照片。不知道从什么时候起，她总喜欢趁四下无人时偷拍方煜，看他或冷淡或傲娇的英俊面孔，或平静或高冷的样子，是一件很享受的事情。

她虽然没仔细考虑过这个问题，但喜欢方煜这件事似乎早就存在心底了。方煜说喜欢她的那一刻，她差点要脱口而出：“好巧呀，方老师，我也喜欢你呢。”

鄢慈对着照片上方煜的帅脸傻笑了半天，临睡前，她把壁纸换成李乔的写真，打算明天带到剧组，在方煜面前晃悠一下。她要做个高冷的、他“得不到”的鄢鄢，好好杀杀他的威风。看他以后还敢不敢“欺负”她！

杀杀方煜威风的这个想法，想的时候没过脑子，真正实施起来却难如登天，没那么容易。

鄢慈第二天一早起来精神抖擞地赶到片场，做作地捋头发，拿着那个整张屏幕都是李乔帅脸的手机在方煜面前瞎晃悠：“啊！手机背光变暗，我都看不清李乔的帅脸了！”

不到三秒，手机被方煜抢走。方煜嘴里懒洋洋地叼着支没点火的烟，毫不为抢别人手机的行为感到一丝丝羞耻。他自觉地打开相册，把鄢慈私藏多年的李乔美图全部删掉。

鄢慈作到老虎屁股上了，忍不住哀号：“这张别删！这张后援会都绝版了！”

方煜充耳不闻，清理完垃圾，翻回到相机拍摄的文件夹，不出意外地看到了鄢慈偷拍他的那些照片。他嘴角挂着笑意，扬起手机问：“这是什么？”

鄢慈满脸羞红，伸手：“你给我！”

“喜欢我怎么不早说？”方煜顺手把她拉到身边，打开自拍模式，“看镜头。”

鄢慈抬起头，眨了下眼睛，方煜果断按下拍摄。

他动手把照片设置成鄢慈的屏保："以后每过两个小时我检查一次，你要敢把小白脸换回来，方老师是要生气的。方老师一旦生气，后果很严重。"

"有多严重？你又要封杀我吗？"

"我封杀李乔行吗？"

鄢慈幽幽道："方老师，你还记得自己是个备胎吗？备胎可以这么嚣张吗？备胎可以随便抢女神手机、换女神桌面吗？你走上社会要怎么办？没有人会要你这种目中无人的备胎！你这样没有自觉简直是备胎界的耻辱！"

方煜把手机还给她："有种你再说一句，我忍你一早上了。"

鄢慈识相地闭嘴，脸上不情愿，心里美滋滋。她接过手机欣赏自己和方煜的合照，方煜拍照技术太直男，屏幕上她被迎面的阳光刺得眯着眼，一脸傻相，方煜则整张脸都是暗灰色。

她试探地问："方老师，可以拍张好看点的吗？"

方煜思考一下，点头："嗯，满足你小小的要求。"

鄢慈举着手机，拉着他转身，调出一个清新的滤镜，四十五度角从空中俯拍，方煜站在她旁边，手自然地搭在她肩头。滤镜下，周围树木是青翠的绿色，天空蓝得耀眼，他勾着嘴角的样子俊美痞雅，她噘嘴巴卖萌，像只柔嫩的小奶猫。

鄢慈脸有点红，偷偷看了方煜一眼，他也正看着她，眼神温柔得不像话。

林晴晴提来鄢慈的盒饭，方煜凑过去看。

西蓝花四朵、青菜六根、鸡蛋清两个、苹果半个。

"你喂兔子？"他问。

林晴晴没反应过来，回答："方老师怎么知道我们姐属兔子？"

方煜把自己的饭递给鄢慈："吃我的。"

鄢慈还没接，林晴晴赶忙抢回来："这怎么行？方老师你知道这里面多少卡路里吗？米饭、五花肉、炸鸡块！这是我们姐能吃的东西吗？她吃了体脂高了怎么办？体重增了怎么办？腿粗腰肥小肚腩了怎么办？谁担得起这个责任？"

“林晴晴。”

方煜第一次直呼林晴晴的名字，吓得她脑门一凉，说话间语气都低了三分：“怎……怎么了，方老师？”

“拿过来。”方煜伸手。

鄢慈在后面拉他：“你别吓唬晴晴，这些东西我本来就不能吃。”

方煜转过头：“怎么不能吃？胖就胖了，有什么影响？”

鄢慈解释：“胖了我上镜不好看，观众不喜欢我怎么办？我没戏可演了怎么办？我落魄街头了怎么办？”

怎么办？怎么办？怎么办？不知道是鄢慈和林晴晴混久了，还是林晴晴和鄢慈混久了，开口闭口的“怎么办”听得方煜耳朵发痒。

方煜动用暴力，从林晴晴手里抢过盒饭，不由分说地递到鄢慈手里：“不怎么办！没戏可演？你想得真多。我还告诉你了，你就是长成两百斤的胖子，老子……”

鄢慈眨眨眼睛，心跳得咚咚响，直觉告诉她，方煜的后半句话一定是“我也照样喜欢你”或者是“我也养得起你”。

这太霸道编剧玛丽苏了！她的少女心泛滥，就好吃这一套。如果他真的这么说……想想那个场面，鄢慈就忍不住想要捂着脸扑到他怀里撒娇。

下一刻，只听方煜说：“我大不了换个创作方向，以后改写小品让你去演喜剧。怎么样？感动吗？想上春晚吗？喜剧演员吃得胖点才有喜感，你还等什么？”

鄢慈娇羞的表情僵在脸颊，心想：哇，原来编剧行业追女生都流行这种操作吗？胖成两百斤让她去春晚演小品这种话都能毫无障碍地说出口，方煜到底是喜欢她还是埋汰她？

方煜看她不接，挑起一块肉放到她嘴边：“吃。”

他嗓音低沉而有磁性，带着股要人命的性感，看她的眼神虽然戏谑，但藏在后面的柔情完全掩饰不住，简直要溢出来。鄢慈没忍住，张开嘴，把肉吞了下去。

发生那件事以后，鄢慈自责着解除心里对程允舒的芥蒂，像是为了弥补自己以前做的错事一样，每天和她打招呼，说说话，经常叫上她一起吃饭。

“我的戏马上就要杀青了。”这天吃着饭，程允舒突然说道。

鄢慈笑道：“这么多场戏，片酬应该不少吧？回去打算干什么？”

程允舒苦笑着摇头：“哪有片酬，当时我……”

她咬了咬嘴唇，表情有些落寞：“我拜托副导演让我上戏，不要钱的。回去以后可能还会去打工吧，毕竟我没有经纪公司，以后也没戏可以拍了。”

鄢慈愣了愣，筷子插在饭里，半天没说话。

当晚，她犹豫了好久来到方煜的门口。

方煜刚洗完澡，赤着上身，只套了一条五分大裤衩，头顶着条白毛巾来开门。看到鄢慈绞着手站在门外，不由得揶揄：“方老师正在洗澡，进来一起洗鸳鸯浴吗？”

鄢慈尴尬地笑了笑，摆摆手：“不洗，有件事想拜托你。”

方煜侧开身子：“进来说。”

鄢慈说：“我站这里说就好。”

方煜身上挂着细细水珠的样子有点犯规，他胸膛干净而白皙，却也紧致，带着不太明显的肌肉，鄢慈看着看着心里就少儿不宜了。

方煜淡淡道：“不进来，一切免谈。”

鄢慈只得进门。方煜没急着问她干什么，先用毛巾把头发擦干净，而后套上了一件干净的T恤，这才坐在他们以前聊剧本的软垫子上，问：“说吧，什么事？”

鄢慈爬过去，在他面前坐好，不好意思地笑了笑：“其实有两件事。可以给程程加点戏吗？我想走剧组合同的签约流程，让她赚点钱。”

方煜扬起眉毛：“赚钱？让她滚回老家找工作啊。为了她改剧本，我有这么闲？你这是在贬低方老师的劳动价值。”

鄢慈没想到方煜一口回绝，支支吾吾说不出话。

方煜又问：“第二件事呢？”

鄢慈丧气道：“也是改剧本，明天周少霆要死，但我不想跟贺禹拍吻戏，看到他我就恶心。”

方煜故意正色：“你讨厌贺禹我知道，但拍吻戏是演员的基本素养之一，你能说不拍就不拍？要是你开了头，以后有演员来找我说对方有口臭有蛀牙有舌苔有牙垢不想拍吻戏，那不是乱套了？”

鄢慈此时格外任性：“我不管，你不改，明天我就找吻替。”

方煜懒洋洋地靠在墙上，装模作样思考了很久，悠悠道：“鄢慈，你这两个要求很让我为难。你知道的，方老师的剧本一向以良心著称，剧情环环相扣，牵一发而动全身。改本子是件很烧脑的事，如果方老师因为这件事熬了夜、掉了头发怎么办？谁来弥补我的损失？”

鄢慈抓抓头发，思索半天：“我来吧。”

方煜嘴角荡漾着温柔的笑：“怎么来？以身相许？”

“我出钱给你植发。”

“……”

方煜从墙上直起身子，靠近她：“这么说吧，程允舒的事小意思，在不影响主剧情的前提下多加点戏份无所谓。贺禹的吻戏，你不想拍也可以，但是要给我点好处。”

“我是要删戏，又不是加戏，这还要什么好处？”

方煜满不在乎：“物理学的能量守恒定律听过吗？你不亲贺禹，这世界上就少了一种由亲吻产生的能量，必须从其他地方补回来才能维持平衡，一旦能量不能守恒，后果很严重，地球会爆炸，宇宙会坍塌。”

鄢慈：“……”

物理老师听到这句话，不知道会不会被他气死。

方煜：“你亲一下方老师，我就满足你全部的要求。”

鄢慈脸红红的，没想到方煜能把这种不要脸的话这么自然地说出口，她回道：“备胎不能提这样无礼的要求，我觉得你需要好好认清自己的身份。”

方煜：“备胎就不能有上进心吗？早晚要转正，提前一下怎么了？顺便说一句，你要是不亲我，我就让周少霆再活二十集，每集都让你拍吻戏，每次吻十分钟。”

鄢慈：“……”

方煜是真的喜欢她吗？世界上有这种喜欢人的方式吗？

“方老师……”她艰难抬起手。

方煜慢慢靠过来：“害羞？那我把脸贴上来，行不行？”

他看鄢慈没有抗拒，慢慢凑过头，湿漉漉的头发贴着鄢慈的脸颊和鼻尖，偏着硬朗的侧脸颊，在她柔软的嘴唇上轻轻蹭了蹭。他脸上温热，皮肤细腻得不像个糙老爷们，刚洗完澡，上面散发着一股淡淡的男士沐浴乳的香气。

鄢慈脸红得像盘西红柿炒番茄，她支吾着小声说："真不要脸。"

方煜动作点到为止收回身子，脸上也隐隐红了。他转开眼睛转移话题："这几天我把你以前拍的那些剧都看了一遍。"

鄢慈以前拍的剧，除了《青梧桐》，都是清一色的少女玛丽苏狗血天雷大戏，诸如霸道学长爱上我、总裁为我打商战、皇上休掉后宫三千佳丽全是为了我，等等。

她面红耳赤："那有什么好看的？"

方煜淡淡道："不好看，但你好看。"

说着，他掏出手机点开一个视频，名字是"鄢慈吻戏合集"。

鄢慈："……"

"《锦绣传》的编剧是脑残吗？孟锦绣是皇上的后妃，男二那个侍卫狗头不想要了敢把主子按在墙上亲。扑面而来一股浓浓的乡村玛丽苏风，孟锦绣把话说得那么明白了，他贴上来强吻，正常人不是反手给他一巴掌而是乖乖一脸享受地让他亲？"

《锦绣传》是鄢慈出演的一部宫斗剧。讲述的是孟锦绣从小和御林军侍卫男二青梅竹马，后被选中入宫，委身皇帝，周旋于后妃之中的成长经历。

"还有这一场，皇上临幸孟锦绣，编剧安排男二在屏风外听墙角？哪家皇帝过夜，带刀侍卫要待在屋里护卫？孟锦绣是个妃子又不是杀手，为苏而苏写剧本不带脑子吗？这皇帝长了那么张驴脸，还敢和你拍床戏？"方煜哼哼唧唧的，满脸不开心。

饰演皇帝的男演员是圈里出了名的盛世美颜，当年《锦绣传》播出时，两家公司还捆绑他和鄢慈炒过"夫妇"CP，粉丝清一色地说两人颜值很配，结果到方煜这里反而成了"驴脸"。

鄢慈尴尬得手不知道放哪里，崩溃地喊："你别看了行吗！"

看她的吻戏就算了，还当着她的面吐槽，怎么能有这么变态的人？

方煜手机一丢，非常不乐意："以后不准接这种剧，也不准和别人拍吻戏，都找吻替。”

刚才说演员应该有基本职业素养的人不是他？鄢慈觉得自己仿佛失忆了。

方熠看出她在想什么，摸摸她的头：“那是唬你，就算你不找我，我也不会让你和那种垃圾拍吻戏。后天李成则那场吻戏……”

那场吻戏是全剧最重要的场次之一，删掉会影响剧情的连贯性，全方位的镜头借位肯定是不行，吻替更是一眼就能被观众看出来。

他想了想，霸道地说：“我去找老秦打个招呼，你也听好了，亲就老老实实亲，碰碰嘴唇得了，方老师都没和你深入接吻过。你要敢让他碰你，下一场我就把李成则写死，让宁浮萍守寡。”

鄢慈心里叛逆地想：李成则死掉和我有什么关系？宁浮萍守寡跟我有什么关系？有本事你去写啊！反正剧情不连贯狗血了，观众骂的是编剧又不是我！

她表面上却乖乖地点头：“哦。”

方熠很满意，又把脸凑过去：“乖，奖励你再亲方老师一下吧。”

第五章 对赌

随着贺禹杀青，剧组拍摄也进入最后一个阶段，横店的拍摄计划已经全部结束。接下来是大规模的外景采拍。剧组顺应鄢慈的档期，把有关她的镜头归置到一起集中拍摄，其他档期充裕的配角后面慢慢补镜头。

鄢慈跟组已经四个月了，算算外景再拍半个月也要杀青了。

外景的拍摄地是在贵州和云南交界的深山里，不通网络且交通不便。山路崎岖无比，剧组的车开不进去，所有机器和道具都是雇佣当地人家的小推车一车一车推上去的。虽说条件艰苦，但风景美如画。虽已经深秋时节，但这里的气候还很温暖。满山遍野是苍翠的常绿阔叶林，重峦叠嶂，一圈一层和外界分割开来，站在山头说话，群山都荡着阵阵清晰的回音。

鄢慈来到这儿，第一天吃的是腊肉炖土豆。她不挑食，觉得这土豆淀粉含量很高，腊肉筋道有嚼劲，还不错。第二天吃的也是腊肉炖土豆，虽然前一天吃了三顿，但老乡的手艺很好，吃起来倒不觉得特别腻。第三天，当看到吃的还是腊肉炖土豆时，鄢慈有点受不了了。到第四天，她看着餐盒里干巴巴的腊肉，实在吃不下去了。

程允舒第一次体验到做演员的辛苦，整张脸皱巴得像只干皮橘子："我都要吃吐了。"

鄢慈从自己的行李箱中掏出最后一袋私藏的巧克力饼干给程允舒当零食吃，自己把碗放在一边，恹恹地坐着，没有半点食欲。方煜走过来，手里端着个小瓷碗，里面装了小半碗红艳艳的山果子。鄢慈没见过，叫不出名，但打眼看上去就觉得酸甜可口，味道清新。

"哪儿来的？"鄢慈惊喜道。

方煜指了指身后不远处的山包顶上："我带你去。"那里草木肥美，长着一片荆棘灌木。

现在对鄢慈来说，只要不是土豆和腊肉，其他什么都是美味。鄢慈几口将果子吃得干干净净，只觉得自己从嘴巴到大肠都受到了绝世珍馐的涤荡。

她被方煜牵着走到那片长满果子的灌木丛边。

"不用上学吗？"鄢慈指了指旁边咬着手指偷偷观察却不敢凑上来的小孩子。

方煜因为职业原因，需要不定时搜集写作素材，来这里第一天就把村子转了个遍，同很多村民聊过天，他对村里的了解比剧组里任何一个人都要多。

“山里的孩子哪里来的学上？偶尔有大学生假期支教也是夏天，这里山高路险，又快要入冬了，没有老师愿意过来。”

鄢慈简直难以想象，在远离现代文明的大山深处还有这样的村落，孩子无处上学，身上穿的是打满补丁且不合身的衣服。这里的年轻人背井离乡外出打工，大多再也没有回来，剩下的很多老人终其一生都没踏出过这片苍莽的群山。

“来。”鄢慈冲一个脏兮兮的小男孩招手。他穿着一双明显不是自己的大码解放鞋，听到鄢慈叫他，黑黢黢的脸一瞬间红得不成样子。

“你多大了？”

男孩身高只到鄢慈的胸口，看样子不过十岁出头。他紧张得头上开始冒汗，操着一口勉强能听出在说什么的浓重方言：“我十八岁了。”

“十八岁？你骗我呢？”鄢慈弹弹他的小脑瓜，“我不信。”

那男孩支支吾吾说不出话，眼睛盯着她耳朵上晶莹的道具耳环。这是剧组买来的假钻，还有满满一盒子，不值什么钱。

鄢慈看他喜欢，摘下来放在他手心上：“喜欢的话，姐姐送你啊。”

方煜很不开心：“怎么着女神，看见小鲜肉把持不住就想送定情信物吗？你可别忘了，你都还没送过方老师什么！”

那孩子看了一眼方煜，抓着耳环掉头跑了。鄢慈装傻卖萌，嘻嘻嘻地笑。方煜霸道地抓住她的手，插进自己外套的口袋里，站在她身边，陪她一起并肩看着远处的广阔景色。

群山莽莽，草木青青，四周寂静空荡，一时天地间只有悠扬的鸟鸣，令人心旷神怡。

“这地方挺好，以后写剧本静不下心，来这里住上几个月，感受一下风土人情。”方煜看着鄢慈，“和我一起来吗？”

“我不想吃土豆，但等我拿到金天鹅奖影后之后，说不定会来这里支教。”

圈里待久，人情世故看遍，心里烦腻得很。经方煜这么一说，她想了想，觉得这里除了要每天吃土豆外，似乎也没什么不好。

方煜淡淡道：“金天鹅影后？不想来你直说呀。”

鄢慈："你觉得我拿不到吗？"

方煜想都不想："你要是能拿到，我……"

——你要是能把它抱回家我跟你姓。

——脑子有病才喜欢她！

——就她那蠢样，我看得上她？

鄢慈奇怪地看他："你要说什么？"

方煜这次终于过脑子想了想，把话吞回去，笑着改口："加油，你是最棒的！金天鹅很高贵吗？不，它根本配不上如此优秀的你。"

鄢慈谦虚道："只是随便说说，我知道自己水平有限。"

方煜正色："不，你得相信自己。如果连你自己都怀疑，别人更加没有理由相信你。但你放心，无论什么时候，方老师都永远无条件地支持你。"

鄢慈脸一红还要说话，方煜却伸手搂住她，脖子一歪，将头埋进她颈窝蹭了蹭，岔开话题："我说鄢慈，这已经过去一个月，你戏都快杀青了，打算什么时候让我转正？"

鄢慈老老实实地让他抱着，不动也不闹："转不转正有差别吗？"

说是备胎，方煜却丝毫没有一点点身为备胎的自觉，大大方方给自己头上戴了一顶男朋友的帽子，平日在剧组毫不避讳，该抱抱，该拉拉，时不时偷偷亲她两口，或者把脸凑上去让她"亲"两口，脸皮之厚，让人难以想象。他不提，鄢慈都快忘了他还是个备胎。

"当然有。"方煜指尖揪住她脸上的细肉轻轻地拧，"老子不想谈小学生恋爱，你再不同意我就要憋死了。"

"憋……憋死了？"鄢慈好看的眼睛惊恐地瞪大，瞄向他的下身，"你你你……想什么呢！"

"看哪儿！"方煜本来不是这个意思，现在也被她看得尴尬起来，当即一巴掌轻轻扇在她头顶，"你想什么呢？"

"我想亲你，想你想得晚上睡不着，想得快要憋死了，行吗？"方煜捧着鄢慈的下巴，捏她的脸，"报复我一个月也该够了，就算不够，给个准确日子成吗？两个月？半年？好歹有个盼头。"

他这样说，鄢慈反而不好意思了。

方煜对她动手动脚是真，但都只限于简单的拉拉小手，亲亲脸颊。

鄢慈没点头，他也不敢做太越界的事。她虽然演过不少玛丽苏，但电视毕竟是电视，对于真实情侣的相处模式应该是怎样的，她不清楚，只觉得这一个月来，她和方煜亲密无间，难道不是情侣吗？

方煜等她回话，把她两颊揉得通红。他仗着鄢慈脾气好，揪着她的嘴唇催道："说话！不说话方老师捏死你！"

鄢慈想了想："那杀青后？"

"不能现在吗？"

她嘴唇嫣红而柔软，方煜手里捏着，眼里看着，嗓子痒痒的。

也不是不能。鄢慈刚想这么说，却抬头看到方煜脸上的表情。他脸离她很近，大手温暖地抚在她脸侧。如果不是方煜眼睛里闪动着绿莹莹的光，本来该是一副很美的场景。

方煜想亲她！鄢慈这下脑子转得飞快，一眼看出来了。可她刚刚才吃过东西，还没来得及刷牙，嘴里一股土豆炖腊肉的味道！方煜会和她舌吻吗？舌吻闻得出口气吗？如果方煜舔到她嘴里的那颗蛀牙，舔出卡在牙缝里的肉丝怎么办？这太可怕了。

她眼神瞥向旁边，果断说："不能，你放开我，我还没准备好。"

方煜都准备要亲上去，临时被鄢慈刹车，一口老血差点吐出来。

"鄢慈。"他目光森然，"有种你再说一遍。"

鄢慈瑟瑟发抖："不能，就杀青后，你现在敢亲我……"

是会尝到肉丝味道的啊老大！

"你就当一辈子备胎吧！"

方煜放下手，恨恨看着她："行，鄢慈你给老子等着！你等着！"

鄢慈一个哆嗦，肩膀一缩，整个身体都在他的淫威下瑟瑟发抖。

方煜气得一整天没理她。鄢慈回去以后立马刷了牙，然后像只小兔子一样蹦蹦跳跳地围在他旁边绕，强势吸引他的注意。

"方老师，你真帅！"

"方老师T恤从哪里买的？一看就很有档次！把我们方老师的身材衬托得挺拔强壮！"

"哇！方老师发质真好！平时用什么护理头发，可以分享一下经验吗？是防脱洗发露？还是给你不一样的丝滑！"

“方老师方老师方老师！”

方煜一副吃人的目光：“你找打是不是？”

鄢慈只想说我刷牙了，那句话作废，你现在可以亲我了！三百六十度无死角怎么亲都可以！可一看到方煜凶狠的目光又什么都说不出来了。

方煜手机响起，他站在旁边接电话，眉头皱了皱，期间转过头看了鄢慈几眼，最终敷衍地回答：“我知道了。”然后挂上电话，去找导演了。

鄢慈卖萌失败，垂头丧气地走了。

夜里十点。

村子里日落而息，作息十分规律，八点刚过，家家户户就已经熄灯睡觉。鄢慈夜戏刚刚拍完，收工后让林晴晴先回去，自己去了趟搭在房子外面的厕所。方便完出门，身后伸出一只温暖的大手堵住她的嘴巴，那手很熟悉，那手的主人她更熟悉。

方煜在她耳边轻声说着：“嘘——”

然后把她拉到房前的枣树下面。

“你吓死我了！”

黑夜里，只见方煜轻声笑：“胆子这么小？”

他一直抓着鄢慈手腕不放开，忍不住把她拉近贴到自己怀里：“今天家里来电话，亲戚家的长辈去世，我明天要回去一趟，不能陪你等到戏份杀青了。”

他口气平淡不见悲伤，大概也不是什么亲密的长辈，只是出于基本的人情礼仪不得不回去露个面。

鄢慈点头：“好啊，反正还有一周杀青，我回北京就可以见面了。”

方煜：“我常年在外，回次家不容易，我妈让我陪她去国外旅游，下次见面可能得一个月以后。”

鄢慈听到这话，愣了一下。拍《浮萍》这几个月，每天和方煜低头不见抬头见，她已经习惯在剧组抬眼就能看到方煜的生活了。乍一下听方煜说要离开一个月，她还真没做好准备，心里一阵难过。

“一个月啊！”方煜握住她的手开始发烫，“你明天就见不到我了。”

鄢慈声音低低的，带着微小的鼻音：“哦。”

方煜亲了亲她的额头：“所以现在把我转正吧。”

“不要。”鄢慈这次想都没想就拒绝了，“刚转正就要异地恋，这太虐了。我不要，我等你回来。”

她乖巧说等他回来的样子太可爱，方煜的心都快要融化了。他忽然不想走了，在这偏僻的山沟待一辈子都愿意。

他笑笑，伸手把人搂紧：“回来就回来。但我想你的时候，你得跟我视频。”

鄢慈点点头，眼睫垂着，不太开心。

方煜摸摸她的脸，忽然道：“让我亲亲吧，先盖个章，别让人抢了。”

鄢慈抬起亮亮的眼睛看着他，不说话。山里没有光污染，银河横空，繁星点点。她眼仁太黑，像张纯色的幕布，映着天上璀璨的星光。

方煜低下脸，靠近一点。她不闪不躲，也不开口阻止。方煜不再犹豫，轻轻啄了上去。这次比上次在酒店来得有准备，可方煜真的亲上她的那一瞬间，鄢慈还是紧张得心脏怦怦乱跳。

他的嘴唇好软，呼吸好烫，在她唇上辗转缠绵的动作好温柔。

头顶是璀璨的星光，四周黑暗无声，鄢慈闭着眼，什么都看不到，却又像什么都能看到。她不需要睁眼，方煜在她身前，就是最亮的那抹星光。

鄢慈紧张地抓着方煜的衣服，透过那不算厚重的布料，感觉出他的脊背也在轻微颤抖。因为职业的关系，她不是第一次接吻，但此时此刻，却比初吻还要慌乱。

方煜平日爱抽烟，可他现在嘴里没有烟草的味道，反而有股清新的柠檬香。他过来之前肯定刷过牙。想到方煜像个情窦初开的少年一样，在接吻前仔仔细细刷着一口绵稠的泡沫，鄢慈就忍不住想笑。

方煜松开她，呼吸略微急促，他理顺她被晚风吹乱的秀发，鼻尖顶着鼻尖温柔地摩擦：“这是方老师的初吻。”

鄢慈睁大眼睛，不敢相信。

方煜环住她柔软的腰：“真的。”

他的眼睛平日里明明灿若寒星，此时此刻却像太阳一样灼热。鄢慈与他目光交融时，读出了他所有藏在心里的情绪和话语。

李成则深山之中突围未果，兵败殉国，家眷收拾细软落荒而逃，只有浮萍一人安静地守在他们曾经无数次夜里一起待过的榕树下。

敌军赶至的时候，她嘴里正轻声哼唱着李成则教给她的民谣。

“这女人是谁？”

“谁知道呢？李成则的小老婆吧。”

有位年轻时曾在宁府做过杂役的小队长认出了她：“这不是宁格格吗？当年紫禁城外头皇城第一的宁府大院，被革命军一窝端掉的那户。”

“还是个格格？”周围爆发出一阵淫笑，“我活这么大还没玩过格格。”

刚才逃散的女眷被兵痞们提着头发抓了回来，一个个花容失色，哭得妆容模糊，脸上的粉妆糊成脏兮兮的一团。

青缇跪倒在地：“军爷，求求你放我们一条生路吧！”

两个卫兵从山崖下拖回李成则的尸体。

“头儿，怎么办？”

“拖出去喂狗。”

“这些抓回来的呢？”

兵痞头头残忍地笑了笑：“男人带走麻烦，杀了就是，至于女人……姓李的在山里和咱们纠缠这么久，兄弟们半年多没开荤了吧？”

说着他揪住哭得最凶的青缇那头柔顺的秀发，把她一路拖到人群中间，摔到地上：“大家随意，不过那个格格可得留给老子先尝。”

浮萍不哭不闹也不试图逃跑，只是冷然站在那里。她容貌出众，端庄高贵，即使经过这些年的风雨打磨，依旧脱不了少时骨子里带来的贵气，而正是这种和其他女眷截然不同的出众气质，让那头子一眼看中，垂涎三尺。

青缇哭得脱了人形，她虽不是大门大户出身，好歹也是富家千金，何时受过这种虐待。这群兵痞在山里打了半年的仗，浑身散发着一股鲜血和泥土交融的恶臭，让他们碰她，不如死了，青缇这样想。

一直不作声的浮萍突然动了，踱步走进兵痞中央。她沉默而从容，一步一摇，优雅端庄，好似此刻她不是个任人鱼肉的阶下囚，而是当初皇城里那个要风得风的格格，李司令捧在手心的三姨太。

“诸位大哥，你们吓到我这妹妹了。”

浮萍妩媚地笑，她衣衫干净、妆容精致，看得这些痞子喉头一紧，嘴里不约而同地发出一阵“啧啧”的猥琐水声。浮萍挨过打，做过妓，受过欺侮，却始终高昂头颅。这是她人生中唯一一次低头服软，对象是一群不配称为人的畜生。

她蹲下身子，贴着青缇凌乱的发丝，轻启薄唇：“我俩积怨已久，但这一次，请你帮我，让成则入土为安。”

青缇停止哭泣，睁大了眼睛。浮萍不再言语，站起身。李成则虽然战死，但用一千人全部阵亡的代价干掉了对方万人之众。眼前这些兵痞看起来嚣张跋扈，所剩也不过三四十之数，且都已经疲惫不堪，听说有女人可玩，此刻全部围过来看戏。

浮萍撩起旗袍边角，露出光洁细腻的大腿。

“我年少时曾在翠玉轩学过一首曲子，现今多年未唱，如今技痒，不如给各位军爷唱上一段？”

兵痞们互相看看，不知道这女人搞哪一出。那头子豪气喝道：“唱！一个娘们儿唱小曲怕什么？能蹦出个屁炸死你们？”

浮萍胳膊高抬，手指捏出朵兰花，摆出一个舞蹈前的姿势。她手臂白似嫩藕，仪态相貌都是绝佳的上等。

天高云淡，群山回响。

宋导目不转睛地盯着机器，赞叹道：“鄢鄢不愧是学古典舞出身，这段跳得太美了，根本不需要专业老师指导。”

鄢慈身穿旗袍，指尖攥着一朵白手绢，在场地中间翩然起舞。她腰肢柔软，翩翩回旋间像只自在的蝴蝶，每一颦、每一笑、每一个动作里都载满令人着迷的诱惑和魅力。

群众演员看得差点忘记台词，旁边人戳他一下，才反应过来，色眯眯道:“什么酸溜溜的破曲子，老子听不懂，不是在窑子待过？唱首《十八摸》给爷听。”

浮萍舞着后退，“不留神”撞到了身后跪坐在地的青缇，她收回脚，面有不喜：“这厮真是碍事。”

青缇妆容哭花，衣着凌乱，不见平日里柔美的容貌，好看的脸上全是滴滴答答向下淌着的粉痕，兵痞看得心烦，冲上去踹她一脚：“滚出去！一会儿老子再收拾你。”

浮萍傲然道：“还不滚？”

她着重强调“滚”字，眼神澄澈，看着青缇。

青缇恍然间明白了她的意思，连滚带爬跑出兵痞的圈子，她吓得脾肺俱裂，仍忍不住回头看上一眼。那个她多年来的眼中钉肉中刺，此刻正面无惧色，淡然地站在众人中间。她目光远眺，看向远处李成则染血的尸体，那眼神绵绵温柔，仿佛看的不是一个死人、一具尸体，而是她这辈子唯一的男人。

月下花儿都入梦，只有夜来香，吐露芬芳，

我爱这夜色茫茫，也爱这夜莺歌唱……

浮萍低声歌唱，纤纤手指轻轻解开衣扣，披肩、手套、胸花，随着舞蹈的动作一件件剥落。兵痞们发出一阵淫乱的哄笑，争抢上前去摸她赤裸在外的皮肤。

这阵笑声没持续多久，忽然变成一阵惊慌失措的叫喊和怒骂——浮萍从胸口的贴身里衣中，掏出一个小小的雷管，黝黑小巧，毫不起眼。

这是李成则临走前留给她的唯一东西。

“我一辈子刀口舔血、乱世求生，直到遇见了你，才想不再混迹沙场，过几天种菜栽瓜的安稳日子。可这乱世实在太长，谁都是无根浮萍，漂到哪里又哪能真随了自己的心意。”

“我答应你，如果这次能回来，我以后再不出兵，只陪着你。你说你想去法兰西，想去英吉利，我都陪着你。见过漂洋过海的客船吗？那汽笛的声音我只听过一次，记到如今。”

“可如果我回不来。”李成则掏出雷管放到她掌心，眼里蕴藏着难以言说的无尽伤感，“全凭你自己。”

青缇连滚带爬跑到一边，拖起李成则的尸体，拼命向远处拉拽。她没走出几步，只听见身后传来一阵响彻天际的爆炸声，滚滚的热浪把她掀得翻了一个跟头，头磕破在石头上，流了满脸红艳艳的血迹。

她耳朵一阵鸣响，瞬息之后，什么都听不清了。爆炸过后，一片寂静，天空不敢有飞鸟，群山莽莽，空旷寂寥，远处苍翠欲滴的参天树木阔叶随风吹摆。

青缇抱着李成则冰凉的身体，再也忍不住，痛哭出声。

“CUT！”

鄢慈长舒一口气，冲剧组人员深深鞠躬：“大家辛苦了。”

宋导满脸激动地拍她的肩膀：“太棒了！真的太棒了！这部剧我打包票，绝对能大火。两年之内，不可能有比它更优秀的大女主戏。”

“借您吉言。”鄢慈和导演拥抱，满脸的笑意，她从来没有在杀青后这么开心过。

不仅是因为日夜颠倒跟组拍了小半年，终于能休息了，更是因为她自己也觉得这部戏会是她演艺生涯的一个转机。离真正的演技派可能还有一点差距，不过总是在慢慢努力。如果以后方煜一直在她身边指点她演戏，那么白茉莉影后、金天鹅影后，想想也并不是遥不可及。

方煜，想起这个名字，她就忍不住笑。

他走了一周，每天会固定打一个电话过来。这里没有网络，勉强有信号可以接电话，每天早上，鄢慈比平时早起半个小时，跑到山顶信号最好的地方举着手机和他聊天，一说就是一个小时，常常因为不想挂电话差点错过拍摄时间。一想到回北京后就可以通过视频看到方煜英俊的脸，鄢慈就觉得自己身体里的每个细胞都兴奋得战栗。

北京。

鄢慈回到公寓，将行李箱一摔，鞋子踢飞，立马跳回自己屋里。掏出平板，连上网络，方煜刚好发来视频申请。林晴晴在后面提着狗笼进了门，把鄢慈的鞋子归整好，慢悠悠地跟着进了屋，看到鄢慈呈“大”字形趴在柔软的双人床上，对着屏幕软软说话。

“不想你，女神这么高冷，男神排排站都想不完，为什么要想一个千里之外的备胎呢？”

“宋导夸我最后一场演得特别棒，等样片出来你就知道，鄢鄢可是能拿白茉莉影后的水准。”

“你在巴黎？以前时装周去过几次没时间逛，蹭完红毯就回来赶通告。下次去的时候，我想去看看所罗门的陵墓，他是我的偶像。”

方煜想了一圈，不知道她说的是巴黎哪一个所罗门。只见鄢慈伸长手从床边的书架上掏出一本人物传记：“以前粉丝送我的书，我看了以后很喜欢。所罗门身高不到一米七，但是他真的太伟大了，我好喜欢……噢，原来他叫拿破仑。”

方煜：“……”

鄢慈是学艺术的，文化课成绩很差且没有基本常识，但她知道方煜很爱看书，并且算是博古通今，每次和别人谈话，不管内容、主题是什么，他总能接过话题侃侃而谈。

以前没觉得博学的男人有多帅，大概因为对象是方煜，所以觉得帅。如果方煜便秘，那鄢慈觉得便秘的男人也挺帅。鄢慈想在他面前表现得知性博学一点，却每次都惨遭失败。

她心大也不觉得尴尬，掰着手指：“还有三个星期。”

林晴晴看她一副小女生娇羞的模样，心里好奇她在和谁说话，便偷偷摸摸地走过去。只见平板上映着张一个星期未见的面孔，熟悉得不能再熟悉。剧组人员见他如见鬼，林晴晴被他吓过几回，更是怕得要死。不过戏都杀青了，鄢慈和方煜通什么视频？谈戏？

“寂寞了？把方老师的照片洗出来挂在床头，想了看一眼，不想就看两眼。”

“为什么不想还要看两眼呢？”

“多出来的一眼是罚你。怎么能不想方老师？没有规矩。”方煜说着，想起照片的事，“把你手机拿出来，我检查一下。”

他要检查的是鄢慈手机桌面的壁纸，鄢慈听话地打开手机对着摄像头，是她和方煜的合照。

方煜很满意，懒洋洋地倚在酒店床头：“我会尽量提前回去。在我没回去之前，陈越之叫你吃饭不准去。等我回来去找他谈，听见没？总带你喝酒算什么事！”

鄢慈乖乖点头：“听见了，方老师。”

林晴晴饶是反应再慢，现在也明白过来。这哪里是谈戏？这分明是谈恋爱！方煜这是要和陈少抢女人？抢的还是她家姐姐？

林晴晴惊恐地站在原地，觉得鄢慈一定会被陈越之搞死的。她思维开阔，想得比较远，透过和方煜连线的看不见的网络信号，她仿佛看到——多日以后，陈越之发飙，鄢慈被耀星雪藏，而她自己被公司扫地出门，拎着一个小破口袋无处可去的惨况。

鄢慈第二天接到了陈越之的电话。

“听说你的戏杀青了？明天晚上我叫了几个朋友，给你庆祝。”

鄢慈正在厨房炖牛肉，高压锅嗞嗞冒着蒸汽，肉已经炖烂，火腿肠闻到味道蹦蹦跳跳地在她脚边撒欢。她关了火，犹豫着措辞：“不用庆祝了，我刚拍完戏，有点乏。”

陈越之本意也不是给她庆祝，听到这话不开心了：“你今晚好好休息睡一觉就不累了。明晚七点我让司机去接你，捂严实点。”

“我不想去。”

陈越之叫上的无非圈子里那群二代朋友，在酒吧夜店那种场合，身边混着一群浸淫酒色财气的男人，她一个女孩子总归不太合适。以前混沌着生活、拍戏，没有喜欢的人，对自己也没什么明确的规划和要求，忍一忍就过去了，可现在不一样，她有方煜了。

陈越之沉默了一会儿，淡淡道：“你在剧组带的那个女孩，叫程什么的，我听李恺说，你和他提过给她签约的事对吧？现在娱乐资源井喷的时代，最不缺的就是挤破头想进娱乐圈的新人，耀星更不缺。我看她长相还过得去，这样吧，鄢鄢，明天你带她过来，我把她签了，能不能红就看她自己，算是我给你的一个面子。”

他这么说，鄢慈犹豫了。

这些天她和程允舒亲密无间，有时候好到林晴晴都要吃醋。程允舒在她面前真的就是一个顽皮热情的小女孩，看着她时满眼都是爱慕和崇拜。她是想帮程允舒，可李恺当时明确回绝了她。因为程允舒不是科班出身，演技更是相当于从零开始。耀星不缺有才有貌的新人，为什么要花大力气培养她呢？

陈越之交换性的条件里显然带着目的，他又重申一遍：“你也给我个面子，这次的朋友很重要。”

鄢慈蹲下身子，摸摸火腿肠，它眼睛亮晶晶，冲她摇尾巴。刚被鄢慈捡回来时，兽医给它剃过毛，现在已经长回来了，不再是当初那秃到一眼就能看到皮肉的粉红样子，它的毛柔软而白，仔细看看也是一只可爱的小土狗。

“我知道你不喜欢这些场合，以后我不带你去了，最后一次。”

方煜说等他回来去找陈越之谈谈，鄢慈心里一直想他要怎么和陈越之谈。上次酒桌上，虽然陈越之给了方煜极大的面子，但鄢慈能看出来，两人私下里没有好到陈越之口中说的那样——这是我最好的哥们儿，两人反而像是亦敌亦友，死较着劲。

公司是禁止她谈恋爱的，陈越之更不会让她谈恋爱。如果陈越之死咬着不松口，方煜也是个暴脾气，两个人吵起来，那最后总归是要谈崩的。

鄢慈想了想，把手洗干净，决定亲自去和陈越之说。

她想谈恋爱了，陈越之不能拦她也拦不住她。最坏的结果也不过是惹怒了陈越之，被公司雪藏。她这么多年赚的钱够用，真要雪藏她也不怕。她甚至巴不得清闲过日子，况且这是她自己当年犯傻做过的错事，没理由依赖方煜给她解决。

鄢慈抓着电话，想了想："好，你说的，最后一次。"

夜。

三里屯。

鄢慈站在包间门口，透过服务生送酒时开门的缝隙，冲里面张望几眼。豪华的包厢里传出来一阵阵男人女人嬉笑的声音，嘈杂无比。

她转过头，对身后的程允舒说："你别进来，找个地方等我。"

程允舒坐早上的那班飞机落地北京，因为知道耀星要签她，激动得脸红到脖子根，眼睛兴奋得闪闪发光，不想离开："可是我对其他地方不熟悉，这里这么乱，我怕遇到坏人。鄢鄢，你带我进去吧，我想见见世面。"

屋里灯光昏暗，几个男人围在一起玩骰子。巨型茶几上放着果盘和烟盘，旁边摆满酒瓶，沙发上每个男人身边都坐着一个衣着性感的漂亮女人。

陈越之抬眼，看到鄢慈，他有点喝多了，抬手示意："鄢鄢过来。"

"来这么晚？"他伸手想搂鄢慈的腰，被她轻轻一侧身子躲开。

鄢慈拉着程允舒，淡淡道："路上堵车。"

"哟，鄢慈。"

屋里几个男人见到鄢慈的反应没有那次饭局上陈越之那些狐朋狗友的反应剧烈，只是看了她几眼，又低下头玩手里的骰子。陈越之电话里说过这次的朋友很重要，的确不假，有几张面孔鄢慈认得，都是二代圈子里顶尖的人。鄢慈打了声招呼，坐到靠近陈越之的沙发上。

“陈少。”屋里有人在唱歌，声音开得巨大，她只得凑近陈越之，大声道，“这是程程，昨天电话里提过的。”

程允舒紧张得手不知道放在哪里好，跟着磕磕巴巴道：“陈少。”

陈越之不咸不淡瞥她一眼，没说话。

隔壁沙发上有个公子哥儿抱起一旁陪酒的“公主”接吻，有人坏心眼地打开了包房里闪烁的顶灯。众人开始瞎起哄。

程允舒抬起眼睛。帝都车水马龙的繁华盛景，会所五光十色的炫美灯光，在她脑海里悄然交织成一幅绚烂的彩图，这是她从来没有见过的场面，也是她做梦都渴望的生活。

鄢慈又问：“我把人带来了，什么时候给她签约？”

她不想待在这里。烟味、酒味，还有寻欢作乐的从身体内部散发出来的糜烂人味，包房里所有味道，都让她觉得难受。

陈越之不耐烦道：“我说了签就肯定会签，现在什么场合，你别扫兴行不行？”

“阿越，问问鄢慈唱不唱歌。”一个男人递来话筒，嘴上是询问，行动却很直接。

陈越之接过话筒塞到鄢慈手里，命令：“去点一首。”

如果是朋友聚会，那唱一首没什么。如果是以前，唱一首也没什么。可现在，她手里抓着话筒，眉毛紧蹙，怎么都觉得恶心。

陈越之催促道：“去呀，愣什么？”

程允舒看了看鄢慈，又看了看包房里看过来的众人，举起手提议：“我替鄢鄢唱。”

陈越之嗤笑：“这么迫不及待想表现？也不看看这是个什么地方，看看你自己算个什么东西。”

程允舒被讽刺得面上挂不住，在灯光昏暗看不见的角落里，脸色煞白。鄢慈摸了摸她的手背，站起来走到点歌机旁边，被人拦下。

那男人看着她：“上次华天老总带徐真语来喝酒，我记得徐真语唱的那首歌还是我给点的。平时在电视上看着多清纯一女人，唱起歌来骚得很。”

有人问：“蒋少，你给点的什么呀？”

蒋少嘴角勾着笑：“《飞向别人的床》，鄢慈，今天你也来一首怎么样？看过你演的剧，可我还从来没听过你唱歌。”

鄢慈冷下脸：“我不会。”

蒋少看她的表情，不开心了：“不给面子？”

“蒋明。”陈越之突然出声，“你什么意思，徐真语那种货色，你拿她和鄢慈比？这算是我女朋友，你别过分。”

蒋明听到这话也给了陈越之面子，没再为难鄢慈。

陈越之叮嘱：“唱首谢安琪，我爱听。”

鄢慈点了一首谢安琪的《钟无艳》，她粤语发音标准，声音软软糯糯的，像个小女孩。陈越之眼睛一眨不眨盯着她，咕嘟咕嘟往肚子里灌酒。三分钟后，歌曲结束，鄢慈把话筒往茶几一放，走回沙发。

陈越之喝高了：“唱什么钟无艳，你丑吗？”

鄢慈拍开他又搂过来的手：“我想走了。”

“扶我去厕所。”陈越之摇摇晃晃站起来，包厢内的卫生间被刚才在沙发上亲吻的那对男女占了，他只能去外面上。他把胳膊搭在鄢慈肩膀上，一步一颤。

陈越之一身浓重的酒气，嘴里哼着刚才鄢慈唱的那首歌，贴近她耳边说话：“鄢鄢，以前就想说了，你唱歌真好听。”

鄢慈挪开头，脸旁的碎发刮过陈越之的脸，他虽然因为酒精的影响，整个人有点迟钝，但也觉出不对劲了：“怎么了？一回来就对我冷脸。怪我后面两个月没去探你的班？你是不是看见前阵子的热搜了，我和那个嫩模就是玩玩。我最喜欢谁，你心里不知道吗？”

鄢慈被他口中的酒味顶得一阵反胃，打开男厕的门，让陈越之进去。哪知陈越之根本不松手，直接把她拉进厕所，按在墙上，低头想亲：“对我意见这么大，嗯？”

正如陈越之对方煜说的那样，在人前鄢慈很听话，可人后她对陈越之还挺强势的，陈越之喜欢她，也没有过多逼迫她。可今天他喝多了，加上鄢慈态度过于冷淡，不理智的想法在酒精的催化下一下涌了上来。

鄢慈本能地用力推开他。陈越之喝多了腿软，踉跄着倒在地上，眼神迷糊了一下，半天爬不起来，像个受了欺负的孩子。

“陈少，以后别这样了。”鄢慈看自己没控制住力气，又过去拉他，“我现在有男朋友，你今天喝多了，明天到公司我们好好谈谈。”

陈越之醉里还有些意识，挥开鄢慈的手，目光冷冷的：“你有男朋友？谁？”

他赖在地上不起，厕所有人进来，看到有女生在里面，愣了愣。鄢慈连忙背过身去挡住脸，匆匆出去。

鄢慈回到包厢的时候，几个男人正围着程允舒。

“你就是耀星要签的新人？长得还不错，演过什么戏？戏剧学院还是电影学院毕业？来喝点酒嘛，怕什么？”

程允舒端起酒杯抿了抿：“我还没拍过什么。”

“会演戏吗？”

“会一点。”

说话的男人摸着她的大腿，色眯眯的：“演个看看。”

新人来这种场合免不了被吃豆腐。而一般而言，这种聚会程允舒是没资格来的，对这些二世祖来说，她既然来了，就是默认能接受圈里潜在的规则。

这些人平时和陈越之胡闹惯了，也不避讳，一个个笑成一团起哄：“演一个。”

鄢慈看不过眼，敲了敲墙壁：“程程，陈少叫你。”

程允舒如获大赦，爬起来跑了出去。

蒋明眯着眼：“鄢慈，你不给面子就算了，我动个新人还不行了？陈越之都没说什么，你算老几？”

鄢慈再红再火，片酬再高，也只是在娱乐圈里混得好，面对这些真正的二代子弟，说话是没什么分量的。她低声道歉：“对不起蒋少，陈少喝醉了，我一个人扶不动他。”

蒋明看她拿包欲走，连忙拦在门口：“我们还没看表演呢，你把人叫走了，谁来给我们演？你来？”

有人提醒道：“蒋少，这是阿越女朋友。”

“狗屁女朋友，都是仗着长得漂亮抱阿越大腿往上爬的货色。他嘴上那么说，心里真把你当女朋友？上次吃饭他身边带着的还是个嫩模呢。”

蒋明身上的酒味比陈越之还浓，混杂着烟味和女人的香水味，鄢慈恶心得快吐了，转身欲走，被他拉住。

“你想走啊？”蒋明似笑非笑，递酒杯到她手中，“把酒喝了，给我们表演一段就让你走。”

鄢慈脸一拉，要甩开他的桎梏。

蒋明酒意上来，拉住她：“不会？沫沫，你教教这位大明星。”

沫沫是会所的“公主”，她笑嘻嘻喝了一杯果酒，然后趴在沙发背上，撅起臀部，左右扭动，朝鄢慈眨眼：“我教你啊。”

“学会了吗？”蒋明拍了拍鄢慈的脸颊。力道不重，但是发出的声音太过响亮，听着就带着股侮辱的意味，“你演不演？”

鄢慈垂着眼，纤白的指尖捏着高脚杯的杯颈。

她抬眼，面无表情地看了看蒋明，而后一杯烈酒，不偏不倚，全部泼在了他那狂妄笑着的脸上。

卫生间。

陈越之摇晃着身体出来，等在门口的不是那张熟悉的娇美面孔，而是另一张半生不熟的脸：“鄢慈呢？叫她过来扶我。”

程允舒赶忙上去搀住他：“陈少，鄢鄢现在走不开。”

“走不开？有什么事比我还重要？”陈越之嘟囔。

陈越之撑在洗手台上呕了一会儿，目光迷离，又抬头看了看镜子里程允舒化着淡妆的脸：“想起来了，你是鄢慈带来的那个新人是吧？去把鄢慈叫过来。”

“我扶您也是一样。”程允舒上前抓住他的手臂。

陈越之挥开，眼神出现一阵短暂的清明，嘲道：“鄢慈看不穿你是什么人，你当我也瞎？告诉你，你这样想上位的人我见多了，别在我面前用这种把戏。”

程允舒咬着嘴唇，尴尬道：“陈少，我没有这么想。”

陈越之说完又迷糊了，他洗了个手，身体歪歪扭扭倒在程允舒身上，把全部重量压在她身上。

“鄢鄢。”他伸手揉着程允舒的脸，喃喃叫道，“你脸真软。”

“我跟你说话，你怎么不理我？”

程允舒做贼心虚地看向门口，小声回答：“我在呢。”

陈越之很满意，在她头发上亲了一下：“换洗发水了？我喜欢你以前洗发水的味道，下次不准换。”

“好……”

陈越之脚步虚浮往外走，一步三摇：“你刚才说你有男朋友？哪个男朋友？我怎么不知道……你骗我。”

程允舒被他按在厕所外的墙壁上，紧张地咽了下口水：“没有啊，陈少，我没有。”

“没有？我不是你男朋友吗？”陈越之低下头亲她，满嘴浓郁的酒气，“你生气我找网红和嫩模，以后我收敛点就是了。我是男人，男人没几个能不沾荤腥，你不能要求我太多。”

他长得很帅，浑身上下散发着一股花花公子玩世不恭的气质，罕见地低声服软，程允舒听了心脏怦怦直跳。

陈越之的司机从会所门口走来，看到这个场景有点尴尬：“鄢鄢刚才没找到你，托我说一声，她先走了，让我送你回酒店。陈少这是？”

陈越之闭着眼趴在她颈窝，口中叫着鄢慈的名字。

程允舒垂着眼睛，握紧他的手腕，小声道：“你送我们回去吧。”

鄢慈关灯躺在床上，房间没拉窗帘，落地窗清楚映着外面繁华的霓虹街景，枕在头下的手臂微微发麻，她却懒得换姿势，一动不动像是睡着了一样。

她今晚得罪了陈越之，得罪了蒋明，想想明早起来将要面对什么样的状况，就一阵头疼。不过再给她一次机会重来，她还是会这么做。

她给程允舒发消息，问她在哪儿，对方迟迟没回。担心她还在会所喝酒，鄢慈给她打过几个电话却都没有动静，最后还是陈越之的司机告诉她，程允舒已经回去了。他没细说程允舒去了哪里，鄢慈只以为她回酒店睡下了。

鄢慈失眠刷微博，发现贺禹拍《浮萍》期间轧戏拍的那部《剑啸九天》已经开播了。《剑啸九天》女主角是当红小花徐真语，耀星花大价钱请来给贺禹搭戏。仙侠剧现在的热度还没过，加上剧本和制作还算良心，又有徐真语这位顶级流量撑着，收视率竟然还不错。

观众们在看女主角和剧情的同时，纷纷发现，男主角贺禹的颜值帅到逆天，他在剧里饰演的角色御九天人设又极其吸粉。鄢慈戏份杀青前最后半个月在山里拍戏，没机会接触网络，再上网时发现贺禹已经摇身一变，跻身当红小生的行列，微博短短的时间内涨了七百万粉丝。

御九天太帅了！疯狂为贺禹哥哥打电话！

贺禹那双桃花眼迷死我了！老夫的少女心啊！

老公看我一眼！

我们哥哥演技这么棒！红是应该的呀！

贺禹的演技几斤几两，鄢慈和他拍了那么多对手戏心里清楚，此刻看网上清一色夸他的演技好，心想这届观众不行呀。她看了几眼《剑啸九天》的剪辑花絮，才发现男主角御九天根本就是面瘫，演面瘫还需要演技？全程脸一沉，当然演技好呀！

最新一期更新的《来吧勇士》邀请了贺禹，其间他的表现风度翩翩，优雅无比，又为他狠吸了一批女友粉，贺禹就这样一夜成名。

清晨八点。

陈越之在别墅的床上醒来，怀里抱着一具赤裸的身体。

“鄢鄢。”他舒服地动了动，手下搂紧，再一动却发现不对，鄢慈的头发什么时候长到腰了？

程允舒怯怯地在他怀里抬起头：“陈少。”

陈越之身体僵硬，漠然抽回手，皱着眉头：“你怎么在这儿？”

昨晚的场景走马灯一样在脑子里回放。鄢慈在卫生间里把他推到了地上，说她有男朋友。紧接着程允舒进来了，他错把她当成了鄢慈。也对，昨晚怎么可能是鄢慈？平时碰她的尺度过分了，她都会不乐意沉半天的脸。

他如果不是昨晚喝得太多，肯定能及时发现异常。面前这个女人装出委委屈屈的样子看得他心头一阵烦，忍不住开口骂道：“你昨晚在我面前装鄢慈？”

程允舒连忙解释道：“是您认错人了。”

“我喝高了但不至于断片，你敢往我床上爬？觉得爬上我的床就能飞黄腾达？你以为你是谁？”

程允舒满脸通红：“我……”

陈越之飞快起身穿上衣服：“滚回去。”

程允舒第一次在早上被男人以这种口气赶人，呆愣了一下，随后半是强调半是提醒："陈少，昨晚我们……"

陈越之不耐烦地说："我睡过的女人自己都数不清，你自己爬上来的又不是我强迫你，还想我负责？签你是看鄢慈的面子，别得寸进尺，想红自己拼，搭上我没用。"

他毫不理会程允舒惨白的脸，继续说："下次再装鄢慈你试试，我不是冤大头，不会睡一个捧一个。耀星有一个鄢慈就够了，你还没有让我捧的资格。"

他说着，接了一个电话。那头是蒋明，他也刚刚醒酒，恍惚间记起来昨晚的事："陈越之，鄢慈昨晚泼我一身酒的事，你是不是得给我个说法？"

陈越之眉头一皱："什么时候的事？"

鄢慈刚起来就接到李恺的电话，他语气严肃，让她立马到公司来一趟。鄢慈破罐子破摔，慢悠悠地刷牙吃饭喂狗，又化了一个素雅的妆，收拾到中午才出门。

在耀星大厦一楼等电梯时，鄢慈撞上了贺禹。他站在大厅中央，紧紧扯着程允舒的胳膊和她说话，眸子里闪着烁烁的冷光。

鄢慈看程允舒脸色惨白，连忙走过去推开贺禹："你干什么？"

贺禹和程允舒都是一愣，沉默几秒以后，贺禹不自然地轻哼几声："装什么清纯？碰你一下怎么了？"

鄢慈听他说话难听，忍不住喝道："贺禹你有病吧？"

贺禹轻蔑地看了两人一眼，掉头离开。鄢慈摸摸程允舒的头发："没事吧？下次他再找你麻烦，你告诉我，我帮你解决。"

程允舒逆光站着，低着头，鼻翼上面落了一层阴影："有事。"

"怎么了？"

程允舒脖子上有几块深红色吻痕。

鄢慈愣住："你……"

程允舒忽然哭了，眼泪像开了闸停不住的水龙头："你跟我说耀星签我，但你没告诉我签约要付出这种代价！你昨晚为什么要让我去扶陈少？"

鄢慈愣在原地：“昨晚你……陈少？不可能，陈越之不是那种人。”

陈越之虽然在这方面不检点，但他谈朋友看中你情我愿，强迫人这种事他做不出来，更何况凭他的身份地位，也没必要这么做。

“可他昨晚喝酒了！”程允舒冲她喊，“本来应该是你去的不是吗？他昨晚一直叫你的名字。”

“姐。”林晴晴从电梯里出来，过来拉她，“你怎么还在这里？”

鄢慈轻轻别开林晴晴的手，皱着眉问程允舒：“你的意思是陈少强迫你？在哪里？会所还是他家？他醉成那个样子，站都站不稳……”

程允舒吼道：“所以你怀疑我是吗？你为什么不自己上去问问他？他昨晚一直挂在我身上不放手，他把我当成你了。”

“你吼什么呀？”林晴晴不开心，“仗着我们姐脾气好吗？昨晚不让你进去你非要去，怪谁？”

程允舒抱着头，崩溃地蹲在地上大哭，哭声引来了一群员工围观。鄢慈一时间脑子乱了，咬了咬嘴唇，进了电梯，直接按上顶层陈越之办公室。

陈越之的办公室只有两个人，他和公司总监兼任鄢慈经纪人的李恺。

李恺是个矮胖的中年人，穿着粉色的时尚衬衫，拼命冲鄢慈使眼色。鄢慈不用看，就知道他的意思是赶紧道歉。

她还没说话，陈越之先开口：“你泼了蒋明？”

鄢慈点头：“对。”

陈越之把手机扔给她：“打电话道歉。”

“我不会道歉。”鄢慈把手机推回去，反问他，“你昨晚在哪里？”

陈越之顿时有些局促，鄢慈第一次这样问，他像被妻子发现偷情般心情忐忑。尤其是昨晚醉酒后对鄢慈说的那番以后要收敛的话，转过眼他就没能办到，这确实不好。

“我昨晚……”陈越之舔了舔嘴唇。

“你睡了程允舒？”

陈越之看瞒不住，干脆承认：“我昨晚喝多，把她当成你了，你别生气。”

鄢慈一阵气血翻涌直冲大脑，她的头一阵疼，说话声音不由自主大了：“程程她今年才十九岁！”

“十九岁怎么了？又不是未成年。”陈越之皱眉，本来以为鄢慈在乎的是他和别人上床的事，可现在看来，鄢慈在乎的只是他上床的对象是她带来的那个女孩，“鄢慈你什么意思？觉得跟我睡侮辱了她？”

“是她自愿的还是你强迫的？”

陈越之冷冷道：“你就这么想我？”

鄢慈闭上眼睛，下一刻又轻轻睁开：“陈少，我不会给蒋明道歉，也希望你能说到做到，昨天是最后一次。工作了这么多年，我想休息一段时间。”

陈越之从椅子上站起来，逼视她：“就因为我睡了个丫头片子，你跟我闹脾气？”

“不是的。”鄢慈解释，“昨天就想和你说，我现在有男朋友了，再陪你喝酒不合适。”

陈越之静了半晌，声音冷肃，隐藏着深深的怒意：“谁？”

鄢慈不说话。他想了一圈最近鄢慈拍戏赶通告接触过的人：“贺禹？李乔？还是秦城？”

如果是圈内的艺人，他有无数种方法让对方混不下去。

鄢慈抬起眼睛，大方而无惧地直视他：“是方煜。”

李恺惊呼：“鄢鄢你胡说八道什么！”

陈越之目光森然，盯着她秀美的脸颊：“你再说一遍。”

“我喜欢方煜，陈少，以后那种场合别叫我去了。”

陈越之慢慢坐回椅子上，大厦顶层的落地玻璃折射进明媚的正午太阳，他半张脸浴在阳光下，半张脸藏在阴影中：“我太宠着你了是不是？”

“方煜背景是硬，但你以为他真能给你什么？在这个圈子里，你红不红，红多久，他说不算，我说了才算。”

“你现在立刻跟蒋明道歉，跟方煜分了，这件事我可以当没发生过。我们像以前一样不好吗？除了我，谁能让你红？”

“红不红我不在乎。”鄢慈一刻都没考虑，她笑笑，“陈越之，我真的想好了。”

天空飘来一朵厚重的乌云，蔽住太阳。陈越之手里转着签字笔，脸上不见半处光亮。

“啪！”签字笔被他失手落在了地板上。他抬起头，面上的喜怒全部内敛，只是对鄢慈淡淡地笑了：“是吗？那你别后悔。”

林晴晴拎着大包小包零食饮品进来的时候，鄢慈正缩在沙发上看电影，手里捧着一个大碗的抹茶冰激凌。她在家宅了一个星期没收到公司任何通知，看样子和陈越之是彻底闹翻了。雪藏封杀她都无所谓，没有工作她还乐得清闲，也不用每天控制体重，吃口米饭都怕长肉。

“你是放弃自己了吗？”林晴晴哭丧着脸，从沙发下面抽出体重秤递过来。

鄢慈慢悠悠站上去，嘴里还在嚼着零食。

四十三公斤，一个星期胖了六斤。

林晴晴把食物归置好，坐到鄢慈旁边，小声道：“姐，我以后不能常来了。”

鄢慈挖冰激凌的动作停下：“公司给你安排了新工作？”

林晴晴点头：“给别的艺人做助理。”

她静了好一会儿，咬了咬嘴唇道：“是程允舒。”

“她骗了你。我问过司机，那天分明是她自己架着陈少回去的，她怎么能那么不要脸说是陈少强迫她？”

鄢慈牙齿咬着舀冰激凌的塑料小勺沉默了。

“姐，你不会真的因为这件事和陈少吵架吧？这不是陈少的错，你去跟他道个歉服个软，他那么宠你，肯定什么事都没有。”

鄢慈淡淡道：“我和他闹翻不是因为这件事。”

林晴晴问：“那是因为什么？”

她和陈越之的矛盾，乍一看是因为她拒绝给蒋明道歉以及她和方煜的事情，可归根究底不过是因为陈越之的控制欲。她不听话了，陈越之掌控不住她了，这才是关键。

“我不想给程允舒做助理。你不知道她跋扈成什么样子。陈少把你上次没接的那部《盛世荣宠》批给她了。刚签约就有陈少撑腰，公司没人敢得罪她，她现在走路都翘着下巴。”

“前段时间我以为她变了，可是现在看看她根本没变，我怀疑她之前都是装的。程允舒这几天联系过你吗？”

鄢慈疲惫地摇头。

那天在耀星的大厅里，她对程允舒的话存了几分质疑，但看她哭得那么惨也不忍心问下去，而陈越之后来一口否认，她也被搞糊涂了。按理说，陈越之的确不是差那口吃食的人，可程允舒哭成那个样子，如果说的是假话，那她演技也太好了吧？

“陈少一定是被你气疯了，想气你才这么做的！”

鄢慈犹豫道：“也许陈越之给她资源是因为补偿呢？”

林晴晴抽了抽鼻子，难过地说：“不是的，她就是心机。她现在处处都在模仿你，模仿你的穿着，你的习惯，连洗发水都和你用一样的。”

事已至此，鄢慈也不想纠结这些事情了。她现在待在家里不见外人，陈越之怎样，程允舒怎样，她懒得去管。不管她是真心机还是假天真，她曾经的确在危难的时候冲上来为她受伤。况且她和陈越之的矛盾与她没什么太大的联系，若说有，无非就是鄢慈那天是为了给她解围，才不得不泼了蒋明一脸酒。

鄢慈笑笑：“算了，反正《盛世荣宠》我本来也要推，谁演都一样。我想休息一段时间，拍这么多年戏，早就累了。”

她想安安静静地待在家，等方煜回来，和他像普通人一样谈谈恋爱，出去旅行。不用每天面对数不清的媒体和镜头，每天四点起来化妆，深夜才能休息，在酒桌上陪着陈越之像个假人一样笑。

林晴晴问：“你要退圈吗？”

“想什么呢？”鄢慈抓起一把薯片，塞进嘴里含混不清地说道，“你当娱乐圈那么好退？我和耀星还有合约呢，退圈得解约，我赔得起违约金吗？”

除非耀星和她解约，不然她还是公司的艺人。闹翻只是一时，休息也只是一时，放着她这么一个赚钱的活机器不用，除非是耀星的管理层和陈越之一起犯病。

“那你早点回来啊，姐。”林晴晴可怜兮兮地说，“赶在我受够程允舒之前回来。”

晚上和方煜视频的时候，鄢慈神神秘秘地对他说：“等你回来，我要告诉你一个秘密。”

方煜一点都不好奇，反而一脸冷漠：“我已经知道了。”

鄢慈大惊："你知道了？这你都知道？"

他是怎么知道的？陈越之告诉他的？林晴晴告诉他的？

"热搜第一挂一天了，我想装瞎我能吗？"

鄢慈："……"

她和外界失联当宅女有段日子了，听方煜这么一说，七手八脚打开微博，热搜第一位的标题赫然呈现在眼前——

鄢慈贺禹恋情曝光！拍摄电视剧《浮萍》，当红小花旦鄢慈与新晋小生贺禹因戏生情，疑似恋情曝光。

配图是一张她和贺禹坐得很近的照片，照片上贺禹拿着剧本，她转头勾着嘴唇，从旁人的角度看，倒像是她贴着贺禹说话一样。

鄢慈想起来了，贺禹聊骚的那天，曾经附在她耳边说话，声音很低，鄢慈听不清，只得转头仔细看他嘴形。难道他那天是故意的，早有准备找人偷拍？

"方老师！"鄢慈崩溃地大喊，"你听我解释！"

"你解释个屁！"方煜也喊。

鄢慈心里翻起滔天巨浪，心想完了，方煜该不会生气吧？他会怀疑她偷人吗？可是就算怀疑，也要找个好一点的对象呀，比如李乔。怀疑她和贺禹，这不是糟蹋她吗？

方煜怒道："公司捆绑你和贺禹炒作你就炒？你现在的热度还需要炒作？贺禹蹭你上位，你就给他当枪使？看没看见微博上你都被贺禹的粉丝骂成什么样了？"

方煜一说，鄢慈又往下拉了拉，发现贺禹二十分钟前发了微博澄清："我和鄢慈前辈只是工作上的搭档关系，不是恋人，请大家不要相信谣言，理智一点，小心被人利用。"

言外之意是女方造谣。

粉丝清一色回复：

"好的哥哥，我们不信！我们只信你！"

"呵呵，我就说肯定是鄢慈作，跟她合作过的哪个男明星没被她炒过？我们老公刚红，又上赶着来蹭热度了吗？"

鄢慈心想：以前也不全是我炒你们老公好吗？你们老公也炒过我呀？你炒我炒大家炒，干吗只骂我一个！

黑子的言论她已经习惯了，并不怎么在意，但差点被贺禹干的这事气出心肌梗死。

她是得罪了陈越之没错，估计这件事陈越之也不会给她公关。可都是一个公司的人，贺禹也不用这么着急落井下石蹭她热度，蹭完顺便踩她一脚吧？万一明天她去找陈越之撒个娇认个错，那他这样算计她不是上赶着找死吗？当然只是想想，就算天上降下一道雷劈死贺禹，她都不会跟陈越之低这个头。

方煜喋喋不休："陈越之是吃白饭的吗？他不知道这件事多损你路人缘吗？为了捧贺禹脸都不要了！陈越之打算什么时候给你公关？我不想看到你跟别的男人挂热搜。"

鄢慈想来瞒不住了，只得坦白："我跟陈越之吵架了。"

"吵架？"

"我说我喜欢你，他生气了。"鄢慈抬起眼睛，一眨不眨，湿漉漉地盯着屏幕中央方煜英俊的脸，两颊微红，"我还说我有男朋友，不能再陪他喝酒了。"

"你说回来以后找他谈，但我觉得这是我自己的事情，没理由让你为我出头，所以……"她眼神澄澈而明亮，睫毛柔柔地扇动，"他可能要雪藏我，找个出国进修之类的借口。但是我没关系，这样我就有时间和你在一起了。"

方煜愣住，表情凝滞。半晌，他哑着嗓子，放低声音问："你为了方老师连事业都不要了？是不是没有脑子？"

鄢慈低下头："我了解陈越之，他不会娶我，但又想捆着我。他控制欲很强，不会让我谈恋爱。没有方老师也会有别人，我不能被他控制一辈子，我总要有自己的生活呀。"

"而且我本来也没什么事业心。莫名其妙红了，莫名其妙忙得像个陀螺，莫名其妙要赔笑陪酒，以前无所谓，但认识你以后……我不想再过那种生活了。"

方煜喉结滚动，在鄢慈看不见的地方，指尖蜷曲，不由自主地想去掏烟："你就不怕方老师是个渣男？和你谈个恋爱就甩？"

鄢慈还真没想过这个问题，一听愣了："不会吧？"

方煜笑笑："睡觉，明天再说。"

鄢慈吓得头发都起静电了："不行！你是渣男吗？你别吓我！先说你是不是渣男！"

方煜问："我是渣男怎么办？趁现在还来得及，你要回去找陈越之痛哭流涕道歉，表示以后决不再犯、痛改前非吗？"

鄢慈挠挠头："说出去的话泼出去的水，收不回来的。"

方煜点头："那你还在乎我渣不渣？"

这样一说好像也有道理。

方煜淡淡道："关了，睡觉。"

鄢慈忐忑地说："方老师亲亲我吧。"

"明天再亲。"方煜随口道，看到鄢慈惊恐的表情，又赶紧补上一句，"听话，别想那么多。"

虽然方煜让她别多想，可是这种事情怎么可能不多想？方煜昨晚不仅提了"渣男"这个词，挂视频的时候还拒绝亲她，这是从来没有发生过的事情。

鄢慈紧张得一晚上没睡好，刚一闭眼就做噩梦。

梦里方煜化身的恶龙露出满口凶横的獠牙，恶狠狠地说："没有事业的女人就是没有城堡的公主，吃着塞牙，老子不要！"

鄢慈痛哭着跪在恶龙爪下："求求你不要抛弃我——虽然我没有城堡，但我还有几大箱金银珠宝，够我们平平凡凡过一辈子了——"

……

鄢慈醒醒睡睡，彻底醒来已经十一点了。她钻在被子里赖床，点了一份高热量的炸鸡外卖，而后懒洋洋地踩着拖鞋去卫生间洗漱。

二十分钟后，门铃声响起。

鄢慈洗掉脸上的泡沫，从柜子里翻出口罩和帽子戴好，发现自己没穿胸衣，又找了件厚外套穿在睡衣外面，开门接外卖。

站在门口的是一身雾霾味道，风尘仆仆从欧洲赶回来的方煜。

鄢慈像个傻子一样呆立当场。

"你……"方煜上下打量她，"干什么？"

鄢慈傻傻地问："我的外卖呢？"

方煜："老子连夜坐十几个小时飞机回来看你，你见面第一句话问外卖？老子怎么知道你外卖在哪里？要不要我现在去楼下蹲着帮你等外卖，然后双手捧到嘴边喂你？”

鄢慈知道自己说错话了，连忙抱着他的胳膊摇了摇示好，让他进来：“我错了，方老师！是我大逆不道！你怎么回来了？你怎么知道我住在这里？”

方煜傲娇地哼哼了好几声，满脸受委屈的表情：“想给你一个惊喜，林晴晴说的。口罩摘了，捂得跟个战地妇女似的。”

鄢慈笑嘻嘻地把口罩和帽子都摘了。方煜又说：“外套也脱了，暖气这么热还穿毛绒衣，不怕憋出痘吗？”

鄢慈刚想听话地脱掉，忽然羞涩地笑笑：“算了吧。”

“怎么了？”方煜伸手扯住拉链头，“都出汗了。”

鄢慈满脸通红：“哎，别动，没穿呢。”

方煜动作一滞，尴尬地别开脸，片刻又转了回来：“想我吗？”

鄢慈乖巧点头，羞赧地笑笑，握住他刚从外面回来，带着寒气还有点凉的大手：“你终于回来了，现在算你转正了。”

方煜反扣住她的手，捧住她的后脑，低头鼻尖蹭着她的鼻尖摩挲：“转正了？那以后亲你就不用打招呼了吧？”

鄢慈脸蛋羞红：“还是要的，不能太嚣张，不然鄢鄢生气，把你踢回去当备胎也是有可能的。”

方煜爽快答应：“那现在打个招呼，方老师要亲你了。”

鄢慈笑着拧了拧他的耳朵，略带期待地闭上眼睛。

方煜蜻蜓点水般在她脸颊上下吻着：“第一天的，第二天的，第三四五六七……”

他数着数，半搂鄢慈靠到沙发上：“最近欠的，都补回来。”

说完，薄唇向下，印上了她淡粉色的嘴唇。

“等一下。”鄢慈突然推开他一点，“想起一个小秘密。”

“又有秘密？”方煜皱眉，“你别告诉我你还跟陈越之打了一架。”

鄢慈摇摇头，趴在他耳边：“我昨晚想了想，就算没有方老师，也不会有别人，方老师就是方老师，别人替代不了。”

她攀着他的肩膀，闭着眼小声道：“说完了，继续吧。”

方煜呼吸停住。

鄢慈看他迟迟不动，疑惑问道：“继续呀？不来了吗？”

方煜摸了摸她柔软的脸颊，突然手臂发力，把她紧紧抱在怀里。

下午三点。

耀星大厦顶层。

“先生，您不能进，我们陈总在开会，请您先预约好吗？”

方煜挥开陈越之的助理，径直推开会议室的门。

屋里十来个人，陈越之面色冷峻，坐在圆桌中间的椅子上，左右两边的人方煜都认识——贺禹和程允舒。多媒体的屏幕上展示的是一张封面海报，上面用娟秀的楷书写着四个粗体大字——《盛世荣宠》。

“我有事找你。”

“五分钟内到你办公室。”

“我知道耀星今年还有十八部片子送审。”

方煜进门，不等别人说话，开口留下三句。

陈越之听了前两句后没什么反应，听到第三句，他顷刻从椅子上坐直，冷声问：“你什么意思？”

方煜不再多说，深深看了一旁贺禹一眼，转身出门。

陈越之面色阴晴不定：“你们等我几分钟。”

“我们这么多年交情，你为了一个女人威胁我？”

陈越之关上办公室的门，方煜坐在他会客的沙发上抽烟。

“别跟我扯交情。”方煜瞥他一眼，“咱们俩的交情几斤几两，你心里没数？”

陈越之是个商人，面上功夫做得到位。他和方煜是大学同学不错，但学生时期两人都是学校里的风云人物，竞争不可避免，关系并不像他口中那么好。加上方煜平时不混那些富二代的圈子，两人私下除了合作之外，几乎没什么联系。

方煜不给面子直接捅破窗户纸，陈越之索性也不装了，坐到他对面点了支烟：“怎么？打算压耀星的剧给鄢慈找场子？我不信十八部你能都压下来。”

方煜磕落烟灰：“我用得着？”

他只需要稍稍使点手段，让审核过程慢一点，或者和电视台负责人打个招呼，让耀星的剧避开寒暑假和所有周末的黄金档，那这中间收视率的损失和艺人曝光率的降低，足以让耀星伤到肉痛。

陈越之寒下脸，咬牙问：“鄢慈是耀星的艺人，就算我要雪藏她也是公司的事，你管得是不是太宽了？”

方煜嗤笑：“你还记得她是公司的艺人？借贺禹的事情明炒暗黑，你怎么想不起她是公司的艺人？”

“贺禹这件事不是我授意的。”

“但是你默许的。”方煜按灭烟头，“我也算了解你，鄢慈惹了你，你不动她，但不代表你会阻止别人踩她。”

陈越之哼笑：“捧高踩低，这圈子不就是这样？我罩她的这些年，有多少人眼红？这只是开始，她既然做好准备跟我闹翻，就该想到会有这么一天。你想让我重新捧她？”

他说到这儿，想起那天鄢慈坚定的神色，心里难受得颤抖，转而半是落井下石，半是狠毒地说：“没用的，她得罪了蒋明，不可能在圈里混得下去。”

“我没打算让你捧她。”方煜神色安定，静静地倚着靠背，看着陈越之。“我跟鄢慈坦白心迹那天就想好了，我不可能让她在你手下待一辈子。你凭什么让她陪酒？你凭什么给她资源？你以为这些东西只有你能给？你以为只有你能让她红？”

“我当初骂她演《青梧桐》演技差，是我恨铁不成钢说了假话，那就是我心里的阮青桐。她出道时很有天分和灵性，但你是个彻头彻尾的商人，你口口声声给她资源，给的就是那些不入流的片子？她就算本来是块璞玉，都被你雕成顽石了。”

陈越之蹙眉：“你什么意思？”

方煜从来都是个有话直说的人，他还是那副懒洋洋的颓废样，倚在沙发上像只慵懒的大猫，眼神透着油亮的冷光：“解约。”

“呵。”陈越之轻笑，“如果乙方提出解约……”

他顿了一下：“鄢慈要赔我两个亿，她付得起？不管你爸是谁，你想把人从我这里白白带走，也没这道理。”

“两个亿的违约金我帮她付。”方煜神色如常，好像他嘴里说的不是两个亿，而是两块钱一样稀松平常。

陈越之皱眉：“你哪里来的两个亿？”

方煜直起身子，缓缓从沙发上站起来，微笑：“所以我今天来找你，还有另一件事。”

陈越之学生时代就很讨厌方煜这副漫不经心的样子，仿佛什么事都无法让他慌乱和失措。他看上去脾气暴烈，但心里比谁都淡，也比谁都坚毅，外物干扰不了他的从容和平静，那不是装装就能表露出来的样子，那是刻在骨子里的深深自信甚至是自负才能驾驭住的气场。

陈越之什么都不缺，但他始终学不会怎么修炼这种气质。每每面对方煜，他都从心里慢慢升起一种无力感——打着旋慢腾腾地在心底转，他不敢稍有外露让人发现，但掩饰久了便在心窝发酵，滋生出带着肮脏细菌的负面情绪。

鄢慈敢喜欢别人，鄢慈喜欢的人是方煜，比较之下，后者才是他愤怒的根源。

方煜拢了拢外套的拉链，似乎在说与自己无关的话题，他眉眼浅浅扬起，眼神澄澈得像个少年：“我和你签对赌协议。”

陈越之闻言从沙发上猛地站起，失声喊道：“你疯了？”

方煜满不在乎：“我给你时间考虑。对赌协议算我给你放鄢慈离开的一个补偿，你不签没关系，我相信圈里多的是人愿意和我签。”

“至于解约的事……”他走到门口，回身看了陈越之最后一眼，“你可以拖着。但我明确告诉你，鄢慈一天不解约，你一天别想在上星卫视看到耀星出品的电视剧。”

第六章 泥沼

方煜每天都要去鄢慈的公寓转一圈，直到晚上才回去。

两人一起看电影，盖着小毯趴在地板上打牌，钻进厨房研究蛋挞怎么做和晚饭吃什么，都腻了就抱着玩些你亲亲我，我再亲亲你的幼稚游戏，像世界上所有热恋期的小情侣一样，不知疲倦，也不觉得厌烦。

方煜早上买了火锅材料，打算晚上在家煮火锅吃。他在厨房洗菜，鄢慈在卫生间洗狗，洗完以后满手狗毛，溜达到方煜背后，把狗毛全部抹在他脸上。

方煜这几天脾气和耐心特别好，没有暴跳如雷，只是恶狠狠地笑："不想要你的小畜生了是吧？那今天咱们就吃狗肉火锅。"

鄢慈笑嘻嘻地扯过一旁的毛巾给他擦脸，看到方煜在处理金针菇，嘟囔："我不爱吃金针菇的小帽子。"

方煜已经快洗完了，他干活粗糙，金针菇横七竖八漂浮在水面，剪帽子是一项巨大的工程。

鄢慈以为方煜会说：好的小宝贝，我会帮你剪干净，但是这项工作太耗费体力，你得用你的亲亲给我加油才行。

她都已经做好亲上去的准备了。

方煜却淡淡道："不爱吃别吃，我自己吃。"

鄢慈嘴一撇，拉他的袖子提议："我亲亲方老师，方老师帮我剪掉好不好？"

方煜桀骜地挑起眉毛，装作为难的样子，思考半晌，他"不情不愿"道："女人真烦呀，浪费方老师劳动力，还要占方老师便宜。不过方老师心地善良，可以满足你这个小小的愿望。"

鄢慈开心地跳出厨房刷微博，发现自己再次上了热搜。

从方煜回来到现在，她一共上了八次热搜，五次是和贺禹捆绑在一起，还有三次是和《盛世荣宠》捆绑。一开始鄢慈以为是贺禹借她炒作，可后来发现，这分明是整个耀星在用她炒作。仿佛她是一头垂垂老矣的耕牛，还要带她上田耕地，死也要榨出最后一丝价值。

今天热搜她占了两个。

——鄢慈拒演《盛世荣宠》、鄢慈耍大牌。

还有两个相关的热搜。

——新人演员临时救场、程允舒。

《盛世荣宠》官微昨天发了一组定妆照，男主角由初定的李乔换成贺禹，女主角的脸则只在面纱的掩映下露出半个下巴，粉丝根据下巴的形状，纷纷猜测这是鄢慈。

当红小花加当前热度极高的小生组合，这为剧组赚足了噱头和眼球。可今天女主角完整的定妆照出来以后，粉丝们才发现这根本不是鄢慈，而是一个从未见过的新人。

官微昨天的说法模棱两可，误导粉丝往鄢慈身上想，搞得粉丝平白高兴一场，今天看到定妆照直接怒了，成群结队在官微下面骂公司又让鄢慈陪跑带新人，欺骗粉丝感情。

程允舒刚刚开通微博，有的粉丝甚至去她微博下面骂。

鄢慈点开看了看。她微博刚注册，更新了几张自己的照片，的确像林晴晴说的那样，不论穿着、妆容，还是拍照喜欢摆的姿势，都和鄢慈的习惯一样。

方煜把餐桌收拾好，远远叫她吃饭。

鄢慈噘着嘴，小步挪过去。

“怎么了？”方煜看她一脸不高兴。

鄢慈噼里啪啦朝锅里扔了一堆白菜叶，恶狠狠地说：“陈越之太恶毒了！要雪藏我就认真点！成天带我上热搜，他遛狗呢？”

方煜掏出手机看了眼微博：“你马上就要和耀星解约，陈越之不抓紧时间最后的机会利用你反而奇怪。”

鄢慈手下动作顿住：“解约？耀星要和我解约？什么时候的事？解得好，哈哈哈哈哈哈哈哈！早就不想给他干了！”

她脸上充满难以置信的惊喜：“耀星提出解约，是不是意味着我不用付违约金，陈越之还要倒贴钱给我？”

“别做梦了，提出解约的是乙方。”方煜给她舀了一勺清汤，“我帮你和陈越之提的。他早上来过电话，叫你明天去耀星签字。”

鄢慈笑容僵在脸上。

“吃羊肉。”方煜没事人似的说道。

鄢慈在心底默默地算了一下自己的存款，又给这栋公寓估了个价，半晌后尴尬地笑了笑：“那还是算了，解不解约也没那么重要，耀星其实对我还算不错。”

“对你不错？听说你前些日子得罪蒋明了？耀星现在不管你，不给你资源，也就炒热度能想起你。如果蒋明想整你，耀星连个屁都不会放。”

“可我没钱啊……”

方煜嘲笑道：“娱乐圈里混了这么多年，两个亿都没赚上？啧，你也太穷了。”

鄢慈没想到自己要付的违约金这么高，一听差点疯了，筷子“吧嗒”一声掉到了桌上：“什什……什……什么！两亿？方煜你是不是疯了？我这间房子和银行存款加起来也才五千多万，我去哪里搞两个亿啊？绝对不行，我不解约。”

“你现在一部戏的片酬都快千万了吧？加上那些代言费什么的，才五千万？”

鄢慈欲哭无泪：“片酬全是我自己的吗？公司不要分成吗？公关不要花钱吗？买热搜买礼服买通稿打点媒体……上次我走红毯裙边开衩，花钱请媒体发稿时给我修图，那人就讹了我十万元钱！你以为钱那么好赚吗！”

“好赚。”方煜看她，“怕什么，方老师替你还。”

鄢慈试探地问：“冒昧问一句，方老师有多少钱呢？”

方煜放下筷子算了算：“去年在二环买了套房子，现在手里大概还剩……”

鄢慈期待地看着他。

“一百多万吧。”

鄢慈：“……”

“你有病啊！方老师你比我还穷呢！能帮我还什么！”

“两个亿你要怎么还！卖身替我还钱吗？一年三百六十五天你就算一次收两万块，一天十次，那也得不眠不休卖上三年才能还清吧！”

“三年？”方煜一挑眉，“三年就三年。”

“不不不，方老师。”鄢慈连忙说，“别卖了，我不舍得，再说你也不值这些钱呢。”

“就这么说定了。”方煜霸道地说，“不解约老子和你分手。”

鄢慈：“就算你给我还，我也总要还你啊！我真还不起。”

方煜夹了一块冻豆腐放到她碗里：“谁要你还了？把你自己抵给我

就行，我看你值两个亿。”

次日。

陈越之办公室。

方煜把解约文件上下浏览了三遍，才丢给鄢慈：“签字。”

“鄢慈。”陈越之提高声调，威胁道，“你想清楚了，一旦你离开耀星，以后发生什么事，公司都不会再管。”

“我的人用你管？”方煜瞪了鄢慈一眼，“愣着干什么？签字啊！”

鄢慈在看那份文件，还没翻到最后一页，方煜不耐烦地扯过她按到凳子上：“第一页签字，看不见？”

“再让我看看……”

“有什么好看的？我会害你？”方煜捏着她的大拇指按在印泥里，强硬地戳在纸上。

他满意地扬起下巴示意她出去：“我跟他有事谈。”

鄢慈刚签下一份天价文件，心脏还在怦怦地跳：“我能听听吗？”

方煜把她推出门：“出去。”

陈越之连着抽了几支烟，不屑地笑：“我没想到，连你这种人现在都玩起了为了爱情不顾一切的傻把戏。”

方煜把文件翻到最后一页，上面附着另一份厚厚的“对赌协议”。

“我借你三个亿，加上鄢慈的违约金，三年之内你要还我七个亿，看仔细了。”

方煜签上自己的名字，一式两份，丢给陈越之一份。

“方煜。”陈越之叫他，“总有一天鄢慈会后悔，等她尝到这圈子的辛酸苦辣，等她明白你其实给不了她什么，她会回来……”

“她不会回来。”方煜淡淡地说，“她如果跟了我还想着回来找你，那我先弄死你再弄死她，最后把自己脑袋割下来给你爸的小情人当烟灰缸使。”

方煜远远看见鄢慈站在走廊的窗边发呆，烟瘾突然上来，打算抽支烟再过去。

贺禹从电梯出来，看见她，落井下石：“听说你今天解约了？”

鄢慈翻白眼："滚吧你。"

"陈少不说，但让我猜猜，你怎么惹他了。因为程允舒？"

鄢慈皱眉："跟她有什么关系？"

贺禹吊儿郎当地倚着走廊上的透明玻璃："那天在楼下，你看见我们俩在一起说话，你就不好奇我们说了什么？"

鄢慈一点都不好奇，转身欲走。

贺禹在后面漫不经心道："我跟她说，耀星就一个鄢慈，陈越之眼里也是。你想上位，就得有人下来。她后来对你说什么？是不是说陈越之强迫了她，让你和陈越之吵架？"

鄢慈愣住，他说的话和程允舒半分不差。

"程允舒昨晚还在我房里……"贺禹残忍地笑了笑，"骂你傻。听说蒋明要整你，你惹了他，也是因为程允舒吧？"

他看鄢慈拧眉不信的模样，想让她更加崩溃："她为什么接近你？因为你是离陈少、离耀星高层最近的人。你就是她的一个跳板。估计连她自己都没想到你能把她送这么高。早知道傍上你有用，何必去抱那个老男人的大腿。"

鄢慈手指尖隐隐凉起来，她捏着拳头："你胡说八道什么？"

贺禹不屑道："你觉得我恶心？那女人不知道比我恶心多少倍。你就从来不觉得奇怪，为什么你遇到流氓的那天，程允舒刚好在旁边？为什么程允舒一出现，他们就对你动手？为什么那时候程允舒不让方煜打人？"

他停顿片刻，目光油亮而森然："因为打坏了，她要加钱啊。"

方煜听着贺禹的话，在一墙之隔的地方吐烟圈，抬头看到程允舒和李恺一起从办公室走出来。

李恺扭着屁股跟她讲话："鄢慈短期内不可能有戏演，听说蒋明最近要买水军和营销号黑死她。市场上缺少同款类型的女艺人，我们得抓住这个机会。把你身上的那些社会流气给我收收，眼妆以后化淡点……当然最重要的是，你得抓住陈少的心。以前我就骂过鄢慈，她要是能更讨陈少喜欢一点，白茉莉最佳女主角奖早是她的了……"

方煜倚在墙上，冲程允舒招手。李恺赶忙推她的肩膀，示意："是方编，搞好关系以后你才有好本子演，必要时候你懂的。"

程允舒还不知道方煜和鄢慈的关系，也不知道方煜刚才把贺禹的话听得一清二楚，她捋着头发，面带微笑走了过去：“方老师。”

方煜很少当女士的面抽烟，此刻却把吸进去的烟圈吐到程允舒的脸上：“很得意吗？”

程允舒被他呛得重重咳嗽，抬起眼睛看到方煜冷得刺骨的眼神。

“有件事你得知道。”方煜说，“鄢慈和姓陈的闹翻是因为我，跟你半毛钱关系没有。陈越之给你的，都是鄢慈不稀罕的。所有你得到的，都是鄢慈不要的。捡别人的垃圾还沾沾自喜，就算和鄢慈穿一样的衣服，梳一样的头发，喷一样的香水，也还是掩饰不了你身上那股恶俗的味道。”

程允舒闻言先是怔了怔，而后勉强装出优雅的笑：“资源是陈少给我的，是不是鄢慈的我不知道，方老师您说什么，我听不懂。”

她以前从来都是叫她鄢鄢，不知道什么时候起改成了连名带姓一起称呼。

方煜把烟头冲她脚底一扔，冷道：“方老师是你能叫的？”

“陈越之为什么给你资源？你不过是他用来激鄢慈的一个手段，他想让鄢慈后悔，想让她回心转意。如果鄢慈跟陈越之握手言和，你会怎样？”

程允舒听了这话，脸色瞬间变得惨白。

“鄢慈不会回来。”方煜看着她摇摇欲坠的崩溃表情，嗤笑一声，“你不择手段都要搞到的东西，不是每个人都稀罕。就算你学鄢慈再像，那也是她的东西，而躲在后面，一辈子上不了台面的那个人，才是你自己。”

鄢慈从方煜背后的那堵墙边走出来。

程允舒看到她还有贺禹，本能地紧张起来。

“我都知道了。”鄢慈淡淡地说。

贺禹一副看好戏的表情，他与程允舒之间没什么感情纠葛，若说有，不过是请人的那些钱，是程允舒用身体来交换的。纯粹的交易关系，他无所谓站不站立场。

程允舒局促道：“那件事是我做的。但我一开始就没打算让他们伤害你，他们也没伤害你不是吗？刚才方编说了，你和陈少吵架跟我没关系。我是利用了你，但我喜欢你……以前喜欢你，那也是真的，我没觉得我对不起你。”

鄢慈目光轻轻地落到她身后。

林晴晴面色白得像张透明的薄纸，一只手拖着一个程允舒的行李箱从办公室出来。这几天就要进组，程允舒带了很多行李。月底是林晴晴身体不适要请假的那几天，鄢慈从来不让她做事，就算平时身体没事，她也不会让一个小姑娘提两个箱子。

鄢慈忽然上前一步，一个巴掌甩到程允舒脸上，她用的力气十足大，程允舒的头被打偏在一侧。鄢慈脸上平静无波，声音依然甜美如蜜糖："你闭嘴吧。"

地下停车场。

"怎么板着脸？"方煜捏她的脸颊，"给方老师笑一个。"

鄢慈闷闷的不说话，方煜哄她开心："不笑？那方老师给你笑一个。"

"还生气的话，我去打她一顿。"方煜嘴角勾了勾，握着她冰凉的手塞进自己的毛衣里面。鄢慈的手凉得像冰坨子，而他皮肤热融融的，顺着每一寸肌肤和毛孔向外散发着暖烘烘的热气，不一会儿就把她的手焐热了。

鄢慈把另一只手也塞进去，笑着问："凉吗？"

方煜反手抱住她，轻声道："陈越之说的不全错，接下来的一段时间，可能会过得很糟。但我保证，你现在失去的一切，将来我都会一分不差地还给你，你只会比以前更好。"

"我没有失去什么。"鄢慈抽出手，搂住方煜的腰，"这样挺好的。"

她以前被保护得太好，陈越之没让她在寒冬里走过，她也没有机会遇见一条冻僵的蛇。而当她真的被蛇咬过一口之后，那种恶心和无力感就像一株带着毒刺的荆棘，狠狠扎进她的心口。

鄢慈性格软糯，如果没有方煜，她可能一辈子下不了决心和陈越之撕破脸皮。

"你在我身边真好。"她微微踮起脚，亲了亲他的嘴唇。

方煜拉住她的手，进了车子："会一直在。"

从解约的第二天起，关于鄢慈的"黑料"就像燎原的星火般由一片干草堆点燃，随后燃烧得越来越猛，一发不可控制，用以点火的干草就是鄢慈扇程允舒那一耳光。

一个 ID 叫“圈你二大爷”的营销号率先发出一组监控视频。

虽然画质模糊，但还是能看出画面上的人是鄢慈和出演《盛世荣宠》的新人女演员。

根据二大爷的一圈内好友透露：因为被抢了角色，鄢慈当场发脾气，在公司走廊掌掴新人。这年头，哪行哪业新人都不好混。要二大爷说，鄢小花你也长点心吧，演技都被圈内前辈骂成那样，少接点片子，抽时间回学校跟老师学学演技不好吗？

这视频不同于那些狗仔偷拍个模糊背影就指着说是某明星，这上面可是真真正正鄢慈的脸。打人这种事情对明星来说是道德上的污点，普通路人或许可以容忍你演技差、不敬业，但道德上有问题，是万万不能忍受的。这则微博一发出来，一个小时内被转发了上万次，直接把“鄢慈掌掴新人”送上热搜第一。

随着事态演变，几个月前在横店拍戏，程允舒为鄢慈受伤的事情也被一并“扒”了出来，当时鄢慈没有掩饰身份，甚至还大方地为医生签了名，在医院亲眼见过她的人很多。

耀星公司豢养的一批营销号借此生事，纷纷带起节奏。

当年程允舒为了你跟带刀歹徒搏斗受重伤差点毁容，鄢慈你就算不报答，也不该忘恩负义掌掴人家吧？欺负新人没粉丝？加油程允舒！小姑娘踏踏实实静下心来磨炼演技，不要学某些演员整天只知道钩心斗角。另外，《盛世荣宠》请算我一份收视率。

十分钟后，方煜发了一条纯文字微博。

编剧协会大门已永久对你关闭，祝你日后星途顺利！@程允舒

他这条微博要表达的意思很简单，编剧协会的成员都是国内顶级编剧，出手的本子本本是精品，不是《盛世荣宠》《锦绣传》这种戏可以相提并论的。

能力和话语权息息相关，优秀编剧的本子也是各大公司重金争抢的对象，而圈内顶尖编剧不说全部是方煜的至交，大多数也是一个圈子里的师兄弟，方煜又是编剧协会的副会长，他说程允舒日后别想有质量高的本子，基本给程允舒的星途下了一道死栅。

只拍商业片的演员，流量再多、人气再旺也没什么前途。尤其是女演员，青春时光就那么几年，不在年轻时抓紧时间转型，等年纪大了再演玛丽苏雷剧，是会被群嘲的。不管程允舒自己有没有意识到这个问题，反正经方煜这么一做，她日后连转型的机会都没有。

方煜虽然和圈子里大多数人交情不深，但他家庭背景在那儿，这条微博一发，一些编剧，还有少数几位演员纷纷转发。

“蒋明整鄢慈”、“鄢慈解约”这两件事在圈里不是秘密，多数人心里透亮，但没人愿意去得罪蒋明，没人愿意得罪耀星，方煜掺和进来以后，连带着他也没人愿意得罪，于是大多数人选择沉默中立。

方煜怕的就是有人趁机踩鄢慈一脚，他发微博也是出于这个目的——你们可以不帮忙，但谁敢落井下石，以后别想从我这里接本子。目的达到，方煜懒洋洋地趴在餐桌上玩手机，腿上趴着鄢慈的狗火腿肠。鄢慈在厨房做饭，红烧排骨的香味飘了整个屋子。

鄢慈擦擦手出来，接过火腿肠，靠在方煜旁边一起看微博：“晴晴不在，都没人给我念评论了。”

方煜揽着她：“我帮你念，听这一条。”

“我才不信！鄢慈不是那种人好吗？鄢慈为什么要打人？昨天还说鄢慈拒演《盛世荣宠》耍大牌，今天又说鄢慈因为被抢角色掌掴新人，你嘴里到底哪句是真话？”

鄢慈听着，觉得这粉丝逻辑清晰，有理有据，还没有骂人，是个好孩子，可以奖赏一朵小红花。她侧头一看，哪里有什么粉丝，分明满屏都是“鄢慈没素质”“鄢慈垃圾”“鄢慈道德败坏”……越往后越脏，方煜按灭屏幕不让她看。

鄢慈窝在方煜怀里，忽然仰脸亲了他下巴一口。

“干什么？”

“送你一朵小花花。”鄢慈嗲声嗲气装可爱。

方煜低下头，亲她的嘴角：“回你一朵小花花。”

吃完饭，鄢慈没忍住，又悄悄打开微博。

方煜吃饱喝足，和她一起趴在地毯上，对着手机指指点点：“这个人骂你丑，点开她主页……哈哈哈哈，这是要笑死我吗？自己长得像个风干十八分熟反向生长的皱皮茶叶蛋，谁给她的勇气说你丑？”

“什么叫反向生长的茶叶蛋？”鄢慈问。

方煜把照片放大：“茶叶蛋外面黑里面白。你看她，脸涂得跟个白鬼似的，不掂量一下自己什么斤两，敢说我老婆丑？喷死她，我来。”

鄢慈被一声“老婆”搞得面红耳赤，连忙抓着他的手：“这是我的微博大号！不能喷啊！”

方煜愤愤放下手机，忽然看见鄢慈微博的互粉好友发来一条私信。

他一看到这人名字，脸色就不好了。

李乔：鄢鄢，需要帮忙吗？

方煜铁青着脸，用鄢慈的账号回复：不用，有我老公帮忙就够了。

他准备取消对李乔的关注，鄢慈可怜兮兮地说：“不要嘛……这样以后见面多尴尬。”

方煜想了想，最终还是没有取关，抱着鄢慈躺在床上：“小白脸喜欢你是不是？早就看出他心术不正，这种时候问你需不需要帮忙是什么意思？趁机送温暖还是质疑方老师的能力？以后不准理他。”

鄢慈缩着脖子当鸵鸟：“知道了。”

方煜看了一眼时间，已经快十一点，他该走了，提议道：“要不你以后住我那儿，每天跑来跑去怪累的。”

“同居吗？”鄢慈捂着脸，“算了吧，这太快了。”

方煜面上失望的神色一晃而过。他起来穿外套：“冬天天冷路滑，你就不心疼方老师大晚上开车？”

鄢慈帮他系上围巾，在玄关吻他：“心疼呀。那你以后早点走，别等晚上了。”

方煜：“……”

鄢慈本来以为自己对接下来要发生的事做足了准备，可真到发生时，她才发现自己的心理承受能力的确一般。

掌掴程允舒只是一碟开胃菜，没有引起太大的波澜。因为监控是无声的，视频里只能看到动作却看不到口型，鄢慈粉丝不断地质疑营销号所说鄢慈打程允舒的原因，营销号一个劲地坚持是因为鄢慈被新人抢了角色。

李乔后来用半玩笑的口气发了条微博，一分钟后被工作室人员秒删，但还是有不少粉丝截屏。

@李乔：我就是因为鄢慈不接才推掉《盛世荣宠》，鄢慈还需要抢角色？

当初鄢慈在医院签名的那个小伙子更是晒出自己和鄢慈的合照。

鄢鄢人很好，当初程女士所有的医药费是鄢鄢出的，药膏用的是三万一盒的外国祛疤膏。不知‘忘恩负义’从何而来。另外，程女士的伤是被石头划破的，伤口大概两厘米。从某些人嘴里说出来，却成了被刀砍到差点毁容，如果不是亲手治的伤，我都要信了。

就在粉丝和黑子争执不下的时候，有人放大招了。

鄢慈睡到中午被方煜的电话吵醒，他的声音有点急："把你微博账号密码给我。"

"怎么了？"

"最近不要上微博，听话，我一会儿去找你。"

鄢慈到底没听方煜的话，用小号登录了微博。一点开热搜，她如受雷击，早上的困顿全部醒了。

热搜前十位，她一人占了八个，处于第一位的"鄢慈不雅视频"，后面跟了一个紫红色的"爆"字。

她颤抖着手点开这组话题，发现最热门的是个视频，视频拍摄地是那天她和陈越之喝酒的包厢，墙壁两侧的隐形摄像机把她和她的声音拍得清清楚楚。

从她进门那一刻，视频快速剪辑过，一共三分钟，前两分钟都是正常的，第三分钟画面一变，突然出现一个女人趴在沙发上摇晃着屁股摆出不雅的动作。

鄢慈记得，是会所那个叫沫沫的"公主"。

可当沫沫转过头的一瞬间，鄢慈的手机直接从手里掉到床上。

——那是她的脸。她暂停每一帧，放大画面，惊恐地发现这不仅是她的脸，而且和沫沫的身体无缝衔接，找不出一丝异样的地方。

视频外传来一个男人的猥琐声音："我们几个你喜欢谁？"

鄢慈听到屏幕上那人用自己的声音甜腻腻地说："都喜欢。"

那一刻，整个人如坠冰窖。

这条微博评论有十万条，她平日对黑子的态度算得上十分豁达，这时候却不敢点开来看。这事情是谁干的一看便知，光是合成视频所用的技术，就不是一般人能弄到手的。

她脑子一片混乱，又相继点开其他相关热搜。

“鄢慈程允舒”。

看到视频上这个打马赛克的男人了吗？耀星老总。旁边的女人是程允舒，鄢慈也是个出卖自己上位的货色，新人入圈抢了她的恩宠，可不得大打出手吗？

“鄢慈经纪人”。

@李恺 Cesare：鄢慈是个什么人，我们就此不提。不管怎样，朋友一场。希望诸位不要再私信问我了，谢谢。

“鄢慈解约”。

@耀星娱乐官方微博：鄢慈女士已在上周和公司解约。请网友不要在官方微博下发表关于非本公司艺人的相关言论。

“鄢慈人品”。

第一次看到一个明星被黑，圈里没一个人站出来为你说话，人品是得多差，才能混成这个样子啊？

她人品什么样，不早就被扒烂了？什么清纯软萌的人设，也就粉丝相信，都是炒出来的吧？

我圈里的朋友说，耀星和她解约就是因为她不敬业还耍大牌啊，经常在剧组迟到、早退、不尊重工作人员，随意让编剧给她加戏，呵呵。

我听说在拍《浮萍》的时候，因为贺禹不小心站了她的站位，她让保镖直接把人打了一顿，伤得很重，后半部都没能拍下去，所以最后才换了男主角……

不会看《浮萍》的，鄢慈这种毒瘤怎么还不滚出娱乐圈？

鄢慈手指颤抖，又向下划了划，在二十条开外，有一个几乎要被人忽视掉了的小话题——方煜、鄢慈。

上次和方煜一起上热搜，他们才刚刚认识，一眨眼，已经过了半年。方煜早上发了一条微博，在满屏的灰黑色的言语里，他像一株最青翠的绿芽，毅然扎根在被流言和暴力堵塞起的网络环境里。

都会好的。@鄢慈

门铃声响起，鄢慈跳下床跑去开门。

方煜说他会过来，她此刻很想见方煜，哪怕现在自己没洗脸，没化妆，嘴里说不定还有口气，但她想见方煜，想见得快要疯掉。

她太心急，甚至忘记拉开防盗链，门刚开了一条缝，就被人从外面猛地拉开。外面站的人不是方煜，而是四五个从未见过的女孩。

“你们是……”鄢慈愣了一下。

那几个女孩脸色惨白阴森：“她说得没错，你果然住在这儿。”

为首那个女孩拼命拉扯她的防盗链，像得了狂犬病一样愤怒地吼：“贱女人，你敢找人打我哥哥？你怎么不去死？我诅咒你出门被车撞死！”

鄢慈吓得跳起来就要关门，门外另外几个女孩却一起扳着门板，嘴里骂骂咧咧：“我要把你的脸划烂，让你没办法见人。我还要找人扒了你的衣服，拍成视频传到网上……”

鄢慈听到利器划过防盗门的尖锐声音，头皮一阵发麻，手臂上泛起一层密密的鸡皮疙瘩。

火腿肠愤怒地吼着从小窝里窜出来，一口咬住前面那女孩的腿。她半个瘦小的身子已经挤进门缝，眼珠子泛着森森黑光，眼睛瞪得浑圆，看起来就要脱离眼眶，狰狞而出。隔着棉裤，火腿肠还是把她小腿咬穿了。那女孩面皮上猛地腾起一股熟虾子般的红，她“啊”地惨叫一声，条件反射般抽回腿，连带着把火腿肠一起拖出门外。

同伴纷纷放弃拉门去扶她，突然失去作用力，一直在抵着门的鄢慈一下子摔倒在地板上，防盗门在她眼前“嘭”地关上。

她怔怔地坐在地板上，门外传来一阵狗狗痛苦的嘶鸣。鄢慈慌乱地爬起来，刚要开门，门外的火腿肠似乎和她有心灵感应一样，安静地失去所有的声音。

鄢慈眼里的泪水一下子涌出来。

她拉开猫眼，那几个女孩脸上荡漾着孩子般纯真的笑，说出口的话却森然无比：“我们还会来的，明天、后天……一直来，你敢对我们哥哥不好，你就该死。”

警察局。

“最大的才十四岁。”警察很无奈，“而且没有做出伤人举动，门是业主自己开的，这真的构不成犯罪。”

几个女孩和父母坐在长桌的另一头，撑着下巴一脸乖巧的模样。

鄢慈没化妆也没梳头，戴了一顶帽子。她眼睛红红的，整个人裹着宽大的棉服外套，缩在椅子里。

方煜看似平淡地问：“狗呢？”

“一只土狗而已，还能让她们偿命吗？她们只是孩子呀。况且那条狗都把我家囡囡咬伤了，疯狗就该弄死，留着说不定还会祸害别人。”一个母亲说道。

方煜没有理会她，而是问警察：“她们怎么知道这个住址的？”

警察翻了翻笔录，说：“这几个女孩是艺人贺禹的粉丝，据说是在耀星门口蹲守时，一位年轻女性告诉她们的。”

方煜什么都明白了，他拉着鄢慈站起来，走到其中一个女孩的母亲面前。她手里还抱着一个三四岁的小男孩。

“我们不要你的钱。你说得对，她们只是孩子。这也是你的孩子？”

那母亲也没想到自己女儿竟然敢去找明星的麻烦，还弄死了明星家里的狗。她一直提心吊胆要赔多少钱，听了方煜的话，瞬间轻松下来。她笑了笑：“我小儿子。”

“可爱。”方煜嘴角在笑，眼里却没有温度。他伸手摸了摸小男孩的头，问道：“知道什么是反社会型人格吗？”

那母亲摇头。方煜头一偏，看着旁边的女孩说：“这次是摔狗，下次就不知道是不是摔弟弟了。”

那母亲脸色瞬间惨白。她回头，女儿正看着怀里的小孩，笑得一脸开心。

鄢慈给方煜打过那通电话后，就没说过一句话。

方煜也不强迫她说话，直接把车子开到自己的公寓楼下：“你那里暂时住不了，晚一点我去给你收拾行李。”

他停好车子，牵着鄢慈上楼。方煜写作需要安静，他的住处是二环内环境最好、最幽静的小区之一，开发没多久，住户还不算多。

鄢慈像只提线木偶一样，由着方煜帮她脱掉外套和围巾，就是不说话。

她的手机响起来，方煜掏出来看了看，是个没有备注的号码。

方煜：“接吗？”

鄢慈站在玄关，按接。

对面传来贺禹谦卑有礼却略显嘲讽的声音：“鄢慈前辈，最近还好吗？”

方煜站在她旁边，看到她眼圈通红，明明白白透着一股难掩的恨意，她咬着牙，声音哽咽地说：“你为什么不去死？”

那头果断扣上了电话。

某综艺节目现场，观众席一片安静。

贺禹故作尴尬地朝主持人笑了笑：“鄢慈前辈可能最近状态不好，虽然我们俩在剧组闹过一些不愉快，但是关系也没有那么糟，本来想给大家解释一下，没想到弄巧成拙了。”

“不好意思。”贺禹冲摄影师和后台工作人员鞠了一躬，“这段播出的时候麻烦掐掉，不然会给鄢慈前辈带来麻烦。”

他面容英俊，表情认真，目光诚挚，像极了一个彬彬有礼的谦逊新人。

方煜平时过得挺糙，最近成天往鄢慈家里跑，衣服攒了一堆没洗，能穿的睡衣只剩一套了。他想了想：“我去帮你拿衣服吧。”

鄢慈抓住他的手：“别去。”

她眼里的惊恐还没消散，早上受到的惊吓一直持续到了现在。此刻已经晚上八点，外面灯火通明，天空黑漆漆一片，她坐在这里，觉得处处都是黑暗，而黑暗里处处都有窥视的眼睛。

“好，不去。”方煜在她旁边坐下，“吃什么？做饭给你吃。”

鄢慈摇头：“不吃。”

方煜点开游戏给她玩：“别看微博了，没什么可看的，很快会过去的，相信方老师。”他说完，亲了她一口，起身去厨房煮面。

鄢慈此刻人和脑子都是机械的，她拿着方煜的手机玩游戏，屏幕上方弹出一条消息推送——鄢慈连线现场当场辱骂贺禹，你怎么不去死？

她把推送关上，目不转睛地继续玩游戏，没过多久，闯关失败，卡在了第一关。

方煜在厨房问："西红柿鸡蛋面行吗？"

"好。"鄢慈轻轻回答，管不住手，点开微博。

人就是这样。明知道看了会难受、失望，心里会撕心裂肺地疼，但不看，又像有一千只猫在一刻不停地挠着你的心脏。直到现在，鄢慈都没有看过微博下的评论，在家自己一个人，总觉得差着那么一点勇气。

方煜从厨房探出头看她："想看就看吧。"

鄢慈垂着眉睫，还是犹豫。方煜拿着铲子，走过来搂住她："不用怕，你又没错。人在做，天在看，我喜欢佛家的因果轮回说，也信这个。现世不一定有报，但温柔一定不会有错，你对世界这么好，它没理由对你不好。"

鄢慈抬起头："如果它偏要对我不好呢？"

方煜扬了扬铲勺："那方老师一铲子敲死它。"

鄢慈露出了这一整天的第一个微笑。

方煜坐到她旁边："看吧，从明天起，我们把微博卸了。"

他在身边，她就本能地安下心。方煜房子里的灯光温暖明亮，她好像也没什么害怕了。

方煜早上要走她的账号并以她的名义发了一条微博，只有四个字："回应：假的。"

"对无关的人不需要解释。现在你没有公司，方老师就算你的经纪人和公关。"方煜笑着，"看看粉丝，她们才是你最重要的人。"

方煜给她的几个大粉私信了一段长长的话，足足五千字，用以解释今天的事情。不知道大粉管理后援会和粉丝群的模式是怎样，传递消息的方法又是怎样的，鄢慈登录微博之前只以为自己这次肯定要粉掉得精光。然而看到四十万微博评论里，谩骂侮辱里掺杂着一条条粉丝努力在为她辩解的话语，忽然觉得也没那么糟糕。

"我以为她们不会喜欢我了。"鄢慈眼睛一热，噼里啪啦掉下一串眼泪，"我看了现在的微博都不会喜欢自己。"

"她们都选择相信你，你为什么不相信自己？"

"你再因为那些无关的人哭鼻子，方老师要生气了。"方煜用围裙给她抹眼泪，"世界不是甜的，但你是。那些心里苦得要死的人必须打败你才能占领世界，你就什么都不做把世界让给他们？你得坚强着甜下去，把世界让给比你苦的人，那世界只会越来越苦。”

“我如果坚强不起来呢？”鄢慈眼里蓄着满满的泪水，大眼睛抹上一层罕见的无力感，“生活都这么苦了，我怎么甜啊？”

方煜抱住她，重重地亲了一口：“生活是挺苦，但你不是还有方老师吗？你如果坚强不起来，那换我来。”

很多年以后，鄢慈回忆起全网黑的那段日子，首先想起来的不是网络上铺天盖地的流言和谩骂，不是每天拉着窗帘待在家里不敢踏出半步家门的自己，更不是微博热搜被挂了半个月的“鄢慈滚出娱乐圈”。

最先涌入她脑海的，是那时每天睁开眼睛和睡觉之前就会看到的方煜温柔的眉眼，和她自己那水晶娃娃般一触即碎的心理状态。

贺禹综艺节目连线显然是故意的，事后现场视频被观众席上的观众“自发”放出来，立刻在网络上传得沸沸扬扬。那是压垮鄢慈，也是压垮网友理性的最后一根稻草。没有人会相信一个张口闭口就是“你怎么不去死”的人，会是个温柔善良的姑娘，也没有人觉得这样的人值得被温柔对待。

“鄢慈滚出娱乐圈”被刷上热搜的第一天，鄢慈讷讷发了一整天呆没吃饭，方煜一连几天没有出门，除了陪着她，就是打电话。

方煜卸了微博，她却忍不住想看。趁晚上方煜在隔壁睡下，她悄悄掏出手机把微博安装回来。转发、评论、私信几乎快要爆炸，她一条条点开来看，都只是看了三秒就关上。

私信里全是不堪入目的谩骂，夹杂着很多张用她照片修成的恶搞表情包和遗照，甚至有人把她的脸修到日本十八禁电影的封面海报上。

在一堆骂声里，鄢慈点开了一条粉丝发来的链接。

@鄢家小姐姐：鄢鄢，看看这个喜剧短片，你心情会好些。

干涸已久的土地，已经枯死了草，长满了裂纹，密密麻麻网住心里所有的负面情绪，丝毫散发不出去。这时候哪怕是一句话，告诉她还有人依旧相信她、喜欢她，对她来说，也会像一阵天降的甘霖——即便不能让土地复原如初，也能稍稍缓解裂纹的锋利脉络，让她心间变得柔软。

鄢慈点开链接。下一秒，一阵凄厉刺耳的女人尖叫张扬而出，一张用鄢慈的脸为模板修出的女鬼面孔冲进屏幕。鄢慈心脏一悸，想要关上手机，却怎么也停止不了程序。

她惊叫着把手机扔到地毯上，吵醒了隔壁的方煜。方煜跑过来，看到地毯上的手机，拿起来三两下卸了电池。

鄢慈把头埋在膝盖里，小声抽泣。方煜打开灯，回去抱了自己的被子过来，放到鄢慈旁边。

他什么都没说。鄢慈以为他要骂她了，明明他说过不让她看，她却忍不住。

她真的忍不住，哪怕九百九十九个人在骂她，只有一个人维护她，她也想翻手机把这个人找出来。她想知道还有人认可她，不是所有人讨厌她。她像一辆破旧的老式拖拉机，加足柴油才能跑下去。不同的是，她需要的只是一点油星而已，小到遇了火都难以爆炸。

“下次想看叫我，我陪你看。”方煜捡回手机，装上电池，重新打开微博，翻身趴在床上。

鄢慈哽咽：“我不看了。”

方煜把她抱过来：“你就骗我吧。嘴上说不看，等我走了还要偷偷摸摸看，然后偷偷摸摸哭？怎么，怕方老师笑话你？”

鄢慈不说话。

方煜像个孩子一样趴在被子里，翻开手机，点开贺禹的微博主页。他前天发过一张自拍。

“方老师以前学过面相，人脸上每颗痣都有不同的寓意。”方煜指着贺禹下巴上小小的一颗，张口胡来，“比如这个，你知道代表什么吗？”

鄢慈摇头。

“痣长在这里，代表肛肠病变，直肠癌，知道直肠在哪儿吗？”

鄢慈点头，脸颊绯红，像极了傍晚天边的红霞。

方煜又找出一张贺禹的写真，扬起眉毛：“你看贺禹脸色苍白，气血两虚，一看就有问题，不然怎么不好好拍戏成名，而要去走别人不走的捷径？”

方煜手搭在她肩膀上，点开贺禹某位嘴脏的女粉丝的相册，顺藤摸瓜找到她的自拍，把手机往鄢慈前面一杵：“你看她的脸型像什么？”

都说嘴巴毒的人心里一定苦，鄢慈今天才体会到这句话的真正含义。因为心里苦的人根本说不出好听的话。

她犹豫半晌，试探开口："像倭瓜？"

"不对。"方煜更正，"明明是个皴皮裂口烂了心的老倭瓜，送到倭瓜酿酒厂，能做出一瓶卖都卖不出的绝世极品倭瓜菲。"

鄢慈"扑哧"一声笑了。

不知道为什么，方煜嘴巴那么毒，她却并不觉得他心里苦。相反，方煜的心是她见过的最干净、敞亮的。她现在越来越喜欢他那看上去嚣张跋扈，张口就骂，气死人不偿命的猖狂样子。

方煜打开手机上的修图软件，翻出一张程允舒的照片，说："不就是做遗照？谁不会？"

他让鄢慈凑过来看，先在照片下方各放了几朵装饰用花，而后用滤镜整体调成灰色。最后点开小号，一边把这张照片放进程允舒的微博评论里，一边对鄢慈现场教学："忍她干什么？贱人不分男女，绅士风度不需要对她。用小号点赞，把它顶上去……"

方煜做完这些，把手机关上："明早起来，方老师保证它在热门第一。困吗？睡觉吧。"

鄢慈痛苦的情绪瞬间消散了一半。她铺好被子，方煜却不走，安安稳稳地把自己埋到床上，心安理得地说："方老师刚才怼人消耗了体力，你去关灯。"

鄢慈抓抓脸："你不走吗？"

"赶我走？用完就扔，鄢慈，没你这样的。"方煜淡淡一哼，"被子都在这儿了，你如果不愿意，就滚去外面睡沙发。"

鄢慈只好在床边躺下。她以为方煜只是想安静地陪她睡，谁知她刚一躺下，方煜就抱住她，把腿压到她身上。

他好沉，这是鄢慈脑子里唯一一个念头。

方煜很不要脸，把鄢慈转过来搂在怀里，埋进脖颈嗅了嗅："头发真香，方老师喜欢你这么香。"

鄢慈脸烫得像刚煮开的白水蛋，一动不敢动："你勒死我了。"

方煜非但不松开，反而低头亲了亲她的脸颊："这几天晚上做噩梦了吧？方老师在呢，我看谁敢在梦里吓唬你。"

当晚鄢慈又做了一个梦。抢走她城堡和王位的黑暗骑士和奴隶少女在王国里大肆屠杀，反叛军在乡间的田野里捉住了藏在玉米地的她。

荆棘划破裙子，石子刺破脚底，她狼狈得像个落魄旅人。

恶龙从天而降，喷出熊熊的地狱毒舌之火，将周围一切焚烧殆尽。火光之中，巨龙化身为一个英俊的男人，朝她伸出修长白皙的手：“方老师在呢。”

鄢慈翻了个身，方煜动了动，换了个姿势把她抱住。

“方老师……”鄢慈呢喃道。

方煜睡得迷迷糊糊，只听她下一句轻轻道：“我爱你呀。”

方煜对她说：“网友都是健忘的，他们或许喜欢伸张正义，但你不能指望他们永远为你打抱不平。他们或许会跟风黑，但也不会一直骂你。”

鄢慈本来以为那个话题至少会挂上一个月，可是半个月不到，它就再也没在热搜上出现过。

不知是跟风看戏的网民热情被磨尽了，还是背后操控的人看她不回击也不反抗，实在无聊，停手了。“鄢慈滚出娱乐圈”像一阵飓风，来了又走，半个月之后，连个影子都不见。

但鄢慈心里清楚，随着飓风而走的是她身为一个艺人的口碑和声誉，这东西就像座万丈高楼，一旦坍塌在风里，不是那么容易修补的。

其间，方煜一个做技术修复的朋友来了消息，说二次加工过的视频倾注的技术含量太高，“不雅视频”暂时不可复原，蒋明是下了血本把鄢慈往死里整。

方煜一连在阳台抽了几支烟，鄢慈跑过去安慰他：“算了吧，不能复原就算了，我也不想在圈里待了。”

窗外飘起入冬以来的第一场雪，窗户蒙上一层雾状的水汽。

方煜揉揉她的脑袋：“等你拿到金天鹅影后那天，你可以说息影回家给方老师当压寨夫人这种话。现在说出来，岂不是显得我很没用？”

整整一个冬天，方煜都窝在书房写剧本。鄢慈不知道他以后怎么打算，也没有问。方煜写本子的时候，她就缩在沙发上看书，方煜休息的时候，他就陪她看电影。

鄢慈有时候想，这样的生活也不错，两个月没有出门不觉得无聊，远离网络，远离人群。恍惚中她甚至觉得，只要方煜愿意，她这样过一辈子也没什么。

方煜在过年前把手里的本子写完了。

打印机“嗡嗡”工作的时候，鄢慈眼睛一眨不眨地盯着它：“这是什么？”

方煜神秘一笑：“明年春天，我们要拍的电影。”

鄢慈虽然嘴上说着要拿金天鹅影后，但她心里知道那完全不可能。因为金天鹅是电影奖项，而她出道至今就没拍过电影。不是因为她不想拍，而是因为她流量花旦的名头太响，公司把她当赚钱的机器，只给她接一些来钱快的商业片。

很多电影咖为了不拉低自身格调不敢去拍电视剧，而她这种只拍商业电视剧的流量花旦想进电影圈难如登天，就算有电影可拍，也不会是什么好资源。

她听了方煜的话惊喜地扬起嘴角：“真的吗？我超喜欢看电影！是什么片？武侠？动作？枪战？谍战？”

方煜淡淡地说：“是能让你东山再起的片子。”

鄢慈捂住嘴，难以置信：“总不可能是科幻片吧？如果是那样，我撑得起女主角吗？”

打印机停止，不等方煜动作，鄢慈已经按捺不住好奇，跑过去拿起那摞 A4 纸，只看了三秒，她脸上的惊喜就一扫而空，转而嘴角抽搐，转身问方煜：“你让我演这个？”

电影的名字叫《迷影》。乍一听像恐怖悬疑片。鄢慈开始也是这么以为的，心想方煜该不会让她去演女鬼吧？可当她仔细看了片名下方的一排小字后，才发现，这还不如演女鬼呢！

《迷影》——城市红灯区坐台小姐的真实经历。

方煜竟然让她去演坐台女？

第七章 迷影

“我不演这个。”鄢慈哭丧着脸，“外面现在都那么骂我了，你还让我演这个！方老师想玩死我直接说啊！”

“看你窝囊的，你怕什么？”

“我当然怕啊！”鄢慈抓狂道，“这种角色万一深入人心了，以后我演别的，他们想起鄢慈就说，哦，是那个小姐啊！我怎么办？”

方煜上下打量她几眼：“我说你是不是想多了？能被观众记住的都是经典，就你那演谁都像傻白甜的演技，还企图让观众记住你的角色？你做梦。”

“先看看剧本吧。”方煜坐久了腰酸背痛，活动了一下腰椎，“看完再发表意见。”

鄢慈在地毯上打滚耍赖：“不演不演我不演！我就不演！我要退圈，我不当演员了！”

方煜掏出一支烟在指间捏来捏去，提醒她：“你是不是忘了，你还欠着两个亿呢！到期这两个亿你填不上，当心陈越之真的把你卖了。”

鄢慈趴在地上不动了，幽幽地说：“方老师不是说帮我还吗？他要卖也是卖你吧？”

方煜一挑眉：“你不是说要还我钱？还不上你以为方老师不舍得卖了你？”

鄢慈像条大肉虫一样在地毯上蠕动，可怜兮兮地看他：“你舍得吗？你不舍得。”

方煜手里的烟一扔，蹲在地上将人一把抱起来扔在柔软的双人床上：“我不舍得卖你，我还不舍得干别的吗？你再给我横一个！再横看方老师不办了你！”

鄢慈：“……”

方煜太无耻了！无耻就算了，还是这么粗糙的无耻。别人家男朋友说这种话不应该都是甜甜蜜蜜哄着骗着一口一个小宝贝的吗？怎么到方煜这里全部变了味道？

鄢慈连忙翻身，手脚并用从床的另一边滑下去。方煜本来没想干什么，不过看她那着急跑开的样子，心里有点火：“你还敢跑？你再跑一个试试！”

鄢慈被他吓成习惯了，僵在地毯上不敢动了。她哆哆嗦嗦回头，看到方煜一脸凶相，没骨气地妥协了："剧本拿来我看看吧。"

方煜没好气地把剧本扔给她，板着脸出去客厅抽烟。

鄢慈拿过剧本，趴在地毯上一边晃悠着腿，一边看。

《迷影》的女主陆莹是个山里姑娘，她有个叫靳北的青梅竹马，两人从小一块长大。有一天山里来了一个大腹便便的老板，说要给他的厂房招纺织女工。

靳北是县城学校成绩最好的学生，而陆莹初中毕业以后就没上过学，于是两人商量好，陆莹出去打工，而靳北高考后填报那里的大学。

恶俗的开头。鄢慈心想，原来方煜也能写出这么恶俗的开头。

接下来的梗该不会是"痴情妹不甚落风尘，状元郎高中负恩义"了吧？最后再上演一场靳北得了绝症，陆莹接客攒手术费，今年份的狗血就齐全了。

也难怪鄢慈这么想，本身女主角的定位就不够正，肯定要在角色身上挖掘些正能量出来，不然塑造出一个这样的主人公，不说片子能不能过审，光是观众的吐沫星子就能把鄢慈喷死。

可方煜偏偏反其道而行。

一出村子，就把陆莹身上那股势利和虚荣劲刻画得栩栩如生。用大腹便便老板一句话形容她："我来这里招工就是看山里人淳朴能干，你这个样子哪里像山里人嘛？"

陆莹是个货真价实的山里人，但也是个从小向往外界的山里人。她没出过远门，却从家里的电视机看过外面五光十色的大千世界。

苍莽的群山不应该束缚住她。她长得漂亮，头发黑亮，身材又好，即使素颜，也漂亮得让人挪不开眼。她觉得自己应该像电视机上那些女人一样，穿着时尚的A字裙，坐在二十多层大厦的办公室，累了就手捧着一杯咖啡，看着窗外车水马龙的繁华。

陆莹是个很会利用自己资本的女人，在纺织厂织毛巾时，车间主任是个中年男人，家室在外地，一年回一次家。陆莹便趁这个机会每天用宿舍的小锅炖一盅排骨汤，拿到车间给他喝。是男人都拒绝不了这种姿色的女人的诱惑。

但陆莹是个聪明的女人，她吊着他，时不时给点甜头，又不让人吃个够，哄着男人一路把她转成车间的小组长、小班长，月薪由原来的两千一路涨到四千。

陆莹赚了钱一半留着给自己买漂亮的包包和首饰，另一半全部打给靳北，他家里有爷爷奶奶，还有一个瘫痪在床的爸爸。这也是陆莹这个人物最矛盾的地方。她虚荣，爱钱，可以为钱出卖自己，同时，面对靳北时，却保留着那所剩不多的一点点赤子诚心。

说她爱着靳北，不像；说她不爱靳北，更不像。

她会在靳北大学同社团女生缠着他时，借“老板”的凯迪拉克开到校门口去羞辱对方，也会在靳北同学聚会碰巧在会所撞见他时，装成不认识的样子。

她会满脸不耐烦地嫌弃靳北穿着和生活方式太土，也会用自己几个晚上的工资为他买上一双让寝室里所有男生都羡慕不已的球鞋。

她游走在金钱与爱情之间，对金钱死命咬紧，对爱情若即若离。

陆莹这个角色如果真的能演好，那绝对会深入人心。但鄢慈不明白方煜所谓的“东山再起”从何而来，这样一个负能量满满的角色让她再起？她怕起到一半被东山拍回地上直接压死。

与其寄望于这个本子，还不如寄望于《浮萍》。

然而鄢慈这些想法在看完剩下的部分后全都消失无踪，她满脑子的想法竟然是，方煜还能这么玩？这种剧情他是怎么想出来的？还没开始拍，她已经觉得自己离金天鹅只有一步之遥。

她赤着脚跑到客厅。客厅满屋子烟味，方煜盖着条薄毯在沙发上发呆，见她出来，狠狠瞪她一眼。

鄢慈莫名其妙：“方老师？”

方煜又瞪了她一眼。

“方老师，你的剧本写得太棒了！我们什么时候开始拍？一定要明年开春吗？我觉得我现在已经准备好了！”

“方老师你想什么呢？我在赞美你！你真的好棒！”

“我觉得下次鄢鄢出现在大屏幕上就是以金天鹅影后的身份了！”

方煜依旧不吭声，鄢慈捏了捏他的脸，被他一巴掌拍开。

她揉着有点痛的手背，小心地问：“怎么了？”

“哼——”方煜用毯子蒙住头，躺倒在沙发上。

哼？方煜这是傻了？鄢慈摸了摸他的头，也不烧啊。

方煜趁机抓着手臂把人拖到沙发上，翻身压住。鄢慈像只被踩了尾巴的猫一样，满脸惊恐："方……方老师？"

方煜一口咬在她脖子上："你怕什么？"

鄢慈捂着眼睛，肩膀缩着："没……没怕……"

方煜故意在她腿根碰了碰，鄢慈当即爆发出惊天动地的鬼叫："啊——"

方煜："……"

他爬起来，满脸阴鸷："我长得丑？我身材不好？"

鄢慈也爬起来，尴尬地笑了笑："没有啊。"

"还是说你不爱我？"

鄢慈连忙举手对天发誓："绝对没有！"

"那你怕什么？"方煜蹲在沙发上，揪得头发丝凌乱，像个受气的小孩，"咱俩一张床睡多少天了？我够正人君子了吧？"

鄢慈心里想：是是是，方老师说什么就是什么！

方煜嘟着嘴，满脸不高兴："你就一点都不……"

鄢慈试探地问："都不什么？"

方煜撇嘴，过了好一会儿，冷着脸说："我生气了。"

"那……"鄢慈挠挠耳朵，明亮的眸子小心翼翼地看着方煜。

只见方煜也转过头盯着她，似乎期待她说些什么。

鄢慈嘿嘿一笑，欠揍道："那你生吧。"

鄢慈宅在家的这些日子，走过最远的路就是阳台到厕所这几十米。经历一番全网黑后，她像是变成了黑暗里怕光的虫子，家门都不敢踏出一步。方煜曾经在夜间百般哄骗她一起去楼下百米远的小超市逛逛，都被她拒绝了。

那天几个女孩在家门口谩骂威胁的场景还历历在目，她本来胆子就不大，这下彻底被吓成了一只缩壳的蜗牛。鄢慈原本打算宅到开春再出去工作，可是这个计划在方煜的坏脾气里化为了泡影。因为她那天一句"那你生吧"，方煜气得整整三天没理她，甚至晚上把被子抱回自己房间，不和她睡一间屋子。

最近有方煜陪着，每晚睡觉前都要刷一刷微博，吐槽一波黑子，她心情好了很多，也比前些日子开朗了，蜗牛悄悄探出了壳。可是方煜一走，她就开始不知所措了。往日看起来那么好笑的黑子评论，此刻显得那么毒辣。往日随手都敢点开的链接，今天又怕蹦出女鬼。往日程允舒的遗照修起来那么有趣，现在也索然无味。

她低声下气地去和方煜道了几次歉，方煜终于心软地原谅了她。不过作为补偿，他要鄢慈陪他去逛街。离除夕夜还有两天，正是采买年货最热闹的时候，街上人来人往，摩肩接踵，鄢慈觉得方煜可能是想要她的命。

方煜斜着眼，淡淡地哼道："不去算了。"

鄢慈没办法，硬着头皮也得去。

最近天气干燥，嘴唇起了一层干皮，鄢慈涂了一圈柚子味的唇膏在嘴上，她看方煜嘴上也干，想给他涂点。

方煜傲娇地捏住她白皙的手腕："方老师不用女人的东西。"

"可你嘴巴干呀。"

方煜看着她粉嘟嘟的嘴唇，哼哼唧唧道："是吗？你的嘴巴好像不干。"

鄢慈傻乎乎地举着唇膏："我涂唇膏了呀。"

方煜的暗示得不到正确的理解，也懒得解释，把人按在墙上，嘴唇贴上去狠狠蹭了两下，恶狠狠地说："这样就行了，懂？"

过年是个亲戚扎堆的日子，七大姑八大婆嘴里永远没个休息的时候。鄢慈今年出了那么大的事，免不了被追着问东问西，于是提前和父母打过招呼不回家了。

方煜倒是要回家，他是北京户口，离家就几步之遥，没有过年不回去待在外面的道理。他怕鄢慈一个人待在家无聊，给她买了一堆零食。

"除夕那天你先看看春晚，我在家吃完晚饭找机会回来陪你。这个吃不吃？"方煜提着一袋糖瓜问。

冬天雾霾太重，街上的人大多口罩帽子包得严实，鄢慈全身上下只露眼睛在外面也不显得奇怪。她嘴巴闷在口罩和围巾的双重保护之下，声音小小的："太甜了，不要。你不用回来陪我，陪陪你妈吧。"

方煜怕她闷着，解了她的围巾。

鄢慈抓着不让："不行！"

“没人看你。”

“不行不行！”

方煜一把扯下她的围巾。鄢慈拽着方煜的袖子：“快给我！我要被打了！”

“你又不是过街老鼠，打你干什么？”

鄢慈嗫嚅道：“也差不多了呀。”

“差不多个屁。”方煜稳稳地抓住她的手，他掌心温暖，灼热的体温顺着十指相扣的肌肤传导过来，“你没做错什么，别害怕。”

鄢慈不安地东张西望，发现真的没人注意她。

不远处有个卖烤红薯的小摊，方煜低声问她：“想吃吗？”

鄢慈点点头。方煜买了一个，随手剥开皮，递给她。

鄢慈看看四周三三两两的行人，说：“回去再吃吧。”

方煜拉开自己羽绒服拉链，把她上半身整个包进怀里。他衣服宽大，胸膛温暖，鄢慈趴在他胸口听着他心跳的“怦怦”声，忽然觉得一阵难言的安全感紧紧包裹住四周。

方煜的怀抱像一个安稳的小天地，隔绝了外界对她的不友好和恶意。

鄢慈笑了笑，解下口罩，在黄心大红薯上狠狠咬了一口。

“好吃吗？”方煜问。

鄢慈在他怀里点头，探出眼睛，趁四周没人注意，飞快伸出脑袋，将沾满红薯的嘴在方煜嘴角蹭了蹭，片刻后又缩回去。

她声音柔柔的，像小猫咪的舌头舔人一样，舔得方煜的心痒痒的。她搂住方煜的腰，小声说：“方老师买的都好吃。”

“好的，知道了，你们也注意身体！明年看情况，应该会回去。不会太久的，过完年就要筹备新电影了。嗯，爸爸妈妈新年快乐！”

挂钟的时针走到“9”，鄢慈刚和家里通过电话，放下手机蔫蔫地缩在沙发上看春晚。

外面万家灯火通明，天空开始飘起细碎的小雪，洋洒到路灯上方，被折射成一片片橘黄色飞舞旋转的小蛾子，而后终归消融。

方煜早早就回家了。这种阖家团圆的日子，如果不是她这样“落水狗”一样的状态，谁愿意自己一个人过年？

正想着，方煜的电话打来：“吃晚饭没？”

她慢悠悠地走进厨房，翻出一桶老坛酸菜牛肉面，去饮水机接水泡上：“正在做。”

方煜问：“在做什么？”

他那边很安静，没有家人的谈话声，也没有春晚热闹的歌舞声，估摸着是在房间里打电话。鄢慈抖开调料包，把酸菜倒进去：“在做糖醋鱼，还有番茄炒蛋。”

方煜那边静了静，而后略带歉意地开口：“对不起，今晚走不开，我爸不让我出门。”

鄢慈一愣，随即理解道：“没事啊。”

这种日子，陪家人是应该的，方煜没理由撇下家人赶过来陪她。方煜又说了几句，挂上了电话。

鄢慈抱着面桶，像个宅女一样两脚踩在沙发上，吸了一口面汤。电视里正在播放她最爱的小品类节目，她却没看进去。今天的调料包有点酸，酸到她整个胃部向上翻涌着浓浓稠稠的酸水。可能是胃病，鄢慈想。

屋外有人按门铃。

鄢慈一口面塞在嘴里，愣住。她像只被猎狗追捕久了的兔子，一阵风吹来就吓得浑身发抖，竖着耳朵仔细听外面的动静。

外面继续按门铃，方煜的声音响在门口：“开门。”

“兔子”腾地窜出草丛，迈着短腿扑腾过去，老坛酸菜摔翻在地上，撒出满满的面汤。

这是哪门子胃病，鄢慈想，分明是矫情！

方煜穿着一件黑色大衣，围了一条红色的围巾，嘴角挂着笑站在门口，怀里捧了一束巨大的玫瑰。

“吓傻了吧？”方煜像个恶作剧得逞的孩子，进门后把鄢慈揉进怀里，“听说方老师不回来，吓得在家抹眼泪？”

鄢慈环着他的腰，头发在他脖子里蹭来蹭去，像只黏人的奶狗：“方老师你太坏了！”

方煜随手把玫瑰放在鞋柜上，把人按在门上，刚要低头吻下去，忽然间鼻子一动，皱起英挺的眉：“什么味道？”

鄢慈：“……”

方煜放开她，狐疑地转身扫视。

鄢慈连忙跑过去，用身体挡住地上的老坛酸菜：“没什么！”

方煜眼睛尖，刚一看到，气得反手在鄢慈屁股上狠狠拍了一下：“你大过年吃泡面？老子一走你就无法无天了是不是？”

鄢慈心想，吃个泡面怎么就无法无天了？嘴上不敢说，跑到厨房拿抹布擦地板。

方煜脱了外衣，夺过抹布，自己蹲在地上收拾。

鄢慈绞着手指，小声说：“我来吧。”

方煜低声哼哼：“鱼呢？番茄炒蛋呢？在家吃个半饱想过来陪你吃饭，你就给我吃这个？”

鄢慈跪在旁边，搂着方煜的脖子，亲亲他的脸颊：“现在去给方老师做。”

鄢慈捧着米饭，埋头吃鱼，脸压得低低的，尽量不让自己的目光落在电视屏幕上。

春晚节目上，一个俊美的男人举着话筒和身边的女伴深情对唱，在这男人出现的第一秒，方煜就浑身散着低气压换台。换一个，同步播出春晚，李乔在唱歌。再换一个，同步播出春晚，还是李乔在唱歌。

方煜气得把遥控器一扔：“小白脸的公司今年给导演组送了多少钱？不然就他那公鸭嗓萝卜脸，他上得了春晚？”

鄢慈小声争辩：“他不是萝卜脸。”

方煜脸阴了：“你想表达什么呢？”

“你干吗这么针对他呀？”鄢慈弱弱道。

“你说话时抬头看着我呀。”方煜学她说话。

“不抬。”鄢慈很窝囊，“萝卜脸就萝卜脸。”

方煜吃饱喝足，懒洋洋地说：“他打你的主意，我怎么就不能针对他了？”

“我那时候没有男朋友，他后来也没有再找过我。”

“那也不行。”方煜很霸道。

两个人的除夕夜除了看春晚无事可做，麻将都凑不齐一桌。方煜吃完饭后拿着毛巾进了浴室。鄢慈问：“你今晚不回家吗？”

方煜低低地应了一声，随后声音被水声盖住。

没过多久，方煜的电话响了。鄢慈以为是方煜家人催他回家，拿过发现来电显示是个叫马原的人。大学时必修的公共课马克思原理至今还是鄢慈的噩梦。

她跑到浴室门口："方老师，你电话！"

水声停了，方煜拉开了门，赤着上身围一条浴巾，满头泡沫。

他看了看来电，脸上露出鄢慈从来没见过的无奈表情。他按下接听键："怎么着？"

那边不知说了什么，下一秒方煜又切换成一副自大的表情："下半部分？你先说接不接，不接老子疯了把剧本给你看？"

"看了全部再说？不可能。"

"你甭跟我废话，这本子你要敢改一个字，朋友没得做。你挺挑？去！你去找一个更好的本子给我看看！错过这个你就拍一辈子《葬爱家族之殇》吧。"

"知道了，一会儿发给你。"

那边还在喋喋不休地说着什么。

方煜将手机换了个边，用手掏了掏耳朵里的积水，不耐烦道："你有病吧？老子现在洗澡顶着一头洗发水接电话够给你面子了，你别给我蹬鼻子上脸。大过年的，你也去阖家欢乐一下行吗？大年三十还要看本子你不嫌累啊？"

又过了一会儿，方煜满脸躁意地把手机合上，递给鄢慈，摸了摸她的脸："我电脑E盘有《迷影》的电子版文档，你登我QQ发给他，我再洗一会儿。"

方煜的硬盘文件排列整洁，鄢慈一下子就找到了《迷影》的文档，然后登录QQ，找到马原，发送过去。马原的头像是个男人的照片，一个梳着马尾辫的大络腮胡子。鄢慈以前接触过几个导演和艺术家，打扮装束也像这般与众不同。听电话里的意思，这马原似乎对《迷影》很感兴趣。难道是个导演？鄢慈脑子扫过一圈，对这号人物毫无印象。

浴室水声停了，鄢慈无聊地坐在方煜的书桌前玩他的电脑。手边另一个文件夹的名字叫"编剧三十六种情感结构"，她随手点开来看，里面密密麻麻从上到下排了近百个视频。

这是网课？是教程？可明明写的是三十六种情感结构，为什么却有九十八个视频呢？鄢慈较真地仔细数了数，点开第三十七个视频想看看里面是什么内容。

方煜洗完澡出来，客厅的电视还在响，鄢慈却不知道跑到哪里去了。他去房间里转了一圈，鄢慈不在，相连的隔壁书房传来一阵不可描述的声音。方煜想到刚才让鄢慈发的文件，脑子一滞，推门进去。

鄢慈穿着一条长款棉布睡裙，抱膝蹲在软椅上，两只小手指尖弯曲，放在微张的唇边，正对着方煜的电脑屏幕上，做出不可描述的表情。

鄢慈听到动静，转过头看着他。诡异的气氛持续了十几秒，她放下手，觉得不自然，复而又咬了回去。方煜面上装得若无其事，心里已经几十万座火山同时喷发。

不是生气，不是挠心，是尴尬。

他恨不得把自己埋进火山熔岩里烧死算了。鄢慈怎么能点这个文件夹？被女朋友发现自己电脑里存了这么多小电影是种怎样的体验？他打算一会儿去网上问问。

他佯装淡定，走过去按死电脑开关。

鄢慈“嘿嘿”一笑：“原来编剧需要的情感结构这么复杂。”

她转移方煜的注意力，脚底抹油，想要溜走，方煜几乎是本能地伸手拉住她。

电脑桌旁边是高高的书架，鄢慈被方煜堵着，站在那里出不去。她抬头，脸颊红润动人，声调绵绵嫩嫩：“干什么呀？”

方煜不说话，只是看着她的目光深了深，抓着她的手紧了紧。

鄢慈尴尬地戳了戳方煜的腹肌，问道：“刚才那个女演员是谁？连着几个视频都是她，你很喜欢她吗？”

方煜手心渗出了黏黏的汗液，他注视着她的眼睛，声音低沉性感：“我喜欢谁，你不清楚？”

方煜又道：“未经允许点进方老师的私人文件夹，不能这么放你走。”

鄢慈红着脸不说话。

方煜问：“好看吗？”

鄢慈咬紧嘴唇：“不好看，那男人丑死了。”

方煜突然低笑一声，牵着她往怀里带："方老师不丑，看看吗？"

他虽然用的是问句，语气却特别强硬，手上力道也很大。他才洗完澡，头发滴滴答答向下滴水，鄢慈手撑在他胸口，锁骨被浸湿一片。

方煜看着，喉头滚动，忍不住埋头吮了一口。

鄢慈推开他，音调嗡嗡的，像蚊子叫唤，让人听不真切："吹吹头发吧，该头疼了。"

方煜跟在鄢慈后面进了屋子，翻出吹风机坐到床边，像个没手的小孩："你帮我吹。"

鄢慈什么都没说，插上电源，调成暖风。她站在方煜腿间，离他很近，方煜吸吸鼻子就能嗅到她身上那股蓝风铃的香味。

鄢慈神情安然，柔软的指腹在他的头皮上轻轻抓挠。方煜身体缓缓热起来，他抬眼，顺着鹅黄色的睡裙一路向上，越过纤白的手臂，看到她温柔含情的眉眼和在灯光映射下更显干净、好得像新磨的豆腐的皮肤。方煜心里痒，恨不得这一刻就把人按在床上肆意发泄。

可鄢慈的反应……

他只得打消念头，皱着眉毛愤愤地说："憋死我你好去找小白脸。"

鄢慈瞅他一眼，没接话。

方煜本来都打算今晚作罢，被她这娇嗔的一眼瞅得又压不住心里的邪火了。他破罐子破摔，伸手抱住鄢慈的腰，搂在怀里，隔着衣服咬住她软绵绵的胸脯，同时手掐住她屁股上的软肉，发狠道："咬死你，看你还怎么去找小白脸！"

鄢慈疼得低叫一声，把吹风机关上，推他肩膀："你松开！"

方煜牙齿松开，手却不放。鄢慈看他像讨肉吃的小孩似的眼睛泛着绿光，心里不由得好笑。她把方煜的手从腰间抠下来，摸了摸他柔软干燥的头发。

"我在这里住了这么久，"鄢慈脸颊泛上一层酡红，"给方老师添麻烦了，要不我……"

方煜一听这话急了，拍开她的手站起来，面有愠色："什么叫给我添麻烦？好端端说这种话你什么意思？"

鄢慈解释："我……"

"你想搬走是不是？我碰你生气了？你如果因为这个生气，你跟我说，我改还不行吗？这么见外，你把我当你男人吗？”

鄢慈：“你先……”

“况且咱俩在一起多长时间了？住都住这么久了，天天看着又不给碰，你当老子是和尚？我够可以了，换成别人，你试试看还能不能让你在这里闹小性子！”

到底谁闹小性子啊？方煜的嘴一刻不闲着，气得好像下一秒就要喷火。

鄢慈去摸他的脸，被方煜“啪叽”拍开：“你要走就走！不过老子话给你放这儿，今天走出这个门，咱俩分手，以后你……”

话音戛然而止，鄢慈踮起脚，堵住他喋喋不休的嘴。

方煜愣了一秒，随即像只被顺了毛的老虎，变成乖巧的大猫，全身脾气偃旗息鼓，反手环住鄢慈的后背，温顺地和她接吻。

鄢慈很少这么主动。本来就是朵没刺的玫瑰花，这下彻底成了甜腻的玫瑰酱。方煜所有感觉集中到嘴巴，只觉得她的舌头甜得不像话。

鄢慈轻轻抬起方煜的手，手掌贴合，放到自己睡裙下有致的胸脯上，说话都结巴了：“不……不准再看小电影，我给方老师交……交房租，你以……以后看……看看……看我就行了！”

心一横，牙一咬，飞速说出最后几个字，她头垂得很低，不敢看方煜的脸。

方煜半晌没动静。鄢慈脸上烧得都疼了，捂着脸，小声说：“不要算了。”

说完转身就走。

“等等！”方煜缓过神，连忙出声。

鄢慈刚才那番话已经把全部的勇气和脸皮都用完了，她闻言不回头不停顿，闷头往前走，在快撞上房门的最后一秒，被方煜拉了回来。

“你说什么？”方煜咬她耳朵，“没听清，再说一遍。”

鄢慈说不出口，掐他的手臂。

“我怎么不要？”方煜好听的嗓音里染上暖融融的暧昧，“你在我这儿住了多久？自己算算 ，你欠方老师多少房租了？”

鄢慈一个恍神，被方煜抱起来。房间的灯好亮，她觉得自己现在能看清方煜每一丝细小的表情，他脸上是不加掩饰的兴奋，和快要溢出来的爱恋。

有点害羞，又舍不得闭眼，她搂住方煜的脖子，把头埋进他的胸口。

“明天我把小电影删了，方老师以后只看你。”

早上的太阳正温暖。

方煜像个精力旺盛的动物不停地动，一会儿玩玩她的头发，一会儿捏捏她的被角，鄢慈腰酸腿麻，想好好睡觉都不行。

“醒了？”方煜搂着他，手在被子下面不安分地摸来摸去。

昨晚的记忆铺天盖地涌来，害羞还是其次，鄢慈推他：“离我远点。”

“怎么了？”方煜不知餍足的表情收了收，“生什么气？”

鄢慈委屈得半张脸埋进被子：“你这么多年小电影白看了！”

方煜一副想打她又强忍着的表情：“你想说什么？”

鄢慈不说话，低声哼唧。她又看到了方煜额角的青筋，吓得眼珠子瞪得圆鼓鼓的。

方煜没打她也没凶她，按着腰把人抓回来：“你心里想什么？敢不敢说出来？”

鄢慈摇头，她不要命了，敢说出来？

方煜翻身压上去亲她，笑得暧昧：“白看了？再试试？”

手机铃声适时响起，是马原打来的。鄢慈如获大赦，戳他：“接电话了。”

方煜嗓门大得要掀了屋顶：“大清早坏人好事，你不怕出门被雷劈？”

鄢慈裹着被子跳去卫生间洗澡，洗完出来，看见方煜穿着内裤趴在床上还在骂人。她翻翻衣橱，找出一件米色的毛衣和一条灰色的家居裤，照着镜子在自己身上比量了一下，然后轻轻放到床头。

方煜侧身拉住她，在手心亲了亲。

那一瞬间，鄢慈忽然觉得他们像对小夫妻。

方煜的电话整整打了一个小时，从卧室打到书房，鄢慈把早饭端到书房的时候，方煜还在和马原“吵架”。

“你听不懂人话？我说了，一个字不改！”

“没有床戏照样能拍出效果，拍不出来是导演档次低，你别给我扯演员！”

“我求你拍啊？”

方煜声音已经够大了，电话那头的人声音也不小，鄢慈隔着老远，就听到他冲天的嗓门。在书房待了一会儿，她大体明白了方煜和马原为什么吵架——马原想在《迷影》里加床戏，方煜不同意，而两人都是倔脾气。

她站在方煜的书架前随手翻了翻，一闪眼看到她的解约文件，签过字被方煜带回来以后，她就再也没见过。她闲得无聊，于是抽出来翻了翻。那沓文件很厚，比签约合同还要厚，最后一页上赫然出现方煜龙飞凤舞的签名。她的合同上为什么会有方煜的名字？她翻到前面，仔仔细细将文件浏览了一遍。

方煜打着电话，分心瞥来一眼，发现鄢慈脸色惨白惨白的，低头在看什么。

“鄢慈。”方煜看清她手中的东西后，摔下手机过来，“给我。”

鄢慈向后躲开，扬起手里那沓文件：“这是什么？”

方煜看她表情就知道她已经看完了，他皱着好看的眉毛，不说话。

鄢慈小脸严肃，姣好的面容难掩怒意：“你跟陈越之对赌？三年四个亿？你用这种方式给我还违约金，你疯了吗？”

方煜解释道：“这是最快的途径。”

“快？”鄢慈把合同摔到他身上，“你赌输了怎么办？我慢慢接戏，总有一天能把钱还上。你为什么要和陈越之签这种东西？你别忘了，你只是我男朋友而已，如果我明天踹了你，你还有什么资格替我还钱？你别碰我！”

方煜上前抱住她。

鄢慈气得咬他肩膀，用脚不停地蹬踹，方煜全部挨了下来。他疼得吸气，仍不停地抚摸她柔顺的发丝，轻声说：“鄢鄢，你再说这种话我会生气，我想和你一辈子的。”

鄢慈听到这句话后猛地安静下来。她眼圈红红的，看着方煜，过了一会儿哽咽道：“没你这种一辈子的。”

方煜捧起她的脸：“别怀疑方老师的能力行吗？三年以后该是多少就是多少，我欠陈越之的一分不会少。方老师的身家性命都在你手上，你现在别生我的气，三年后对赌输了，到时候会有人帮你惩罚我。”

“鄢鄢。”

“宝宝。”

“老婆？”

鄢慈不说话，方煜低头亲她，她用手掌浅浅隔开：“什么意思？”

“我跟陈越之借了三个亿，这是拍电影的前期投资，电影是为你准备的。”

她现在声名狼藉，如果演出来没人看，方煜完不成对赌，会赔成什么样子？鄢慈忽然一阵疲惫，夹杂着深重的无力感，她小声道：“我不演了，你去找别的演员吧。”

“只能是你。”方煜坚持道，“不要其他人。你不演，我们就不拍。完不成对赌，大不了方老师去给陈越之卖身还债。”

“我演你也完不成的。”鄢慈抚着额头，眼泪流出来，“不会有人看的，我演技那么烂，我演不好。”

“你能演好。我已经签了，没有反悔的余地。我说你能演好，你就能演好。就算演不好也没关系。”方煜目光深情而温柔，“那方老师就去卖身，把你违约金还了。你现在已经是我的人了，什么都是我的，怎么都是我的，欠的债也都是我的。”

“别哭了，昨天哭了一晚上，眼睛不肿吗？”方煜低头看她的眼睛，“要哭回床上哭。”

鄢慈用手背揩去眼泪，捶他肩膀：“你要脸吗？”

方煜看她不气了，笑着亲亲她额头：“开个玩笑。”

窗外和煦阳光洒入，方煜的脸在光下笼上一层薄薄的光晕：“不过那句话是真的，不知道你怎么想的，但我想和你一辈子。”

鄢慈刚收住的眼泪差点又流下来。她抬起眼睛，迎着面前闪烁的光，头埋进方煜宽厚有力的胸膛：“我也想。”

方煜在家对着电话咆哮了整整一个冬天后，春暖花开，万物复苏之际，鄢慈终于见到了马原的本尊。马尾辫络腮胡是假的。当方煜告诉她，站在面前的那个染着一头红毛，穿着紧身皮裤的杀马特就是马原时，鄢慈呆立当场。

马原先开口，从上到下打量鄢慈："这是你的女主角？"

他面容平淡，语气不屑："她能演陆莹？"

鄢慈不知道马原何许人也，只知道方煜面上不说，但对他很认可也很信任。《迷影》主演除了女主角，方煜全部放手给他去选角，从不过问。

方煜当编剧的时候就性子傲，踱破天，这下晋升投资人，更是"目中无人"。他不耐烦道："她怎么不能演？"

马原古怪地看方煜抓着鄢慈的手，双手向后，捋着一头红毛，没再说话。

这还不是正式开机的日子，马原和方煜只是把几个主演约出来谈剧本。

《迷影》的男主角有两个，陆莹的青梅竹马靳北和皮条客凯哥。饰演凯哥的男演员鄢慈很熟悉，是一起合作过《浮萍》的秦城，方煜看到来人也没过多惊讶，仿佛这在他意料之中。秦城本身是个实力派，走的还是硬汉路线，由他饰演红灯区一手遮天、冷酷无情的皮条客，这样一看也很像那么回事。

饰演靳北的男演员随后赶到，他没带助理，全身裹得严实，在他摘下口罩和帽子的那一刻，方煜差点拍桌子跳起来和马原干架。

李乔礼貌地冲在座的人打招呼："马老师、方老师、秦哥。鄢鄢，好久不见。"

方煜黑溜溜的眼珠子在他身上转来转去，开口："他能演靳北？"

马原点燃香烟，懒洋洋道："靳北的人设是你自己写的，又要有稚嫩的少年感，又要有演技，圈里小生我找不出第二个人了。"

方煜道："不能去电影学院找新人？他片酬多少？老子请不起。"

李乔笑笑："我不要片酬，这个角色是我向马老师要来的。"

方煜劈手把马原的烟夺下来，按灭在桌子上："别在这儿抽烟。"

他又转头看着李乔——他和鄢慈打过招呼以后，很有眼色地远离她坐到了秦城旁边。方煜心里的戒备稍稍放下，问道："为什么不要片酬？"

"想转型。"李乔诚实道，"好的片子太少，适合我的也太少。"

他如此坦诚，方煜再开嘴炮为难人也说不过去。他这才认真蹙眉想了想："你觉得你能演好靳北？"

李乔谦虚道："总要试试才知道。"

抛去个人成见，不得不说马原选的演员其实很贴合角色。李乔虽然已经二十六岁了，但往这里一坐，面容干净，眼神澄澈，说他是刚毕业的大学生也有人相信。况且他本身自带流量，李乔粉丝强大的应援能力完全可以为片方省下一笔巨大的宣传开支。

方煜没再说什么，几个男人围坐在一起谈论剧本的话题。

鄢慈坐在旁边的软沙发上，搜了搜马原的名字，发现他还真是一个导演，和方煜一届毕业的校友，迄今为止只拍过两部片子，且全都扑街到姥姥家。

她看着那两部电影的名字，嘴角抽搐，一部叫《葬爱家族之殇》，一部叫《我爷爷的大地苍茫》。

方煜和马原又吵了起来，还是那个他们争辩了一个冬天的话题，要不要在剧情里加床戏。

鄢慈塞上耳机，点开了马原的处女作《葬爱家族之殇》。电影一共两个小时，讲述的是一个大山里的留守儿童外出打工在底层苦苦挣扎，最终走上不归路的故事。

马原片子的色调很有特点，不同于大多数导演喜欢用的明亮色调，他片子的颜色整体偏向写实性的昏暗，刚看不到三分钟，心头就有股浓浓的压抑感。

小镇上信息闭塞，偏远而落后，主人公王森刚到工厂就被一群头发染成奇怪颜色的工友嘲讽："你是哪个穷乡僻壤钻出来的土鳖？"

为了融进新环境，王森开始模仿大家的习惯和生活方式。他将头发打扮成最"时髦"的紫色，他改掉了自己温吞纯良的"缺点"，学会了骂街说脏话，学会了不好好穿裤子，走路两腿晃悠着吊裆，学会在下工后和工友勾肩搭背去街上调侃姑娘，学会了抽烟打架，遇到老人求助狠狠推上一把并配上一句"老不死的滚远点"。

老实变成缺点，善良遭人唾弃，他在伙伴的笑声里自得自满，找到另一种人生方式，王森用了很久，将自己改头换面。

饰演王森的演员鄢慈不认识，但他演技非常精湛，刚从山里走出来时那股羞涩的孩子劲，在影片进行到一半时彻底磨得一干二净，他那恶心做作而欠揍的模样，贱得鄢慈牙痒痒。

方煜声音低了下去，不甘心地瞪着李乔。

马原似乎是吵赢了，对着手机屏幕修理自己的烈焰红发，慵懒道：“你是对小李有意见？如果真拍起来，陆莹的床戏大多是和老秦吧？”

方煜别过眼睛，默不作声。

鄢慈注意力全部放在电影上。

工厂因为效益不好倒闭，王森和几个工友约定去大城市闯一闯。

临走之前，他花了大半年的工资，做了一个和大城市节奏相吻合的七彩鸡冠头，买了一条红色的紧身裤，又买了掺水的假金链子挂在脖子上。

他们满怀希望，他们终归失望。

当几人站在车水马龙、高楼林立的大城市中央，周围的行人纷纷投来异样厌恶的目光，那一刻，压抑了整个片子的色调终于明亮了。

王森站在路边，熏着浓浓眼妆下的瞳孔惊恐地睁大。这里不是他以为的城市，也不是他心里向往的地方。镜头拉近，他强装淡定，但黑褐色的瞳孔依旧散发出放射状的不安的寒光。像只阴沟的老鼠终于见到日光，像只冬天的乌鸦终于飞到暖堂，眼前所见所感彻底粉碎了他敲碎曾经的纯真才建立起的一道枷锁。他像个误入猛兽世界的婴孩，对着世界颤抖发狂。

“过快的城市化进程和过慢发展的精神文化的双重作用下导致的心灵失托。”方煜凑过来，很无耻地给她剧透，“最后王森杀人了，一个幼儿园的女孩。”

鄢慈觉得这片子很压抑，不想再看下去，她合上手机问道：“为什么要杀人？”

“不愿意面对眼前这个光怪陆离的世界。以前在镇上，他去踢卖茶叶蛋的老人一脚，身后会有一群人为他叫好。”方煜解释道，“他以为颠倒的是这个世界，其实是他自己。”

鄢慈听了半天才回过神，吭吭巴巴道：“这片子……”

“过不了审，只能在圈里传。”方煜指了指马原，“就算过了审又怎么样？观众喜欢高富帅迎娶白富美走上人生巅峰的故事，这种社会底层阴暗纪实没什么人看，所以他才那么扑街。”

马原不在乎地笑，一脸无所谓扑不扑街的表情。

方煜继续道：“这种题材切入面小，可剖性却大。伟大的作家多生于小镇，电影有时也是。能把拯救世界的科幻巨制拍成经典算不上什么，能把家国天下荡气回肠拍成经典也算不上什么，真正有底子的导演，就是能把最微小的点单单拎出来，把最细枝末节的残忍或者美好拉扯开给你看，把这拍成经典，才算有什么。”

方煜侃侃而谈，说完不忘损马原一句：“当然，情绪表达太过愤青，审核都过不了的扑街也算不上什么。”

马原和方煜的相处模式，除了吵架就是互怼，听了这话只是瞪了他一眼，没说什么，转而把话头转到鄢慈三人身上：“来试戏。”

“在这儿？”李乔看了一眼周围。

他们聚会的地方是个老旧的酒吧，马原开的，由于经营不善，处在倒闭的边缘，屋内设施陈旧，灯光昏黄，打在脸上衬得人肤色微黑，实在不是个试戏的好地方。

马原点头：“揪头发那场。”

秦城闻言，展现了一个演员良好的素养，他站起来，走到鄢慈身边：“鄢鄢、小李。”

鄢慈整理了一下头发，调整坐姿，跷起一只脚踩在沙发上。

秦城就着昏暗的灯光，脸上入戏，表露出冷冽愤怒的神情。他用手抓着鄢慈的发根，一字一顿，冷得像把开刃见血的钢刀：“你只收他八百？”

鄢慈道：“用你多管闲事？”

秦城：“剩下一千二是你自己掏腰包还是记在账上？别以为我不知道，你以前也没要他的钱，记账上你给老子白干三个月都填不上窟窿。”

李乔垂手杵在一旁，受辱和愤怒的表情杂糅到一起，眼睛瞪得通红，像匹动了杀意的野狼。

马原抬手示意停下，他审视的目光在三人身上转了一圈，眉毛微微皱起：“老秦和小李下去再磨合几次，至于你……”

他看着鄢慈：“你不行。”

鄢慈问道：“我为什么不行？”

马原直直地盯着她：“你看过剧本？陆莹是个为了钱出卖自己的人，不是被拐卖进红灯区的失足少女，她不需要无谓的清高。你要演出来的是骚，你不够味道。”

只有食肉的虎狼才喜欢展现自己的凶狠与恶，而人最擅长的本领之一就是掩饰和伪装。演一个清纯的邻家小妹不难，演一个散发着圣光的天使也简单，但若换成魔鬼与妓女，不管演技如何，在演绎时心里就自带一股羞耻和排斥。

“换一段，演陆莹勾引靳北那段我看看。”

方煜一直在旁沉默，鄢慈也不会万事求助他，她冲李乔示意：“乔哥，帮我搭戏。”

李乔敞开腿，鄢慈顺着沙发一侧摸上去，他此刻状态并不怎么好，痒痒地动。鄢慈偏头盯了半晌，纤细的手指摸着他的脸颊，轻启薄唇：“小北哥……”

马原依旧皱着眉：“这叫媚，不叫骚。如果就这水准，连二者的区别都分不清，你可以不用演女主角了。”

鄢慈低头听着，皱着眉毛，脑海里不断回放马原的话。

方煜走过来把她从李乔身边拉开：“她演不演你说了算？”

马原嗤道：“谈恋爱脑子谈傻了？女主角演不好，这部电影能看？”

方煜强硬道：“她能演好。”

说罢，他招呼也不打，拉着鄢慈走出酒吧。

方煜没有回家，而是带鄢慈去了附近一家档次很低的快捷酒店，用身份证开了一间大床房。

鄢慈垂头丧气：“我被马导嫌弃了。”

房间隔音效果很差，门口传来脚步声，紧接着有人从门缝里塞进来一张卡片。方煜淡定地捡起来，在鄢慈眼皮子底下，掏出手机打电话。

“209 房间找个年轻会说的。”

鄢慈：“……”

方煜挂上电话，开窗通风：“坐吧。”

鄢慈大吼：“坐个鬼啊！你当着女朋友的面正大光明叫小姐，恋爱不想谈了吗？”

方煜看她像只奓毛的小猫，抱着她扑到床上滚了几圈，笑道：“你演技不差，你只是体会不到人物的情感。这东西你对着剧本看一万遍，不懂还是不懂。”

鄢慈咬他的下巴，不情不愿道：“你找她教我演戏吗？”

方煜手探入衣服里在她光滑的腰肢上捏了捏：“社会学有个专业术语叫‘参与观察’，我有个社会工作专业的学姐，毕业论文研究城市流动摊贩问题，为了完成论文，她去夜市卖了一个月臭豆腐。”

鄢慈没懂这两者间的联系，瓮声问：“所以呢？”

方煜眼里带着调侃的笑意：“不找坐台小姐教你演戏，今天你就是坐台小姐。”

一会儿后，有人来敲门。

鄢慈坐在椅子上，方煜去开门。

她听见女人进门来窸窸窣窣脱外套，声调软媚媚的，用一口流利的普通话说：“四百一次，一千五包夜，其他另外加钱。套钱、房费你出，没带我卖给你，两百一盒不单拆。”

女人穿着一件草绿色的长款羽绒服，衣服下是单薄的红色情趣睡衣。她很年轻，五官细看只能算是中等姿色，好在妆化得精致，显得整个人精神不错。

看到屋里还有其他人，女人愣了愣，随即补充：“多一个人也加钱。”

鄢慈满脸通红，不知道说什么好。

方煜搬了一个凳子放在床边，示意女人坐。那女人抱着胳膊，挑着眉毛，不信任地看着他们。

她打量着鄢慈，良久道：“你是那个演电视的？”

方煜从容道：“我女朋友，漂亮吗？都说她长得像鄢慈。”

鄢慈今天没带妆，和平时电视上还是有稍许差别。那女人兴许是听他这么说，只深深看了鄢慈一眼，没再多问。

方煜：“两小时两千块，您陪我们聊天。”

女人一愣，抬头看了一眼酒店四周的墙壁，神色多疑：“聊天？”

方煜从钱夹里掏出钱放到她面前：“我们是J大的学生，导师安排出来做调查课题，您怎么称呼？”

“你们要聊什么？”女人不接，很是警惕。

“职业问题，不涉及家庭和隐私，不想说可以不回答。现在九点，到点您直接走人。”

女人看着方煜衬衫的口袋，忽然走过去摸他的胸口。

鄢慈站起来："你干什么！"

女人又在她身上摸索两下，才慢悠悠回到座位上跷着腿："大家平时叫我芳芳，你们问吧。"

方煜示意鄢慈问。鄢慈冷着脸，不乐意："你为什么摸他？"

芳芳不屑："身上有摄像头录音笔怎么办？又不是没有姐妹被扫进去过。"

鄢慈本来想问"能教教我什么是'骚'吗"，但这想法刚过脑子就被她按灭——这太不尊重人了。她以往对这个群体没什么了解，也没什么好感，所持有的印象还停留在很久以前父母叮嘱年少时的她放学不要在街上乱跑，不然会被人贩子卖到发廊或是山沟沟。

鄢慈看了看方煜，方煜示意她随便问。

她想了想，试探地问："你是被拐来的吗？"

芳芳看她半天，"扑哧"笑出声来，嘲讽道："你是山里来的？"

鄢慈是正儿八经的城市户口，她刚要辩解，又听芳芳说："这么大的城市，交通四通八达，拐来的我早跑了。"

"那你为什么做这行？"鄢慈小声问，"你也说了城市那么大，有很多其他工作，不能找些其他工作吗？"

芳芳失笑："很多工作？什么工作？初中没读完，没有一技之长，到餐厅端盘子都不要我，我能做什么？"

"很多'好姑娘'看不起我们这行业。"芳芳斜眼打量她，"我一个月毛收入十万上下，交了份子钱自己剩下四五万，坐在写字楼里每天写写文档喝喝茶水的好姑娘，月薪能比我高？"

她说话间语气从容，既没有得意炫耀，也没有羞耻难堪，鄢慈不懂她这平淡从容从何而来。

芳芳似乎看出她心里所想，继续说："我出卖的是我自己，你情我愿的事情，又没有伤害别人，比起那些'小三'拆人家庭，难道不算功德一件？"

她不是故意装出的无所谓，而是心底真的不觉得这工作落人指点。

"你们都是这么想的？"鄢慈指的是她身边同个群体的姐妹。

芳芳想了想，说："做这行的，基本都有心理素质，大多数人挺看得开，趁着年轻有资本多赚点钱，赚够了，回家开个小店。"

“你没有爱人吗？”

芳芳表情一滞，抬头眼神凶恶地看着鄢慈，随后快速地说：“我不想回答。”

鄢慈连忙道歉：“对不起。”

她表情诚恳真挚，不是敷衍的道歉，而是真的为自己问错了问题而感到愧疚。

芳芳咬了咬手指，突然问道：“我很好奇，你们明星平时没事做吗？怎么还有心思来关注我们这些人？”

鄢慈：“……不不不，你认错人了。”

“不会认错。”芳芳回身从大衣口袋掏出一盒女士香烟，自顾自点起一支，“我以前的男朋友，他很喜欢你，出租房总共三面墙，两面都贴着你的海报。”

鄢慈一下子愣住。

芳芳表情平静，像古井无波的水面，什么事都激不起涟漪，可鄢慈分明看到她眼里似乎有光。不是泪光，而是陷入回忆时闪现的悠长的希冀，那是甜而暖的东西。

“我姐妹介绍我们认识的，他不知道我做什么的，开始就是玩玩，没想别的。”女人白皙的大腿裸露，短短的裙边遮不住蕾丝的底裤，可她毫不在意，抬着脚撑在椅边，慢悠悠地抽烟，“跟了他以后，我三个月没出来接活，那时候是真想退了圈子跟他回家，哪怕去餐馆端盘子，去工厂做女工。我想过和他好好过。”

她这么说着，鄢慈忽然觉得心里某一处地方被轻盈又沉重地撞击了一下。她说不清是什么感觉，但似乎又觉得，这就是她应该抓住的感觉。

芳芳的故事只说了寥寥几句话就停住，她抬头看着鄢慈，忽然苦涩地笑了：“没什么好说的，我们这种人，也不配去爱。”

夜里十一点。

芳芳走了好一会儿，鄢慈安静地趴在床上。

方煜走过去躺在她旁边：“想什么呢？”

鄢慈翻身把头埋进他怀里，揪着他衣服上的纽扣，犹豫道：“我在想马导说的话。他说我没演出陆莹的骚，可陆莹身上真的是骚吗？”

方煜诧异地看着她："你有什么想法？"

"我觉得陆莹……"鄢慈抓抓脑袋，纠结着措辞，"她虚荣，爱钱，喜欢享受，但她在感情上自始至终都是个孩子吧？她爱的只是靳北，虽然这爱情平时处在低温的潜伏期，抵不过物质在她心里的地位，但她确实爱靳北。"

"其他人在她心里只能和钱画上等价符号，而靳北是她唯一不会用钱来衡量的人。她在感情上是很纯真的，我觉得用骚形容她，不合适。"

方煜不出声。

鄢慈抬头试探地问："我理解得不对吗？"

方煜笑着："继续说。"

"我觉得马导口中的骚，是要我站在陆莹的角度，演那个装出来的骚吧。这是戏中戏？陆莹展现在外的骚只是在大环境下，为了得到某样东西而伪装出来的小手段。是这样吧？"她看着方煜。

方煜突然把人搂紧在怀里，狠狠亲了几口："你比刚遇见的时候上道多了。"

鄢慈知道自己理解对了，笑嘻嘻地说："那我懂了，我能演出来。"

方煜不信："别说大话，当心下次再被马原骂。"

鄢慈认真道："我真的明白了。"

"那试试？"方煜把钱夹里剩下的钱掏出来，"记得今晚你是什么身份吗？"

鄢慈脸一烫，乖巧道："坐台小姐呀。"

"嗯，小姐。"方煜很满意，将手里的钞票在她脸上拍了拍，"你和芳芳谁的性价比高？"

他说的话，做的事，明明是很侮辱人的，但鄢慈此刻除了羞耻，心里又另外涌起某种不能言说的痒劲。

方煜目光毫不掩饰，火辣辣地在围着她打转，如果不是顶着这张英俊的脸，这表情十成的猥琐。

鄢慈想了想，开口："脱一件一千。"

方煜拧眉："芳芳包夜才一千五，比你合算，我要打电话叫她回来。"

鄢慈按住他的手，俯身在他耳廓轻轻舔了一口："不准打。"

她声音甜美，但很坚定："我值这个价。"

方煜身体一抖，反手抱她，却被鄢慈轻轻闪开。

“不行，一千一件，我们说好了。”

方煜抽出银行卡扔到她脚边。鄢慈不看他，快速收起那张卡片，她脸上毫不掩饰的垂涎和贪婪表情让方煜相当惊艳。她入戏很快，也很深，如果一直是这个状态，那呈现出一个鲜活的陆莹，可以说毫不费力。

“脱。”方煜看着她，嘴里淡淡地吐出一个字。

鄢慈站到地板上，在方煜眼前故意慢悠悠地脱掉自己的外套、毛衣、衬衣……她音调甜得腻死人，不停地数着：“三千……四千……”

鄢慈学跳舞出身，身材比例极好，胸部有致隆起，小腹平坦，双腿笔直修长。她脱到一半，站住不动了。

方煜嗓子眼干干的，扬起下巴问：“怎么不脱了？”

鄢慈手指尖转着刚脱下来的衬衣，笑得又媚又无邪：“刚才忘记说，外衣一千，内衣两千，你的钱不够了。”

方煜差点一口血喷出来。他憋不住了，拉着她的手带进怀里：“不玩了。”

鄢慈坚定地推开他：“先付钱。”

如果不是确定这是两人私下独处，方煜甚至怀疑现在有摄像机对着她，却没喊CUT。鄢慈这戏入得太深，眼里就差明晃晃地冒出金色的“钱”字。

她抬脚踹他，骂道：“没钱你找什么小姐？”那一抬眼，一扬眉，势利得像极本子里的陆莹。

“好了好了。”方煜示意道，“宝宝好棒，我们先中场休息。来，给老公抱抱。”

鄢慈眼珠子滴溜溜地转，方煜看她的模样，知道她在打坏主意，不由得抬高声调：“你别给我蹬鼻子上脸！”

鄢慈这才笑嘻嘻作罢。她光脚跑到门口关上房间的灯，然后“咚咚咚”地跳上床，钻进方煜向她敞开的怀抱里，用刚洗过的香喷喷的头发不停地蹭他。

她软着嗓音，咬住方煜的嘴唇，低低道：“老公，抱抱。”

《迷影》在初春生机最旺的日子开机，马原和方煜对这戏的要求卡得极高，千挑万选才把陆莹出山前的取景地定好。

春回大地，绿意悠然。

不同于其他影片为了节约成本和时间，把剧情打碎，先把横店的戏份统一拍完，再拍外景的模式，剧组完全是采用走剧情线的拍摄方式，哪怕这一场是外景，下一场是城市，也要一步步按照剧情进度拍摄。乍一看花费的人力物力很多，但方煜坚持这么做。

“以前见过一女演员同时接三部剧，赶投胎似的，上来先把她的剧情拍完，才能拍别人的。第一天初来乍到就拍第四十八场的吻戏，男女主角刚见面话都没说几句，换你你演得出来那种情到深处的感觉？所以雷剧注定是雷剧，不是没有原因的。”

休息时间，方煜拉着鄢慈坐在一边，和她吐槽这些年圈里遇到的极品奇葩。马原走了过来：“明天最后一场，拍靳北和陆莹的激情戏。”

陆莹出山前的剧情不多，只有二十分钟左右，可就是这二十分钟，马原生生在村子里磨了半个月。

鄢慈看见他条件反射似的挺直脊背，像见教导主任的中学生一样端端正正坐好。她是真的害怕马原。这些天早上被骂，晚上被骂，拍戏时被骂演得不好，看戏时被骂眼珠子不动发呆偷懒。

马原不仅骂她，整个剧组上到李乔，下到工作人员，马原每天都在骂人，嗓门之彪悍，用词之难听，让鄢慈几度怀疑人生。

方煜也毒舌，但和马原比起来完全是两个概念。方煜是冷冰冰的寒潭，骂你时他十分淡定，你虽然被冻得骨头发疼，但表面依旧能强装淡定。而马原简直就像一盆迎面泼来的开水，不留情面地洒你一头一脸，把人烫得只想抱头哀号，远离这个可怕的世界。

多数时候鄢慈挨骂，方煜不会说什么。她是演员，戏演得不好被导演骂几句再正常不过。如果他每次都要护着，不仅在别人眼里显得鄢慈娇气，对鄢慈本身也没好处。可如果哪次马原实在过分，方煜还是会坐不住，直接站起来当着整个剧组的面和他吵。

马原严厉暂且不提，他对镜头和演员情绪的把握炉火纯青，这让鄢慈不得不佩服，也在潜移默化中学到了很多东西。不知道是不是每天顶着高压，心里惶恐，而压力越大，越能激发人的潜能，鄢慈由一开始每一镜都要挨骂，到现在挨骂的频率渐渐降低。偶尔几场，马原不说话，眼神里却流露着隐隐认可。

方煜一直死咬着不让拍激情戏，并非是这电影不需要激情戏，实在是出于他自己的私心。谁愿意看女朋友和别的男人上床？谁又愿意看女朋友和她男神上床？假的也不行。就算鄢慈和李乔只是拍吻戏，他都能原地自焚，释放出滔天的能量炸毁整个取景的山头，何况是激情戏？

但就像马原坚持的那样，激情戏不是电影的目的和吸引观众的手段，它只是深化感情、引导剧情的一个吊索。不拍不会影响故事的连贯，但会影响故事的滋味和人物的立体感。好比一碗蛋花汤，本身味道虽然很不错，但你加上点鸡精，会让它更加鲜美诱人一样。

方煜心里明白，只是解不开那个结。多聪明的男人都逃不了绊死在这种事上。尤其这个聪明的男人还小肚鸡肠，胸膛里装着一颗在醋缸里浸泡到发胀发烂的心脏。

晚上收工回去时，方煜闷着头不说话。鄢慈知道方煜心里肯定拧着明天激情戏的事情，主动去拉他的手："你别多想了，只是拍戏而已。"

方煜用电磁炉烧了一壶开水，倒在盆里兑上凉水，端到床边，脱了鄢慈的鞋袜，把她的脚浸到水里。虽然他脸上表情是臭的，动作却无比温柔。

鄢慈拍戏站了一天，脚底板酸酸麻麻，平日拍戏太累，回来就想躺下睡觉，方煜不打水过来，她自己肯定懒得洗脚。

"烫。"鄢慈脚刚一入水，被水温烫得向后一缩。

方煜用手试了试温度，是刚刚可以泡脚解乏的程度，于是按住她的脚背不让动，低声道："烫就对了，烫死你明天就不用和小白脸滚芦苇荡了。"

鄢慈坐在床边，方煜蹲在地上，从她的角度可以看见方煜像是受了天大委屈的孩子气表情。她笑着揉乱他的头发："乔哥进组以后就没提过那事，你就爱乱吃醋。"

李乔是个很聪明，也很有分寸的人。他心里怎么想，鄢慈不得而知，但他看起来像是已经把在横店说过的话忘记了一样，对那件事绝口不提，平日在剧组对鄢慈的态度和对其他人没什么不一样。

他这样"懂事"，方煜也渐渐放下戒备，用衡量一个演员的标准去衡量他。鄢慈很多次听方煜说过："李乔在新生代里是为数不多有实力、有野心的演员，他以后的路会走得比现在任何一个当红小生都长。"

可现在情况显然不同，李乔再怎么装蘑菇，方煜都对他"恨之入骨"。想想明天的激情戏，他就一阵难受。方煜倒了洗脚水，关灯上床。

天上的月光白而朦胧，透过窗户把床映照得亮晃晃的。

鄢慈掏出手机看微博。

去年闹出的风波已经慢慢平息下去。方煜用她手机发过四字回应以后，她再没发过微博。她没有经纪公司，也没有公关团队，最近没有作品要出，发微博也不知道说什么。她偶尔看看微博，在粉丝群里说说话，聊聊天，会蹦出来一堆粉丝刷屏说想她。才过了几个月，她那条微博下面已经没什么人来骂，最新留言都是粉丝温暖的评论："鄢鄢，你什么时候回来呀？"

方煜说得没错，网友忘性很大，对待全网黑最好的方法就是冷处理，而最好的反击，是用实力狠狠去打踩你的人的脸颊。时间的河会冲散一切泥沙，好的坏的都会被水流带走，一点痕迹不留。

贺禹和程允舒拍的那部《盛世荣宠》开播了，两个月周期拍出来的电视剧，除了横店的背景，外景全是绿幕制作。

贺禹自从红起来以后手上的综艺、广告资源爆炸，耀星偶像剧的本子优先第一位考虑他。他的少女粉丝群体太庞大，追起明星不遗余力、毫不手软，隔三岔五就把他刷上微博热搜。

《盛世荣宠》本来就是带着少女粉红泡泡的玛丽苏偶像剧，十分贴合贺禹粉丝的群体，一播出收视率便一路蹿升。程允舒借着贺禹的名气也小红了一把。公司趁这个机会捆绑二人一起参加一档恋爱真人秀，为程允舒吸粉无数。

鄢慈点开程允舒的微博主页。她变了很多，开始在微博发一些格调很高的杂志写真，发高档餐厅吃饭的日常，发出国游玩、看秀的礼服照和街拍。她留着和鄢慈同款的及肩长发，微博里语气软绵，上综艺时也傻乎乎地被人骗了一路。

鄢慈看了一阵，默默关上手机，胃里酸水滚动。

她搂着方煜的腰，将头埋进他胸口："等拍完这部电影，我想把头发剪了。"

这种感觉很难受，把她拉进沼泽深处的人，现在从里面爬出来，他们在沼泽边办了一场篝火晚会，无数人欢呼呐喊，只有她全身陷在冰冷的淤泥里，动弹不得。

“所有命运馈赠的礼物，早在暗中标好了价格。”方煜抱着她，笑容温暖，“同样，一切命运亏欠你的荣光，也会在某天某刻如数偿还。”

“谁说的？”鄢慈问。

“前半句是茨威格，后半句……”方煜低头亲她，“是方老师说的。”

鄢慈推了他一下：“你摸哪儿呢？”

剧组向当地村民租了几套房子，条件不算差，但也算不上好，几个人挤一个院子。鄢慈和方煜睡一间，左边是李乔和马原，不知是窗玻璃隔音不好，还是土摞的墙皮传导功能太强，每晚隔壁李乔的梦话和马原的呼噜都能听见。

“隔音不好。”

“我慢慢来，你别出声。”

方煜低头去吮她脖子。鄢慈还留着一丝理智，按住他：“不行，明天要拍戏！”

方煜差点忘了这茬，改为蹭了蹭，又觉得不解气，伸手在她腰上狠狠拧了一下：“就该给你种一身草莓，明天让小白脸看看。”

鄢慈吃痛地叫了一声，捶方煜的后背：“疼——”

“嘎吱——”隔壁屋子房门打开，鄢慈本能抱住方煜不让他动。

不知道是谁起夜上厕所，那人似乎是听到了什么，站在门口犹豫了一下，而后拖鞋摩擦院子水泥地的声音清晰地传进耳朵。鄢慈刚才那声没控制音量，肯定被听见了，想想明天还要见面，她的心头就蔓延起一股难言的尴尬。

方煜趴在她耳边轻声说：“听见怎么了？我巴不得小白脸听见，让他知道你是方老师的，他想都别想。”

拖鞋声重新响起，那人上完厕所回来。

方煜眼珠子在黑暗里一转，想故技重施，还没等动作，就被鄢慈一口咬住手指。

“你坏死了！”鄢慈打他，“回去别想上我的床！”

方煜低笑，毫无诚意地道歉：“宝宝我错了，下次不敢了。”

第二天鄢慈一觉睡到七点。她演少女陆莹，需要体现的是秀丽和淳朴，只需要化一点淡妆，不用特意起早。她吃过早饭，才坐着剧组的车一路开向取景的芦花荡。

鄢慈和李乔一会儿有对手戏，因此坐在一辆车上对本子。

“早，乔哥。”鄢慈打完招呼，爬上车后座。

李乔上车早，看到她上来，身子朝里挪了一下，轻声道：“早。”

说完他就扭头看向窗外，不再作声。

鄢慈看他手里摊开剧本，于是提议：“我们对戏吧。”

“好。”李乔答应了一声，转过脸，眼睛却不看鄢慈。

鄢慈昨晚睡得太饱，都要把那件事忘了，现在看李乔的反应，才猛然想起来。昨晚起夜的人不会是李乔吧？鄢慈小心打量着李乔的表情，越打量脸越红。她脸红，李乔也跟着脸红。两个人一起红着脸不说话，一时间车内满满都是尴尬。

“你……昨晚……”鄢慈指甲抓在剧本光滑的纸面上，发出轻微的摩擦声。

李乔垂着眼帘，低声问：“鄢鄢，你和方编是认真的吗？”

鄢慈愣了一下，随即坚定地点头。

李乔沉默好一会儿，开口道歉：“对不起，之前的事情没有帮到你。”

他指的是鄢慈被全网黑的事情。

“我想帮你说话，但是工作室……”李乔眉毛蹙紧，像个苦恼又愧疚的少年。

“没有，乔哥，我很感谢你。”

鄢慈记得李乔曾经发过几条帮她说话的微博，都在一分钟内秒删，想来应该是工作人员有他的账号，不容许他这么胡来，于是替他操作。

鄢慈得罪蒋明的事，圈里人心知肚明。她做没做过那些事，谁心里没有一把尺？可不管她人品到底如何，没人愿意去澄清和细究，得罪了一手遮天的大佬，就是她被黑的原罪。

那时候除了李乔，秦城也转发过方煜嘲讽程允舒的微博，不过他人气不高，不像李乔能引起那么多关注。李乔秒删上过热搜，鄢慈知道，心里很感动，不过没有李乔的联系方式，方煜又对他耿耿于怀，她迟迟没来得及对他道谢。李乔这么一说，倒是提醒她了。

“你为我说过话。”鄢慈笑了笑，“为什么要给我道歉？”

李乔苦涩一笑：“可没什么用。”

鄢慈正色道：“你愿意冒着风险发那条微博，我已经很感动了，谢谢你，乔哥。”

李乔看似只是简单地发了条微博，可他顶着的是耀星和蒋明的压力。如果因为鄢慈得罪了这两位，那么他以后的路也不会太好走。

李乔眉眼平静，他思索一阵，忽然问道：“你真的那么喜欢方编吗？你喜欢他什么？”

问鄢慈喜欢方煜什么，她一时回答不上来。喜欢就是喜欢，方煜让她可以喜欢的地方太多，而喜欢上方煜以后，他每一个表情、动作，又都可以成为她喜欢他的理由。

方煜英俊的面孔，方煜横溢的才华，方煜别扭的温柔，甚至方煜的暴脾气都那么可爱。

“那些天，是方编陪着你吗？”李乔神色有些不甘，但更多的是受伤和无能为力，“如果那天在横店，你答应的是我，我也会一直陪着你。”

不知道为什么，听到李乔这么说，鄢慈有一瞬间的冲动很想告诉他：如果那天我答应的人是你，就不会发生后面的事。这是她心里第一个冒出来的想法，也是真实的想法。

方煜和李乔不一样，方煜和任何人都不一样。她不知怎么形容。但若是换作李乔，她肯定没有和陈越之摊牌闹翻的决心，也没有向蒋明脸上泼酒的勇气。

方煜像一座巍峨的高山，他的臂膀和胸膛可以为她撑起一片天堂。方煜又像一团烈火，他的狂和他的张扬，是最最炙热的燃料，鄢慈愿意被他点燃，更恨不得自己化为一捆干柴，和他一起纠缠燃烧。他在她就很安心，哪怕被千万人戳着脊梁骨谩骂侮辱，也还是很安心。

鄢慈偏着头，看着李乔温柔地笑：“乔哥，如果那晚我答应了你，你会不在乎任何人的看法，一直站在我身边吗？”

李乔听到这个问题后认真想了想，他是个坦诚的人，不会撒谎。鄢慈把他当作男神也是喜欢他这点，不管对谁，他总是谦虚而真诚。

“我会一直陪着你。”李乔斟酌用词，缓缓开口，“我会站在你身旁，但我不能不在乎任何人的看法。”

“我的粉丝。”他解释，“因为有他们才有我的现在，我没办法不在乎他们的感受。”

鄢慈似乎早就知道他会这么说，面颊泛上淡淡的喜悦：“乔哥，你是个很好的偶像，我也是你的粉丝。你将来肯定会遇到一个很好的女孩，比我好上一万倍。”

李乔闻言，先是一愣，而后了然。他是个很好的偶像，却做不好一个合格的男友。鄢慈在这方面比他聪明，却和他一样坦诚——喜欢与否先抛开不谈，她要的他给不了，这是关键。

鄢慈笑得温暖，她扬扬剧本：“我们对戏吧。”

李乔也走出死胡同，不再纠结于鄢慈和方煜的事，平和地笑笑：“好。”

面前是一眼望不到头的狭长河道，两岸高山相夹，把河水逼仄得窄窄长长。在河滩与水的连接处，丛生着一片翠绿的芦苇。芦苇挤挤密密，水面鸳鸯浮动，见到人来受到惊吓似的扑棱棱把头没进水里。这季节没有芦花，见不到朵朵蓬松的白色穗子，但在芦苇荡边上，扑鼻而来的是春天清新的泥草芬芳。

“这场戏我不指点，台词记好，表情、动作你俩随意发挥。”马原在旁抽着烟，懒懒道，“多简单的一场戏，这么大的人了，肯定都有办事经验。怎么办事怎么演，懂吗？”

方煜走过来：“别听他胡说。”

鄢慈也觉得马原在胡说。这场戏拍的是陆莹临走前在芦苇荡勾引靳北，彼此初尝禁果的第一次，前半部分是陆莹主动，而后半部分是靳北操控。如果按照马原嘴里平时怎么办事怎么来，鄢慈闭着眼往芦苇丛里躺上二十分钟就结束了，那该多么容易！

鄢慈身上穿的是陆莹的小薄衫，衣服里面是层裹胸，一会儿脱了衣服，镜头只会扫到胸以上，而全裸的后背位会在这段剧情拍完后补拍。

“后面的镜头，我和李乔换了，你别担心。”方煜指的是裸背的镜头。

虽然呈现在观众面前的只是一张脊背，可对搭戏的演员来说，戴着胸贴也几乎相当于裸露出镜。以方煜的小肚鸡肠，是绝对不会允许这事发生在鄢慈和李乔身上。

“这场戏，我之前和你讲过，都记住了吗？”

鄢慈第一次拍这种尺度的戏，心里忐忑，面上难掩紧张，她心不在焉地点点头。

方煜替她揉了揉太阳穴，放松精神，嘴上道："这场戏必须一次过。"

鄢慈脸上尽是不自信的表情："马导手下没有一次过的。"

"我不管。"方煜像个耍赖的孩子，"方老师的脾气你是知道的，我只能压住自己看一次。又亲又抱的，敢有第二次，我就把你和小白脸一起沉塘。"

方煜摸摸她的脖子，又换上柔软的语气："一会儿在脑子里把李乔的脸打上马赛克，贴上方老师的大头照，你就当自己在勾引方老师。"

说完，他看到李乔在一旁换戏服，想了想，抬脚走过去。

拍摄圈内。

李乔情绪恢复很快，本来已经从刚才的对话里走出来了，可当他看见鄢慈眼睛里道不明的紧张时，心里忽然又涌起一阵难过和苦涩。

他温和地笑："鄢鄢，你别害怕，后面的节奏我掌握着，你把注意放在前面就好。"

鄢慈不安地转头，看见方煜站得远远的没有过来。他目光一直跟着她，见她看自己，抬起手冲她比了一个拇指。不知为什么，只是一个简单的动作，但鄢慈的心就这么安定下来了。心里焦灼逃窜的蚂蚁停住脚步，在方煜的安抚下碎成渣渣，消失在心底。

《迷影》第十二场第一镜第一次。

靳北抱着膝盖坐在芦苇叶上，陆莹趴在他肩头，不远处是潺潺流动的江水，声音叮咚空灵。

"你等我半年，半年以后我去找你。"靳北穿着一件简单的格子衬衫，面容青葱，是个温暖明媚的少年。

陆莹不满意地噘起嘴巴，明明是个土生土长的山里姑娘，一颦一笑间的娇态却像个被宠坏了的富家千金："六月高考就结束了，你要我等半年？"

靳北低伏做小："我家的情况你知道，爷爷奶奶年纪那么大，不方便照顾我爸。"

“我不管。”陆莹偏过头打开他的手，“我好生气。”

少年人对异性的认知朦胧，靳北虽然已经十八岁，但接触过的女孩也只有学校里为数不多的那几个而已。她们都是山里考到镇上的学生，每日只知道埋头苦学，麻木而严肃，哪像陆莹这样活泼明亮、漂亮又充满朝气。

陆莹和她们都不一样。她对他好起来甜似槐花蜜，她对他生起气来，能让他整个心神都慌乱。陆莹是他心里最嫩最软的那一块，她不是美丽的幻梦，而是他触手可及的年少美好。

成熟男人大多喜欢懂事的女人，而懵懂少年却很吃女生这套小脾气。靳北笨拙地说：“莹莹，你别生气。”

陆莹捋起耳边的碎发，下巴娇俏一昂：“那你哄我。”

“怎么哄？”

陆莹黑黢黢的眼珠动了动：“你们学校有女生喜欢你，我知道，等我走了，你肯定要和她好！”

靳北连忙说：“我不会和别人好，我只喜欢你，你知道的。”

“你怎么证明？”

靳北略带羞涩地看着她，倾身向前，嘴唇盖上，像他们无数次在夜里偷偷溜出家门，躲在苞谷仓背后亲热那样。

靳北搂着陆莹瘦弱的肩膀，在她唇上浅啄：“这样证明。”

“就这样？”陆莹嘟着嘴巴，很不满意。

“那……那怎么样？”

鄢慈前半部分的状态很好，马原没有喊停止。她略微调整呼吸，抓起李乔的手，放到自己身上：“我好看吗？”

靳北的脸一瞬间羞红。

陆莹手向下，在他两腿间摸了一把，而后翻身把他压到在芦苇垫上。她开始脱衣服，解开小薄衫的领扣，嘴里喃喃道：“你得记着我。”

靳北忍不住出声道：“莹莹……”

他艰难地抬起手，似乎想把她推下去。

陆莹牢牢按住他的手腕，强硬道：“你敢动，我就再也不理你。”

鄢慈脱掉上身的衣服，只围着一件裹胸，在初春的空气里微微抖着，只觉得四面八方哪哪都涌来一股寒意。

摄影师的镜头推进，正对着两人的脸，鄢慈心里一股子底气不足，她差点忘记台词。李乔感觉她在紧张，手放在她腰上轻轻摸了摸。马原说小动作自由发挥，没有任何限制，这动作是李乔自己加上去的，换成旁人来做可能无比猥琐，但鄢慈知道李乔不是在占她便宜。

她顺着李乔的提醒，抽出靳北塞在裤子里的衣边，垂着好看的眼睫，鬼灵精怪道："我要看看你。"

芦苇荡里吹来一阵春风，把陆莹柔顺亮滑的发丝吹得四散飘逸。她故意慢悠悠地把头发一根根捋到耳后，唇边挂着她心里明白的弧度最美最能勾人的笑。她低下头，刚要亲靳北的喉结，忽然被靳北伸手大力推下，反压到身底。

这就是李乔说的节奏交界处，后面的戏份由他主导。但鄢慈并没有轻松多少，因为接下来的部分才是激情戏的大头。

李乔的演技很到位，他眼里满溢着少年人懵懂的欲望和生涩的不耐烦，急切的表情和动作已经说明了一切，不需要再多一句言语。

他先是沉默地看了良久身下的人，片刻后不留缝隙地亲了上去。

鄢慈想表现出陆莹那种自然而然的享受，但她根本无从演绎。陆莹享受是因为她爱的人就是靳北，但她身上的人可不是方煜。她身体颤抖着，勉强维持着脸上的表情，却觉得自己支撑不了多久——唇齿间陌生的味道和温度，让她难受。

忽然，她感觉李乔的手动了动。他把一只手搭在她腰上，另一只放到她头顶，温柔地抚摸她的头发，姿势动作和方煜平日如出一辙。

她蓦然想起刚才拍戏之前方煜找过李乔。他怕她紧张，所以特意叮嘱了李乔要怎么做？

李乔俯下身子，在她耳边低声说："没事。"

他一做出那个动作，鄢慈就本能地平静下来。

——你就当自己在勾引方老师。

摄像机不断前推，马上就要抓拍她的表情。

鄢慈一咬牙，伸手环住李乔的脖子，心里默念方煜的名字。这仿佛一个咒语，她闭着眼睛，把李乔当成方煜，再亲上去的时候，觉得自己没那么紧张了。

她调整好状态，闭上眼睛，把节奏全部交给李乔。

马原没有喊停止，他抽着烟，盯着机器里的镜头，嘴角带笑。

天高云阔，草木清香，芦苇荡里漂浮着不止一对野鸳鸯。

导演没有表示，鄢慈和李乔都不敢停。

方煜阴着脸走过来："你哑巴了？时间到了！"

马原懒懒地站起来，故意气他，欠扁地一笑："这镜拍得太好，我还想多看一会儿。"

方煜脸色一沉，抢过他手里的板子，对着片场喊了停止。

李乔立即从鄢慈身上爬起来，扯过一旁的外套盖在她身上。鄢慈脸红成一团红杜鹃，低着头不敢看李乔。她向方煜的方向看了看，他没有过来，眼神都没有落过来。

糟了，鄢慈心里咯噔一声，该不会生气了吧？可她一次就过了，他没理由生气啊？她没心思害羞了，穿上衣服跑过去。

"怎么了方老师？"鄢慈伸出手掌在他眼前晃，"我一次过了，不用再拍。"

方煜低头抽烟，不理她，用铁青的脸色和扭头的动作明确告诉她，他在生气。

鄢慈搞不明白。方煜抽完一支烟冷静下来，转头眼睛通红地瞪着她："你为什么一次过？"

鄢慈："不是你说要一次过吗？"

方煜蛮不讲理："是不是和他拍戏很有感觉，情绪上来了，所以你一次就能过？来，实话告诉方老师，我不生气。说你喜欢小白脸，方老师愿意给你自由，放手让你走！"

鄢慈："……"

不能一次过，他会气她和别的男人拍激情戏；一次过，他又气她和别的男人拍戏投入情绪，调动得太好。这世界上竟然有这么难搞的男人？

"我生气了，特别生气。"方煜将烟屁股一扔，愤愤道，"你最好别跟我说话，小心我把你沉塘。"

鄢慈小脾气也上来了，横道："气死你这个大醋缸！"

她整理好头发，掉头要走。

"大醋缸"伸手拽她："不准走，你得哄我开心。"

"哄你个头！"

方煜看着她被李乔亲得红艳艳的嘴唇，气不打一处来，抻直袖子握在掌心在她嘴上狠狠搓了两下。

鄢慈被弄疼了，推开他："你干什么！"

方煜凶道："擦干净，擦干净，都是小白脸的口水味，臭死了。"

鄢慈快气死了："谁让你闻了？！"

方煜抹了两下，低头堵了上去，不理会鄢慈的扭动，把人紧紧搂在怀里，这才温柔下来，旁若无人地抱着她在芦苇丛里接吻。

鄢慈挣扎了没几下，身体就软了。方煜是她身上最敏感的那块肌肤，闻到他的味道，她就心头一阵牵萦，根本反抗不了。

方煜亲了很久才放开她，用一种很委屈的口气说："还是生气。"

鄢慈认命，低头问道："那怎么办呢？要不你把李乔沉塘算了。"

方煜捧着她的脸，抬到眼前，温声道："杀人犯法，你哄哄方老师，回家以后你就像刚才那样，也勾引一下我，行不行？"

鄢慈换上一副很无奈的面孔，嘴上却欣然同意："那好吧。"

第八章 戒指

两个月后。

大雨滂沱的深夜，僻静小巷内。

年轻男人跪伏在地痛苦地嘶鸣，犹如困于洞中的病兽。他赤红着眼眼，拳头捏紧，骨节处隐隐透着绝望的青紫。一旁男人浑身湿透，紧身T恤牢牢贴在身上，他的头发被暴雨浸湿成绺，粘在额上，唇边的表情似笑非笑。

“她是什么女人，你第一天知道？”

靳北面部肌肉狰狞纠结，不复往日英俊温和的模样。他咬牙从脏污的地砖上爬起，眼神半是空洞，半是仇恨。

刚直起腰，又被凯哥踹倒下去。

陆莹捂着肚子，虚虚地趴在墙边。她刚才经历过凯哥一阵拳打脚踢，下腹流出一阵黏稠的瘀血，混着日复一日黏在地面上的污秽，在暴雨的冲刷下向着下水道翻滚涌去。

陆莹在哭，她圆睁的瞳孔木讷呆滞，泪珠滚滚顺着脸庞噼啪而下。

“你以为她肚子里的孩子是你的？不知道卖过多少次的烂货，你还真想和她有一辈子？”凯哥咧着嘴，露出右上角的虎牙。他嘴上说的尽是不堪入耳的脏话，眼睛却在黑暗无边的滂滂大雨中闪烁哀痛的寒光。

靳北不知多少次爬起来又被踹翻在地上。

陆莹嘴唇嗫嚅，眼神没有焦距：“别打他……”

凯哥蹲到靳北面前，用力揪起他额前一绺头发，后者太阳穴登时鼓出跳动的筋脉。

“她入这行或许能洗干净，但她惹了我，这辈子都别想干净。”凯哥残忍说道，手下用力，把靳北的头磕在地砖上。

陆莹挣扎着爬过去，揪住凯哥的裤腿，颤着声音尖叫：“你别打他，我不跑——”

鄢慈白皙的脸颊此刻被雨糊住，满身粘着黏糊糊的血浆，她努力在暴雨中睁大眼睛，向上仰头时皮肤被雨打得一阵刺痛。

两个多月的磨合，彼此之间已经非常熟悉。每个镜头都至少拍过三遍，很多时候，在面对机器时，鄢慈本能地觉得自己化身成了现实中的陆莹。她的姿态、动作，纠结心理，每一分每一毫厘，都融入鄢慈的身体。

靳北紧闭嘴巴，把疼痛的吼叫死死压在喉咙里，发出闷声。他眼珠向上，眼神恐怖如夺命厉鬼。趁着凯哥蹲下身的空隙，他从裤兜掏出一把便携的小刀。

“靳北——”

暗巷里发出一阵凄厉的尖叫。

片刻之后，一切归于平静，城市中只有大雨落地的巨响。

巷子里隐隐传来女人悲恸的低声呜咽。

“CUT！”

方煜拿着浴巾和外套跑过去。鄢慈浑身湿透了，抱着肩膀不停地哆嗦。她头上包着白色浴巾，身子缩在衣服里，任由方煜打着伞把她拉出拍摄区。

“杀青了。”听到方煜说出这话时，鄢慈的第一反应不是以往杀青时那样的喜悦，有的只是满心疲惫。

为了演好陆莹，很多个休工的夜晚，方煜会带着她走进这座城市藏在暗巷里的红灯区，去体验那里的气氛。环境对一个人的影响是巨大的，她能将陆莹演出如今的效果，一半原因在于此。

“明天我们回北京。”方煜帮她擦头发，擦到半干时，从随身的包里取出一个保温壶，倒出一杯盖姜汤。

“能不能不喝？”鄢慈皱眉，“难喝死了。”

“不可以，”方煜递到她嘴边，“别等我灌你。”

鄢慈只得捧着姜汤，小口小口抿起来。秦城短短几分钟已经换好了干衣服，头上也顶着条毛巾走过来，看着坐在一起喝姜汤的两人，会心地笑了笑。

鄢慈连忙道：“城哥，你也喝点吧！”

己所不欲，要施于人，秦城帮她喝了，她就不用遭罪。

方煜醋道：“他壮得跟头熊似的，给他喝浪费。”

秦城了解方煜的脾气，也不生气，坐到旁边，笑道：“真让我刮目相看。之前总听说鄢鄢是个花瓶演员，拍《浮萍》的时候发现完全不是那么回事。没想到一段时间不见，爆发力和对角色的掌控力又变强了。鄢鄢，你真让我惊艳。”

方煜嘴上说不给秦城，还是倒了一杯姜汤递给他：“策之不以其道，食之不能尽其材，鸣之而不能通其意，执策而临之，曰：‘你为什么没有演技？’”

秦城刚喝进嘴里的姜汤，一口吐出来。

方煜淡淡道：“我老婆是块价值连城的原石，但陈越之那种眼里只有钱的商人雕琢不出来，就是这个道理。”

秦城擦干净嘴：“耀星昨天给我发消息，《浮萍》定了下个月底开播。”

方煜掏出手机看了一眼日期：“五月底开播，最多六月底收官，刚刚好避开学生放假的暑期档。学生流量多的时候，这种类型的正剧和偶像剧一起竞争不占优势，耀星挺聪明的。”

秦城担忧地看着鄢慈，问方煜：“你不怕耀星剪她戏份？我听说耀星把《浮萍》档期定下来，还有一个原因是为了给程允舒造热度。《盛世荣宠》播完，紧接着上综艺吸了一大批粉丝。现在综艺录制完了，新剧又没拍出来，正是青黄不接的时候，流量明星最怕这种人气缺口。耀星把《浮萍》提上来，能给她挡一阵子。”

“陈越之没这么卑劣的手段。我担心的是程允舒和贺禹又借《浮萍》炒作，鄢慈的事情才刚压下去，蒋明那边什么动静？”

秦城一哂：“公子哥儿脾气大，来得快去得也快，只要事情让他满意了，就不会一直咬着不放。”

方煜想了想，说：“我去给我爸打个招呼，《迷影》的上映期调到七月初。”

鄢慈一直安静地待在旁边听，此刻忍不住插话：“七月是国产电影保护月，竞争太激烈了。”

“要的就是激烈。”方煜脸上是张扬的自信，“不激烈怎么脱颖而出？听说贺禹有部都市爱情喜剧也赶在七月初上映，他都不怕被嘲，你怕什么？”

秦城皱眉：“你怎么想的？花一个多月将片子剪辑完，就不剩什么宣传期了，这样上映不是找死吗？”

方煜“啧”了一声，平静道：“七月上映的片子有能看的？贺禹的《花花公子》、徐真语的《大梦千年》，还有那个整容小三上位蛇精脸的青春疼痛打胎片，老秦，你对自己没信心？”

“我不是没信心。”秦城解释，“只是没见过你这样的，刚杀青就要上映，难免有点虚。”

方煜笑了笑："不虚。老子等这一天很久了，我还不信玩不死那两个垃圾。"

北京，首都机场。

方煜在女厕所外面等了二十分钟，鄢慈像是掉坑里了一样迟迟不出来。他耐着性子又等了三分钟，忍不住上前敲厕所的大门："宝宝，你在里面干什么？"

里面没动静，身后传来一个略微熟悉的声音："让一下。"

方煜回头，程允舒和他都愣住。还没到取行李的地方，能在这里遇到程允舒，说明她也刚下飞机。方煜用半冷半冰的眼神看了她几秒，侧开身。

程允舒调整好情绪，却不进门。她的妆容比以前精致了几个档次，身穿一件宽大的宝蓝色薄款卫衣，戴着一顶白色棒球帽，把整个人衬得娇小无比。

方煜第一次遇到鄢慈的那天，她也是穿着一身风格类似的衣服。这是鄢慈平日喜欢的便服风格，程允舒的模仿，他看着胃里一阵恶心。

"方编。"

时间和名声是能改变人的东西，程允舒现在说话明显摒弃了以往那处于弱势的尊敬，她眼神变得沉了，融着满满的自得自满。她身体倚着墙壁，看着方煜笑了笑："好久不见，什么时候方便一起吃个饭？"

女厕所的门拉开，鄢慈从里面探出脑袋。她刚补完妆，唇上口红新鲜，脸颊动人，嫩得像个水蜜桃。

"好像听见有狐狸精在勾引我老公。"她反手关上门，淡淡道。

程允舒没想到她也在这儿，身子直起来，默默注视她。

方煜悠悠地接话："狐狸精没这么丑，可能是只黄鼠狼，一肚子气憋在飞机上没处放，你占着厕所不出来，她只好随便在公共场合抓人倒一倒。"

"啧。"鄢慈捏住小鼻头，"怪不得这么臭，老公我们快跑！"

程允舒脸色沉下来："鄢慈，你再说一遍。"

鄢慈转过脸疑惑地问："说什么？说这里很臭？骂你的明明是我们方老师，你让我再说一遍？你让我说我就说？你以为自己是谁？"

“我不知道你跩什么。”程允舒不屑一笑，“你不看看自己现在什么样子，出了这里你就要戴上口罩帽子，见到媒体就跑吧？明明是过街老鼠，还用这种口气跟我说话？”

鄢慈这几个月有方煜陪着，心态已经慢慢好起来，程允舒的话根本刺激不了她，她冲方煜装可爱：“方老师，你看这个女人，她好膨胀哦。如果不知道她就拍过一部剧，我还以为自己在厕所遇到了影后。”

方煜配合道：“影后也分很多种，比如金扫帚影后、酸梅子影后、野山楂影后，你自己孤陋寡闻，还怪人家不够出名？”

鄢慈低眉顺眼：“是我没见识。”

程允舒：“……”

方煜拉起鄢慈的手，错开程允舒过去。

鄢慈忽然转身回去。她站在程允舒面前，从头到脚打量了她几遍，嘴角挂着笑意，说出来的话语调柔软，却让程允舒身体直发颤。

“你刚才是不是问我跩什么？我告诉你我跩什么。”

鄢慈指着她的黑色披肩直发：“陈越之喜欢大波浪。”

她手指向下，指着她西柚色的口红：“陈越之喜欢铁锈红。”

她凑近了一些，闻了闻程允舒身上和她如出一辙的蓝风铃味道，直接笑出了声音：“陈越之喜欢的香水是鼠尾草，你用错了。”

“他跟你说‘喜欢’，只是因为我而已。”

“你以为你是他喜欢的样子？”

程允舒盯着她口红的色号，肩膀晃了晃。

鄢慈很同情地看着她：“你在陈越之心里永远是替身，明白吗？你问我跩什么？连我不要的东西你都得不到，我当然比你跩啊。”

“小方方，你怎么了？”鄢慈一蹦一跳地跟在方煜身后，她穿着简单的 T 恤和牛仔短裤，蹦跶之间腿上细腻的皮肤白得刺眼。

方煜离开厕所后就闷头往前走，鄢慈叫他也不回头。

鄢慈深谙方煜本性，知道大醋缸十有八九又开始酿醋了，于是主动上前挽起他的手臂，戴着口罩的脸贴在他手臂上蹭：“老公，你生什么气呀？”

方煜这才停下，他抬手架在鄢慈的肩膀上掐她的脖子，开口就酸意冲天：“你很了解陈越之啊？”

鄢慈已经猜到他是因为这个不爽，连忙辩解：“我刚才只是气程允舒，那些都是陈越之自己告诉我的！”

她想直起身子，方煜却横着手臂压住她不让动。鄢慈身体灵活，向下一缩，从方煜的桎梏里钻出来。她站到方煜面前，四指朝天以示清白：“是这样的，陈越之有好几次对我说……”

她咳了两声清清嗓子，学着男人声音，瓮声瓮气地说：“鄢鄢，我不喜欢你香水的味道和你口红的色号，今晚我陪你逛街买几套新的。”

“然后呢？”

“我不畏强权。”鄢慈小脸上带着神圣不可侵犯的凛然表情，“我拒绝了他。”

方煜挑眉：“怎么个不畏强权？”

鄢慈得意地翘着下巴：“我说大姨妈来了肚子疼，走不动。”

方煜：“……”

鄢慈笑嘻嘻拉住方煜的手臂，和他十指相扣：“体内要保持一定的酸碱平衡才行，乱吃醋对身体不好。你看我，我就从来不吃醋。”

“你有醋可吃吗？”方煜瞪她一眼，“再敢让方老师生气，赶明儿我就去找个女演员聊聊。你以为圈里想爬上我的床的人少吗？”

“得了吧。”鄢慈一听当场急了，恶狠狠道，“就你那烂技术，谁会想不开爬上你的床？我要是别人，我爬陈越之的床都不爬你的！”

方煜脸瞬间黑得像锅底的烟灰：“有种你再说一遍。”

在一起这么久，鄢慈已经摸透了方煜的脾气，现在也不怎么怕方煜了，张口便直接吐出真实的想法：“再说一遍怎么了？技术烂还不准人说？”

方煜抬起手，鄢慈以为方煜气得要打她，在一起之后已经逐渐遗忘的本能在这一刻重出江湖，她下意识地抱住脑袋。

方煜没打她，只是用胳膊护住她的脸，搂着她的肩膀朝背后的出口走。鄢慈回头，发现后面跑过来七八个娱乐记者，设备道具一应俱全，目的明确——冲着她来的。

全网黑之后，她除了宅在家就是出去拍戏，一次都没被媒体逮到过，微博上也销声匿迹，没了动静。今天如果被追上，要受到怎样的纠缠还不得而知，但明天必上热搜无疑。

身后的人叫她："鄢慈，等等！"

鄢慈和方煜对视一眼，默契地飞奔起来。方煜辨认了一下出口，直接拉着她走到的士通道。可刚一出门，两个人愣住了——门口至少围了二十个记者，看到他们之后一齐拥上来。

"鄢慈，你这几个月干什么去了？"

"鄢慈，之前网上大面积流传关于你傍金主、耍大牌的传言，请问是真的吗？你为什么不站出来给我们一个解释？"

"你几个月前掌掴程允舒是因为她抢你角色吗？现在《盛世荣宠》观众反响很好，程允舒也跻身90后小花行列，你觉得由你出演女主角效果会更好吗？"

"这位是你的圈外男友吗？"

"鄢慈你……"

方煜把鄢慈搂在怀里，推开这些记者向外走，可推开一个人还有后面人，鼻涕虫牛皮糖一样黏黏糊糊黏上来。有个男记者拉住鄢慈的T恤边，试图让她停下来，用力太大，衣服顺着肩膀滑下来，将圆润的肩头裸在外面。

方煜当场怒了，回身推了那人一下："你再碰她一下试试。"

记者们安静几秒，又要潮水一般涌上来。

方煜把鄢慈拉到身后，抬手摘了自己的口罩。他拽着那男记者的领口问："你哪家媒体的？不想开了？"

男记者脸色一沉，刚要回击，旁边不知道谁插了一句："他是方局长的儿子。"

刚才纷扰的人群瞬间停下，众人面面相觑，没人敢再问话。

方煜扯过男记者胸口的工作牌，又看着他们手中的相机，冷着脸威胁："别让我看见今天的事情出现在报道上。"

他护着鄢慈往前走，记者们低头让出一条通道。

上了出租车，鄢慈才平静下来，她拍拍胸脯顺气："他们怎么知道我今天回来，还知道我要走那个门？不会是程允舒叫来的吧？"

那几个记者准确无误地定位到她，不联想到程允舒也很难。毕竟机场那么大，就算记者知道她要回来，找到她也不是件容易的事，这事八成和程允舒脱不了干系。

方煜没接话茬，目不斜视地盯着出租车椅背，不知道在想什么。

鄢慈生日这天，方煜带她出门吃饭。

她往年生日都是在陈越之的要求下，和他朋友一起聚会开趴度过的，在场的人没有几个是她认识的。她的生日，更多是陈越之用来交朋友、谈生意的场合。很多年没有过过这样清净温馨的生日，鄢慈出门前特意换上一条酒红色礼服短裙。她回北京后就把头发剪短了，齐耳的长度烫了一点小小的弯卷留在耳朵后面，看上去可爱俏皮，像个学生时代稚嫩的少女。

方煜将位子定在一家高档中式餐厅，位于一座大厦顶层，四面都是落地玻璃，坐在里面可以俯瞰整座北京城繁华的夜景。餐厅空无一人，天花板和墙壁被人用气球和彩花装饰点缀，地板上放置着一簇簇花团，走在其中像漫步在春天的草原。鄢慈看着，觉得方煜太浪漫了！

服务员彬彬有礼地说："很抱歉这位客人，今天大厅已经被别的客人包场了。"

鄢慈眼睛里粉红色泡泡消失，转头看方煜。方煜指着天台的楼梯淡淡地说："我们去上面。"

"这不是我的吗？"鄢慈委屈地问，"今天是我生日。"

"今天你生日？"方煜拉住她的手走上天台，嘴里喃喃道，"今天你生日……"

鄢慈的委屈快要从脸上溢出来了，方煜一副满不在乎的冷淡样子，像极了敷衍，鄢慈心底一瞬间涌上来一股说不出的难过和无力。都说恋爱谈到一定时候会有一个冷却期，她和方煜现在是到了所谓的冷却期了吗？方煜是不是嫌她烦，嫌她腻歪？

方煜拉开门，一派浓郁的花香扑面而来，鄢慈呆立当场。鲜红色的玫瑰花的海洋，从门口蔓延至天台的每个角落，和楼下餐厅点缀的零星鲜花和气球完全不是一个等级，一百多平方米的空间，除了空出一条供人通行的小路，剩下的地方全是玫瑰花。灯光柔和，墙壁两侧嵌着小彩灯，散发着幽蓝色莹莹的柔光，安静得像一片异星森林。

天上星光闪烁，夜风微凉，气氛比楼下不知好上多少。正对着门的栏杆上绑了几个氢气球，上面写着汉字 ——宝宝生日快乐，老公永远爱你。

鄢慈捂住嘴巴，明亮的眼睛里全是惊喜。身后响起方煜的笑声，她连忙转身，被方煜一把搂进怀里。方煜声音磁性而性感，带着调侃的意味：“我当然知道今天你生日。喜欢吗？”

鄢慈脸上是不加掩饰的喜悦欢欣，她拧着方煜的手臂，兴奋得嗷嗷叫：“方老师，你太坏了！你怎么这么坏！我爱死你了！”

鄢慈跳起来要亲他，方煜把她推开：“等等，有正事。”

“什么事？”鄢慈疑惑。

方煜从桌上拿过一个纸袋，从里面掏出一个扁平的礼物盒，还有一个小小的四方盒。他打开小盒子，里面装了两枚简单素朴的铂金戒指。

鄢慈结巴了：“方老师，你要跟我求婚吗？现在？”

方煜把戒指掏出来，将盒子随手扔到身后，一点也没有求婚该有的样子。

“不求。”方煜想也不想。

鄢慈小嘴一撇，咬咬嘴唇没说话。方煜拿起小的那枚戒指，对着灯光看了看，而后笑了笑，拉过鄢慈白而纤细的手，把戒指慢慢套进她的中指，说：“现在不能求，但要让别人知道你有男人了。方老师还欠着几个亿，等我把债还干净的那天，你嫁给我，行不行？”

他面容英俊，说话间神色温柔，微微扬起的嘴角像是春天最温暖最炙热的太阳，明明不是求婚，却比求婚更让人心里波澜激荡。

鄢慈的眼圈登时一红，小声道：“我现在就能嫁给你。”

方煜摊平她的手掌，把大的戒指放上去，示意她帮自己戴：“你有五千万，方老师只有一百万，还背着一身债，现在不准嫁。”

方煜又把那个扁平的盒子递给她：“这才是生日礼物。”

鄢慈拆开，里面是一沓纸，封面只写了简简单单的两个字——少年。

“这是新剧本吗？”

方煜温柔地看着她：“送你的影后，明年兑现。”

“影后？”鄢慈没有急于看剧本的内容，而是手指放在上面轻轻摸了摸，不太自信地问，“你觉得我能拿影后？”

“我说你能你就能。”

方煜说她能演好陆莹，她果然演好了陆莹。方煜说她能拿影后，就算只是说着玩玩，她也愿意相信。鄢慈把盒子盖上，搂住方煜的脖子笑：“如果明年兑现不了，我要找你算账。”

鄢慈甜甜蜜蜜地和方煜吃完饭，去楼下卫生间补口红，门外进来一个男人，鄢慈没多在意，把口红收起来，洗洗手正要出去，一转头差点撞进陈越之怀里。

两个人对视了几秒，陈越之眼神带着灼热烫人的温度，毫不掩饰地用贪婪的目光把鄢慈从头到脚打量个遍，每一根头发丝都不放过。

鄢慈故作淡定地和他打招呼：“陈少。”

她说完，给他让路，低着头想从旁边溜走。陈越之不是省油的灯，身体一横，把她堵在洗手台前：“鄢鄢。”

陈越之没怎么变，一样的目中无人和霸道。他端详鄢慈一阵，忽然问道：“你剪头发了？”

鄢慈心想：你瞎吗！这种事情还要问我？嘴上说：“是呀。”

“为什么剪头发？”

鄢慈心想：还不是因为不想和程允舒留一样的发型！嘴上说：“因为我老公喜欢短头发。”

陈越之寒下脸，沉默不语。

鄢慈冲门外看了一眼：“陈少你不回去，不怕女伴发现？”

陈越之根本不在乎所谓的女伴，固执地盯着鄢慈：“今天也是你生日吧？以前生日都是我陪你过的。”

鄢慈蹙眉，今天还是谁生日？

陈越之忽然局促起来，他皱着眉毛解释：“不是我包的场。程允舒磨了我一个星期，让我陪她吃顿饭，里里外外都是她差人布置的。”

程允舒也是今天过生日？鄢慈心里对程允舒的反感又多了一层——处处学她就算了，生日都撞在同一天。她上辈子是造了什么孽，这辈子才要被她这么恶心？

“这些日子我想了很多。”陈越之轻轻抓起她的手。

鄢慈用小手包“啪叽”一声把他打开。陈越之温柔公子的样子装不成，脸黑下来，但还勉强保持冷静：“以前我对你是有些过分，我不该让你陪酒。你回来吧，如果你回我身边，我保证一年之内让你回到以前的地位，甚至比以前更高。”

鄢慈皱眉：“我不在乎。”

“你不在乎地位，那你在乎自己吗？”陈越之不死心地动手动脚去搂她的腰。她今晚小裙子的颜色太过妖冶，衬得她皮肤白得像玉，站在温暖昼明的灯光下，整个人像是童话里走出来的瓷器娃娃。

“你跟着方煜这半年过得怎么样？被侮辱被骂，被天天挂热搜，被修遗照。你如果回我身边，我保证这些事情以后绝对不会发生。”

“你所谓的保证，不过是让我去和蒋明道歉。可我宁愿被侮辱被骂，被挂热搜，被修遗照，我不会跟他低头，也不会回去。”

“你就宁愿跟着方煜，被人骂一辈子？”

鄢慈眼角微微上挑，她的眉偏细偏狭长，今天又化了一个略微艳丽的妆容，刻意挑起来时染着难掩的风情。她正要说话，眼睛一瞥，看到程允舒站在洗手间门口。

她把想说的话收了收，扬扬下巴，目光落到程允舒身上，意有所指：“陈少，你身边那么多女人，让我怎么安心回去？”

陈越之早就在镜子里看到程允舒了。他听鄢慈语气软化，眉目间带着惊喜，头也不回，声调有些兴奋：“你如果回来，她算什么东西。”

越过陈越之宽阔的肩膀和英俊的脸颊，鄢慈看到程允舒的脸色一瞬间惨白，仿佛赤身裸体坠入无底冰窟。她难以置信地看着陈越之的后脑，目光脆弱难掩，像盏一碰就碎的水晶杯。

鄢慈恍惚中明白了。程允舒模仿她，用尽手段往死里黑她，急于上位是其次，最重要的原因，是她爱上了陈越之吧？

程允舒爱上了陈越之。这一瞬间，鄢慈不知道是该笑她还是同情她。鄢慈笑了笑，露出小恶魔的獠牙，邪恶地说：“我愿意。”

陈越之面露喜色，伸手搂她。

鄢慈补充道：“我愿意跟着方煜，被人骂一辈子我也愿意。”

陈越之：“……”

“让一让吧，陈少。”鄢慈挑眉推开陈越之，“方煜等着我呢。”

陈越之向来不是个好脾气，被她激怒，拽住她的手腕按回洗手台上。

鄢慈看他狰狞愤怒的表情就知道他想干什么。她条件反射，膝盖一提狠狠顶在他的身下，陈越之当场闷哼一声，弯下腰痛苦地呻吟，半天直不起来。

鄢慈威胁道："别乱来，小心喊我老公揍你哦。"

"陈少——"程允舒尖叫着跑上来扶他，看他疼得脸色青紫，一咬嘴唇，挥手一个巴掌冲鄢慈脸上甩过去。

鄢慈是在方煜的巴掌下磨炼过的人，程允舒这点小伎俩她连看都懒得看，慢悠悠一偏身躲开。

程允舒还要再打，陈越之一把推开她，吼道："谁给你的胆子动手？滚开！"

陈越之脸痛得发白，勉强整理好仪态，他直起身子，喘着粗气看着鄢慈。

鄢慈的硬气向来保持不了多久，打完人就由"鄢硬硬"变成了"鄢软软"。她挪着小步从陈越之身旁出去，很没有诚意地问："陈少，要……要给你叫救护车吗？"

陈越之咬牙切齿抬起头，目光里夹杂着又爱又恨的复杂情绪——想打她但下不了手，不打她又解不了气。

鄢慈快速地说："不要我就先走了哦，回见。"说完，风一样从洗手间溜出去。

《浮萍》在儿童节前一天晚上开播。

耀星对它的宣传可谓下足了工夫，虽然鄢慈离开了公司，但贺禹和程允舒都在片子里出演了相当重要的角色，尤其是贺禹，戏份甚至堪比男主角秦城。

方煜担忧得没错，在电视剧上映的前一个星期，微博上鄢慈和贺禹在拍《浮萍》时的旧事再次被翻出来。安静多日无瓜可吃的网友这才想起，已经半年没在网络媒体上见过鄢慈这个人了。于是沉寂多月的场景重现，各路群嘲轮番上演。

鄢慈每天无事可做，待在家抱着男朋友刷微博。全网黑已经帮她锻炼出一颗无比强健的心脏，她现在看黑子的评论又变得像以前一样面不改色，甚至可以一边吃薯片一边和方煜吐槽："这人小学没毕业吧，翻来覆去就那几个词，我都看腻了，能不能换点新鲜的？”

方煜皱着眉夺过她手里的薯片：“都九十斤了还吃！过段时间就要筹备新电影，你要穿短裙露大腿，九十斤的腿，你好意思上镜吗？”

鄢慈蠕动着身子滚到沙发边缘，探手从旁边的橱柜里掏出一盒巧克力饼干，眼睛不眨地拆开：“我才八十九斤。”

“去年你才八十斤。”方煜又要去夺。

鄢慈一个后滚翻跪坐起来，抱着饼干远离他：“方老师你变了！以前你很爱我，拍戏都偷偷给我加鸡腿。看你现在小气的样子！”

方煜充耳不闻，说：“趁现在有热度，把《迷影》的宣传发了，用你的微博。”

鄢慈很久没发过微博了，一听，难以置信地问：“用我的微博？”

方煜点头：“你打算当一辈子缩头乌龟？”

鄢慈想了想，也是，迟早都要面对的事情，害怕也没用。她打开编辑页面，放上《迷影》的宣传海报。纯黑色的底面，人物也是黑白色，鄢慈位于正中间，只露出上半身。她仰头看着天空，神情空洞。李乔和秦城一左一右立于两侧，李乔深情摸着她的头发，而秦城面色冷峻地抓住她的手臂。他们头顶有盏白惨惨的灯，斜斜地照下去，打出三条狭长的影子。

鄢慈发完微博，方煜伸手：“手机给我吧。”

“不要。”她摇摇头，“骂就骂吧，我无所谓。”

没多久微博就传来叮叮当当的声音。

鄢慈做了下深呼吸，打开评论。第一时间发现她发微博的，大多是设置了特别关注的粉丝。一连看到上百条“卖萌打滚我家女神终于发微博”的评论，鄢慈的心情一下子多云转晴，非常之好。

不一会儿，黑子的评论混进来，评论区开始变得热闹起来。

谢谢避雷，不会去看的。要不是《浮萍》有贺禹，我都懒得看。另外安利一下我家贺禹的新电影《花花公子》，六月二十五日，我们不见不散。

我是不是看错了？男主角还是李乔，哈哈哈哈！心疼李乔三秒钟。

你们这是在质疑鄢慈的演技吗？我告诉你们，这部片子她肯定超常发挥，演技出彩。你们难道没发现她演的是个小姐？本色出演还演不好，她还有脸继续拍戏吗？

方煜看完一水儿的贺禹粉丝和程允舒粉丝的言论，无聊地把手机一扔：“马原今天给我发了《迷影》的粗剪版，要不要一起看？”

鄢慈点头。

在《迷影》中，马原没有采用《葬爱家族之殇》那令人压抑的色调，而是开篇就色彩秀丽明快，青山绿水，春意盎然。

靳北在山头上追着陆莹玩闹，开始他慢慢地跑，装作追不上的样子哄她开心，跑着跑着，他忽然一把扯过她抱进怀里在脸颊上亲了两下。

“村里来的那个老板说他厂里需要很多女工，每个月有两千元钱的工资。”

陆莹的头发简单扎成一个马尾，脸侧有几缕碎发涤荡在三月的春风里，她面容清纯干净，一笑，两只眼睛眯成弯弯的月牙。她声音甜美轻快，拉着靳北的手，用穿着胶鞋的小脚去踩田埂上的硬土：“我想去。”

靳北蹙起英挺的眉：“你别去，大城市人多，坏人也多。”

陆莹不开心地打他头顶：“你就知道坏人，呆瓜！”

……

“呆瓜！”方煜捏起嗓子，学陆莹讲话。

鄢慈瞅他一眼：“很嗲？是你跟我说的，只有这样讲才像一个对爱人撒娇的少女。”

方煜眼睛瞥到屏幕中出现一片油绿的芦苇荡，脸色立马就不好了，故意找碴：“别甩锅给方老师，你肯定是想对小白脸装可爱，说话声音都变了。”

镜头从远处推进，漫漫无边的芦苇荡中，陆莹和靳北在此缠绵。靳北脸上是血气方刚的年轻人独一无二的热情，他难以掩饰焦灼和渴望，明明白白呈现出青涩少年的样子。而陆莹则完全不同，她像条蛇，嘶嘶吐着信子，肌肤如玉，薄唇似火，在靳北身下不安地扭动。

春风横扫芦苇荡，景物干净澄明。陆莹翻身将靳北压在身下，她捋顺四散的长发，脊背光裸，沿着后脖颈一路向下，优美线条延伸至小巧的腰窝。

方煜这才把眼睛挪回屏幕，好好欣赏这一帧一幅的美景。当初作为李乔的替身拍这一段的时候，对方煜来说既甜蜜又痛苦。甜蜜的是，他从来没在床上见过鄢慈这副媚态横生的样子；痛苦的是，鄢慈随着镜头的动作不停地蹭他，蹭得他快爆炸。

他扭过头，鄢慈脸红红的："这段真的要放进片子里吗？太羞耻了。"

"你不乐意个什么劲？方老师都还没说什么呢。"方煜不满道，"我比你更不想它放进去。"一想到鄢慈这样子要被观众看到，他隐隐有种自己要被戴十四亿顶绿帽子的感觉。

陆莹如愿以偿来到大城市，每天朝八晚五，整日埋头在纺织厂踩缝纫机。她听了一个月缝纫机"哒哒哒"的动静，整个耳朵都是聒噪的回音。车间主任正巡视车间，她看在眼里，动在心头。很快，陆莹成为带头的小班长。她天生手巧，缝衣服的速度快不说，还少有残次品，一个月工资加奖金，足足有四千元钱。

在那个年均收入才五千的村里，陆莹手里从来没一次性拿过那么多钱。她白皙的指尖颤抖着。她在手上啐了口吐沫，把那沓钱翻来覆去数了十二遍。

很快，车间开始传起风言风语，说她和主任有问题。对方的家眷不知道从哪里听说了，急匆匆从外地赶来，当着全厂女工的面，扇了陆莹三个响亮的耳光。

"我没跟他睡。"陆莹摸了摸疼痛的脸颊，抬起沉沉的眼睛，"我有男朋友。"

事已至此，工厂再待不下去。陆莹辗转几日，找到一份夜总会服务员的工作。这里的服务员分两个等级，小妹和"公主"。她是小妹，负责打扫和送酒，每月工资两千元钱。城市的夜晚，灯红酒绿，巷口酒厅奢靡不已。陆莹守在包厢外等吩咐，偶尔能听到屋里传出低沉的歌声和男人女人的呻吟。

"公主"进去十分钟后衣衫整洁地出来，陆莹很奇怪，凑上去问："今天这么快？"

"公主"扒开衣领，里面塞了满满一把红色钞票，说："客人心情好，不用做什么，这全是小费。"

陆莹心动地找到夜总会负责人凯哥，他是这几条街手腕最硬的皮条客。

不得不说，鄢慈赋予了陆莹一副上等皮囊，她很美，美到人一眼看上去就挪不开眼，在道上混了这么多年的凯哥见她第一面时也怔了几秒。这种姿色只当小妹着实可惜，但想当“公主”还要有心理素质，束手束脚放不开，这不是扫客人的兴致？

秦城饰演的凯哥是个冷酷无情的男人，整个屋子被他抽出一阵烟雾缭绕。他坐在沙发上，指了指对面的大床，淡淡地说：“裙子脱了，上去。”

陆莹只是为了小费，这种事她还没做好准备，刚要冷声拒绝，只听凯哥又道：“按市场价，两千。”

陆莹眼睛瞬间睁大，她抖着舌头舔了舔嘴唇，脸上是不加掩饰的垂涎和贪婪：“两千一晚上还是一个月？”

凯哥把烟灰抖落在茶几上，抬起毫无感情的眸子，看着她这市侩的样子，哼笑：“冲你这张脸，两千一次不为过，不过冲你这八百辈子没见过钱的样，二十一晚我都嫌贵。”

陆莹短短愣了片刻，几秒之后她神色一变，收去所有上不得台面的表情，淡淡一笑，毫不犹豫地伸手解开自己的衣服。她没有听话地趴到床上去，而是正对着凯哥趴到沙发上，她回过头，娇美地眨着眼睛，吐气如兰，声音魅惑：“我值两千。”

凯哥对陆莹的感情很奇怪：一方面他看不起陆莹的贪财和占小便宜，另一方面他又欣赏她那毫不在意别人看法的坦荡。

阴沟里的老鼠，看到光亮会害怕，但在茫茫的黑暗里遇到同类，会忍不住靠近。

可陆莹不觉得自己是阴沟里见不得人的耗子，她有想过的生活，也有爱着的人。从小穷到大，她拒绝不了金钱的诱惑。她爱纸醉金迷的奢华，但同时她也爱着靳北。靳北是她做回正常女孩，回到光鲜世界的最后一道救命绳索，她舍不得把他放下。

于是当靳北来到这座城市读大学后，她全然伪装起自己夜晚见不得人的职业。她如同所有正常女孩一样，每天穿着漂亮的衣服去学校里等他。靳北带她逛夜市，给她买奶茶，在图书馆守着她自习，在学校附近的小宾馆纠缠上整夜。

渐渐地，陆莹发现她过快拔高的对生活质量的要求，和靳北一直以来的习惯不能相容。陆莹给靳北买手机、买球鞋，靳北拒绝，并问她钱从哪里来的。陆莹不答。于是两人开始吵架。

冷战半个月之后，靳北先低了头，陆莹气也消了，两人重归于好。两人在宾馆情意正浓时，凯哥带人闯了进来。

“这就是你外面的野男人？”他眼珠混沌不带感情，盯着靳北把他上下扫了个遍。他可以忍受陆莹每晚出卖肉体换取金钱，却不能容忍她对男人真正动心。

他明白，陆莹自然也明白。她故作淡定，从靳北皮夹里抽出八百块钱，扔在床上，无畏地看着凯哥轻笑：“我接的客。”

“接客要走我抽成。”凯哥揪住她的头发，“你只收他八百？”

他转而看向靳北，笑意森然：“你还不知道吧？她就是个贱女人。”

那一刻，困惑缠绕心头多日的怀疑终于解开，由不得靳北不信。他目光一瞬间涌起浓重的绝望和戾气，影片的色调瞬间暗沉，又呈现出在《葬爱家族之殇》中鄢慈受不了的那种压抑。

“不管陆莹做了什么，她心里有一处是亮的。”方煜的感情也随着片子波动，他慢慢解释，“靳北就是她的光。她勉强不了自己离开钱，但她偶尔也会幻想有一天能和靳北过上正常的日子。所以后来那个煤老板让她把孩子生下来，她才会爽快点头——有了钱她才能安心去过自己想要的生活。”

陆莹怀了嫖客的孩子。对方空有千万身家却一直生不出男孩，他允诺陆莹，只要她愿意为他生下孩子，他会给她两百万生活费。凯哥作为中间人，能从中抽取大半，因此他一刻不松地看守着陆莹。

影片的结尾，是在一个暴雨瓢泼的夜里。

趁凯哥出门买夜宵的工夫，靳北翻进屋子。

“你跟不跟我走？”他语气明明强硬狠厉，眼里却是明亮的少年光彩，“莹莹，你跟不跟我走？”

陆莹看了眼自己略微鼓起的小腹，犹豫道：“你等我几个月。”

“你现在就跟我走！”靳北怒吼着将桌子上的东西全部扫落，“不然你以后别想见我！”

陆莹牙齿连着脸颊的部分不停地颤抖。靳北爬进来后没关窗子，冷风刮进来，她抱着肩头痛哭起来。被人千夫所指，她没哭过，被人殴打辱骂，她也没哭过，但在这一刻，她哭出了声音。

那是鄢慈卡得最多的一场戏，也是最重要的一场戏。

此刻陆莹面对的不只是和靳北逃跑的事情，她面对的是在靳北和自己过往构筑的价值观念两者间的选择。陆莹抬眼，壁顶白炽灯刺目的光透过她细碎的泪珠散成柠檬形状的光芒。一阵天旋地转。模糊之中，她睁开眼，只看到靳北青灰的脸。

凯哥在暗巷追上两人，比起陆莹带着孩子跑掉，她想脱离他的束缚，这才是最让他愤怒的原因。阴沟里的老鼠，怎么配过自己想要的生活？陆莹离开了阴沟，剩他自己一个人留在那里，他无法接受。那里暗无天日，那里让人窒息。

“她入这行或许能洗干净，但她惹了我，这辈子都别想干净。”

凯哥动了杀意，靳北也动了杀意，他从裤兜里掏出一把小刀，揪起凯哥的衣领。

陆莹发出一阵尖锐的嘶鸣，她扑过来。

短暂的寂静过后，除了哗啦啦的暴雨声，四下再无其他声响。

凯哥怒目圆睁，难以置信地倒在地上，他的胸口按着一双洁白如玉的手，手掌之下，是一截短短的木制刀柄。

“我没想过洗干净，但你是干净的。”陆莹转过头，发丝黏在脸侧，狼狈得像是落水的母狗，她眼睛不眨，目光含情，深深看着靳北。

这一刻，路灯的光影在雨中闪烁，狂暴的雨滴在夜里降落。

鄢慈长舒一口气，心里仍感到压抑不已。

《新闻联播》的时间段过去，方煜随手把频道调成《浮萍》。

之前鄢慈总觉得《浮萍》是她演过的最出彩的一部剧，现下却完全看不出味道，且当贺禹恶心的脸出现的一瞬间，她顿时失去了看下去的欲望。

“方老师。”她把头靠在方煜的肩膀上，“你觉得我演得怎么样？”

方煜略一思索：“八分。”方煜嘴里的八分已经是相当高的评价了，毕竟某瓣八点四评分的《青梧桐》在他眼里都差得不行。

“这片子能拿奖吗？”

方煜道：“你和李乔很悬，尤其是你。电影圈看资历，这是你第一部片子，演得再好也难一步登天。但是有这部打底，后面的路就容易多了。”

鄢慈也没指望自己能靠这片子拿影后，心下了然，靠着方煜的肩膀发呆。陆莹这角色给她的冲击很大，一时半会儿还缓不过来。

“但是《浮萍》说不准。”方煜笑了笑，“去年一整年偶像剧爆发，没几部正剧，女主角出彩的更少，方老师对你很有信心。拿不到金天鹅影后，拿个白茉莉奖回来看看也是可以的。”

鄢慈去年被黑最重要的原因是她惹了蒋明。蒋明家大业大，随便花点钱买买营销号和水军都能带起一波网络舆论。

方煜背景硬，可他和蒋明属于两个不同的圈子，他管不到蒋明。但贺禹和程允舒不一样，他们既然在娱乐圈里混，头顶免不了有人限制。鄢慈的事情他们虽没少掺和，但也仅仅只是踩你捧我，这手段在圈里太正常，只要不涉及重大的原则问题，没理由随意封杀一个演员。

贺禹心机颇深，他知道方煜的底子，因此这几个月来一直“严于律己”，生怕被抓到一丝把柄。他人品差，演技烂，不敬业，这些都不足以成为方煜整他的理由。方煜是个骄傲的人，他不屑使用圈子里那些手段去回击。一来那种手段下作，二来没有必要，这样只会把事态越炒越大，把鄢慈“流量花旦”的名头越发坐实，让网友每天在微博热搜看腻鄢慈的身影，败坏路人缘，除此之外，没有任何好处。与之相比，实力才是让人闭嘴的最好办法。

《浮萍》同期没有出彩的电视剧，方煜对这部戏信心满满，每天《新闻联播》一结束，准时打开电视拉鄢慈一起看。开始鄢慈还不愿意——看自己在屏幕上表演，这很尴尬。

“陈越之这是怎么了？片子一刀不剪，还给你买热搜。”

这几天微博第五的广告位一直被《浮萍》占着，陈越之下了血本，每天都要挂四五个热搜在微博上，而热搜的内容很多与鄢慈饰演的宁浮萍有关。

方煜点开其中一个话题，进去后首页封面大气磅礴，身穿旗袍的浮萍立于中央，左右两边书着八个大字——人生乱世，命若浮萍。

置顶的是耀星娱乐官方微博一个小时前更新的微博。

@耀星娱乐官方微博：今晚浮萍姐姐要在窑子挨打了！心不心疼？

就问你们心不心疼？要浮萍姐姐给吹吹才行。@鄢慈

方煜没忘全网黑的时候这官微说过鄢慈什么，现在却这样无事献殷勤，他一时摸不准陈越之是什么心思，说：“陈越之这是对你示好，还是换了一种整你的方式？”

鄢慈也不懂，但她无视耀星官微的微博，不转发，不回应，不宣传，把自身存在感深深降低：“看《浮萍》收视太好，觉得鄢鄢要东山再起，过来抱大腿也不一定。”

她只是随口一说，陈越之倒不至于来抱她大腿，但《浮萍》收视率真的很高。耀星的宣传、良好的播出平台对收视率一路走高功不可没，但最重要的是，这部剧自身的质量。剧本出自方煜之手就是一块活招牌，更别说这戏还是他到现场亲自监制。鄢慈的每一个镜头都在他手底下来回拍了很多遍，多少次被他骂得狗血喷头，才能演好一个眼神和表情。偶尔回过头想想刚认识时方煜那每天都在喷火的暴躁样，鄢慈总忍不住想笑。

“你笑什么？陈越之对你示好你很开心？”方老师吃醋不分时间地点人物场合，给他一个引子，他能自己酿出一片醋海。

鄢慈很聪明地选择不说话。方煜指着电视上贺禹饰演的周少霆，不屑地说：“都怪你，才让贺禹毁了这部剧。”

“怪我？”

“我当时想让他走。你要是不给我敬酒，我根本不可能让他看到《浮萍》剧组第二天打起的灯光。”

鄢慈无奈地低下头：“好吧，怪我。”

“这辣眼睛的演技，简直就是在侮辱我老婆。”方煜不满地说，“有些人真是选择性眼瞎，昨天热搜把贺禹的演技顶上去就算了，还要拉着你踩一脚。他们是怎么睁着眼说出你的演技比贺禹差这种瞎话的？”

鄢慈举着手机：“我觉得还好啊。”

夸贺禹演技的评论她没太注意，但《浮萍》开播一周以来，她确实感受到了对于她的网络暴力有稍微一点点减少。明明播出前还一堆吵着嚷着不会看她新剧的黑子，现在少了一半，偶尔看到有骂她演技的，点进去一看也是水军僵尸号。

鄢慈有天看到这样一条留言：“纯路人，对你人品不敢苟同，但说

实话，宁浮萍确实演得好。”

方煜凑过来看：“不要小看现在观众的审美，除了粉丝和黑子，多数人看剧还是很客观、不带滤镜的。”

《浮萍》播出期间，陈越之一共打来三个电话。

第一个电话，他不说主题一直闲扯，鄢慈直接挂了。

第二个电话，他说服鄢慈回耀星，被方煜挂了。

第三个电话，他沉着声音问鄢慈：“程允舒拍《浮萍》的时候找人堵过你？你为什么不告诉我？”

鄢慈反问：“跟你有关系吗？我为什么要告诉你？”

“鄢鄢，你以前不会这样对我说话。”

鄢慈诚实道：“以前你是老板，我不敢。”

陈越之沉默了一会儿，开口道：“你回来吧，以前的事我不和你计较，只要你现在回来，我什么都能给你。我保证，程允舒不会再出现在你的面前。你不想整她吗？”

“谁的电话？”方煜在客厅问。

鄢慈没再理会陈越之，挂上电话，随口回答：“卖保险的。”

方煜最近背着鄢慈偷偷摸摸做了些事情，每晚到了睡觉时间还在阳台抽烟打电话。他不说，鄢慈也不问。几天之后，他神情轻快地叫鄢慈到他的书房，手里拿着一个精致的硬盘，说：“之前蒋明找人合成的那个视频，记得吗？”

鄢慈心里一动：“还原了？”

方煜嘴角勾笑：“没有。”

鄢慈叹了口气，这东西要是这么容易还原，她也不用被黑这么久。

“但是……”方煜话说了一半，狡猾地笑，“你来看。”

鄢慈坐过去，方煜点开电脑上一个小视频给她看。开始的镜头还是模糊的，与当时鄢慈被黑的视频一模一样，不同的是，那个在沙发上的女人的脸变成了程允舒。

“没有初始视频，还原基本不可能，但是技术可以复制，你想换成谁？方老师十分钟就能帮你换张脸。”

鄢慈想都不想：“贺禹那个王八蛋。”

方煜二话不说给朋友发了一则消息，三分钟后对方发来一个一模一样的视频，主人公的脸换成了贺禹。

鄢慈趴在桌子上大笑："他也太丑了吧！"

方煜哄她开心，又把自己的脸放上去。

鄢慈笑得眼泪都出来了，笑着笑着脸红了："方老师真好看，如果那几个亿还不清，你完全可以去做会所的头牌！"

方煜捏了捏她的脸："我只做你一个人的头牌。"

鄢慈笑嘻嘻地问："我们要把这个挂到网上吗？要给鄢鄢找场子了是不是？方老师你太帅了，鄢鄢简直要爱死你啦！"

方煜一锤击碎她的幻想："别做梦了，这犯法。"

鄢慈蔫了："那要它有什么用？放家里给我看着解气？"

"你脑子傻了？都说了犯法，你做犯法，别人做一样犯法。以前没证据才迟迟不动，现在证据有了，你就不能过过脑子先想想法律？"

鄢慈眨眨眼，奉承道："方老师好厉害，所以你要告蒋明吗？"

方煜："告去年发视频的营销号，法律程序要走，热度也要造。要么别做，要做就做得彻底。我倒想看看这次以后，还有哪个营销号敢接黑你的活儿。"

鄢慈不懂他要做什么，方煜也没打算再解释，他嘴角挂着自信的微笑，说："这件事你不用管，以后方老师负责帮你打怪升级，你只管大胆往前走。"

方煜一向是个行动派，下定决心就会立刻去做。他第二天就约了律师详谈，第三天便以鄢慈的名义起诉多个微博营销号诽谤，造谣生事，侵犯她的名誉权。

现在还是《浮萍》的热映期，这件事情刹那间在圈里圈外掀起轩然大波。方煜以鄢慈名义告的不仅有当初发假视频的营销号，还有耀星娱乐旗下的几个营销号——当初造谣鄢慈因为程允舒抢角色对其掌掴的、造谣鄢慈在剧组指使保镖殴打贺禹的……

之前隐忍不动，一是因为蒋明铁了心要整鄢慈，他财大气粗在背后撑腰，这场官司会非常难打，另一个原因是视频技术上的证据没到手。

一个能在会所做出那种不雅之事的艺人，是不存在路人缘这种东西的。人有自己的喜恶，会带着主观的判断去看很多事情，就算先解释清了程允舒和贺禹的事情，很多人心里还是会潜意识戴上有色眼镜去看鄢慈——这种人难道没可能做出这种事吗？太有可能了。

方煜索赔金额是五百万，足够营销号倾家荡产。

鄢慈开始以为这场官司会打得很艰难，这么多年形形色色的事情见了很多，还真的很少见到有艺人告娱乐记者，告营销号，告媒体，还要求巨额赔偿的。

“是不是太多了？”鄢慈不安地问，“他们赔不出来怎么办？他们卖妻卖子凑钱怎么办？要不要少一点，其实我只是想要个道歉。”

方煜转过头，上上下下打量她半天，悠悠开口道：“你别是个圣母精吧？”

第九章 荆棘

本来预想中轰轰烈烈、口水漫天的场景没有出现，方煜这场战役打得特别顺利，顺利到鄢慈觉得自己是触底反弹，被幸运女神眷顾了一般。

耀星豢养的三个营销号不知是不是有陈越之的授意，竟然没有反抗，像兔子一样老老实实趴在地上任方煜这条魔龙宰割。

魔龙毫不客气地把兔子放血剥皮，放在炭火上烤成兔排递到他心爱的公主嘴边，公主满怀感动地吃下，魔龙却开始闹脾气——他嫌弃兔子生长的区域生态环境被万恶的人类污染，由此导致兔子身体素质太差，跳得太慢，抓到它们并不能体现出他威风凛凛的身手，他还嫌兔肉太过老硬，吃起来塞了公主美丽的牙。

如果不是鄢慈死命拦着，方煜真的有可能去找陈越之打架。整整一个星期，方煜每天在家，晨昏定省般想起来就骂陈越之。

“陈越之什么意思？讨好你？想让你回心转意？不看看自己什么德行，一身腻了吧唧的铜臭味，他配得上你？屎壳郎滚回去推粪球，学什么癞蛤蟆吃天鹅肉。”

“追女人这么不走心，有种他让姓程的、姓贺的出来道歉！推几个营销号出来顶锅，也就他那从小发育不良的脑子想得出来。”

方煜非常愤怒。这样一件凸显他男人的力量和尊严，做出来能让鄢慈满眼小星星，对他崇拜有加，捧住他吧唧吧唧亲的事情，被陈越之不抵抗的行为一搅和，瞬间变得容易无比，是个人都能做。男人的力量锐减一半，男人的尊严遭遇挑衅，他剩下的只有鄢慈无脑崇拜的星星眼了。

“方老师把陈越之吓得都不敢反抗了，方老师真的超厉害，我为方老师爆灯，为方老师打电话！”鄢慈哄他。

方煜以一个奇怪的姿势仰在沙发上，两腿平举，贴着沙发靠背生闷气：“方老师是不是很没用？”

鄢慈还没来得及发表一长串真情感言，只听方煜又道：“你敢这么想，你就完蛋了。”

方煜傲娇地说：“陈越之这是扰乱你的军心，企图通过贬低自己的方式来碾压方老师的实力，你会受他蛊惑吗？方老师会因为他这种幼稚的行为失去自身魅力吗？”

“世界是物质的，物质是客观的，方老师的能力和男人味也是客观存在的。就如同乌云永远不会遮住月亮，陈越之卑劣的手段也掩盖不了方老师耀眼的光华。”

鄢慈配合地鼓掌：“方老师真棒！我爱方老师！”

方煜哼哼够了，得到了想要的赞美，被陈越之伤害过的心灵复归满足。他懒洋洋地从沙发上爬起来，抱着鄢慈腻腻歪歪地亲了几口，而后伸了一个懒腰，继续做正事去了。

《浮萍》热度一路走高，开始完全借着耀星的大力宣传和演员自带的粉丝流量，但播出一半之后，由于其剧情跌宕起伏，荡气回肠，迅速笼络住一堆普通观众的心。

每晚七点半到九点半的黄金档，不上网不追星的妈妈们根本不认识这是哪家小花、小生，更不是谁的粉丝，但依然乐此不疲地追剧。

其中最为观众津津乐道的是宁浮萍啃鸡腿怒怼四姨太青缇那场戏——青缇行为端庄，妆容整洁，浮萍手里捏着鸡腿，尽管动作看上去优雅闲适，却怎么看着怎么奇怪。

这么严肃的片子里忽然出现这样一幕，着实让观众惊讶捧腹了很久。大家纷纷猜测是导演组因为剧情太过严肃，所以在片中添加了一个小小的彩蛋。鄢慈看着微博上猜测导演、编剧想法的花式评论，忍不住躲在被子里偷笑——编剧没什么想法，编剧只是疼老婆。

鄢慈沉寂大半年之后又恢复以往每天霸占好几个热搜位的“巅峰时光”，一半原因可以归于热播剧《浮萍》，还有一半原因是当年“不雅视频”和“掌掴”“殴打”事件被重新翻了出来。很多人一开始纷纷表示：《浮萍》再好看也不能改变鄢慈在我心里垃圾一样的既定印象，怎么洗都没用，洗不白的。

可事情没发酵几天，突然来了一百八十度大反转，参与过那些事件的三个营销号竟然统一微博发声道歉，承认当初的事情是他们无端造谣。又过了一段时间，法院判决书下来：白纸黑字上书，经过多方专业鉴定，微博用户“娱乐圈八大姨”七个月前发布的关于艺人“鄢慈”的视频属后期合成，判处被告赔偿原告方精神损失费人民币两百万元及公开道歉。

正如秦城之前说的，蒋明看到想要的结果满意之后，便不会把心思过多地放在鄢慈身上，而那些收钱办事的营销号没了荫蔽之后，一个都跑不了。

方煜很理智，他虽然背景很硬，但走的不是商圈，做事需要谨慎小心，不能落人把柄。徒手撼蒋明是行不通的，圈子里那么多二代，如果日后鄢慈哪天脾气上来每个都泼一脸酒，他总不能挨个去斗一斗。最聪明、最有效的方法，就是圈里的事情圈里解决。

抓住一个人往死里整，整到他倾家荡产、血本无归，给后面的人提一个醒——不是每个人你都能黑。至少这件事之后，方煜可以肯定，有“娱乐圈八大姨”的前车之鉴，短期之内不会再有人敢不长眼去碰他的宝贝。

方煜以前总说一切都会好，真的等到这一天，鄢慈却觉得和往常没什么不同。天还是那个天，太阳还是那个太阳，身边的方煜也没有比平常更帅，依旧是那个白T恤大裤衩邋遢的方煜。她一直寄望于这一天到来，所有误解过她、骂过她的人至少会站出来说一句“对不起”，又或是“很抱歉”，但比起当初她评论下面几十万条谩骂，现在的微博平静得像个死湖。

她恹恹地把手机扔开，方煜捡了回来。

“鄢慈不雅视频”的话题挂在热搜第一位，一点开就能看到“娱乐圈八大姨”的道歉微博以及法院判决书的图片形式。

下面评论清一色的是：

Excuse me……怎么觉得是假的？”

多大点事，搞这么兴师动众。再说这个解释清楚了，打人是怎么回事也说一下呗？说我们冤枉你，拿出证据好吗？这么多网友，有种你一个个去告！

天哪，感觉认知被颠覆了……所以我骂了鄢慈半年是为什么？有谁能告诉我，现在是该骂还是不该骂，求个真相！

呵呵，法律已经瞎到这种地步了吗？给一个垃圾洗白？

鄢慈化身为鄢丧丧，脸上难掩失望和难过：“我没想告他们，我只是想要个道歉。”

方煜随手举报最后一个用户，并在她下面@了司法部和政府办公厅的公众账号，三分钟后，这个人乖乖地删掉评论。

“很多时候，人们宁肯相信假象也不愿意承认是自己错了。”方煜淡淡道，“他们喜欢自欺欺人，因为自欺欺人可以让他们从中得到一种全世界都在我之下的优越感。上帝给了他们眼睛，他们却愿意做瞎子，你也可怜可怜他们，别生这种气了。”

鄢慈趴在地毯上，心里还是难过。

方煜进卧室换上一套干净的大裤衩套装，又从衣柜里挑了一条深蓝色的裙子扔到鄢慈头上：“快点，我们要出去了。”

今天是《迷影》上映的第一天，由于时间紧迫，一切从简，首映会都没有，更别说宣传。除了李乔粉丝没日没夜不要命地安利，剩下唯一的宣传途径就是鄢慈那条微博。

虽然方煜走老爹的后台空降，赶到国产保护月的尾巴挤进了院线排片，但他老爹的面子不方便去干涉影院的排片率，因此第一天《迷影》的排片率极惨，只有晚上的三场。

贺禹的都市爱情轻喜剧《花花公子》已经上映五天了，借着《浮萍》同步播出累积的人气和大批的粉丝贡献票房，这部电影的票房已经攀升至八千万，有望在收官前破亿。

而徐真语的神话片《大梦千年》也紧随其后，已经上映八天，票房七千五百万的成绩，位居当前电影榜第二位。

方煜进了电影院就不停地吐槽：“国产保护月才这么点票房，还好意思吹自己好看！当年《心居》上映第一天票房破亿，我有炫耀过吗？要我说，以后保护月得有准入门槛才行，别借着保护，什么烂片都出来蹦跶。就贺禹那尬到地心的恶俗喜剧，他白送电影票附赠爆米花老子都不会去看。”

说到爆米花，他突然有点嘴馋，拉着包裹严实的鄢慈去柜台买零食。旁边一对情侣正在选片，最近的两场电影是《花花公子》和《迷影》，女孩子犹豫不决。

她男朋友比较了一下，《迷影》海报简洁戳人，《花花公子》海报黄色打底，花里胡哨，一张海报上密密麻麻排了十几人，建议道：“咱们看《迷影》吧，海报看起来挺有感觉。”

女孩苦恼地说：“《迷影》有李乔，可《花花公子》有贺禹，太为难我了，不然我们石头剪刀布吧？”

方煜在旁边看了一会儿，插嘴道：“看《迷影》吧，《迷影》女主角是鄢慈呢。”

女孩一听瞬间反应过来："对哦！"

方煜窃笑。

只听那女孩又说："《迷影》有鄢慈！我们还是看《花花公子》吧，我最讨厌鄢慈了！"

方煜："……"

鄢慈："……"

离影片开场还有十分钟，方煜坐在角落的圆桌上吃爆米花，鄢慈不敢摘口罩，只能看着他吃。方煜眼珠子不断地朝柜台瞥——那里立了《迷影》和《花花公子》两部影片的海报，不知影院是出于什么用意，特意把两部片子放到一起。

"我会扑街吧？大家一听说是鄢慈的片子看都不看。"鄢丧丧说，"为什么都澄清了，《浮萍》收视也不错，大家还是不喜欢我？"

"异性相斥。"方煜安慰她，"别因为一个女生说不喜欢你就自暴自弃，方老师敢打赌，这电影院所有的男人都想看你的片子。"

旁边一桌正好坐着两个年轻男人。

"选《迷影》吧，我对什么公子不感兴趣。"

"看，"方煜转头，"方老师没说错吧？"

另一个男人说："别，那片子色调压抑，咱们还是看欢快的吧。你不爱看男人演的，咱们等下一场的《大梦千年》。"

"《大梦千年》是古装吧？古装片除了那几个大导演拍的，其他的我还真不敢恭维。你看某瓣剧透没有，听说《迷影》尺度挺大的，鄢慈荧屏第一次全裸出境。"

那男人一听有尺度可看，立马点头："好，那就看《迷影》吧。"

方煜："……"

方煜觉得这时候再忍下去他就不是男人了，他果断转头，出声道："朋友……"

——鄢慈有男人了！鄢慈的男人就坐在你们面前！鄢慈都戴上老子的戒指了！你们竟然敢在我面前肖想我老婆？今天不骂死你们我就不姓方！

鄢慈在桌子底下鞋底狠狠踩住他拖鞋中露出的趾头。

方煜疼得嘴角一抽，鄢慈再用力一踩，他咬着牙把心里想的话都吞咽下去，声音发颤，一字一顿改口："你好。"

两人看神经病一样看了他一眼，起身走了。

方煜不死心，借着买可乐的幌子尾随上去，打算继续听听他们要说什么。

那两个男人取完票就站在影厅门口排队，嘴里没再谈论鄢慈，方煜很满意，正要回去告诉鄢慈已经开始检票了，一扫眼看到影院搬出了《迷影》另外一版海报。

这版海报和暗色调的海报是两个完全相反的极端，海报上春风吹拂在芦苇荡间，芦苇叶子向一边歪斜，鄢慈半裸着脊背立于中间，李乔和秦城依旧一左一右，她眉目含情看着李乔，手指却紧紧攥着秦城的衣角。芦苇叶卷住她半边身体，虽然裸露着肩膀，却丝毫不显色情和放荡，任谁路过看了，都只会觉得这是一部文艺到极致的片子。

方煜两只手捧着可乐，站在海报前看了很久。

《迷影》的海报前还站了两个女生，她们也盯着它看了一会儿，半晌，其中一个道："我听说鄢慈人品有问题，我们要不别看这部电影？"

旁边女生说："那些事都澄清过了，你怎么还揪着不放？"

"黑料听多了，我一时拧不过来，总觉得她要是自己没问题，别人为什么要黑她呢？苍蝇不叮无缝的蛋，说不定……"她正说着，一个男人在面前站住。他穿着随性，但脸颊俊美，五官立体如雕刻，双目明亮炯然，手里端着两杯可乐，定定地看着她。

女生脸一红，问："帅哥，你有事吗？"

方煜脸上不喜不愠，口气平淡但目光凛然："你如果不瞎，就不要从别人嘴里认识她。"

"鄢丧丧"预想中的扑街情景完全没有发生。在宣传力度这么薄弱的前提下，《迷影》第一场百分之五十的上座率可以说相当不错。方煜买的电影票是最后一排的角落里，鄢慈坐在那里就可以摘下口罩喘口气，不用担心被别人看到。

他们前排坐了几个高中女生，进来就开始嚼爆米花。

"这是哥哥《穷途逆旅》之后第二部电影，而且不是男配角！啊啊啊！我太激动了，我们哥哥发展越来越好了！”

“哥哥在微博说这片子很好看，他演的当然都好看啊！我不管，这场看完我还要二刷三刷四五六七八刷——”

方煜忍受不了这样的噪音骚扰，刚要开口让她们在电影院小点声，鄢慈赶紧扯着他的胳膊：“方老师，算了吧。”

一说话就要惹是生非，鄢慈觉得他就是一个移动的火药桶，她生怕哪一秒他受了刺激爆炸。

电影开场，几个女孩开始尖叫。

“啊，天哪！”

“嫉妒使我缺氧！”

“嫉妒使我发狂！”

“嫉妒使我想骂鄢慈，啊啊啊！”

方煜怒道：“看电影吵什么！嫉妒有用吗！嫉妒能吃吗！嫉妒能让李乔和你拍激情戏吗！”

那几个女孩转过头看着方煜，复而围在一起窃窃私语。

“好凶的大叔。”

“他是嫉妒哥哥有我们喜欢吧？”

“应该是，他这么凶，肯定没有女朋友。”

方煜：“……”

鄢慈强忍着笑，瞥过眼睛偷偷打量方煜。他本来看这一段就生气，被李乔的粉丝一顿讽刺更气了，又不能和小孩子一般见识，此刻冷脸靠着椅背，像个赌气的小孩。

“什么叫我这么凶没有女朋友？”方煜小声，用只有他和鄢慈能听见的声音说，“我女朋友可是你们哥哥心里的白月光，他嫉妒我嫉妒到质壁分离，我炫耀过吗？”

鄢慈乖巧地接话：“没有，方老师谦虚低调。”

方煜的表情这才阴转多云，搂着鄢慈看电影。

那几个女生由开始的大声叽叽喳喳转为小声叽叽喳喳，渐渐由犯花痴转为讨论剧情。

“鄢慈也太坏了吧，哥哥喜欢她什么？”

“我要疯了，鄢慈别虐我们哥哥行不行？都下海了，还缠着哥哥不放做什么？我们哥哥真的好骗。”

方煜强忍着冲上去告诉她们那是陆莹不是鄢慈的冲动。他环顾影院四周，发现除了这几个小女孩，其他人都眼睛一眨不眨安静地看电影。

女孩们叨咕了一阵，忽然不说话了。

屏幕上暴雨倾盆。

李乔痛苦的嘶鸣，凯哥残忍的冷笑，陆莹悲戚的低咽。

“你是干净的。”靳北爬上前把她搂进怀里，陆莹仰头看着路灯，眼睛被暴雨打得通红，脸上是痛苦和绝望，已经分不清流淌着的是泪水还是雨水。

这个片段鄢慈反复看了很多遍，以她的理解，在这一刻陆莹是真的后悔了，然而这也是她拼死都无力挽回的一刻。这种悲剧矛盾的冲突感是最令人揪心的。它或许不会强烈到让人放声哭出来，却始终梗在心里。这种片子看过一次就很难忘，咽不下去又吐不出来，这是它最出彩的地方。

那几个女生似乎没看懂，出播放厅时交头接耳。

“陆莹为什么要帮哥哥杀人，她爱哥哥吗？”

“我觉得陆莹演技真的不错。”

方煜走在后面，没有纠正她们把鄢慈叫成陆莹的错误，能让观众记住你饰演的角色多于记住演员，这已经是成功。

走出播放厅的人都沉着头不说话，这片子好看是真，压抑也是真。刚才遇到的两个男人在播放厅门口看到新换的海报，掏出手机来拍：“鄢慈背部线条真好看，留个纪念。”

方煜一听，脸色又臭起来。他左看右看，走到服务台前，一脸严肃：“把你们门口那张海报收起来，简直有伤风化！小心我举报你们大庭广众下传播不良文化！”

《迷影》上映第一天，因为排片率过低，虽然上座率不错，但票房并不乐观。

秦城晚上发了一张截图过来，是贺禹刚刚发在朋友圈的动态。两人因为《浮萍》合作过，当时互加了好友。

贺禹：“半夜十二点实时票房才一百多万。啧，一百多万能干什么？就这水准收官前能破千万？不过破不破也没什么，扑扑更健康，呵呵。”

底下共同好友评论："什么片子？"

贺禹："那部卖淫的。"

方煜收到秦城的截图会心一笑："老秦很上道。"

他此刻正在书房用电脑写东西，已经过了十二点，他却不打算睡觉。鄢慈也不去睡，窝在一旁的懒人沙发上看着电影陪他熬夜。方煜去厨房泡了一杯咖啡，又热了一杯牛奶。鄢慈乖乖缩成一个团，小口小口地抿着牛奶，喝得嘴上一片白沫子。

方煜坐在书桌后面看着她笑："你就像只猫。"

鄢慈装可爱学猫叫："喵——"

她打了个小小的嗝，摸摸肚子喝不下了，扭着身子从沙发上蠕动到书桌边，把剩下小半杯牛奶倒进方煜的咖啡里搅了搅。

方煜道："你先去睡吧。"

鄢慈摇头晃脑又缩回沙发："不睡，方老师不抱我睡不着。"

方煜心想：你这个黏人的小妖精，还学会对方老师撒娇了？你爱死方老师了是不是？方老师的心都要被你萌化了。

他嘴上却非常欠揍地说："不睡算了，还得抱抱才能睡？方老师才不惯你的臭毛病！"

鄢慈似乎早料到他要这么说，嘟了嘟粉粉的嘴唇看着他。半晌，她又轻轻开口，操着甜腻的奶音："喵——喵喵——"

方煜高冷傲娇都装不下去了，他起身把鄢慈抱回卧室，哄孩子一样掖好被子，躺在旁边搂着她："好好好，我抱你睡，乖。"

《迷影》上映第二天，票房依旧低迷。

《迷影》上映第三天，票房出现了波动。

原因在第二天晚上，某瓣上有篇软文被顶到首页。

商业片 or 文艺片？国产电影自我救赎的漫漫征途。

这篇文章长达三万字，文采斐然，笔锋犀利，把当前热映的《花花公子》和《迷影》放到一起对比，从剧情到人物塑造再到制作水平，把《花花公子》从皮到骨剖析了一遍。最后得出的结论是：拍商业片没什么，可把商业片拍得这么商业就是你的不对了。这种烂片还好意思拿出来圈钱，你是在侮辱观众的智商吗？

同时，这个 ID 叫“丧丧男人”的文章作者也把《迷影》拎出来细究，他放了很多张剧照，把剧情一点点划开，从细微之处入手，理性讨论这部片子。

编剧是招牌，导演是鬼才，秦城实力派，李乔转型成功，鄢慈演技爆发。就是剧情略微深刻，不容易看懂。影片基调太过阴暗，看完心里难受。如果作者给评分，勉强八点五分……

鄢慈看完方煜的这篇软文，担心道：“你都剧透了影片基调阴暗，谁还会想不开去看呀？”

方煜正在忙着写另一篇《迷影》的剧情分析，头不抬眼不眨：“能剧透的都是显而易见的剧情，一部片子真正的内核是很难用言语文字表达的，如果这么简单就被剧透了，只能说明功夫还不到家。”

“这样就会有人看吗？”鄢慈不信任道，“如果这样就能吸引观众，那其他电影还花钱宣传做什么？”

方煜解释道：“有人看最好，没人看也无所谓。这片子只是你的垫脚石。票房十亿和票房十块不重要，重要的是它对你的帮助。观众或许看不到它呈现了什么，但圈里专业人士心知肚明，它会给你带来资源和机会。别低估观众的审美，片子如何，大家心里有一把尺。宣传营销只是手段，真正靠的还是自己的实力。贺禹那种货色的片子，就算买软文也带不起来。”

方煜做事很有分寸，花起钱来也毫不手软，他把对《迷影》的宣传控制在刚刚好让人有所耳闻但又不会太过视听疲劳的程度。

鄢慈不插手方煜做的任何事，她也插不上手。

方煜像个在岩壁上徒手攀登的旅人，他不去在意同行之人领先几米，只是一步一步，按照自己的速度攀岩，每一步抬脚，每一步前行，都把脚步狠狠戳在石子里。

很久以后，每每鄢慈回想起那段让自己忐忑不安的时光，她的脑海总会在下一秒浮现起方煜那傲气面庞上充满自信的样子。他常躺在书房的藤椅上，悠然自得地晒着午后的阳光，俊美无瑕的脸庞闪动着灼灼的微光。

《迷影》上映第五天，票房像是坐了过山车，一路飙升，前四天累积才一千万票房，一个星期之后翻了七倍。

就像方煜说的那样，别低估观众的审美，他们或许可以容忍烂片的出现，却不能容忍好片被埋没。口碑是个口口相传的东西，到后面不需要宣传，网友和观众一度自发地把《迷影》顶上了微博热搜。

《迷影》看了以后不想哭，但比哭更让人难受，我绝对不敢回去刷第二遍。

陆莹前面真的贱到人咬牙切齿，恨不得扑上去给她泼硫酸，看到后面虽然我还是讨厌她，但不知道为什么并不想给她泼硫酸了，鄢慈演得相当不错。

刷盘子都能三千元钱一个月的时代，随便找个工作都饿不死。心里的贪婪和欲望是个填不满的窟窿，导演和编剧就是把人性揪出来给你看，但同时又在这阴暗里加一点光和糖，到最后糖都抽走不给你吃，那才是真正的绝望。

片子很真实。我有个朋友也做这行，喜欢一个没钱男人，犹豫很久选择了爱情，事后吃不了苦又跑回去从事本行。如果陆莹真的跟靳北走了，她后来会怎么选？所以我觉得楼上说得不对，这结局才是最好的。断绝所有的后路，逼她停在爱情的最后一秒，在某种程度上算是大圆满了。

《浮萍》收官当晚，《迷影》的票房破亿。

时隔一年以后，鄢慈的演技再次上了热搜，不同于去年被群嘲，今年评论下面是清一色的夸赞，偶尔看到谩骂，还是因为她把陆莹演得太深入人心。

夜。

餐厅包厢外。

鄢慈拉住方煜：“等一下。”

方煜永远是方煜，今天是《迷影》剧组为破亿而举办的小型庆功宴，他依旧万年如一的打扮，后腰的 T 恤别到了大裤衩里面，鄢慈站在门口给他揪出来，为他理理衣服。

方煜抓住她的手，低头轻笑：“我们第一次见面，是不是去年今天？”

他这样一说，鄢慈才恍惚中想起来。去年的这一天她来到横店，方煜正在酒店门口买夜宵。也是去年的这一天，方煜在直播节目上嘲讽她的演技，把她送上热搜。

鄢慈掏出手机，看着一个小时前就霸占热搜第一“鄢慈 演技”的话题，觉得时间真是个轮回反复而奇妙的东西。

她“扑哧”一笑，戳他的肚子，装作生气：“你还好意思说！”

方煜把她的手按回身边，厚脸皮道：“如果不是方老师耳提面命，每日督促你磨炼演技，明年今日的你肯定还在演雷剧。”

他凑近她耳边，朝她耳朵哈气：“你不谢谢方老师？”

鄢慈不说话了，她低垂的眉眼旖旎含情，笑起来两颊绯红，像天边最绚丽的晚霞，哪怕见过无数次，方煜依然觉得她美。

四下无人，他忍不住低头亲了亲她的额头和耳朵：“终于明白陈越之为什么总带你去酒局，我都忍不住炫耀我老婆。”

“进去吧。”随时都可能有人出现在走廊，鄢慈不由得脸更红了，推推他的胸口。

“好，进去。”方煜毫无诚意，随后又不要脸地提议，“再亲一口。”

包厢门打开，马原染着红发的脑袋探出来：“在门口黏黏糊糊的干什么？”

方煜眼神瞬间杀气四溢，恶狠狠地说：“你总有一天被雷劈死！”

说是庆功会，却只有寥寥几人——马原、秦城和几个相熟的工作人员，李乔借口没有时间推掉了饭局，鄢慈却觉得他只是不想来。

杀青后李乔一次也没有联系过她。影片宣传时，他倒是经常和方煜通电话，有几次是鄢慈接的，他除了请鄢慈把电话交给方煜，此外没有多说一句。换作普通朋友，寒暄两句都是再正常不过的事情，可李乔甚至连寒暄也不愿意。并不是因为被拒绝而心灰意冷，鄢慈知道，他只是不想因为自己，给方煜和鄢慈之间造成麻烦而已。他一直很有分寸，也很温柔体贴。

屋里很热闹，都是熟人，方煜也没有架子，和马原勾肩搭背，和秦城谈笑风生，几杯酒下肚，醉意上脸，眼里微醺。

“鄢鄢，给我倒杯酒。”马原满脸通红，指着鄢慈旁边的酒瓶。

方煜不满意，按住正要起身的鄢慈：“你没手？凭什么让我老婆给你倒酒？！坐下。”后一句是对鄢慈说的。

马原淡淡地瞅他一眼，自己起身拿过酒瓶，又晃晃悠悠地回去。他抿了一口，才心满意足地指着方煜，对鄢慈说：“这小子这些年别的本事没长，就学会装情圣了。想当年上大学，你知道学校多少女生追他吗？”

方煜听他狗嘴里要吐出不像样的东西，连忙出声制止：“你闭嘴，没人把你当哑巴！”

鄢慈好奇问道：“多少？”

马原伸出双手，五指张开朝她伸展：“至少这个数。”

才十个？

鄢慈心想这也不多嘛。马原笑道：“五十五个。”

鄢慈差点把刚送进嘴里的果汁喷出来。

“五十五个，这是明面上告白的，背地里不敢付诸行动的不算。”

方煜提高声音：“可以，就此打住。”

他脸颊酡红，不知道是激动还是害羞。鄢慈转过黝黑的眼珠盯了他半天：“你脸红什么？还有什么不能告诉我的吗？”

马原插嘴：“他不能告诉你的多了去了。”

方煜刚要发作，鄢慈按住他的手：“你说你没交过女朋友，也没喜欢过别人，那么多女生追你，你就一点不心动？”

“不喜欢就是不喜欢，这有什么好说的！”方煜脸上一丝难以掩饰的尴尬一晃而过，“你别问了！”

马原悠悠夹了一颗花生米放进嘴里，就着白酒嚼了嚼：“刚开学一个月，接二连三有女生到他们系蹲他，送奶茶的、要电话的、递情书的，还有直接往上扑的。”

鄢慈咋舌，又看了看方煜，真没想到他大学时候那么受欢迎。

“这小子当时特别践，表面高冷拒绝，心里美滋滋的，觉得是因为自己魅力太大，一开学就吸引这么多妹子。”

方煜阻止不了马原揭他老底，干脆闷头吃东西不再插话。

“结果呢？”马原眼里流露出一丝戏谑，“一个月以后，他逛学校论坛，发现军训时他就被扒烂了。他爸哪年进的广电，哪年升的局长，都被人扒出来了。”

“迎新晚会上，这小子喝了一斤白酒，回宿舍吐完抱着我哭——‘马哥，这群女人喜欢的根本不是我，她们喜欢的明明是我爸！’”马原趴在旁边秦城肩头上，红色的头发狂乱地蹭着他的脸颊，学着方煜痛哭流涕的样子，一边装哭一边怪叫。

“你够了啊！”方煜愤怒地夹起一粒花生米扔到马原头上。

马原识趣地停止难听的哭喊，直起身子继续说道：“那时候老方多单纯啊，被学校那群如狼似虎的女人吓出毛病，咬着牙一个朋友不谈，被逼急了就说自己是同性恋。可同性恋有用吗？没过一个星期，三个表演系的男生来宿舍门口堵他。”

鄢慈这下没忍住，彻底把嘴里的果汁喷了出来。

方煜不自然地解释：“你别听他胡说，我只是没遇到喜欢的而已。”

秦城插话：“听说今年金天鹅评选组有意让《迷影》入围，不知道真的假的。”

“老秦会不会说话？”马原笑骂，“不是有意，下个月提名出来，肯定会在名单里。”

秦城诧道：“入围了？”

马原显然有自己的消息渠道和来源：“今年国产片低迷，《迷影》入围是肯定的，就是拿奖太难，你们几个都不是电影咖。”

他指了指鄢慈：“陆莹这个角色在国内不可能拿到影后。”

鄢慈无所谓地笑：“没想现在就拿影后。”

酒过三巡，几个男人都有些醉意。

方煜举着酒杯醉眼迷离：“那两个王八犊子最好别被我抓到把柄，他们敢犯一点事，老子让他们这辈子进不了圈儿。”

一向稳重的秦城也喝醉了，他悠悠道：“贺禹之前还嘲讽《迷影》，现在破亿了，他那片子还在原地打转。”

马原眼睛一眯：“他嘲讽什么？”

秦城掏出手机拿截屏给他看。

马原一拍桌子，酒杯“咣当”倒了一片：“弄他！”

鄢慈拉着方煜：“你们别乱来。”

喝醉酒的男人像小孩，三个小孩坐在一起对着一台手机指指点点、交头接耳。马原把两人推开，照惯例用手抚平鸡冠似的发型，手指飞快地在屏幕上滑动。

方煜和秦城纷纷掏出手机。方煜是鄢慈的特别关注，两分钟后，微博给她发来了消息提示。方煜和秦城转发了马原的微博。

孙子。@贺禹

配图是两张来自贺禹朋友圈的截屏，一张是早前秦城发给方煜的那张嘲讽《迷影》扑街的言论，一张是贺禹深夜发的一条纯文字朋友圈，上面只有简单的一句话：鄢慈本色出演妓女，再合适不过。

方煜吃饱喝足，完全不在意这条微博明天会掀起什么波浪，揣起手机道："走，回家。"

停车场。

仿佛回到一年前的炎热夏夜，不过这次角色倒置，方煜抱着鄢慈，黏在她身上。

"松手，我掏车钥匙。"

钥匙装在方煜另一边裤子口袋，他一动不动，嘴唇贴在她脸颊上蹭："别开车了，你技术差，方老师背你回去。"

"你都喝成这样了。"鄢慈好笑，"还想背我？"

"没醉。"方煜身上酒气很重，但眼神半清醒着。

他看下腕表，十一点多了，路上没什么行人。

"上来。"他转过身，语气温柔但不容拒绝。

鄢慈想了想，勾住他的脖子跳了上去。方煜身体震了一下，牢牢抓住她的小腿，架到自己胳膊下面。鄢慈将头靠在他肩膀上，轻声说："方老师喝醉了。"

"方老师没喝醉。"方煜步子坚实，背着她走向停车场的出口。

"没喝醉个头啊。"鄢慈咬住他的耳垂，"你刚才做了什么？贺禹在家估计脸都气绿了，明天指不定要作什么妖。"

"早就想这么干。"方煜笑道，"解气吗？不解气继续骂他。"

鄢慈轻笑，不说话。

方煜忽然降低声音："对不起。"

鄢慈一愣，方煜自嘲地笑："我爸身份特殊，不能由着我胡来。我想整贺禹必须有合理的借口。如果换成陈越之，他一句话就能帮你出这口恶气。其实方老师挺没用的。"

鄢慈从来没觉得方煜没用，相反地，只要方煜在身边，她就能得到满满的力量和安全感。可她所满足的，和方煜想给她的，并不是一回事。对方煜而言，现在这一切还远远不够。

方煜在她面前表现出的一直是强大而无所不能的样子，强大到鄢慈根本忽视了他心底那点小小的不安。鄢慈恍惚中回想起以前很多个夜晚，方煜经常深夜跑到阳台抽烟，她那时以为他是写剧本压力太大，现在想想未必是那么回事——他其实也在害怕，害怕鄢慈跟着他受委屈。

鄢慈摇头，柔声说："谁在乎贺禹了？方老师的男人味是客观存在的，谁也改变不了。你别说自己没用，你能让我拿影后，陈越之能吗？"

方煜说："可你还没拿到影后。"

鄢慈轻轻揪他脑袋上凸起的绒毛："你说的，明年兑现。"

方煜脚步停在停车场门口。鄢慈又笑语盈盈："兑现不了也没什么，鄢鄢爱你，就算跟着你演十八线龙套也爱你。你是我老公，是全世界最帅的男人！"

方煜俯下身子，把她从背上放下来，转身握紧她的手。

鄢慈说完那句话，意识到有点令人害羞，可她还是眼睛不眨，执着地看着方煜，和他十指相扣："以后不准说那种话。"

方煜喝酒之后眼神无比温柔，甜得像蜜罐里的蜜。鄢慈感受他的眼神，觉得这种煽情的时候，他下一秒应该要亲上来才对。

方煜既没有亲她，也没有说些温存肉麻的话，他眼神飘忽了一阵，从裤兜里掏出车钥匙塞进鄢慈的手掌心。

方煜表情诚恳而认真，只听他轻描淡写地说："你太沉了，方老师背不动，我们还是开车回去吧。"

鄢慈："……"

"宝宝，晚上去吃火锅？"方煜提议。

鄢慈仰躺在瑜伽垫上做仰卧起坐，口中喘着粗气："哈……哈……八十七、八十八……不吃……哈……"

自从那晚被方煜嫌弃太重背不动，回家以后鄢慈就把全部的生活重心放到了减肥上，一日只吃两餐，并且雷打不动做一个小时运动。

她减起肥来饭也不做，每天清水涮鸡肉青菜，拒绝沾到一点油星。

方煜的厨艺水平仅维持在下碗面和煮鸡蛋上，连着吃了半个月面条和外卖，肚子空空扁扁的。

方煜诱惑她："吃一顿不会有事，而且你不胖。那晚方老师喝醉了，喝醉了说的话是不能算数的。"

鄢慈转着眼珠："真的吗？那一会儿你背我，一个小时不喊停我就陪你去吃火锅。"

方煜："……"

鄢慈仰卧起坐做到一百，起身休息。方煜递过来一条毛巾，恶狠狠道："自己减肥就不让我吃东西吗？我都跟着你饿瘦了三斤！"

鄢慈撇撇嘴："以前你一个人住也没见瘦啊。"

方煜耍赖："我不管，今晚还不做饭就把你打入冷宫。"

鄢慈躺在沙发上，举着手机玩，不回方煜的话。

方煜很不满。鄢慈现在越来越不把他放在眼里，对比以前每天变着花样给他做饭的鄢慈，和现在用脚踹也赶不进厨房的鄢慈，方煜觉得她是欠收拾了。

他一声不吭悄悄走到沙发背后，一个翻身跨了过去，长腿稳稳架在鄢慈身体两侧，整个人坐在她身上。鄢慈小肚子软软的，方煜用屁股墩了几下，把她墩得哇哇大叫。

"啊——重死了——孩子要掉了啊——"

"做不做饭！"方煜霸道总裁般地捏起她的下巴。

"好吧。"鄢慈快被他压死了，偷偷看着他铁青的脸色，妥协地问，"你想吃什么？但是说好了，你端去书房吃，不要诱惑我。"

"你跟我一起吃。"方煜固执道，"不然我吃不下。"

鄢慈手机屏幕忽然亮起来，她扭头看手机，爆发出激动的尖叫："啊——"

方煜吓了一跳："别叫！"

鄢慈："啊啊啊啊啊啊——"

那声音直冲楼顶，方煜耳膜都要被震破，连忙伸手捂住鄢慈的嘴巴，低吼道："不吃就算了，叫什么叫！"

鄢慈不知道从哪里生出来一股力气，从沙发上猛地蹿起，一只手搂住方煜的脖子，"啵啵啵"在他脸上亲了三口："啊啊啊啊啊啊——方老师，我爱死你啦！”

方煜一头雾水，正要推开她问问清楚，鄢慈先一步松开他，把手机递到他眼前。那是一条评委会发来的信息。

电视剧《浮萍》，鄢慈饰宁浮萍，入围第三十二届白茉莉最佳女主角提名。

一个月后。

房车内。

“首先我要谢谢我的粉丝，因为他们的默默支持，才有鄢鄢的今天。这个影后的奖杯虽然在我手上，但在我心里，它应该是属于每一个爱着我的人。”

鄢慈身穿一件水蓝色的晚礼服长裙，端着一瓶矿泉水平举在胸前，脸上挂着招牌式八颗牙的炫美微笑。说着，她腰一弯，深深鞠躬。

坐在她对面的方煜淡淡地哼了一声。

“其次我要感谢《浮萍》剧组所有的工作人员，因为他们的辛勤劳动，才有大家面前《浮萍》这部剧的完美呈现。”

方煜又哼了一声。

“接下来我要感谢我的前经纪公司耀星和耀星的老总陈少，顺便感谢贺禹和程允舒这两个王八犊子。”鄢慈声音甜美，“最黑的黑暗总在黎明前，不能打败我的终使我强大。”

方煜抱着手臂冷眼看她表演。

“最后，我要感谢这些日子一直陪在我身边的……”

方煜坐正，理了理衣领，等待她嘴里提及自己的名字。

鄢慈眼珠一转，转头对着空气自言自语：“什么？发言时间到了？那好吧，我没有要说的了。”

方煜：“……”

“皮痒了是吧？”方煜一个矿泉水瓶敲到她头上。

鄢慈低声惊呼：“别打别打，做了两个小时的发型呢！”

“再给你一次机会。”方煜皱着眉，抿着唇。

鄢慈连忙坐直：“最后，我要感谢我的老公。他是我漫漫星途上的指路明灯，他像天上的太阳，光芒万丈照四方。没有方老师就没有鄢鄢，没有方老师就没有影后，方老师是当之无愧影后背后的男人！”

方煜装模作样点头，左右挥手：“谢谢大家，谢谢大家。”

司机把车子停在门口。方煜跳下车，一条红毯从车门前直通面前辉煌的建筑，两边拦着彩带，将外围的记者隔开。

隔壁也停下来一辆房车，贺禹和程允舒从里面走下来。贺禹看到方煜脸色一白，咬着牙不敢说话。

方煜三人喝醉酒之后发的微博不出意料引起轩然大波，而挑事的当事人却不作回应，骂过之后仿佛人间蒸发，任网络上骂战如潮也不出来解释。

贺禹平日在媒体镜头和粉丝前面伪装的一直是副温柔绅士的优质偶像模样，礼貌谦逊，不说脏话，见到前辈甚至还会虚伪地九十度鞠躬。

鄢慈曾经对方煜吐槽过好几次：“果然人以群分。程允舒学我不要紧，贺禹这是要走李乔的路线？我们乔哥的气质和修养那么容易装吗？贺禹真是学得不伦不类。”

圈里资源有限，小生竞争激烈，贺禹一夜爆红，突然冒出来分羹，看他不顺眼的人比比皆是。那条微博成为一点火星，在有心之人的操控下，很多贺禹的黑料被深扒出来。

贺禹大学时期曾经交往过一个四十多岁的女老板，贺禹深夜与耀星前任总裁出入高级酒店，贺禹曾在北京市著名男科医院看过肛瘘……

在众多爆炸性的新闻面前，有一张不起眼的照片——拍摄《浮萍》时，贺禹在遮阳帐篷下坐着，四个助理为他扇风、倒冰水，每个人霸占着一条可以坐三个人的长凳，一旁的鄢慈和小助理抱着盒饭坐在树荫下的黄土地上，像街边要饭的。

耀星虽然在事件发生后迅速公关，但收效甚微。你说贺禹不是靠金主上位，那些只是谣言，那为什么拍《浮萍》时一个纯新人能请得起四个随身助理，还配有豪华保姆车？正大光明抢前辈的凳子，让前辈蹲地吃饭？

《浮萍》和《迷影》为鄢慈圈了一堆演技粉，新粉旧粉看到这张照片一起爆炸，组队到贺禹微博下开骂。

请解释一下为什么鄢鄢的凳子在你遮阳棚下面吧，你和你助理屁股那么大，一个人能坐三个人的位子？

当初你不是说鄢慈在片场指使保镖打你吗？请问保镖在哪里？如果鄢鄢有保镖，你抢她凳子的时候就被打了吧？

光看这事情我是不站队的，但是合作过的编剧、演员一起怼你，说你是干净的我不信。

不提别的，看你在朋友圈的嘴脸就能看出来你是个什么样的人，表面上那些都是装的吧？真恶心。

……

随着《迷影》和《花花公子》收官，贺禹那条讽刺《迷影》票房的朋友圈，彻底把他自己的脸打肿了，二者三亿五千万和一亿两千万的票房差距被大众拉出来嘲讽，商业片票房还压不过文艺片，这真是相当少见。

贺禹一路走来顺风顺水，第一次遇到这种落差，整个人慌乱得不知所措。在网上风波没有平息之前，他一次也没有在公开场合露过面。这次他出演的电视剧也被白茉莉奖项提名，他不得不参加颁奖典礼。

鄢慈也是全网黑之后第一次在公众面前露面，之前《浮萍》和《迷影》热度那么盛，她却铁了心不出现在媒体面前，每天接无数个电话约采访、约综艺、约片，都被她推了。经历的东西变多了，在乎的却少了。就像她说的，现在就算只是个十八线演员她也不在乎，有那时间还不如在家陪陪方煜。

她一下车记者就开始骚动，如同饿了很久的狼看到肉一样，两眼放光地举起相机："鄢慈，看这里。"

鄢慈的目光落到程允舒身上。她的脸和几个月前看起来有点不同，鼻梁变高了，眼睛变大了，脸部肌肉有些僵硬，面对闪光灯时她似乎想笑，却扯不开嘴角。

最明显的一点，她剪了和鄢慈一样的短头发。

"她那鼻子有些眼熟。"鄢慈对方煜说。

方煜只扫过去一眼就收回目光："照你整的。"

鄢慈一时间百感交集，比起厌恶来，更多的是可怜她。

程允舒根本没注意到鄢慈看她，她应付完记者以后，目光四处巡视。后面又来了一辆豪华轿车，陈越之挽着女伴慢慢走来。他的女伴是个新人女演员，电影学院毕业，干净漂亮，身材火辣，像朵沾着晨露的新鲜玫瑰花。

程允舒提起裙边走向陈越之，贺禹不耐烦地拉她，低声骂："陈少说了，你再缠着他，以后别想在圈里混。你想死换个场合，别在这儿让我跟你一起丢人现眼。"

陈越之走过来，看也不看程允舒，目光落到鄢慈身上，狠狠瞪了她一眼，似乎是想泄愤，把那些不甘心通通揉进眼神里，恨不得变出两道利箭，在她身上捅两个窟窿。

"他瞪我。"鄢慈皱着眉毛，"他有病吧？"

方煜牵起她的手走上红毯："他瞪你，你不会瞪回去？"

他加快步子，在大门处没有媒体和闪光灯的地方拦住陈越之，把鄢慈往前一推，淡淡道："瞪。"

鄢慈很听话，冲陈越之翻了一个大大的白眼。

陈越之："……"

白茉莉的颁奖典礼鄢慈以前来过，刚出道时她的《青梧桐》被提名最佳新人奖，那时她刚大学毕业，一夜成名，像刚才那新人一样，乖乖地由陈越之带着来走红毯。

他们来得晚，大厅坐满了人，圈子就那么大，凑近看都是相熟面孔。鄢慈和方煜的座位是分开的，她在第三排中间找到了自己的位子。这种典礼的排位是很有讲究的，越靠前，越靠中间，代表着实力越强、地位越高。鄢慈上一次来，只勉强混到了第八排的边缘。

方煜的位子不用问是在第一排，他自然地走过去，和相熟的几个大导演打招呼。

鄢慈刚坐下，一瞥眼发现陈越之朝她走来，旁边空椅背上赫然贴着写有他名字的名牌。说不是故意安排的，鄢慈不信，他堂堂耀星的总裁，用得着过来和她一个明星挤着坐？这一刻，鄢慈脑子里不知道哪根弦抽了一下，反手抠下那个名牌丢到地上，用鞋子踩住。

"陈少，你走错地方了。"她乖巧得像个小孩，诚恳道。

陈越之坐下来，提议："那你打电话叫你老公揍我。"

鄢慈回头，看见方煜在和一个名导说话，于是不耐烦地问陈越之："你想干什么呀？"

陈越之耸耸肩，轻佻地笑："鄢鄢，你《迷影》拍得很不错，《浮萍》

也是，不过可惜了。”

他等着鄢慈问他可惜什么，好趁机和她说上几句话，可是鄢慈不上套，掉过头不理他。陈越之见她不接话茬，忍不住道：“你不问我可惜什么？”

鄢慈说：“我老公不让我和野男人说话。”

陈越之：“……”

“鄢慈。”陈越之放弃懒洋洋的姿态，直起身子，“你是不是忘了方煜还欠我的钱？”

鄢慈瞬间换下“鄢丧丧”的丧脸，化身“鄢喜喜”，转过身，拿着小手包在陈越之脸侧扇风，笑得“谄媚”，“陈少热不热，我给您扇扇？这个力度可以吗？您还满意吗？”

陈越之：“……”

他一脸烦躁：“别阴阳怪气的。你就算离开耀星，以后在一个圈子低头不见抬头见，你打算以后看见我就这样？”

鄢慈反问：“你也知道以后要低头不见抬头见，那你就打算每次见面都要来勾搭一个有夫之妇？”

陈越之抿着嘴唇不说话。他像个被人抢了玩具的孩子，眉眼间是显而易见、不加掩饰的不甘心，哪怕这只是玩具，不是他必不可少的一日三餐，他还是不甘心。

“我帮你出气了。”他突然低声说。

鄢慈回想起刚才红毯上的事情，明白他指的是程允舒。她皱着眉说：“你做什么事跟我无关，别打上我的旗号，我也不领你这个情。”

陈越之扬起眉毛：“她未经公司同意，私自去整容给脸部造成永久性损伤，就算不是为了你，耀星也不会再用她。”

他顿了一下，黝黑的眸子盯着鄢慈：“她对你做的那些事，你不介意？你不想痛打落水狗？鄢鄢，你一句话，我就替你出这口气。”

“只要你说一句话，我就帮你。”陈越之声音低沉喑哑，像极了话本里被妖妃魅惑的荒淫无度的君主，“说什么都行。”

鄢慈状似苦恼地咬了咬嘴唇，抬起明眸打量陈越之。

“说出来。”陈越之靠近她，“一句话。”

鄢慈心里邪恶的小人忍不住冲出闸口奋力奔跑，既能整到程允舒又不费力气，这对她来说简直是天上掉馅饼。

虽然她现在看淡了很多，也并没有想要“报仇雪恨”的迫切心情，但她每次看到程允舒时的恶心感是真切的。那不仅是因为被骗，还因为程允舒现在简直像是疯了——模仿她的穿着打扮，还要模仿她的脸，换成任何人都会从心底硌硬。

更何况，就算陈越之不做什么，方煜也迟早会为她把场子讨回来，贺禹的事情就是一个最好的例子。让方煜为了这种小事操劳，她太心疼，可为这种事向陈越之低头，她又不乐意。

她脑子迅速转了转，“鄢坏坏”撕开伪装登场，她扬扬下巴，冲陈越之说：“我老公不让我和野男人说话。”

陈越之脸黑了：“你以为我非你不可？程允舒脸再僵，我想捧她照样捧得起来，你别不识抬举。”

鄢慈无辜地眨眼：“不是你让我说一句话？我说完了。”

陈越之：“……”

离颁奖典礼开场还有十分钟，现场已经有人在维持秩序。方煜聊完天回头看来一眼，只一眼，差点当场炸成二十四响烟花。

陈越之气急反笑，又气又笑，半天说不出话。

鄢慈远远地看见方煜来了，连忙起身过去拦他。方煜想揍陈越之不是一天两天了，刚才在红毯上不动手是因为陈越之瞪了鄢慈，就那一瞪让方煜觉得很有安全感。而现在陈越之敢没皮没脸地靠近鄢慈说话，他的安全感轰然坍塌碎裂。如果此刻让方煜这根引线靠近陈越之这个点火源，鄢慈怕会炸了整个会场。更何况方煜还欠陈越之钱！他怎么能这么大爷？

“走开。”方煜把鄢慈推到一边。

“方老师！算了吧算了吧！”鄢慈拖着他往下面走，“让他多活一会儿。你现在打了他被赶出去，一会儿鄢鄢上台领奖你就看不到了！”

方煜一听，停下脚步。

秦城和鄢慈换了位子，把鄢慈换到方煜身边。

颁奖典礼开始。

白茉莉奖是国内老牌电视剧奖项，奖项名目众多，近几年更是顺应潮流设立了一些新的奖项，比如最受观众欢迎的角色、最佳网络剧等等，不过这些靠观众投票选出来的奖项含金量很低。贺禹和程允舒之所以来参加典礼，也是因为受到了这些边缘奖项的提名。

“徐真语的《剑啸九天》也提名最佳女主角？这届评审不行啊，那种烂片也能够得上提名，白茉莉这是自砸招牌啊？”方煜看着手里的提名单，喃喃自语。

和鄢慈角逐同一奖项的有四位女演员，来的路上不怪她一直在车上发表感谢词，客观来讲，这四部片子不仅观众反响和引起的水花不如《浮萍》大，从立意、剧情和人物塑造上也远远差着一截。就拿徐真语那部《剑啸九天》来说，闲暇时解闷看看还可以，拿到这种国剧大奖上露面，确实寒碜。

不出意外的话，鄢慈今晚的最佳女主角是拿定了。

音乐奏鸣声响起，典礼序幕拉开，鄢慈像只小兔子缩在方煜身边。台下灯光昏暗，她静静地盯着台上灯光打出来的那一片亮色，忽然觉得心里滋生出淡淡甜浆。

方煜说过会好的，现在一切都好起来了，他也在身旁。

“第三十二届白茉莉奖最佳男主角——”主持人顿了顿，卖了个关子，片刻后笑意盎然，“《浮萍》，李成则，恭喜秦城老师！”

鄢慈小脸上掩饰不住开心，秦城得了奖，她激动地挥舞着手：“方老师！秦哥拿奖了！”

方煜不仅没有面露喜色，反而脸色一下子沉了。

“怎么了？”鄢慈伸手在他面前晃了晃，又回头看秦城。

秦城顶着投过来的灯光，一脸难以置信，目光瞥向鄢慈，不知在想些什么。

这有什么可惊讶的？鄢慈想。秦城的演技是公认的好，虽说这些年不肯在圈子的脏水里打滚，得罪不少人，也失去了不少机会，但实力这东西不会因此被掩盖，他拿最佳男主角完全够格。

秦城上台领奖，鄢慈问：“怎么了方老师，秦哥拿奖你不开心吗？”

方煜眉头皱得很紧，不说话。鄢慈看他这副表情，也不敢多问。此刻的方煜身上怒意腾腾涌起，气压低沉翻涌，在昏暗的光下，像隐匿在丛林深处的猎食者。

秦城显然没料到自己能拿奖，他连获奖感言都是现编的，说了几句后就停住。主持人试着活跃气氛，他却还是寡言少语，不肯多说。

方煜突然抓住鄢慈的手，拇指在她光滑的手背上摸了摸。

“《浮萍》是大女主戏。”方煜喃喃道。

秦城领完奖下台，匆匆走回位子。主持人调侃：“秦城老师话真的很少很高冷啊，我还以为拿奖时能听到秦城老师多说几句话呢。”

方煜抓紧她的手：“我们出去透透气。”

主持人：“下面我们公布最佳女主角——”

“去哪儿？”鄢慈看了看台上，又看看方煜，“等一下吧。”

方煜目光如箭，盯着台上说话的主持人，紧紧握着她的手。

“第三十二届白茉莉奖最佳女主角——”

这一秒，似乎有感应，鄢慈的心脏忽然狠狠跳了一下。她不安地偏下头，在幽暗的灯光下，看到后排座位上，一身高级定制礼服的徐真语对着身边的男人巧笑嫣然。

鄢慈瞳孔骤然收缩——蒋明。

主持人的话还没有说出口，徐真语微微直起身子，做出即将站起的姿态。

“《剑啸九天》，沐云澜，恭喜徐真语！”

不同于先前颁奖瞬时响起的热烈掌声，在座的所有人都是一愣，左右四顾怀疑自己耳朵出了问题。片刻之后，不知道谁先带头鼓掌，稀稀拉拉，掌声嘈嘈，终于打破了现场那一瞬间的尴尬。

鄢慈明白方煜和秦城的反应为什么古怪了。

就像方煜刚才说的那样——《浮萍》是大女主戏，秦城演技再好，在戏中也算是配角。最佳男主角这样正式的奖项，怎么会颁发给一位大女主戏里的男演员？除非是拿走了本来属于《浮萍》剧组的一个奖项，而在另一个水准相当的奖项上加以补偿。事出反常必有妖，妖就妖在鄢慈想不到，也不敢想象白茉莉这么顶级的大奖可以暗箱操作，还操作得水准这样低劣。

徐真语翩翩然走上领奖台，挑衅似的冲她一笑，虚伪道：“我从来没想到我能获奖，真的太不可思议了！不过其他几位也都是很优秀的演员……”

徐真语和她戏路差不多，这种咖位的艺人资源、代言竞争很大，发通稿捧我踩你是常有的事情，她和徐真语不和也不是一天两天了。

鄢慈挑眉鼓掌，冲着照过来的镜头微微一笑，直到徐真语下台以后，她才起身，一言不发地从侧门出去。如果在徐真语领奖期间出门，会显得她小气和失态，但如果再继续在这儿待下去，鄢慈觉得恶心。

方煜坐在那儿，幽深的眸子紧紧盯住台上宣读下一奖项的主持人。

“最佳原创剧本奖——”主持人笑道，“《浮萍》，方煜，方老师，恭喜！”

方煜这些年早就拿奖到手软，白茉莉的原创剧本奖也不是第一次拿，从来没人对他获奖有什么质疑，他的确是靠实力。

方煜迟迟不动，任由探照灯打过来。

“方老师，上来领奖。”主持人甜美微笑道，“别发呆了。”

方煜这才幽幽起身，却没走向领奖台。他转身，目光落到还没走回到座位的徐真语身上。

全场视线转过，电视直播镜头缓缓切来，在摄像机转到对着方煜正脸的这一刻，他表情冰冷，对着镜头露出一个嘲讽的微笑，而后一言不发，奖也不领，转头出去。

鄢慈出门顺着楼梯上了天台，方煜随后跟出来，看见她趴在栏杆上，头埋在胳膊里。

“哭了？”方煜过去拨弄她的胳膊。

鄢慈轻轻把胳膊挪开，闷闷道：“没有。”

方煜把她从栏杆上拉下来，看见她真的没哭，只是脸色很差。

“别为这种事情生气。到底怎么回事，大家心里明白。蒋明是在捧杀她，明天她要是不被群嘲，那这届观众水准也太差了。”

鄢慈咬着嘴唇不说话，大眼睛里全是失落的神色，叫方煜看得心疼。他笑了笑：“你不是鄢鄢，你是蔫蔫吧？不就一个野鸡奖，有什么可难过的？别丧着脸，笑一个老公看看。”

鄢慈把“鄢丧丧”和“鄢蔫蔫”的状态轮番过了一遍，任凭方煜怎么哄都提不起精神。

方煜指着她的鼻尖："够了啊，你赶紧给我笑一个。"

"鄢蔫蔫"咧开嘴，笑得比哭还难看："哈哈哈。"

方煜拍她屁股，不满道："你演戏是为了什么？为了刻画出生动的角色还是为了拿奖？你要是真的这么在乎这个奖，方老师可以去给你买一堆，我给你买你要吗？"

"要啊。"鄢慈果断地说，"为什么不要？你去买吧，除了白茉莉，我还想要金天鹅、金斑马、万花奖，如果可以的话，也给我买个奥斯卡小金人吧。"

方煜："……"

"你给我严肃点。"他板起脸，"谁教你不劳而获的？不劳而获得来的东西很有意义？你坐在家里什么都不做，每天拿奖拿到手软，这些就能令你满足？你心里会舒服？你会开心？"

鄢慈诚恳道："会啊，为什么不会呢？如果什么都不做就能当影后，我为什么还要累死累活去拍戏呢？"

这个逻辑好像也没什么错误，方煜一时间竟然无言以对。

"鄢丧丧"哀号一声趴在方煜胸膛，放声鬼叫："啊啊啊啊啊啊啊！我讨厌死她了！我再也不来颁奖典礼了，我不稀罕！"

方煜哄她："好好好，不来不来。"

"去死吧！"鄢慈恶毒地说着，而后蹲在地上，又把头埋进胳膊成了一只鸵鸟。

方煜电话响了起来，他站到一旁接了，五分钟后回来，鄢慈还在原地难过。

"宝宝。"他蹲在她旁边，眼里裹着温柔的光亮，"告诉你一个好消息。"

鄢慈眨巴着大而通透的眼睛，扑闪着长长的眼睫："什么？"

"入围了。"方煜捏捏她的脸，"《迷影》入围了。"

鄢慈低下头："我知道啊。马原说了能入围金天鹅奖，但受限制太多，拿不到奖的。入围的也不是女主角吧？"

她说着抬起头，眼神中满含冀望："难道方老师给我走后门了？"

方煜不客气地说："你做梦。"

“鄢丧丧”垂头丧气：“那有什么好说的！”

方煜随手弹她脑瓜：“我有说是金天鹅奖？”

鄢慈抬头，不解地看他。

方煜眉目中透着满满的力量，他亲了亲鄢慈的额头：“巴黎国际电影节，国际电影A类奖项。你不是喜欢所罗门吗？下个月，方老师带你去巴黎看所罗门的棺材板。”

巴黎国际电影节当地时间晚上八点开场，此刻是下午两点，方煜不紧不慢地拉着鄢慈在左岸散步。鄢慈远远不到红出国门的程度，走在异国他乡的街头，她可以不用墨镜围巾加身，穿着鲜艳的红裙笑得嫣嫣然站在方煜身边，一时间无比惬意。

方煜停在一家甜品小铺门口，随手买了两个冰激凌球。鄢慈近日不能吃凉，他问都不问，直接砍掉她那份。

“给我也吃一口。”鄢慈眼巴巴地望着方煜手里的冰激凌，“舔一口也行。”

方煜看着她期待的眼神，把剩下半个球囫囵吞了下去，嘴里含混不清：“你想都别想。”

鄢慈愤怒道：“你为什么要在我面前吃冰激凌！”

方煜淡淡道：“因为想馋死你。”

阳光下的塞纳河温柔祥和，粼粼闪闪跃动着澄亮的波光。方煜在午后微醺的风里吃完一个甜甜的冰激凌，心情大好，牵起鄢慈的手塞进自己的裤兜。

鄢慈把手抽回来，加快步子走到前头——生气了。

方煜也不追她，慢悠悠地走着。鄢慈故意慢下步子，一挪一挪，等方煜追上来。十几秒后，方煜径自越过她往前走，手插着裤兜，拖着脚步，一晃一悠，惬意得很。

鄢慈跑上去，拍拍他的手臂：“嗨，我在生气呢！”

方煜斜眼看她：“气完了吗？”

鄢慈摇头：“没有。”

“那你继续，气完再跟我说话。”方煜回眼，看到路边有家看起来很有格调的店，他看不懂法文，只以为是咖啡甜品店，“方老师喝杯咖啡等着你。”

他像只动作迟钝的蜗牛，顶着正午的日光，悠闲地走进去。

鄢慈一时间处境尴尬。

现在进去，她面子往哪里搁？可不进去，她站在路上干什么？心里天人交战许久，鄢慈最终咬了咬牙，下定决心不能让方煜得意。她拍拍店外长椅上的灰尘，抚着裙边坐上去。

方煜进去后迟迟没有动静，鄢慈趴在透明玻璃上向里面看，屋里连个人影都没有。又坐了二十分钟，里面还是没动静。鄢慈沉不住气了，掏出手机甩了一个表情包给方煜。

片刻后，对方回了一张照片。

——方煜赤着上身躺在床上，旁边有个高挑漂亮、媚意横生的法国女人。

鄢慈：“……”

原地爆炸！鄢丧丧、鄢坏坏、鄢蔫蔫一起在这怒意里旋转跳跃腾然升空，炸成一朵能照亮整个巴黎左岸的巨大烟花！

方煜在里面干什么？他当着女人的面脱衣服？脱衣服就算了，还上了床？鄢慈气得脑子吐浆，心想今天这地方如果不是搓澡堂，她一定要让那外国女人见识她的厉害，要让她知道勾引别人老公需要付出多么惨痛的代价！

推门而入，外屋没人。很好，鄢慈愤愤地想。再推开一扇门，两人果然在里面。

方煜仰面朝上，躺在一张单人床上，赤条条的胸膛白皙干净，并不夸张的肌肉线条里充满轻轻浅浅却让人安心的力量感。

法国女人正在轻声和他用英文交流，鄢慈虽然大学四级都没过，但她还是听懂了，翻译成中文是“你的身体很漂亮。”

“Yes！”鄢慈醋意冲天，“But in China,one ge（个） boy de（的）ji（肌） rou （肉）only gei（给） his women look.”

鄢慈指着那女人：“You！ Have no zi（资） ge（格）！”

法国女人：“……”

方煜：“You！ Ke bie diu ren le（可别丢人了）.”

鄢慈气得脸色惨白：“你什么意思？”

法国女人挑挑眉毛，明白了，看着鄢慈微微一笑：“Ynn？”

鄢慈不懂：“什么 Ynn？”

方煜闭着眼睛，懒得和她说话。

鄢慈发现女人手里拿着文身针，在方煜身上动作。她上前一看，发现方煜在锁骨文了一个字母“Y”，而剩下两个字母是还没来得及刻上的“nn”。

“Who is Ynn？”鄢慈冷着脸，厉声质问。

方煜闭着眼睛翻给她一个白眼：“说中文。”

鄢慈一秒哭丧脸：“Ynn 谁啊？方老师你不爱我了吗？为什么要把别人的名字文在身上？”

“嘶。”文身师手下动作失误，方煜疼得吸气。

鄢慈连忙跑过去趴在床边，清澈的大眼睛看他：“疼吗？别文了。”

方煜随手在她头上拍了一下：“气生完了？”

“这是什么意思？”鄢慈执着地问，“你应该文‘Yc’或者‘Yy’，‘nn’是什么？”

方煜说：“是个傻子”

如果他说是仙女或者是公主，鄢慈绝对会多想。可他如果说是个傻子，那鄢慈立马就往自己身上带了。就是这么有自信和自知之明。她脑子转了一圈，还是不懂。

方煜文身周围的皮肤通红一片，鄢慈看着很心疼，建议道：“文一个字母就够了。”

方煜哼唧了一声：“钱都付了。”

“怎么突然想起文身？”

“这家做活动，文身半价。”

鄢慈：“原来方老师对我的爱是可以用金钱衡量的吗？看到半价就来文，你还有没有点坚守啊！”

“反正早就打算把你名字文上去。”方煜淡淡道，“赶巧。”

明明这么动听的情话，从他嘴里蹦出来却像性冷淡一样。尽管如此，还是听得鄢慈心里怦怦跳了好几下，心情瞬间被方煜架上过山车从谷底直冲开心的顶峰。原来方老师这么浪漫吗？把你名字文到身上这种事，我都还没有想过，你就已经都打算好了吗？天哪，方老师，我真的太爱你了！

鄢慈正要表达自己的爱意，方煜又朝旁边法国女人一昂下巴，故意道：“当然最重要的原因是，这个文身师很漂亮。”

鄢慈艰难地把话咽回去，转过头，那美女文身师冲她眨眨眼。

鄢慈的过山车发生紧急安全事故，直接在最高点把她从设备上甩了下去，头朝下脸着地，摔出一地灿烂的醋花。

傍晚六点，方煜文完了。

文身师端来两杯咖啡，请他们留下吃点心。

鄢慈扬着脸，提醒他：“你该换衣服去电影节了。”

《迷影》入围了巴黎国际电影节的两个奖项——最佳外语剧情片和最佳外语原创剧本奖。电影节主办方给《迷影》团队发来两张邀请函，不用说，肯定是给马原和方煜，毕竟提名的不是片中角色，而是整部片子和剧本。

方煜手掌捂着发疼的那一块皮肤，拒绝了文身师的好意，穿好自己的衣服出门。鄢慈那一脸高傲的“盛气凌人”的模样在离开女老板的视野，走出铺子之后，立马变脸。

“我看看。”她小心扒开方煜的领口，那里还朝外渗血丝，“用文身贴纸就好了，多疼呀。”

“不疼。”方煜轻描淡写道。

方煜勾住鄢慈的小指尾尖，孩子似的晃来晃去。

“鄢蔫蔫。”他突然笑着说，“以后你就叫鄢蔫蔫吧。”

鄢慈一愣，随即明白过来：“我才不是蔫蔫。”

法国是个浪漫的国度，巴黎是座浪漫的城市，远远一对情侣在街头拥吻。鄢慈鲜艳的红裙包裹着玲珑有致的身躯，在夕阳的余晖里温暖而明媚，方煜忍不住低头亲她。

“《迷影》拿不到奖怎么办？”方煜捏捏她的耳垂，柔声问，“拿不到奖你肯定又要变成蔫蔫，我不了解你吗？”

鄢慈一撇嘴：“我凭实力拿不到奖，有什么好难过的？”

方煜将她抱在胸前，下巴在她头发上蹭了蹭：“拿不到也没事，方老师把你文在身上了。奖杯不是你的，方老师是你的就够了。”

方煜把鄢慈送回酒店，和马原结伴出席了电影节的颁奖典礼。

巴黎的夜晚灯火通明，塞纳河两岸亮起明亮的橘光朵朵，河水被映成通亮的颜色，倒映着整座城市最繁华的风光。鄢慈坐在露台的藤编椅子上给方煜发消息。

鄢慈："现场是不是很多超级明星？"

方煜："嗯，刚才见到了安妮·海瑟薇。"

鄢慈："《穿普拉达的女王》那个海瑟薇？"

会场里，方煜拿着手机会心一笑，迅速编辑："你喜欢她？一会儿散场，方老师可以厚着脸皮去给你要张签名。"

刚要发送，鄢慈又发来消息："晴晴让我帮她代购一款女包！我忘记了！都怪你！下午没事文什么身？！"

方煜咬牙删掉对话框里的字，把鄢慈的微信拉黑。

一分钟后，鄢慈的短信发来："我错了。"

方煜把她加了回来。

鄢慈又在微信上问："后天回国，方老师明天可以陪我逛街给晴晴买包吗？"

方煜："……"他还没来得及牵着她的手逛逛埃菲尔铁塔，逛逛香榭丽舍大街，看看凯旋门以及拿破仑的棺材板。好不容易避开国内的记者，躲开繁忙的工作，借着参加电影节出来散散心，他想和她过几天甜蜜的二人世界，她却满脑子都是代购？

方煜冷着脸，再次把鄢慈拉黑。一分钟后，鄢慈的短信又发进来了，方煜看也不看，直接关机。

马原一直偏头看他的动作，摇头晃脑，轻轻一啧："又闹什么脾气？也就鄢慈那个蔫不拉几的性子能受得了你。"

方煜蹙眉："她蔫不拉几是你能说的？"

锁骨上的"Ynn"还在发烫，但并不影响方老师的独占欲。鄢蔫蔫是他一个人的蔫蔫，蔫不拉几也是他一个人的蔫不拉几，他可以说，可以把她文在身上，但别人不行。

他说完回眼，一抬头，看到正中央的屏幕上放映出一个大大的片名——《Lose》。

——《迷影》的英文片名。

第十章 璀璨

夜里一点，电影节闭幕。

方煜坐在回酒店的车子上，把鄢慈从黑名单里放出来。他随手刷了刷朋友圈，发现鄢慈两个小时前更新了一条动态。她罕见地没有用表情包做底图，而是放上一张双人合照——她和一个帅帅的外国小鲜肉。

“大醋缸”全身青筋瞬间凸起，隐隐有控制不住要爆发的冲动。再仔细看看鄢慈配的文字，他一下子透心凉，觉得不用再控制，可以直接回酒店把鄢慈丢进塞纳河沉塘。

“文身师说我皮肤嫩，希望明天不要蟹足肿，也不要过敏。”

鄢慈正在床上睡得迷迷糊糊，房间灯亮了，紧接着她的被子被人撩走，有个人爬到床上拉扯她的睡裙。

鄢慈瞌睡没醒，软着声音：“你回来了。”

方煜面色沉沉：“你文哪儿了？”

鄢慈挠挠脸，狡猾地笑笑：“你不是拉黑我了吗？”

方煜在她屁股上狠狠打了一下：“你文哪儿了？”

演员职业特殊，鄢慈不可能把文身文在拍戏可能露出来的地方，而拍戏不会露出来的地方……方煜稍稍一想，觉得要喷火了。

鄢慈双腿双手摊开，在床上摆出“大”字，冲他挑眉：“你自己找呀。”

方煜不用刻意找，将鄢慈的睡衣向下一拉，在她左边胸脯斜上方一点的心口，刚刚好能被内衣遮住的位置多出三个小小的黑色英文字母——QWQ。

她皮肤本来就像雪花膏一样白，衬得那点黑更显眼了。

方煜：“……”

“你……”方煜气昏头了，身体先于意志不受控制地抡起巴掌冲鄢慈脸上砸。

“啊——”

巴掌没落下，鄢慈没命地尖叫。方煜的手停在半空，眼神森然，像要吃人：“你想气死我？”

鄢慈梗着脖子：“凭什么你能文我不能文？”

“这是文身的问题吗？”

鄢慈一脚把他从身上蹬下去：“那是什么问题？”

“你找男人给你文身？”方煜话里带着冰碴，快把她冻成冰雕。

鄢慈不满道："那你还找女人给你文身呢！"

"我和你能一样吗？"

"怎么不一样？你别双标！"鄢慈嘟着嘴，"你在别的女人面前袒胸露乳，你想过我的感受吗？"

方煜咬牙提醒她："我文你的名字，你文什么？"

方煜快被她气出脑溢血了："你把表情文在身上？文在胸上？还找男人文？老子今天晚上不打死你……"

"怎么了？我最近太丧了，我不能给自己点好心情吗？每天看着它，我很开心呀！"鄢慈狡辩。

方煜脸色青一阵白一阵，点了点头："鄢慈，你知道这种情况下，作为你男朋友，我有权利把你按进浴缸用马桶刷刷干净吧？"

"马……马桶刷？"鄢慈愣了，随即反应过来，急忙道，"不，你没有这个权利！"

方煜拽着她的胳膊拖向浴室。

鄢慈又开始尖叫："方老师——"

方煜充耳不闻，鄢慈狂乱地扒住浴室的门板："我开玩笑的！你听我说，啊——"

方煜转过头，眼睛通红，真被她气着了。现在已经夜里两点多，他参加完电影节匆匆赶回来还没来得及休息，现下又发了这么一阵脾气，整个人暴躁得像只硬毛刺猬。

鄢慈缩着肩膀，抬起头小心翼翼地观察方煜的表情，犹豫着伸出食指，顺着方煜好看的唇边伸进他嘴里。方煜毫不犹豫，合上牙齿咬下去。

鄢慈吃痛抽回手指："咬我干什么？"

方煜："咬死你！"

鄢慈皱着眉，用湿润的手指，在胸口处搓了搓。

片刻后，"QWQ"变成了"WQ"。

方煜："……"

鄢慈支吾道："那男孩是外卖员，我订了一盒马卡龙，甜品店送了我几张文身贴纸。你莫名其妙拉黑我，我就不能有点小脾气吗？"

"你文我名字怎么了？文我的名字就是可以让别的女人摸你胸肌的理由？我要让你有点危机感，下次你再敢让其他女人碰你，我就去找个男人……”

方煜咬牙切齿：“你敢！”

鄢慈蔫头耷脑：“我不敢。”

方煜眼眸里各种情绪交融，盯着鄢慈。

鄢慈眼神左右顾盼，半晌后，主动转移话题：“方老师，我们拿奖了吗？”

方煜深深呼出一口气：“鄢慈，你如果是个男的，你试试今晚老子能不能揍死你。”

鄢慈后脖颈一凉，整个人吓成一团粘球。

已经过了三点，方煜还在露台抽烟。他回来时穿的西装和衬衫还没有换下，透过合身得体的衣服，鄢慈能感觉出来他身体肌肉绷得紧紧的。

塞纳河沿岸灯火寂灭，整座城市犹如黑暗中潜伏的巨兽，方煜英俊的侧脸在黑夜里模模糊糊，看不分明。

鄢慈在床上躺了很久，忍不住起身出去。

“方老师。”她戳戳方煜的胳膊，看见他捏着烟头的指尖有些颤抖。

他还在生气？又或者是刚才生气的余韵还未平息？

“我和你开个小玩笑而已。”鄢慈委屈地说，“你就对我生这么大的气？我都还没说什么呢。”

方煜把烟头扔到地上，用脚踩灭。

他刚才干的事一半没走脑子，如果鄢慈真的文了身，他能做出什么事情真不好说。冷静下来想想，鄢慈那么懒又那么怕疼的一个人，吃饱了撑的大半夜跑出去文身？可事情发生时，他就是所有的智商都归零，不会用理智思考。

他忽然想起晚上马原的话——也就鄢慈这性子能受得了他，换成别的女孩，因为这种事被他莫名其妙骂一顿还差点挨打，肯定会对他发脾气。

他转头看着一脸忐忑地站在身边的鄢慈。她看起来一点也不生气，怎么欺负她，她也不生气，比起生气，她更害怕自己这个施暴者生气。

她像只初生柔软的小动物，眼神怯怯的：“我下次不这样了。”

方煜听得心头一酸：“我是不是对你不好？”

鄢慈连忙摇头：“没有。”

“我对你发脾气。”方煜沉着眼，“我还会打你，你不生气？”

鄢慈静了静，小声说：“生气啊，但就生一下下。你的脾气本来就差，我要是也生气，那我们不用做其他事情，只剩吵架了。”

鄢慈不是没有脾气，只是忍着不发。她是只小白兔，脾气上来，就把它们揉一揉卷一卷，塞进胡萝卜里，啃进肚子。吃饱喝足后，脾气没了，她还是那只绵绵的小兔子。

方煜心里猛地难受起来：“你生我气吧。”

鄢慈一脸疑惑：“什么？”

方煜认真道：“今晚无缘无故拉黑你，还冲你吼，对不起。”

方煜抓着她的手在自己胸口狠狠砸了两下：“你生气。”

“生什么？”

“随便生什么，打我骂我，方老师不回嘴也不还手。”

鄢慈为难：“我现在不生气啊。”

“不行，你必须生气。以后我再对你不好，你也要生气。我吼你，你吼回来；我打你，你打回来；我骂你，你就用马桶刷把我嘴巴刷干净。”

鄢慈：“……”

方煜又捏着她的手腕，在自己身上乱打：“生。”

鄢慈怕打到今天下午的文身弄伤他，连忙抽回手：“不生不生，我们回去睡觉……”

“我让你生！”方煜霸道地说。

鄢慈绞尽脑汁，不知道怎么个生气法。她悄悄打量方煜，半晌，瑟瑟地伸出手，在方煜脸颊上轻轻扇了一巴掌。方煜瞬间皱起眉，鄢慈本能往后退，方煜却按着她，握着她的手在自己脸上狠狠抡了一下。

鄢慈：“……”

“疼死了！”她大喊，“你干什么呀？”

“不疼。”方煜淡淡地说，“你继续打。”

“不打。”鄢慈看着他脸颊瞬间红起来的皮肤，心疼地说，“你有病吗？你是受虐狂，喜欢我打你？”

方煜不说话。

鄢慈眼睛红红的，哽咽着：“你跟我计较这些干什么？你骂我，我就非要骂回去吗？”

方煜烟抽多了，嗓音沙哑："你不对我生气，我不长记性。"

鄢慈喃喃道："你不用长记性。两个人在一起，谁包容谁不一样？架吵多了，感情就变质了。我们不是说好一辈子的吗？"

"而且是我先不对的，我不该用这种事和你开玩笑。"鄢慈仰头，"你这个大醋缸。"

方煜想起刚才她那一番不乐意他在别人面前袒胸露乳的话，不禁笑道："我是大醋缸，你是什么？"

鄢慈看他恢复正常，"扑哧"一笑，脸颊贴在他胸口温柔地蹭："我是小醋包。"

方煜搂着她的肩膀，嗅她头发上芬芳的味道："脾气我慢慢改，但醋要吃，吃醋说明方老师爱你，而且这个我控制不了。"

鄢慈手指在他锁骨上轻轻点了点："我也去文一个吧，文一个Fcc，方醋醋。"

方煜说："不准去。"

鄢慈连忙说："我找女文身师。"

"不是文身师的原因。"方煜低头亲她，"说不疼是骗你的，你受不了，方老师一个人文就够了。"

鄢慈笑笑，在他锁骨亲了亲。

方煜也笑了。

他冷静下来，脾气平复，想起还有一件更为重要的事情。

"巴黎国际电影节的奖项含金量很高，不是国内所谓的大奖能比的，就算没有拿奖，被提名也很厉害。今年国产片子除了《迷影》，就只有张导的新片入围。"

"一进电影圈就受到国际青睐，我老婆真厉害。"

鄢慈听他话里的意思是没有获奖，这也没什么，她早就做好了心理准备。她的实力的确还略微不足，如果国际大奖这么好拿，那和野鸡奖项也差不多。

"你不问我《迷影》有没有获奖？"

鄢慈摇头："我知道。"

"你知道什么？"方煜眼里闪着光。

"我们回去睡觉吧。"鄢慈偏着头，虽然做好了心理准备，但还是有稍许沮丧。

方煜掏出手机，点开一则录制的视频。

电影节是英法双语主持，鄢慈基本一个字也听不懂。但她看见，正中央的台上，慢慢走上去一个红毛绿西装的男人。

——马原表情很淡，对着话筒脱口而出一长串她来不及翻译的英语，她只听懂一句“Thank you”。

鄢慈表情呆呆的，冲着方煜眨眨眼。

方煜也冲她眨眨眼：“最佳外语剧情片。”

鄢慈呆愣了足足十秒，十秒后跳到方煜身上放声尖叫：“啊——”

方煜抱着她在原地转了十几圈，转到头晕眼花才停下，说：“我老婆最棒。”

鄢慈被他夹住胳膊上举着，低头在他脸上“啵啵啵”乱亲：“方老师最棒！明明是方老师最厉害！没有方老师，就没有这部片子！”

方煜谦虚接受了她的说法，又道：“最棒的方老师以后会给最棒的宝宝写很多最棒的本子，金天鹅、金斑马、奥斯卡金像……这个有难度，不过我会努力，总有一天，你想要的影后我都给你。”

“老公负责赚钱养家，老婆负责在家玩奖杯，可以用它敲钉子砸核桃，砸坏了老公给拿你新的。”

方煜嘴里吐出的是放眼整个娱乐圈都没人敢说的猖狂到天边的话，可鄢慈一点也不觉得他嚣张，就算是嚣张，他也有可以嚣张的资本。

“方老师养你一辈子。”

“方老师爱你一辈子。”

月色如水，轻盈投进塞纳河。四周静悄悄的，晚风荡漾着凉意，凉意溶解着蜂蜜。巴黎城市的浪漫后知后觉从空气因子里挣脱，四面八方聚涌而来，在她头上的穹顶和脚下的河水间铺开一张柔软大网，将她紧紧罩在方煜那翻滚汹涌、爱意无边的浪潮里。

一辈子是个很甜很美的童话。

一辈子是个很长很远的梦想。

可如果对象是他，童话不只存在书里，梦想也不会太过遥远。

鄢慈美丽的眼睛波光流转，她踮起脚，吻住眼前人的嘴唇，闭上眼睛，甜声道：“我也爱方老师一辈子。”

一年后。

国家大剧院。

崭新的红毯绵延数十米，彩灯通明，大批记者拥挤在拉起的隔离线外围对着珠宝华服着身的艺人一通拍摄。

金天鹅奖是国内最负盛名的电影奖项之一，以提名严格、评审公正著称，多少影帝、影后的成名之路始于金天鹅奖的新人提名。对于艺人来说，这奖项是梦想起步的摇篮，也是梦想最终的殿堂。

方煜没有混迹在从房车内下来排队走红毯的艺人中间，而是踱步从建筑的侧门缓缓走出，时间还早，可他耐不住焦急。

秦城走过红毯后绕了个圈跟着过来，看到他在花坛边蹲着抽烟："你俩一个月没见了吧？"

"三十九天。"方煜磕落指间一抹烟灰，眼神明亮，一眨不眨地盯着房车上下来的每一个裙装身影。

他抽空看了一眼手表："再过二十分钟四十天。"

鄢慈一个多月前接了一部电影，剧组要求到非洲取景，方煜本想抽空去探班，偏偏他这一个月也忙得脚不沾地。如果不是因为金天鹅奖最佳女主角的提名，鄢慈此刻应该还在非洲大草原幕天席地，与狮子为伴，卧看星河。

方煜是这届金天鹅的特邀评委，下午必须赶来会场，甚至错过了给鄢慈接机。

秦城："眼巴巴看有什么用？红毯压轴少说还要等二十分钟。"

方煜一支烟抽完，像个即将和心爱女孩约会的青涩少年，又从口袋里掏出一块薄荷糖含进嘴里，里里外外顶了一圈："我乐意。"

二十分钟后，方煜蹲不住了，起身走向主办方拉起的隔绝记者和粉丝会的彩带，凑近去等。

他身边站着一群年龄不大的女孩子，手里举着刻着鄢慈名字的灯牌，不停地用手机录像。过于激动的粉丝控制不住向前挤，被随后赶来的保安呵斥回去。

方煜手插在裤兜里，淡淡地说："别骂人。"

保安看是他，没再说话，笑了笑转身。

方煜补充道："别骂鄢慈的粉丝，其他随意。"

“啊——”身边一个女孩倏然发出控制不住的兴奋叫声，“是鄢鄢——是鄢鄢！鄢鄢！”

只剩最后两台房车停靠在红毯前，车门打开。鄢慈身着一件纯黑色露背晚礼服长裙，两手扯住裙摆轻盈地从车上下来。她头发又留长了，垂下来遮住线条流畅颜色白得通透的瘦削锁骨，精致的红宝石耳环衬得她耳垂格外小巧白皙，嫩得似乎能掐出水来。她只化了淡妆，那娇美的脸蛋和优雅的气质格外引人注目。

林晴晴回到她身边后几次建议，这种群芳斗艳的场合，应该把妆容化得心机些，才能在红毯照上盖过其他女星的风头。可现在的鄢慈不需要通过这些来刻意提升自己出众的格调，她往那里一杵，本身就是格调。

去年《迷影》巴黎获奖，在国内掀起好一阵热潮。国产片在国外拿到这样分量的奖不是唯一一次，但次数绝对不多。而这部片子的主演，是个一年前还在拍雷剧、黑粉遍地走的流量小花，因此轰动一时，引发一番热烈讨论。

《迷影》作为文艺片，票房虽然拿下了三亿五千万的不错成绩，但是离全民皆知还有很大一段距离，毕竟三亿五千万在当今电影市场上算不得出类拔萃的成绩。

就像方煜所说的，这部电影最大的作用不在于为鄢慈拿下影后，也不在于票房多少，而在于为她打开电影圈的大门。这是一块敲门砖，也是她的资本。一年来鄢慈片约不断，但她从来不过问这些事情，演什么都由方煜决定。方煜心气高，眼光毒辣，挑来选去，回绝了百分之九十九的本子，这一年鄢慈最后只拍了两部电影。

一部是国宝级导演抛出的橄榄枝，一部是方煜在她去年生日时送她的那部《少年》，而《少年》就是今天鄢慈提名最佳女主角的片子。

《少年》是一部讲述受校园暴力欺凌的受害者，如何在极度绝望痛苦的人生境遇中重新振奋的故事。国内此类型的片子由于诸多限制上映困难，但这部片子是总局特批开拍的。无论其选材的社会角度、剧情，还是片子女主角受欺凌的尺度，一上映就引起社会范围内的热议。

久禁题材破栅如冰河化冻后的河水汹涌翻滚，片子上映第一天，票房直接破亿，本来怀着看热闹的心思去看电影的人走出影院后，却不觉得自己看了一场热闹。

国宝导演的电影上映在《少年》之前，继《迷影》后又狠狠为鄢慈吸了一波忠实影迷。《少年》收官时破了华语最高票房的纪录，被破纪录的影片是方煜亲自执笔的剧本《心屠》。

透过这三部片子来看，鄢慈如今表演的张力和感染力，同年龄的女演员中无出其右。之前就有人预测，今晚的最佳女主角非《少年》里鄢慈饰演的苗禾莫属。

而在主办方的红毯排序上，鄢慈更是走在其他所有演员的最后压轴，这本身就是一种肯定。

聚光灯和摄像机聚拢过来，鄢慈巧笑嫣然，礼貌地站在原地，等待着主办方安排的男伴。她没有看到站在人堆里的方煜，挥手朝粉丝打了一个招呼。

“鄢鄢——”一个女孩越过保安的阻隔尖叫着冲过来，激动地扑到她身上，差点把她扑倒在地。

鄢慈稳住身体，微微一愣。

女孩留着及腰长发，眼睛小鹿一样水汽氤氲，她抓着鄢慈的手，笑得露出脸颊两个浅淡的梨涡：“鄢鄢，我终于见到你了！”

女孩这句话仿佛一块长满棱角和怪刺的硬石，脱口而出的瞬间，狠狠砸向鄢慈的心口，一道闸门轰然坍塌，艰难封存着的沤成了泥巴的苦辣记忆倾泻而出，将这美丽的月色、热闹的喧哗通通蒙上一层厚重的灰尘。

女孩没察觉到鄢慈的不适，四周的媒体记者也都没看到鄢慈脸色一瞬间小小的变化，保安冷着脸骂骂咧咧上前拉人。

方煜隐于人群之中，俊美的眉毛拧在一起。他没有上前，目光一分不偏地落在鄢慈茫然而略显苍白的脸上。

“鄢鄢，我们合照好不好？我真的特别喜欢你，我攒了很久的钱才和后援会一起过来看你，我……”女孩面色酡红，她知道身后保安还有几步就要过来，语速极快，倒豆子一样不停地说。

鄢慈笑容僵硬，她想挣脱开手臂，却被女孩紧紧拉住。女孩从包里翻出手机调成自拍模式，还未来得及按下快门，就被匆匆赶来的保安一把拍翻在地上。

对于女孩来说，她只是擅自闯进红毯与喜欢的艺人合影，对保安来说，她的这项举动无疑会让他承担着巨大的失业风险。他揪住女孩肩膀上的布料，扯她离开：“出去！”

女孩身材瘦小，像只被狂风撕扯的纤弱风筝：“鄢鄢！”

鄢慈神情在明亮的灯光下恍惚不已，垂在裙子两侧的手指蜷曲，松开，蜷曲，再松开。

方煜静静地站着，静静地看着她。

她的目光浸在悠远的回忆里似短似长。她犹豫抉择时，柔软的嘴唇会不自觉地微抿，嘴角的线条由和缓变得绷紧。

四周声音嘈杂，鄢慈安静地站在原地，她素美典雅的黑裙束在线条流畅的身体上，隐隐像只黑暗里踮起脚的天鹅。天鹅很优雅，哪怕处在黑夜里，也想窥一窥日月的光华。

鄢慈沉默了片刻，像是下定了什么决心一般，脸上犹豫神色不见了，取而代之的是一抹温柔的坚定。她微微弯腰，捡起女孩被摔落在地上的手机，拉住保安，笑得温柔甜美：“没关系的。”

她冲女孩招了招手，面容平静却满是坚定的力量。女孩张大嘴巴，惊诧地指了指自己，在得到肯定的点头后，疯了似的尖叫着冲过来偎在鄢慈身边，搂住她的腰跟她合影。

方煜无法自抑地轻笑。他左右看看，突然很想过去牵起多日未见的爱人的手，在聚光灯照射不到的地方，把她按进怀里揉一揉。

他的身份地位不需要通过走红毯这种仪式凸显，主办方也没有安排，可如果方老师此刻就是不要脸，一定要蹭个红毯走走，也没人敢说半个不字。

他刚要过去，房车后出现了最后一个演员的身影。那人走过来，友好地笑笑，冲鄢慈伸出胳膊，鄢慈礼貌地挽住。

方煜顿住要上前的步子。

鄢慈的小粉丝在一旁叽喳吵闹：“啊——主办方安排李乔和鄢鄢走红毯！简直配一脸！不会有人比李乔更适合鄢鄢！你们快看，他俩郎才女貌、天造地设！换成任何别人和鄢鄢谈恋爱，我都要伤心的！”

方煜：“……”

“我都看到了。”李乔冲鄢慈眨眨眼，“你刚刚在想什么？程允舒？我听说过你们俩之间的事情，她当年也是你的粉丝。”

鄢慈淡淡道："她脸毁成那个样子，不管有什么恩怨，都过去了。"

李乔："刚才有一瞬间，我以为你会避开那个女孩。"

鄢慈反问："我为什么要避开她？"

李乔笑道："那你在犹豫什么？"

鄢慈故作坚韧的小蛋壳被李乔一嘴啄破，略尴尬地摸了下鼻子，而后也笑了："乔哥，你看过《少年》吗？"

"上映第一天，我包了十场。"李乔平淡地说，"女神的电影当然要支持。"

"苗禾说：'我流血，我化脓，我疼，但我也知道伤疤终有一天会结痂。我的未来很长很美，不能因为被蛇咬过，就这辈子见到井绳都害怕。'我不能因为被程允舒恶心过，就一辈子提心吊胆、小心翼翼吧？"

鄢慈脸颊动人的线条在会场璀璨的灯光下愈加柔和，她浅浅一笑："其实我没那么通透，是因为他对我说过，温柔永远不会有错。我被咬怕了，现在还做不到无差别的温柔，但我愿意无脑地信他。"

李乔闻言沉默了，半晌摸了摸她的头，半开玩笑道："你当着我的面说这种话好吗？大龄单身狗真的不想再吃狗粮了。"

鄢慈俏皮地说："乔哥，你肯定会遇到……"

"我肯定会遇到一个很好的女孩子，比你好一万倍。"李乔笑道，"见我一次就说一遍，我都会背了。"

鄢慈吐了吐舌头。

她看不透李乔，他看上去温和，云淡风轻，对任何事情都没有过于强烈的执念。但鄢慈总觉得他心里其实蓄着一汪很深的湖水，掩藏在那平静水面之下的，是他从来不揭给外人看的涟漪和波涛。她有时候甚至怀疑李乔是不是还喜欢她。可李乔很有分寸，无论言谈，还是举止，都有分寸到鄢慈下一秒就否定了自己的想法。

这些事情何必多想，李乔不愿意让她知道，她也不愿意知道。多少感情会被岁月的汹涌波涛慢慢雕磨，而这辈子，她有方煜就够了。

"在这儿。"李乔在第二排找到位置。

鄢慈和李乔座位相邻，方煜坐在第一排，她的正前方。

她伸出手轻快地揉了揉他的头发："方老师！我回来啦！你在忙什

么，怎么不回我微信？”

方煜没回头，起身去卫生间。鄢慈拎起裙边跟了上去。典礼马上开场，嘉宾都已经入座，走廊和卫生间空无一人，方煜站在洗手台前，挤了满满一汪洗手液用力地搓。

鄢慈自以为神不知鬼不觉地进来，高跟鞋“嗒嗒嗒”踩在地砖上，绕到方煜背后，一把搂住他，脸贴在方煜背上狠狠地蹭了两下，想起还有妆，才依依不舍地抬起头来。

“怎么不回我微信呀？给你发了好几条呢。”鄢慈踮脚把下巴搁在他肩膀上，冲他耳朵里吹气，半开玩笑道，“忙着和谁打情骂俏？”

方煜受不了她这样撩拨，侧头淡淡说道：“没电了。”

分开四十天，再见面方煜却这么冷淡，鄢慈瞬间察觉出他的异样，试探地问：“怎么了？”

方煜洗干净手，斜斜地靠在洗手台上，不说话，就只是打量她。鄢慈见他这半生气不生气的模样，知道他是在撒娇闹脾气，心里有了判断。她走上前，抱着他的脖子踮脚亲他。

“方傲娇”鼻子哼哼一声，装作侧头躲闪，却暗中把脸放低一点方便她亲到。

他呼吸间是烟草和薄荷混合的味道，淡淡的，挺好闻。鄢慈嘴唇就快贴上了，最后一秒及时刹车。她放下手收回脚，嘻嘻一笑：“回去再亲吧，别把口红蹭掉了。”

方煜：“……”

“蹭掉了你不会补？”

他再也忍不住，揪着她的胳膊按在身后白净的瓷砖壁上，动作看似粗鲁，实则温柔，手心在鄢慈的头撞墙之前就已经垫上去护着。

他刚要亲下来，鄢慈按住他：“我没带口红。”

“没带你不会去借？”

“色号不一样。”

“你是不是蠢？”

“你骂我！”鄢慈用小拳头捶他胸口，“你骂我！我要骂回去！”

方煜问：“你还有脸骂回来？”

“我怎么没脸了？”鄢慈疑惑地问，“方老师，你又生什么气？吃醋了？”

方煜说：“怎么？不能骂你，不能打你，我现在连吃醋的权利都没有了？”

“我不是这个意思。”

“你就是这个意思！”方煜胡搅蛮缠，“你想气死我！所有人都说你和李乔配，气死我，你就可以名正言顺地劈腿！”

鄢慈：“什……什么？谁说我和李乔配？”

方煜自顾自地说：“你刚才为什么和李乔走红毯？我在外面等你二十分钟，不是出来看你和李乔走红毯的。”

鄢慈：“你在等我？我怎么没看见……”

“我们在一起两年了，粉丝和观众竟然都不知道你有男朋友！她们竟然当着我的面说你和别人配！”

方煜犹如一只愤怒的小兽，本来没那么气，但由于在话里把自己渲染得太过凄惨，此刻越说越气，越说越委屈

“两年了，你连名分都不给我！你就没想和我好好过！”

“喜欢你的人越来越多，你的世界也不是只有我了，等你拿了影后，圈里男人随便你挑。反正也没有公开过，方老师你想甩就甩。你一定是这么想的。”

鄢慈第一次见方煜这么“低三下四”地生气，“名分”都说出来了，连忙解释：“我也没遮着、掩着呀，大家都知道。他们不说，难道不是怕你吗？你怎么还怪起我来了？”

他们俩的事情在圈内根本不是秘密，但没人敢爆料出来。方煜老爹的后台太硬，万一惹得方煜不高兴，被撤报道、封网站都是可能的事。

方煜蛮不讲理：“我就怪你！”

说完，他推门离开，把门狠狠摔上，震得鄢慈的小心肝怦怦直跳。

方老师生气好办，方老师吃醋也好办，但方老师委屈，鄢慈不知道该怎么办了。

她回到位子上，颁奖晚会已经开始好一会儿了。观众席上的顶灯关闭，昏暗的一片，鄢慈抓耳挠腮想着怎么哄方小朋友。

她在后面伸手揪他头发，方煜晃头甩开。她又去捏他脸颊，方煜侧

脸咬她手指。

她在后面小声叫："方老师——方老师——方老师——"

方煜直起身子远离椅背，手臂支着大腿俯下上身，不听她说话，鄢慈叫了一会儿得不到回应，咬咬手指不再继续了。

她以为她和方煜谈恋爱是圈里人都知道的事情，就顺其自然，没有公开。可方煜不这么想，他虽然从来没有说过，心里却很在意。她想了想，掏出手机打开微博。

方煜做作地待了一会儿，发现鄢慈没动静了，他悄悄回头，发现她放弃哄他，仗着灯光扫不过来坐没坐相，懒洋洋地缩在软椅上玩手机。

更气了。

鄢慈正编辑着微博，全场响起热烈的掌声和欢呼声。她疑惑地抬头，发现是李乔的新电影《追凶》荣获今年金天鹅奖最佳男主角。探照灯扫射来的时候，鄢慈把手机朝座位缝隙里一别，一本正经地对着镜头微笑鼓掌。李乔上台，探照灯离开后，她又掏出手机抓耳挠腮地苦恼着。

李乔说了什么她没注意，只知道他下台以后大屏幕开始轮番播放提名最佳女主角的片子，她隐约听到了自己饰演的苗禾的声音。

《少年》的女主人公乖乖女苗禾转到新学校，因为拒绝参与同学欺凌班级里一个胖女孩的行为，被当成不合群的眼中钉、肉中刺。几个吊车尾的学生妹看她不顺眼，最先开始欺负她——勒索零花钱，要求帮忙写作业，强迫考试传答案，本来还算克制的行为在其中一个女生暗恋的学长向苗禾递了情书之后，矛盾激化……

苗禾报警，警察把这当成未成年学生间的小矛盾不予理会，而等待她的是更为猛烈凶残的报复。

苗禾用了很久才从过去的阴霾里走出。她搬家到另一座城市，新学校开学第一天，女班长笑意盈盈走来将一个本子放在她桌上："看到角落里那女的了吗？才多大就怀孕打胎，学校不开除她，但我们和她一个班级嫌脏。苗禾，你把这个签了以后，就和我们是一边的。"

那是整部片子中鄢慈演技绝对爆发的一刻。她脸色惨白如窗外飘扬的碎雪，身体每一个部位包括睫毛都在颤抖，刚进教室围巾还来不及摘下，她抱着头似是不安又似是恐惧地捋着头发，却只带起一阵"嗞嗞"的静电。

女班长笑道："签吧。"

苗禾眼睛红得渗血，她声音哽咽，却没有掉眼泪。她如一只掉入陷阱里的兔子，想挣扎，却怕被缰锁勒得更紧。过了很久，她眼里的不安平复下来，咬着红艳的嘴唇，摊开冰凉的手指，将本子推了回去。

“我不签。”苗禾嗓音沙沙，却毫不犹豫，“我不签。”

屏幕陷入一片黑暗的宁静。十秒后，这片黑漆漆的屏幕里传来一个男声：“你不怕吗？”

苗禾：“怕。”

“怕，那你为什么不签？”

苗禾沉默了很久，久到让人以为这片子结束了，才听到她在看不见的黑暗后面轻轻抽泣。

“我怕。我怕天黑，怕有鬼，怕被孤立，怕疼，也怕挨打，但比起这些，变得不像自己更让我害怕。”

“恐惧不是残忍的借口，也不该是放弃温柔的理由。”

……

白亮的探照灯打过来，鄢慈眯着眼睛第三遍检查微博，没有错别字，她心满意足地笑笑，点了发送。

李乔推她：“别傻笑了。”

鄢慈陷入一件事之后经常会忽略外界的声音，看她一脸茫然的样子，李乔冲台上示意：“去啊，新晋影后。”

鄢慈抬头。

舞台正中央的屏幕映着一排大字。

愿你走出半生，归来仍是少年

鄢慈，《少年》

主持人：“恭喜影后！鄢鄢有什么想说的？”

鄢慈提着裙摆走上领奖台，四周灯光通通映射而来，把她包融成一个小小的光团，她站在最璀璨耀眼的地方，忽然觉得不够安心。明明以前练习过很多次影后说辞，现在却哑然，没什么想说，又有很多想说。她怔怔地站了一会儿，倏然间一句都说不出来。

方煜投来一瞥，他面容充满令人安定的力量，明明站在聚光灯下的是她，但在她眼里，他足以媲美世界上所有的炫美光华。

鄢慈这样看着他，怦怦乱跳的心脏慢慢平复下来。她站在这华丽的舞台中央，心底滋生起难言的情绪，这情绪缓缓生根发芽，茁壮成长为一片茂密的藤蔓，紧紧缠绕住她。

鄢慈忽然生出一股不顾一切的冲动。

“方老师。”鄢慈垂下眉眼，看着手里的奖杯笑了笑，随后又抬起头，灼热的目光落到方煜身上。

她声音柔柔的，甜得像是蜜糖罐里最甜的糖浆：“别生气了，以后红毯我只和你走。”

会场刹那陷入一片寂静。

方煜身体一抖，诧异地看着鄢慈。她笑靥如花，也看着他。

“小方，你看微博。”旁边导演推他。

鄢慈三分钟前更新了一条微博。

配图是张她自己捧着脸一副星星眼的照片做成的表情包，上面用修图软件画着三个粗糙的大字：爱老公。

而图片下面的文字却让他眼睛一热。

我路遇荆棘，就看到光芒；

我陷入泥沼，又步入天堂。

一路苦涩心酸，有你陪我尝；

我所有加身荣光，都与你共享。@方煜

鄢慈声音低低的，却依旧娇软。她停顿片刻，目光虔诚，一字一顿，脱口的话让每个人都听得清清楚楚：“方煜，我爱你。”

刹那间，掌声雷动。

她立于灯光之下，面庞动人，奖杯是她的褒奖，掌声是她的鲜花。方煜抬起明亮的眼睛，撞入鄢慈狡黠的眼眸。透过朦朦胧胧的微光，他看到鄢慈向他扬起缱绻的笑。

——我爱你。

爱你星河璀璨的眸光万顷。

爱你英俊的面颊和迷人的才华。

爱你别扭傲娇的脾气和恶毒的嘴巴。

鄢慈没有说话，他却能读懂她所有的想法。

那一瞬间，他想把世间所有的美好都摘来送她。

想把她搂进怀里抱回家。

想对她说：

你是我此生最耀眼的荣光。

我会一生陪你并肩看这世界繁华，看天地浩大。

阳阳春三月，莺飞草长。清晨的阳光悄悄穿过窗帘的缝隙，旋转着化成一只只金色的精灵，翻滚跳跃在房间每一个角落。鄢慈眯开一条眼缝，感受到光线的不友好，抬起手背挡住眼睛，又翻身转过头，把脸埋进身边人的胸口。

方煜在闹钟响第一遍的时候就醒了，他却迟迟赖床不起。他伸长胳膊把鄢慈搂进怀里："该起床了，宝宝。"

鄢慈痛苦地哀号："让我再睡一会儿吧！"

方煜从床头柜上拿起手机放到她眼前："十一点的飞机，你还去不去了？"

鄢慈将被子一扯，蒙住头，闷闷地说："把机票改签到下午吧。"

方煜拉开被子，耐心哄她："不能拖，都和人家打好招呼了。"

鄢慈好不容易才把眼皮子完全睁开，水蒙蒙的，沾着模糊的雾气，她揉了揉眼睛，绵绵地看着他，拖上软嫩嫩的尾调："真的要起吗？"

方煜想叫她起床的心一下子糊成一团。他手粘了胶水似的不老实地在她被子下的身体上摸着，摸几下后认命地一笑，覆身上去："别起了，我先帮你醒醒瞌睡。"

方煜和陈越之对赌的四个亿在去年《少年》上映时就两清了，鄢慈有时候想起方煜，觉得他就是个神话。明明别人做起来难如登天的事情，他手掌一翻一覆，轻而易举就能做到。

如果不是方煜志不在此，鄢慈觉得他踹掉陈越之，成为娱乐圈的行业巨头都没有问题。

醒瞌睡运动很有用，半个小时后，鄢慈精神满满地爬起来，踩着拖鞋去洗漱。她头发乱蓬蓬的，皮肤泛着羔羊一样的粉色，一看就是刚才被欺负狠了。

鄢慈曾经和方煜开过玩笑，说等她拿到金天鹅影后就去山区支教。

那时她只是当玩笑说说，不料有天却成了真。

《少年》获奖后，她一跃成为国内最当红的一线女演员，片约如雪花般纷至沓来，鄢慈接拍了两部电影后，某天杀青回到家忽然觉得很乏。那不是身体上的累，而是精神上的疲乏。好评、演技、知名度，她一样不缺，却与方煜聚少离多，一个月最多见一两次，她受够了这种生活。于是"鄢蔫蔫"心里盘算，不能再这样下去。瞬间，"蔫蔫"变成"硬硬"，她杀青手头这部电影后，没通知任何人，直接发了一条微博："我要去支教！"

影迷一开始很开心，奔走相告——我家女神思想觉悟高，就是和那些没演技只知道在圈里捞钱横行的妖艳贱货不一样。

可鄢慈下一条微博发出来，影迷开始哀号了。

"一年！"

支教一年？这说明未来一年女神不会再有任何影视产出了，死忠粉当即心碎成八瓣，恨不得以头抢地，拽住鄢慈的衣角让她别走。

半个小时后，方煜平静地转发了这条微博。

一起。//@鄢慈：我要去支教！

鄢慈支教的地方在云南，位于大山深处的一个风景秀丽的少数民族村寨。那里青山绿水如画，隐藏在群山之中宁静无争，独特的地理环境造就一年四季温和如春的气候，没有酷暑，没有严寒，每一天都是朝气满满的春天。

午后阳光正好，方煜在黄土操场上和三个男孩踢球，说是男孩，最小的都已经十二岁了。这些孩子从小在山里长大，上山掏鸟，下河摸鱼，一个个身体底子好得很，相比起来，常年在室内对着电脑不活动的方煜弱得像只菜鸡。

方老师的自尊不允许他把自己的体力不佳暴露在人前，他踢了一会儿，故作不屑道："小孩的玩意儿，你们踢吧。"

鄢慈穿着一条白色的棉布连衣裙，神情娴静地坐在爬满三角梅的石砌围墙下的石墩上，手里捧着一个捣东西的小杵臼。深粉色的三角梅花，衬着嫩粉色的她。

在一起好几年，按理说早就已经过了情侣间最黏腻亲热的时期，但每次方煜看到鄢慈认真待在一边做事，不吵不闹的乖巧样子，心里就不由得泛起涟漪和波动，忍不住想抱抱她。

方煜把球扔给几个学生，刚要过去将想法付诸实践，就被一个看起来大一点的学生拉住。

男孩叫海森，今年十八岁，是学校里年纪最大的学生。他长得和方煜差不多高，常年暴露在高原紫外线下，皮肤黝黑，眼睛大而明亮，眉毛浓密透着股英气。

“方老师。”海森手上力气很足，抓着方煜的上臂，“您要去找鄢老师吗？”

方煜回视着海森，在他明亮的眸子里读出了一些不同寻常的意味：“有事？”

“我听家里的长辈说，鄢老师是您未过门的妻子。”海森斟酌用词，最后轻轻挑起眼角，“我们这里的规矩，未过门的妻子是不能和您睡一个房间的，明天我让父亲给你们多加一个房间。”

海森的父亲是村主任，他本人又强壮能干，在学校这群孩子里一直是实打实的主心骨。

方煜听他话里意思不对，来这里已经两个月，他早就看出海森不是个爱学习的人，但鄢慈上课的时候他每次都在，不仅不旷课乱跑，还听得津津有味。以前方煜没当回事，现在后知后觉反应过来，这小子怕是心思不单纯。

自李乔和陈越之后，再没有人敢挑战方老师在爱情里的权威。圈里人都知道他方煜看起来不好惹，实际也是真的不好惹，就算对鄢慈有点心思，也都被扼杀在摇篮里。已经很久没人敢这么不开眼地打鄢慈的主意了。

方煜差点气笑了：“有话直说，别跟我绕弯子。”

海森神色坚定，不再遮掩：“我喜欢鄢老师。您和鄢老师还没有结婚，我要和您公平竞争。”

方煜没有发火，他只是神情古怪上上下下将海森打量个遍，半晌，不可思议地笑：“你要和我竞争我老婆？”

“不是老婆，是未过门的妻子。”海森认真道，他眼睛像小鹿一样诚挚有神，“在我们这里，女人选择男人时更看中的是强健的体魄和无畏的勇气。明晚是我们族的火堆节，我要向您挑战。”

方煜淡淡地摆手：“对不起，我们更看重脑子。”

“您不敢吗？”海森偏着头问，“您怕输给我？怕鄢老师选择我。”

方煜：“……”

他不知道到底是谁给这小子的勇气，敢让他站在自己面前说这种话。和鄢慈在一起这几年，方煜的脾气温顺了很多，换成以前，海森此刻早就被他骂得找不着家门了。

海森是在激他。方煜冲他扬起下巴，无所谓地一笑：“随便你吧。”

方煜打发了毛头小子，朝鄢慈走过去。

鄢慈捣的是红凤仙。前阵子和寨子里的老人学了怎么用鲜花和明矾做原生态指甲油以后，她就每天出去采一大捧花回来坐在墙下捣。臼碗里红彤彤的一摊浆汁，鄢慈伸手进去试了试黏度，觉得差不多，一抬眼，方煜坐过来了。

“明天是火堆节。”鄢慈挑起一坨黏糊糊的凤仙花残渣，对着阳光仔细欣赏，“你听说过这个节日吗？”

听说过，怎么没听说过？你的仰慕者刚刚还向我下了火堆节的挑战书呢。

“火堆节也是成人礼和相亲会，海森昨天告诉我的。明晚篝火会上看对眼的姑娘和小伙子，据说可以直接订婚呢。”鄢慈浑然不知刚才发生的事，欢乐地提议，“我们一起去玩吧！”

方煜故意问：“去干吗？你还有看中的小伙子吗？”

鄢慈笑嘻嘻地拉过他的手，捏着一根扁平的签子，在他修剪干净的指甲上涂抹小臼里的红色染料。

方煜眼里是纵容和温柔的笑意，嘴上却道：“娘们唧唧的东西，给我涂干什么？方老师看起来很娘炮？”

“不娘炮，你最男人了。”鄢慈狗腿似的道，“就算涂指甲油，也半点遮盖不了方老师的爷们气场。”

她仔仔细细地把方煜十个手指甲都染红，小心地包上一层薄薄的棉布，等它风干。

暖风拂面，鄢慈心情好得不得了，她又问方煜：“明天我们也去玩吧，好不好？”

鄢慈是个移动的魅力发射仪，她漂亮，温柔，脾气乖得像只猫，如果不是以前碍于陈越之，现在碍于方煜的威慑，圈里不知道多少男人想追她。而到了这里，十万群山重重包围的寨子，方煜在圈里的话语权消失不见，随便一个乳臭未干的毛小子都敢来挑衅他。

方煜想起刚才海森的话，无奈地笑了笑。任别人挑衅却选择忍气吞声，这不是男人该干的事，更不是方煜的风格。况且就算海森不说那些话，他也会陪鄢慈去玩。

城市的生活过久了会向往宁静，山里的日子过久了又憧憬热闹。还好她在身边，纷杂不会觉得吵闹，平淡也不会觉得无聊。

方煜沉默就是同意了，他随手揪下一朵三角梅插在鄢慈的头发上。

鄢慈甜甜地笑，也摘了两朵，一边一朵别在方煜的耳朵上。

方煜捏着她的脸，淡淡地问："方老师美吗？"

鄢慈小鸡啄米般点头："方老师最美了！"

火堆节当天晚上，村民在寨子中央的平地上燃起一簇簇火堆，众多火堆中间是一个十米高、四米宽的巨大的塔形木架，架子顶端拴着一个七色布质彩球。

这里民风淳朴，热情好客，加之鄢慈和方煜是来支教的老师，村民更是对他们尊敬有加，恨不得把家里所有的好东西拿出来分享。早在傍晚，村主任夫人就送来两套当地特色的民族服饰，黑色硬布料子，上面点缀着金红色的绣纹。

鄢慈把裙子朝身上一套，再戴上小圆帽，像极了平时见到的背着小竹篓上山采茶的少女。

她对着镜子照了几圈，黑色直筒裙和紧身小马甲衬得镜中人身材修长优雅。她心情极好，冲一旁的方煜伸出手："走啦！"

方煜嫌这衣服活动不方便，还是穿着自己的招牌大裤衩，听到鄢慈叫他，嘴里叼着支没点火的烟，懒洋洋站起来。

暮色将至，夕阳敛起最后一丝余晖，四周景色沉沉浸入深色的黑夜中。寨子中央的沙地场火光闪动，人声鼎沸，热闹无比。老老少少围着火堆载歌载舞，扑面而来的是火舌滚烫的温度，鄢慈牵着方煜的手，混在人堆里一起跳舞。

他们和寨子里的人已经很熟悉了，大家看到鄢慈，纷纷让出一片空地，让她站到中间。

“鄢老师给我们跳个舞吧。”

“鄢老师跳一个！鄢老师跳一个！”

海森和几个毛小子带头起哄，方煜淡淡地瞥了他们一眼。这几人平日在学校受方煜压迫不轻，顿时吭吭哧哧没声了。

鄢慈温柔地笑笑，大大方方站到场地中央。演员大多有傍身的一技之长，鄢慈学了十几年古典舞，她的舞蹈功底和水平在圈里都是出了名的好。

鄢慈像只黑天鹅，在漫漫无边的夜里悠然独舞。身段窈窕，腰肢柔韧，长发顺滑，她美丽的脸庞在篝火的橘光里闪烁，笑容灿烂若繁星点点。

海森看得直了眼，鄢慈一舞结束，他犹豫再三，下定决心走到方煜面前，礼貌而强硬地说：“方老师，我要向您挑战。”

他的村主任父亲见状连忙说：“海森别胡闹。”

“您同意吗？”海森执着地看着方煜。

鄢慈不明就里，看热闹不怕事大：“战！方老师上！”

方煜抬眼，看了看场地中央那个十米高的木架。他把口袋里的手机、钥匙、零钱都掏出来塞到鄢慈手里。

鄢慈怂恿完才后知后觉：“你们挑战什么？”

海森在一边脱了束身的衣服，光着膀子只穿一条宽松的裤子。他的几个朋友争相跑过来拍他的肩膀，四周一片起哄的加油叫好声。

海森一副骄纵的少年模样，在同龄人的鼓励中朝方煜投来一个挑衅的眼神。他走到两人前面，脸蛋微红：“鄢老师，我比他厉害。”

鄢慈眨巴眨巴眼，有点蒙。方煜懒得和孩子一般见识，但又不想他那么得意，他揽着鄢慈的肩膀，在她唇上轻轻一吻。

海森脸色瞬间变了。

方煜淡淡地说：“你想也别想。”

十米高的架子下面铺了一圈厚厚的垫子，四五个少年围在架子下面，一人抱住一条腿用力摇晃。方煜和海森一人一面踩着木制的梯子向上攀爬。随着木架的震颤，两人的身体像是大海里的浮舟一样荡来荡去。下面的男女老少围在一起高声呼喝着津津有味地看比赛，有人甚至在一旁敲着小锣，打起小鼓。

鄢慈知道了实情后想阻止，却被几个学生一把扯住：“鄢老师，你别管，这是男人间的较量。”

男人个屁啊！十八岁的孩子谁教他早恋和横刀夺爱的？还敢让方煜和他玩这么危险的游戏！鄢慈心里恨恨地想，明天上课一定得为难为难那个皮小子，抽他背课文，背不下来就罚写三遍！

海森动作很快，像只皮猴，兴许是常年在山里爬树摘果练出来的一身功夫，刚一上架子就“噌噌噌”向上爬。相比之下，方煜倒是淡定很多，他稳步有序，看起来不紧不慢，但每一步都坚实地踩住木杆。

又过去十几个男人抱着木塔，上下左右不停地晃，看得鄢慈心惊胆战：“别摇了，会摔死的！”

不知道当地的民风是不是尚武尚勇，海森妈妈不仅不担心，看着自己的儿子反而眉目间有掩饰不住的骄傲：“别怕，他们有分寸。”

架子开始晃动的时候，海森的速度就渐渐慢了下来，他走一步停三步，刚要动又在摇晃中缩了回去。

几个小子故意使坏，架子朝方煜倾成七十五度斜角，他不仅要向上爬，还要撑着自己的重量，胳膊上的肌肉紧绷，看得鄢慈不安地咬着嘴唇。

尽管如此，他的动作也没有半分停滞，从开始到现在，一直是平稳的匀速，每一次抬脚的间隔都像计算好了似的，十分精准。原本领先的海森停了半分钟后，被方煜追上了。

爱情有时也是如此。过于浓烈炙热的情感未必走得多远，烈火瞬间吞噬所有的燃料，只剩下灰烬无尽地惆怅。而温火慢炖，细水绵长，把对你的爱分摊到日后每一时日未必不是爱得浓烈的一种。我缓缓地走，因为知道你一直在身后。

匀速前进的“方乌龟”在“地动山摇”般的摇晃中慢慢超过“海兔子”，他拽着塔尖爬到最顶端，扯下尖端拴着的那团彩球。

胜负已分，众人嬉笑着把木架归于原位，让二人平稳地爬下来。方煜把那个球在手里抛来抛去，问海森：“你怕什么？”

海森涨红了脸，觉得在喜欢的女人面前输了比赛很丢人，支吾着说不出话来。

头顶是清风明月，脚下是草木绵长，鄢慈放松下来，和他亲热。

两个月后。

“方老师看镜头。”鄢慈穿着防晒衣站在山林里，背上一个小小的篓子，举着手机给方煜拍照。

正是山里菌子丰盛的时节，寨子里的人天没亮就拿上小铲子背上背篓上山捡菌子。鄢慈无聊，也拉着方煜加入捡菌子的队伍。

来支教的这几个月，鄢慈更新微博的频率比以前多了很多，多数时候，她是一个合格的晒夫狂魔。

方煜在泥土球场和孩子踢球。

方煜涂着红红的蔻丹甲给她砸核桃。

方煜在河边一堆妇女中间抡着棒槌洗衣服。

方煜背着学校最小的孩子走在回家的山头上。

……

她粉丝里本来有一半的人不喜欢方煜，觉得他嘴巴太毒，他们鄢鄢跟着这个编剧一定会过得很辛苦。可在鄢慈长年累月不动声色潜移默化的微博洗脑下，现在鄢慈每次更新照片时，粉丝的画风都是这样的：

鄢鄢，求你不要再发自拍了，我们想看方老师！求多一些家庭主夫日常！

我赌一包辣条，晒衣架上的衣服是方老师洗的！

哈哈哈哈哈哈，今天的方老师又帅了！明天可以继续更新吗？

想吃方煜采的蘑菇。

啊——老公！

鄢慈脸上的喜色瞬间消失，把手机愤怒地丢到方煜背后的筐里：“叫你老公呢！”

方煜随手把手机捡起来，淡淡道：“村主任说了，别把菌子压碎，水流干了口感不好。”

“我在认真地和你说话！你不要转移话题！”鄢慈声音拔高，脸气得煞白。

方煜意识到她不是开玩笑，连忙站起来：“怎么了？好端端突然发脾气。”

鄢慈委屈道："有人叫你老公啊！"

方煜蒙了一会儿，拿过鄢慈的手机看了看那人的 ID，登录自己的大号，私信给这人，让她以后别这么叫。

鄢慈瞥眼到手机上，气得踢他一脚："你干什么！你为什么骂我粉丝？"

方煜："……"

他蹙眉："那你想让我怎么办？"

鄢慈不说话，像坨烂泥似的蹲在地上，无精打采，脸色白得吓人。

方煜仰头看了看天上的太阳，脱下自己的防晒衣遮在她头上，好声好气哄她："是我不对。起来吧，一会儿该中暑了。"

村民已经朝更高的山头去了，鄢慈抱着头蹲了一会儿，细着嗓音说："我累。"

"我们回去？"方煜问。

鄢慈摇头。

"那我背你？"

鄢慈继续摇头，她自己安静了一会儿，默默地站起来往前走。

不知道是不是夏天来了天气太燥，鄢慈最近情绪很不稳定，脾气差得有个火星就能点燃。上一秒还和风细雨，下一秒就翻脸不认人。以前一顿饭吃一碗米饭，现在吃两口就说饱了，恹恹地趴在床上，一直躺到晚上。

她这样，方煜倒不觉得烦，只是担心她可能病了。其间他几次提议回北京，被鄢慈拒绝。鄢慈的食欲不振持续了很久，天气热吃不下饭是常有的事情，方煜也没办法，找些开胃的食材她也不爱吃，他只能干着急。昨天村主任家的野生菌，鄢慈吃了很多，顺带吃了整整一碗米饭。方煜以为鄢慈喜欢吃这个，这才清早起来和大家一起上山捡菌子。

鄢慈一个人走在前面，走一会儿又坐下来歇息。

方煜蹲在她身前，声音温柔："别走了。"

鄢慈不说话，只是不停地摇头。

太阳落山后天色暗沉，很快天就会完全黑下来，村民纷纷收工回家。鄢慈动也不动，坐在林子里参天巨树盘结交错的树根上，把头埋在膝盖里。

“你求我也不一定嫁给你啊。”鄢慈强调，“我微博现在有六千万粉丝呢。”

方煜不解：“六千万粉丝很高贵吗？我有六万个粉丝我说什么了？”

“六千万粉丝！”鄢慈撇嘴，“有六千万人爱我，我很抢手的，为什么一定要嫁给你呢？”

方煜牵起她白软的小手，放在掌心掂了掂，不知是不是心理作用，觉得似乎比之前胖了一点：“六千万粉丝，其中三千万僵尸粉，两千万女粉，五百万有老婆的男粉，三百万未成年的少男粉，一百万长得丑，五十万没有钱，二十五万品性差。”

鄢慈：“那还有二十五万呢？”

方煜淡淡道：“剩下二十四万九千九百九十九都打不过方老师，世界那么大，你只能嫁给我。”

“真霸道。”鄢慈呢喃道。

方煜神色复杂，摸了摸她柔顺的头发，言语间掩饰不住浓浓的失落：“如果真的不愿意，我们就不生，等你做好准备再说。”

鄢慈听着他的话，把手掌轻轻贴在自己的肚子上，不知怎么，本来惶恐不安的心境突然就平复了。隔着薄薄的防晒衣，掌心传来温热的触感，那温度像是蕴含着澎湃的能量，将她烫得一哆嗦。

月亮爬上山腰，光芒皎洁绵长，穿越层层树影，落到方煜的脸上。鄢慈忽然忍不住摸了摸他英俊的脸颊：“你求吧。”

方煜一怔：“什么？”

鄢慈咬着嘴唇，冲他羞涩一笑：“不嫁给你怎么生孩子呀？”

那瞬间，方煜的表情由极度失落转为极度惊愕，片刻后又切换到极度狂喜，他不敢相信自己的耳朵：“你说什么？”

鄢慈红着脸低下头：“你不求算了！”

“求！”方煜一把抱住她，原地转了几个圈，“我怎么不求！”

鄢慈眼睛里小星星闪烁，她扬了扬下巴：“那你求吧。”

方煜四下看了看，弯腰从草丛里折了一根藤蔓的草尖，放在手里小心转了几圈缠成一个小小的指环。

“太寒酸了。”鄢慈噘着嘴。

方煜笑道：“回去给你补真的。”

他说着膝盖下屈，两腿跪在地上。

鄢慈拉他："不是这样，是单膝。"

方煜固执道："是这样。"

他眼里满是流溢的温柔，鄢慈与他视线交汇，从他那晶亮的眸子，读出了一些她此刻还理解不了的东西。差着毫厘的距离，她觉得自己应该能懂方煜为什么这样做，却表达不出来，不过没关系，她还有一生漫长的时间去慢慢明白。

方煜将草环小心地套上她的无名指，在月光下仰起俊美的脸庞，笑得比这世界上所有美丽的风景都要好看。

"嫁给我？"嚣张的人嚣张惯了，连求婚都用这么嚣张的语气。

鄢慈明亮的眼珠转了转，戴着戒指的手戳了戳他的额头："有点诚意行不行？"

方煜笑着，换了个说法："宝宝，请你嫁给我。"

鄢慈这才笑意盈盈地扬起绝美的眉眼："那好吧。"

采菌人已经归家，山林一片寂静，只有稀稀落落微弱的虫鸣。晚风拂过，榕树叶、芭蕉叶沙沙摇响，萤火虫在林子里飞舞，空气里弥漫着迷人的香甜，像是哪片花骨朵在这微凉的夏夜里开了花。

下山的小路隐约传来低低的人声。

"让我听听。"

"现在哪有声音啊？"

"就听一下。"

一朵乌云飘来，人声消停。过了好久，方煜又说："别走了，我背你。"

"背五分钟你又喊累。"

方煜把小背篓叠在一起让鄢慈背好："这次累死我也忍着。你已经走一天了，快上来。"

鄢慈笑了笑，趴到他宽阔的脊背上。

"方老师累吗？"

方煜毫不做作："累。"

"方老师给我念首诗吧。"

"我看到了我的爱恋，我飞到她的身边，我捧出给她的礼物，那是一小块凝固的时间……"

“酸酸的，听不懂，方老师给我唱首歌吧。”

“跟着我……左手右手一个……慢动作……这首歌给你快乐——你有没有爱上我……”方煜破音了。

鄢慈嘻嘻坏笑：“真难听，方老师给我……”

“宝宝。”方煜喘着粗气，“老公已经快累死了，现在你给我喊加油说爱我就可以了，唱歌念诗的事，我们回去再说？”

“好的。”鄢慈乖巧地应着，下巴搁在他的肩上，“老公加油，鄢鄢最爱你了！”

乌云被风吹走，月光洒满大地，在蓄满水的稻田里，透明的光纱铺展，像条柔软的帐幔，田埂路边映照着两个交叠的人影。

鄢慈趴在方煜身上，眼睛看向月亮，伸出手在方煜的头上比了两个兔耳朵。裹在夏夜无处不在的暖风和月色里，她觉得无比惬意。

那晚，她做了一个梦。

公主披荆斩棘夺回城堡。

臣民摇旗呐喊高呼女王。

恶龙乘着云彩从天边飞来。

她凝视着他，笑靥如花。

番外

夜幕降临，欢歌散场。

颁奖典礼持续到凌晨才落幕，工作人员打着哈欠收拾场地。鄢慈在后台补妆，虽然已经超过二十个小时没睡觉，她却十分精神，气色红润，嘴里哼着欢快的音乐，脸上丝毫不见疲态。

林晴晴在化妆间跳来跳去："姐——"

鄢慈以为她要惊喜地说你竟然拿了影后你真是太棒了之类的话，然而林晴晴把手机朝她面前一摔，惊呼着："微博上你粉丝都炸了！"

鄢慈笑嘻嘻的，她今晚这么高调公开恋情，微博不炸才怪。她羞涩地笑笑："我都跟后援会说过了，不用再给我打榜刷数据，我现在也不走流量小花的路线……"

林晴晴崩溃："打榜什么啊，他们快把方煜吃了！"

鄢慈疑惑，她又不是李乔那种国民男神型的偶像艺人，公开恋情会引得山崩海啸、粉丝痛哭流涕，按理说她的微博应该是一片岁月静好，众人拍手称赞的景象才对。她拿手机来看，发现短短两个小时，微博已经闹翻了天。

你怎么能自甘堕落！金天鹅颁奖典礼对你的意义很重要，你竟然用它公布恋情？

鄢鄢，求你去看眼科好吗！方煜前年把你骂上了热搜你忘了吗？我听说他脾气特别差，当初还在剧组动手打人，你和他在一起，万一他以后家暴你怎么办？

我姐姐是金天鹅颁奖典礼的工作人员，她说今天在后台厕所方煜冲鄢鄢发脾气，逼她在颁奖典礼公开恋情。因为一己私欲就拿我们鄢鄢前途开玩笑，呵，垃圾男人。

鄢慈看有关自己的评论能够面不改色，心不跳，可是看到微博上清一色吐槽方煜的评论心里很不是滋味。她手指动了动，想学着方煜当时骂她黑子那样怼回去，敲了一半又删掉了——那是她的粉丝，不是黑子。

"我的粉丝不喜欢方老师。"她刚才还笑嘻嘻的，现在又丧了，捧着手机哀号，"方老师那么好，他们为什么不喜欢他？"

林晴晴心想，天底下也就只有你觉得方煜那个变态好。真是天道有轮回，方煜也有被人喷成渣渣的一天，简直大快人心，哈哈哈！嘴上却装得义愤填膺：“就是就是，连方老师的好都无法欣赏，他们简直没有审美。”

鄢慈放下手机，托着腮帮闷闷地说：“我以为大家会祝福我们。”

林晴晴宽慰她：“这有祝福，看。”

鄢慈放眼一看，更丧了。

都冷静下来祝福吧。我觉得他们不会长久，大家不要再攻击男方了，鄢鄢看到会难过的。

鄢慈垂着浓密的眼睫，回复了这条评论：我会和他长长久久的。

林晴晴把她手机抢过来：“姐，你不要再碰微博了，让粉丝骂吧。他们就是气方老师当年嘲讽你演技差的事。而且你今天公布恋情太突然了，大家都没准备，等他们气出完了就好了。”

鄢慈委屈地说：“可我不想方老师挨骂啊。”

外面敲门提醒她该接受采访了，鄢慈理了理裙子出门。门口守着一个人，西装革履，英俊不羁。

鄢慈看见他，撇了撇嘴，没好气地说：“干什么呀你？”

陈越之轻笑：“恭喜啊鄢鄢，当初签你的时候我就知道肯定会有这么一天。”

鄢慈翻了一个微不可见的白眼，陈越之没看见似的，笑得俊朗：“耀星今年有个电影项目，和国外顶级团队合作，女主角人选还没定下来。如今你拿了影后，也配得上演耀星的大制作。”

鄢慈无辜地摊手：“可耀星的制作配不上我啊。”

陈越之眉头一紧，脸色一变，旋又恢复如常：“这是不可多得的和国际接轨的机会，女主角的位置公司原本定了程允舒，我力排众议想留给你，片酬随你开。”

“别以为我不知道是因为程允舒的脸崩了，你找不到有档期的同类型女演员救场。”鄢慈面无表情地听陈越之说鬼话，“她脸型和我不一样，非要去削骨整容，嘴都歪得合不拢了。”

陈越之嗤笑：“整得再像也是假的。”他脸上表情不屑，带着真真切切的厌恶与不耐烦。

女人摘下口罩，鄢慈抬手捂住嘴。

程允舒很久没有消息，鄢慈从圈内好友的零星碎语里听说了她的事。程允舒的一切都是陈越之给的，而陈越之对她若即若离，心思全在离开耀星的鄢慈身上。她模仿鄢慈的发型穿着，模仿鄢慈的言语神态，甚至不惜去削骨整容。上个月林晴晴不知从哪里听来小道消息，程允舒手术出了差错，一边脸颊肌肉神经坏死，导致半边脸完全瘫痪，别说上镜头拍戏，就连正常生活都是问题。

“陈少，陈少求你了。”程允舒抓着陈越之的衣角，闭合不拢的左边嘴角流下一道黏腻的口水，“你别让我离开。”

她脸色惨白，眼窝凹陷，抓紧陈越之的手如枯柴般干瘦，整个人瘦得脱了人形，像濒死的厉鬼。她违反合同规定私下整容，光是这一点，就足以让耀星和她解约，更别说她整残了，变成现在这副样子。耀星不是慈善机构，不会养一个吃白饭的废人。

“方老师做人处事原则有二，”方煜轻轻在她手指骨节处摩挲，声音轻柔，“别人风光我不锦上添花，仇人遇难我必落井下石。”

他邪恶地笑了笑：“走，带你去落井下石。”

程允舒看到鄢慈，飞快地把口罩戴上，不让她看到自己的模样。

鄢慈淡淡地说：“别遮了，我都看见了。”

程允舒眼里迸发出仇恨的光，却不敢做什么——左边陈越之，右边方煜，她站在原地，眼睛就差把鄢慈身上戳出两个洞。鄢慈被她这样盯着，心里暗爽，心想，你也有像阴沟里的耗子见不得人的一天。等她将目光转到程允舒捂得严严实实的脸上，那爽快之中又生出一股莫名其妙的难受。脸对于一个女人是再重要不过的东西，难看不说，赔偿耀星的违约金也足以让她倾家荡产，程允舒的一辈子算是毁了。

鄢慈本来想嘲讽她几句，现在却一点也提不起兴致。茫然中，她感觉到方煜握着她的手紧了紧。她侧过脸，看见他略带不羁又痞气的目光。恍惚中忽然记起，那年两人在酒店房间的地毯上盘膝而坐时，他对她说的那句话——“温柔永远不会有错”，鄢慈低下头，掩饰住嘴角不由自主弯起的笑意，再抬头时眼里都是沉静和释然。

方煜问：“你落不落？”

鄢慈摇摇头。方煜说：“那我来吧。”

鄢慈拉拉方煜的手指，让他意思意思算了，毕竟程允舒现在已经自食恶果，再百般嘲讽会拉低自己的档次。

她正想着方煜要如何落井下石，只见方煜上前一步，亲热地搂住陈越之的脖子，一脸假笑：“真巧，你也在这儿！好久不见！走走走，鄢慈最近想死你了，我待会儿请你吃夜宵吧。”

鄢慈：“……”

陈越之：“……”

夜。

身旁的方煜打起鼾声，鄢慈却翻来覆去睡不着觉。方煜回来的路上一直玩手机，不可能没看到微博上被顶到热门的话题和下面对他质疑的评论，但他一言不发。鄢慈心里慌慌的，生怕方煜心里生闷气。

她轻手轻脚爬起来，拿上手机走到书房打开微博。已经凌晨四点了，微博上的评论却还没平息。她亮起台灯，一条条翻开留言。天边曙光乍现，在靛蓝色的天际透出清亮的色彩。鄢慈刷微博一直刷到清晨七点，看得眼睛红通通的。

鄢鄢，我们不是真的讨厌他，但你是我们最喜欢的人，是我们心尖上的宝贝，只有世界上最好的男人才配得上你。我们担心你跟着方煜受委屈。

鄢慈一时说不清心里是感动还是难受，她揉着眼睛回到卧室。方煜还在睡觉，面容纯净，像个孩子。她摸了摸他额角的碎发，亲了亲他光洁的额头，而后换上一件干净的 T 恤，挽上头发又出去了。

房间里，方煜睁开眼睛，打开手机，发现一分钟前鄢慈开了直播，她素颜出镜，干净得像个十七八岁的邻家女孩。

“昨晚颁奖典礼上公开恋情是我没有考虑周全。”鄢慈第一次直播，端坐在镜头前，孩子一样语无伦次，笨拙得可爱，“我昨天坐了十几个小时的飞机从非洲回来很累，方老师忙了一天也很累，他没有逼我公开。”

“你们不要骂他了。”鄢慈真诚地说，“你们骂不过他的，等他睡醒了，一个人能骂一万个。”

方煜本来睡眼惺忪，听到这里困意全无，揉着乱蓬蓬的头发，坐直身体倚着床头听鄢慈怎么黑他。

昨晚鄢慈做的事，他也很意外，但比之意外，更多的是发自心底的暖意和动情。他不是一个擅长说情话的人，那股情绪在心底交汇融合成一股温柔的爱意，细水长流，他想积攒着，加倍返还到她身上。至于网上的那些负面评价，他不在乎，也不想理会。他本来就是一个随心自我的人，外界的蜚语流言丝毫影响不了他。

“那段低迷的日子，是方老师告诉我不要害怕。那时候我在想，人们为什么总能轻易通过网络，用最大的恶意揣测另一个人。方老师说，不要从别人嘴里认识一个人。我很希望你们不要从别人嘴里认识他，很想把他介绍给你们认识，但我不敢。他在我心里是最好的男人，我怕你们见了都爱上他。”

“他看起来很凶，但其实是只大狼狗，对别人汪汪叫，对我只会摇尾巴。”

方熠唇边勾起一丝笑意，手指摩挲着手机边角。

“我很爱他，也很爱你们。我希望能得到你们的祝福，就算你们不祝福也没关系。”鄢慈声音低了低，“但不要骂他了。我明白那种被人指责谩骂的感受，虽然他嘴上不说，但我知道他心里不好受。”

方熠挠挠脖子，下床穿拖鞋，心道你想多了。

“他难过我也会难过，你们不喜欢我喜欢的人，我也会难过……”鄢慈对着手机胡言乱语，直播间的人数已经三百多万了，她头皮发麻，觉得自己好像又搞砸了。

书房门被打开，鄢慈一愣，随即想把手机藏起来，可还没来得及，方熠已经进来了。她连忙站起身，用身体挡住手机。

“你醒啦。”鄢慈笑得很白痴。

方熠指了指她身后：“你在干什么？”

直播间被一阵“啊啊啊”疯狂刷屏，鄢慈装傻：“没有啊。”

方熠故技重施，当着直播间三百万观众的面，捏着她的脸，把她的嘴唇挤变形。鄢慈心想完了完了，被粉丝看到方熠捏她脸，他岂不是要被骂得体无完肤，形象再也不能扭转?

鄢慈张牙舞爪，嘴里呜呜呜：“方老师我在直播！直播啊！！”

方熠松开她的嘴，淡淡地瞄她一眼：“知道。”

鄢慈下意识想揉脸，又意识到不能让粉丝觉得她被捏疼了，于是惴